800만 가지 죽는 방법

EIGHT MILLION WAYS TO DIE

800만 가지 죽는 방법

EIGHT MILLION WAYS TO DIE

로렌스 블록 장편 소설 | 김미옥 옮김

황금가지

MILLIONSELLER CLUB

EIGHT MILLION WAYS TO DIE
by Lawrence Block

Copyright © 1982 by Lawrence Block
All rights reserved.

Korean Translation Copyright © 2005, 2012 by Minumin

Korean edition is published by arrangement with
Lawrence Block c/o Baror International, Inc.

이 책의 한국어판 저작권은
Baror International, Inc.와 독점 계약한 ㈜민음인에 있습니다.
저작권법에 의해 한국 내에서 보호를 받는 저작물이므로 무단 전재와 무단 복제를 금합니다.

빌리 듀간, 클리프, 보스턴 존, 밤비, 난쟁이 마크
그리고 빨간 머리 메기를 추억하며

아름다운 여인의 죽음은 의심할 바 없이
이 세상에서 가장 시적인 이야깃거리이다.
― 에드거 앨런 포

차례

하나	11
둘	24
셋	36
넷	56
다섯	77
여섯	94
일곱	101
여덟	109
아홉	114
열	124
열하나	139
열둘	153
열셋	164
열넷	175
열다섯	195
열여섯	212
열일곱	222
열여덟	243
열아홉	263
스물	270
스물하나	284
스물둘	305
스물셋	318
스물넷	331
스물다섯	352
스물여섯	361
스물일곱	369
스물여덟	383
스물아홉	404
서른	423
서른하나	441
서른둘	454
서른셋	472
서른넷	484
옮긴이의 말	489

하나

그녀가 걸어 들어오는 것을 보았다. 보지 않을 수 없었다. 거의 흰색에 가까운, 어린아이의 아마 빛 머리카락이라고 부르는 그런 색깔의 금발이었다. 그녀는 머리채를 틀어 올려 묵직한 타래로 만들어 뒤통수에 붙이고 핀으로 고정해 두었다. 볼록하고 매끈한 이마에 두드러진 광대뼈, 입은 약간 지나치다 싶게 큰 편이었다. 카우보이 부츠를 신은 그녀는 분명히 180센티미터는 넘어 보였는데, 다리 길이가 키의 상당 부분을 차지하고 있는 것 같았다. 포도주 빛 디자이너 진을 입고 샴페인 빛깔의 짧은 모피 재킷을 걸치고 있었다.

종일 비가 오락가락했다. 그녀는 우산도 없이, 모자도 쓰지 않고 있었다. 틀어 올린 머리 위에선 물방울들이 다이아몬드처럼 반짝였다.

그녀는 출입구에 잠시 서서 주위를 살폈다. 수요일 오후 3시 30분쯤이었고 암스트롱 바에서는 시간이 더디게 흘렀다. 점심 손님들은 벌써 빠져나갔고 퇴근하는 직장인들이 드나들기에는 아직 이른 시간이었다. 15분 동안 교사 두세 명이 들러 간단히 한잔을 하고 갔으며, 근처 루즈벨트 병원의 간호사들 몇 명이 4시 교대 근무를 마치고 들렀다. 그런 때를 제외하고는 서너 사람이 있을 뿐 술집은 대개 조용했다. 죽치고 앉은 사람이라곤 방금 포도주 한 병을 비운 앞쪽 테이블의 부부뿐이었다. 물론 늘 차지하는 뒤쪽 테이블에 앉은 나를 빼고 말이다.

그녀는 금방 나를 알아보았다. 실내를 가로질러 오는 그녀의 푸른 눈과 마주쳤다. 하지만 그녀는 곧장 내가 앉은 자리로 오기 전에 카운터에 들러 확인을 했다.

"스커더 씨인가요? 킴 다키넨이에요. 일레인 마델의 친구죠."

그녀가 말했다.

"일레인한테서 전화를 받았어. 앉아."

"고마워요."

그녀는 맞은편에 앉았다. 둘 사이에 있는 테이블 위에 핸드백을 올려놓고 담배와 일회용 라이터를 꺼낸 다음, 불을 붙이지 않은 채 담배를 손에 들고 조금 있다가 담배를 피워도 괜찮은지 물었다. 괜찮다고 말해 줬다.

목소리는 다소 뜻밖이었다. 중서부 악센트가 두드러질 뿐 아주 나긋나긋한 목소리였다. 카우보이 부츠와 모피, 굴곡이 심한 얼굴 윤곽에 이국적인 이름까지 들은 터라 나름대로 마조히스트의 환상에서 좀 색다른 목소리를 기대했던 모양이다. 거칠고 남성적인 유럽인의 목소리 같은 것 말이다. 첫눈에 짐작했던 것보다 나이도

어렸다. 기껏해야 스물다섯 정도로 보였지만.

그녀는 담배에 불을 붙이고 라이터를 담뱃갑 위에 두었다. 웨이트리스 이블린은 지난 2주 동안 하루도 쉬지 못하고 일했다. 오프 브로드웨이 공연에서 단역을 맡았기 때문이다. 언제라도 금방 하품을 할 듯한 얼굴이었다. 킴 다키넨이 라이터를 만지작거리고 있을 때, 이블린이 테이블로 다가왔다. 킴은 백포도주 한 잔을 주문했다. 이블린이 내게 커피를 더 들겠느냐고 물었다. 그러겠노라고 대답하자 킴이 말했다.

"아, 커피를 들고 계셨네요? 나도 포도주 말고 커피로 하고 싶은데, 괜찮겠죠?"

커피가 도착하자 킴은 크림과 설탕을 넣고 휘저어 홀짝거리며 마셨다. 그러고는 자기는 그다지 애주가는 못 된다고, 더구나 낮술은 별로라고 말했다. 하지만 그녀는 나처럼 블랙커피를 마시지는 못했다. 한번도 블랙커피를 즐긴 적이 없을 것 같았다. 언제나 달콤하고 풍부한 맛의 디저트 같은 커피를 마셨을 것이다. 그녀는 단지 자기가 운이 좋았던 때문이겠지만 한번도 체중 문제로 고민해 본 적이 없으며, 아무거나 먹어도 조금도 살이 더 찌지 않는다고 말했다.

"대단한 행운이 아닌가요?"

그녀가 운이 좋았다는 데 나는 동의했다.

일레인과 오랫동안 알고 지낸 사이냐고 그녀가 물었다. 몇 년 되었다고 대답했다. 그녀는 일레인을 안 지 그렇게 오래되지 않았다고 말했다. 사실 뉴욕에 산 지도 그다지 오래되지 않았으며 일레인과도 별로 친한 사이는 아니지만, 일레인은 정말 괜찮은 여자라고 말했다. 내가 동의했던가? 나는 동의했다.

"일레인은 아주 교양 있고 분별 있는 여자예요. 이건 대단한 거예요, 그렇죠?"

대단한 일이라고 나는 동의했다.

그녀가 본론을 꺼낼 때까지 잠자코 기다렸다. 그녀는 말주변이 있었다. 이야기하는 동안 미소를 지으면서 상대방의 시선을 꼭 붙잡고 놓지 않았다. 미인 대회에 나갔다면 우정상 정도는 거머쥘 수 있었을 것 같았지만 실제로 그런 상을 받은 적은 없을 터였다. 그녀의 이야기를 들어주기로 마음먹기까지 조금 시간이 걸리기는 했지만, 나는 달리 갈 곳도 없는 데다가 딱히 할 일도 없었다.

마침내 그녀가 입을 열었다.

"경찰이었다면서요?"

"몇 년 전에는 그랬지."

"그러면 지금은 사설탐정이신가요?"

"좀 달라."

그녀가 눈을 동그랗게 떴다. 독특한 색조의 아주 선명한 파란빛이었다. 콘택트렌즈를 낀 건 아닐까 하는 생각이 들었다. 소프트 렌즈는 눈 색깔을 신기하게 바꾸고 묘한 명암을 만들어 매력적인 눈매를 연출할 때가 있다.

"면허가 없는걸. 더 이상 경찰 배지를 달고 싶지 않다고 마음먹었을 땐 면허가 필요할 거라는 걸 생각도 못했어."

면허가 없으면 서류를 작성하거나 기록을 관리하거나 세무사에 의뢰해야 한다.

"내가 하는 일은 전부 무허가 영업이지."

"하지만 그게 당신 직업이잖아요? 그걸로 먹고 살잖아요."
"그렇지."
"그럼 뭐라고 부르죠? 직업이 뭐냐고요."

돈이라면 가리지 않고 일하는 놈이라고 불러도 좋다. 그다지 많이 벌지는 않지만. 일이 나를 찾는다. 내가 할 수 없는 일은 거절한다. 내가 일을 받아들일 때는 순전히 거절할 방법을 찾지 못할 때뿐이다. 바로 이 순간, 나는 이 여자가 내게 바라는 게 뭘까 궁금하다. 또 무슨 변명을 둘러대 못한다고 말해야 하나.

"뭐라고 불러야 좋을지 모르겠어. 그냥 친구들을 위해 심부름을 해 준다고 해도 되겠지."

순간 그녀의 얼굴이 환해졌다. 문에서 걸어 들어올 때부터 줄곧 입가에 웃음을 달고 있었지만 눈까지 미소가 번진 건 처음이었다.

"그래요. 뭐, 잘됐어요. 마침 심부름 시킬 일이 있거든요. 그런데 그 일이 말이죠, 친구한테 부탁을 해야 하는 일이에요."

"문제가 뭐지?"

시간을 벌려는지 그녀는 또 한 개비의 담배에 불을 붙였다. 그러고는 라이터를 담뱃갑 위에 올려놓으면서 시선을 내려 자기 손을 쳐다보았다. 포도주 빛깔로 칠해진 기다란 손톱은 잘 다듬어져 있었다. 왼손 가운데 손가락에는 스퀘어컷의 커다란 녹색 보석이 박힌 금반지를 끼고 있었다.

"내가 뭐하는 여잔지는 아시죠. 일레인과 같은 일이에요."
"짐작은 했지."
"난 창녀예요."

나는 고개를 끄덕였다. 그녀는 앉음새를 가다듬고 어깨를 쭉 펴고는 모피 재킷을 매만지고 목 부분의 훅을 풀었다. 희미하게 향수 냄새가 느껴졌다. 전에 맡은 적이 있는 향기였지만 무슨 상표였는지는 기억나지 않았다. 나는 커피 잔을 들어 커피를 비웠다.

"벗어나고 싶어요."

"이 생활에서?"

그녀가 고개를 끄덕였다.

"4년 동안 이 짓을 했어요. 4년 전 7월에 여길 왔으니까요. 8, 9, 10, 11월, 그러니까 4년 하고도 4개월이네요. 내 나이 스물셋이에요. 아직 젊잖아요?"

"그렇군."

"근데 별로 젊다는 생각이 들지 않아요."

그녀는 다시 재킷을 매만지고는 훅을 도로 잠갔다. 그녀의 손가락에서 반지가 반짝였다.

"4년 전에 버스에서 내렸을 때는 한 손에 여행 가방을 들고 청재킷을 팔에 걸치고 있었어요. 지금은 이런 걸 가지게 됐죠. 사육 밍크예요."

"아주 잘 어울리는데."

"그 낡은 청재킷이랑 바꾼걸요. 몇 년 전으로 돌아갈 수 있다면. 아니, 안 되겠어요. 몇 년 전으로 돌아간들 달라질 건 없을 테니까요. 그렇겠죠? 아, 다시 열아홉 살이라면, 지금 알고 있는 것을 그때 알았더라면. 하지만 열다섯 살에 이 짓을 시작했더라면 지금까지 살아 있지도 않을 거예요. 이런, 내가 횡설수설하고 있네요. 미안해요."

"괜찮아."

"이 생활에서 벗어나고 싶어요."

"그러고 나서 뭘 할 건데? 미네소타로 돌아가려고?"

"위스콘신이에요. 글쎄요, 돌아가지는 않을 거예요. 거기는 날 기다리는 게 아무것도 없거든요. 그냥 그만두고 싶다는 거지 돌아가고 싶다는 말은 아니에요."

"그렇군."

"이런 식으로 공연히 딜레마에 빠질 때가 많아요. 세상에 두 가지 방법밖에 없다고 생각하는 거죠. 그러니까 A가 마땅찮으면 B밖에 없다고 생각하는 거예요. 하지만 그건 옳지 않아요. 아직 남은 알파벳이 얼마든지 있잖아요?"

그녀는 개똥철학을 계속 늘어놓을 태세였다. 내가 말했다.

"킴, 그렇다면 내가 할 일이 뭐지?"

"아, 그래요."

잠자코 기다렸다.

"난 포주가 있거든요."

"그놈이 널 놓아주지 않는다는 건가?"

"그 사람한테는 아직 한마디도 꺼내지 않았어요. 아마 알고 있기는 할 거예요. 하지만 난 아무 말도 하지 않았고, 그도 아무 말 하지 않았죠. 그리고……."

"그놈을 두려워하고 있군."

"어떻게 아시죠?"

"겁을 주던가?"

"실제로 그런 적은 없어요."

"무슨 말이지?"

"겁을 준 적은 없어요. 하지만 무서워요."

"다른 여자들도 그만두려고 한 적이 있나?"

"글쎄요. 그의 다른 여자들에 대해서는 별로 아는 게 없어서요. 그 사람은 여느 포주들하고는 많이 다르거든요. 적어도 내가 아는 다른 포주들하고는 달라요."

그놈들은 모두 다르다. 놈들이 데리고 있는 여자들한테 물어보면 누구나 그렇게 말한다.

"어떻게 다르지?"

"훨씬 세련되고 부드러운 남자예요."

그러시겠지.

"이름이 뭐야?"

"챈스예요."

"그게 이름이야, 성이야?"

"누구든 그렇게만 불러요. 성인지 이름인지는 모르겠어요. 둘 다 아닐 거예요. 어쩌면 별명인지도 모르죠. 이 바닥 사람들은 수시로 이름을 바꾸니까요."

"킴은 본명인가?"

그녀는 고개를 끄덕였다.

"하지만 거리에서 부르는 이름도 있어요. 챈스 이전에도 포주가 있었는데 이름이 더피였어요. 자기를 더피 그린이라고 했지만, 유진 더피라고도 했어요. 지금은 잊어버렸지만 이따금 다른 이름도 썼죠."

옛 기억을 떠올리면서 그녀는 웃었다.

"더피하고 그 일을 시작했을 때 난 아주 풋내기였어요. 내가 버스에서 내리자마자 바로 데려가지는 않았지만 그럴 수도 있었을 거예요."

"그 사람 흑인인가?"

"더피 말예요? 물론이에요. 챈스도 그렇고요. 더피는 나를 거리에 내놨어요. 렉싱턴가였죠. 날씨가 더울 때는 강 건너 롱아일랜드 시로 원정을 가기도 했어요."

잠시 눈을 감았다가 뜨면서 그녀가 말했다.

"그 거리에서 일하던 기억이 마구 떠오르네요. 거기서 내 이름은 밤비였어요. 롱아일랜드에서는 자동차에서 몸을 팔았죠. 롱아일랜드 전 지역에서 사람들이 차를 타고 왔어요. 렉싱턴에서는 호텔을 이용했죠. 그때 내가 어떻게 그런 짓을 했는지, 어떻게 그런 식으로 살 수 있었는지 믿을 수가 없어요. 맙소사, 그때는 풋내기였지요! 순진한 애는 아니었어요. 내가 뭣 때문에 뉴욕에 왔는지는 알고 있었지만, 생판 풋내기였다니까요."

"거기서 얼마나 있었는데?"

"대여섯 달은 될걸요. 그 일을 썩 잘하는 편은 못 되었어요. 하지만 보시다시피 외모는 쓸 만하죠. 번지르르하게 치장하고 거리에 나설 수는 있었지만, 그 일이 적성에 맞지 않았어요. 신경증 때문에 일을 할 수 없었던 적도 두어 번 있었어요. 더피가 무슨 약을 줬지만 그 약은 속만 메슥거리게 만들었어요."

"약이라니?"

"아시잖아요. 마약 말이에요."

"그래."

"그 후로 더피는 나를 이 집에서 일하게 했어요. 전보다 낫긴 했지만, 더피가 좋아하지 않았어요. 관리하기가 귀찮았기 때문이죠. 콜럼버스 서클 근처에 커다란 아파트가 있었는데 나는 거기에 일하러 다녔어요. 출근하듯이 말예요. 그 집에서 일했는데, 글쎄요, 아마 여섯 달쯤 될 거예요. 그 정도였던 것 같네요. 그 다음에 챈스랑 일하게 됐죠."

"어쩌다가 그렇게 됐지?"

"더피하고 같이 있었죠. 그때 우리는 여기 암스트롱 바에 있었어요. 여자 나오는 술집이 아니라 그냥 재즈 바인데 챈스가 우리 테이블에 와서 앉았어요. 셋이서 앉아서 이야기하다가 나를 테이블에 남겨 두고는 둘이서 나가서 뭔가 이야기를 나누었나 봐요. 더피 혼자 돌아와서는 나더러 챈스하고 같이 가야 한다고 말했어요. 챈스랑 해야 한다는 말인 줄 알았어요. 챈스가 포주라고는 생각지 못했으니까요. 그러자 더피는 지금부터는 내가 챈스의 여자가 되어야 한다고 설명했어요. 방금 팔아 치운 승용차가 된 기분이었죠."

"그놈이 그런 짓을 했단 말이지? 널 챈스한테 팔아넘겼다고?"

"그가 무슨 짓을 했는지는 몰라요. 하지만 나는 챈스랑 함께 갔고, 오히려 잘된 일이었어요. 더피하고 일하는 것보다 나았으니까요. 챈스는 나를 그 집에서 끄집어 내 전화방에서 일하게 해 줬어요. 아, 그게 벌써 3년이나 됐네요."

"이번에는 나보고 아가씰 그 포주한테서 빼내 달란 말이군."

"그렇게 해 주실 수 있잖아요?"

"모르겠는걸. 스스로 나올 수 있을 거야. 챈스한테 말해 본 적 없어? 눈치를 주든지 그 비슷한 이야기를 하든지, 어떻게든 말을 좀 꺼내 보지그래."

"두려워요."

"뭐가 두렵다는 거지?"

"날 죽이든가 아니면 어떤 식으로든 상처를 입힐 거예요. 그렇지 않으면 나더러 그 일을 그만두라고 하겠죠."

그녀는 앞으로 몸을 기울이고는 포도주 빛으로 잘 손질된 손가락들을 내 손목에 얹었다. 분명히 계산된 행동이란 걸 알고 있었지만 효과는 있었다. 향수 냄새를 맡자 성적 매력이 느껴졌다. 흥분된 것도, 그녀를 원하는 것도 아니었지만, 그녀의 성적 매력을 느끼지 않을 수 없었다.

"매트, 날 도와줄 수 있죠?"

그러고는 재빨리 덧붙였다.

"전화해도 되죠?"

웃지 않을 수 없었다.

"아무렴, 상관없어."

"돈을 벌기는 하는데 어디로 사라지는지 모르겠어요. 사실 거리에 나가서 일할 때보다는 많이 벌지 못해요. 하지만 약간은 갖고 있어요."

"그래?"

"1000달러예요."

아무 말도 하지 않았다. 그녀는 지갑을 열고 평범한 하얀 봉투를 끄집어냈다. 봉투의 접힌 부분에 손가락을 밀어 넣더니 봉투를 찢어서 열었다. 그녀는 봉투에서 지폐 한 다발을 꺼내 테이블 위에 놓았다.

"나를 위해 챈스를 만나 줘요."

나는 그 돈을 집어서 손에 들고 있었다. 나는 금발의 창녀와 흑인 포주 사이에서 중재를 해 달라는 부탁을 받아들이고 있었던 것이다. 한번도 하고 싶다고 생각한 적이 없는 일이었다.

돈을 돌려주고 싶었다. 하지만 그때 나는 루즈벨트 병원에서 퇴원한 지 열흘밖에 되지 않아 외상으로 해 둔 병원비를 갚아야 하는 형편이었다. 게다가 이 달 1일에는 집세도 내야 했으며, 애니타와 아이들에게 돈을 보내 준 것도 까마득한 옛날 일이었다. 물론 지갑에 돈이 있었고 은행에는 좀 더 많은 돈이 있었지만, 다 해 봐야 얼마 되지 않았다. 킴 다키넨이 준 돈은 다른 누가 준 것보다 많았으며 쉽게 벌 수 있는 돈이었다. 그녀가 돈을 버는 방식과 무엇이 다른가?

지폐를 세었다. 100달러짜리 지폐로 열 장이었다. 다섯 장은 내 쪽 테이블 위에 남겨 두고 나머지 다섯 장은 그녀에게 건네줬다. 그녀가 눈을 좀 더 크게 떴다. 콘택트렌즈를 착용하고 있는 것이 확실하다는 생각이 들었다. 그런 눈 색깔을 지닌 사람은 본 적이 없었다.

"다섯 장은 지금, 다섯 장은 나중에 받는 걸로 하지. 널 포주에게서 빼내 준 다음에."

"좋아요."

그녀가 생긋 웃었다.

"눈앞에 있는 1000달러를 다 가질 수도 있잖아요."

"동기가 있으면 일을 더 잘할 수 있을 거야. 커피 더 마실래?"

"당신이 마신다면요. 그리고 단것도 좀 먹고 싶은데요. 여기 디저트도 있나요?"

"호두 파이가 맛있어. 치즈 케이크도 괜찮더군."

"호두 파이가 좋아요. 난 정말 단 음식을 굉장히 좋아해요. 그래도 전혀 살이 찌지 않거든요. 운이 좋은 거죠?"

둘

문제가 있었다. 챈스에게 이야기를 꺼내려면 우선 그를 찾아내야 했는데, 어떻게 그를 찾을 수 있는지를 그녀가 알려 주지 않던 것이다.
"그 사람이 어디 사는지 모르겠어요. 아무도 몰라요."
"아무도 모르다니?"
"그의 여자들 중에는 아는 사람이 없어요. 우리는 두어 명만 모여도 늘 그걸 궁금해했어요. 그가 방에 없을 때 말이에요. 챈스가 어디에 사는지 알아맞혀 보려고 했죠. 어느 날 밤 서니와 함께 있었거든요. 우리는 마냥 빈둥거리며 서로 엉뚱한 생각들을 되는 대로 지껄이고 있었어요. 챈스는 할렘의 이런 건물에서 쭈글쭈글한 엄마와 살고 있을 것이다, 아니면 슈가 힐에 이런 아파트를 갖고 있을 것이다, 아니면 교외의 농가에 살면서 출퇴근할 것이다. 그것도 아니면 차 안에 여행 가방 두 개만 놔두고 거기서 살고 있을 것이다. 잠은 우리 아파트 중 아무 데서나 두어 시간씩만 자면서 말이죠."

그녀는 잠시 생각했다.

"그런데 챈스랑 있을 때 한번도 그가 자는 걸 본 적이 없어요. 사실 우리랑 함께 잠자리에 들기는 하지만, 잠깐 누워 있다가 곧 일어나 옷을 입고 나가 버리죠. 방에 다른 사람이 있으면 잠을 잘 수 없다고 말한 적이 있어요."

"네가 직접 챈스에게 연락을 해 보는 건 어때?"

"전화번호는 있어요. 하지만 응답 서비스 전화죠. 하루 24시간 언제든지 그 번호로 전화를 걸 수는 있는데, 받는 건 언제나 응답 서비스예요. 챈스는 항상 응답 서비스를 확인하죠. 우리가 외출이라도 하면 매시 30분과 정각에 전화를 해서 확인하려 들죠."

킴은 내게 챈스의 전화번호를 가르쳐 주었고, 나는 그것을 수첩에 적었다. 챈스가 차를 어디에 주차하는지 물었다. 그녀는 모른다고 말했다. 그의 차 번호를 기억하느냐고 물었다.

그녀는 고개를 저었다.

"그런 건 본 적이 없어요. 캐딜락이라는 것밖에 모르겠어요."

"놀랍군. 잘 가는 데가 어디야?"

"모르죠. 챈스를 만날 일이 있을 때는 그냥 메시지를 남겨요. 찾으러 다닌 적은 없어요. 단골 술집이라도 있느냐고요? 가끔 들르는 데가 몇 군데 있기는 하지만 단골로 다니는 데는 없어요."

"그 사람 하는 일이 뭐지?"

"뭐라고요?"

"볼 게임 하러 다니나? 아님 도박하러 다니나? 뭘 하면서 노느냐고?"
그녀는 그 질문에 대해 잠시 생각했다.
"여러 가지를 하죠."
"무슨 뜻이지?"
"누구하고 있느냐에 따라 달라지죠. 나는 재즈 바에 가는 걸 좋아하거든요. 나랑 함께 있을 때는 재즈 바에 가죠. 재즈 바 같은 데서 느긋한 저녁 시간을 즐기고 싶을 때는 내게 전화를 해요. 얼굴도 모르는 애지만 콘서트에 함께 다니는 여자도 있어요. 아시잖아요, 카네기 홀 같은 데서 하는 클래식 음악 말이에요. 또 스포츠광인 서니도 있고요. 볼 게임 구경 갈 때는 그 애를 데리고 가죠."
"데리고 있는 여자가 몇이야?"
"글쎄요. 서니하고 낸, 클래식 음악 좋아하는 애가 있고요. 그 외에도 한두 명 더 있을 거예요. 좀 더 있을지도 모르겠네요. 아시겠지만 챈스는 비밀이 많은 남자예요. 뭐든지 혼자만 알고 있죠."
"그에 대해 아는 게 챈스라는 이름뿐이란 말이지?"
"그래요."
"몇 년이나 함께 일했지? 3년인가? 그런데 이름 반쪽밖에 모른다고? 주소도 모르고 응답 서비스 전화번호만 알고 있다고?"
그녀는 가만히 자기 손을 내려다봤다.
"돈은 어떤 식으로 가져가지?"
"나한테서요? 가끔씩 받으러 와요."
"전화부터 하고 오나?"
"꼭 그런 건 아니에요. 전화를 할 때도 있고요. 아니면 내게 전화해서 돈을 갖다 달라고 하죠. 커피숍이나 술집 같은 데서 만나기도 하고, 근처에서 기다리면 그가 와서 차에 태우기도 하죠."
"버는 돈을 모조리 바친단 말이지?"
그녀는 끄덕였다.
"그는 내가 살 아파트를 마련해 주고 임대료도 내주고 전화 요금도 내주고 모든 종류의 청구서를 지불하죠. 내 옷을 살 때도 그가 계산을 해요. 그는 내 옷을 골라 주는 걸 좋아하죠. 버는 돈을 전부 그에게 주면 그가 내게 얼마간 돌려줘요. 돈이 도는 거죠, 뭐……."
"한 푼도 떼지 않고 몽땅 바친단 말이지?"
"물론 내 몫은 남겨 두죠. 어떻게 내가 수천 달러를 벌었겠어요? 하지만 웃기는 건, 내가 많이 떼지는 않는다는 거죠."
그녀가 자리를 뜰 때쯤에는 그곳이 회사원들로 꽉 차 있었다. 그때까지 그녀는 커피를 여러 잔 마신 다음 백포도주로 바꾸어 마셨다. 그녀는 포도주 한 잔을 마시고 반 잔은 남겼다. 나는 줄기차게 블랙커피만 마셨다. 그녀의 주소와 전화번호를 내 수첩에 적고 챈스의 응답 서비스 전화번호도 적었다. 그게 내가 알 수 있는 전부였다.
반면에 알아야 할 것은 너무나도 많았다. 우선 챈스가 어디에 있는지부터 알아내야 했다. 만나서 그에게 말을 꺼내야 한다. 말을 듣지 않는다면 그가 킴을 떨게 만들었던 것보다 더한 협박을 해야 할지도 모른다. 그렇게 하지 않더라도 상관없기는 하다. 어쨌거나 아침에 눈을 떴을 때보다 500달러나 더 벌었으니까.

그녀가 가고 나서 남은 커피를 마신 다음, 그녀가 준 100달러짜리 지폐 하나를 헐어 계산을 했다. 암스트롱 바는 57번가와 58번가 사이에서 9번가와 만나는 모퉁이에 있었다. 내가 묵고 있는 호텔은 57번가 근처에 있다. 곧장 호텔로 갔다. 프런트에 들러 내게 우편물이나 메시지가 온 게 있는지 확인한 다음, 로비에 있는 공중전화로 가서 챈스의 번호로 전화를 걸었다. 계속해서 네 자리 숫자를 눌러 댔다. 세 번째 벨이 울리자 한 여자가 전화를 받아서 물었다.

"무얼 도와드릴까요?"

"챈스 좀 바꿔 주세요."

"그가 돌아오는 대로 전하죠."

줄담배를 피우는 듯한 쉰 목소리를 가진 중년 여자였다.

"뭐라고 전해 드릴까요?"

내 이름과 호텔 전화번호를 그녀에게 일러 줬다. 무슨 일로 전화했는지 그녀가 물었다. 개인적인 일이라고 대답했다.

전화를 끊고 나자 몸이 떨리는 것을 느꼈다. 종일 커피만 마셔 댔던 탓이리라. 한잔 하고 싶었다. 길 건너편에 있는 폴리 바로 달려가 간단히 한잔 걸치거나, 아니면 폴리 바에서 두 집 떨어진 술집에 들러 버번 한 병을 마셨으면 하는 생각이 간절했다. 독한 술이 눈앞에서 어른어른했다. 납작한 병에 담긴 짐 빔이나 J. W. 댄트 같은 진짜 갈색 위스키 말이다.

'이봐, 바깥에 비가 오고 있잖아. 설마 이런 빗속에 나가고 싶은 건 아니겠지.'

공중전화 부스를 나와 현관 쪽으로 가지 않고 곧장 엘리베이터를 타고 얼른 내 방으로 올라와 버렸다. 문을 잠그고 의자를 창문 앞으로 끌어다 놓고 비를 구경했다. 몇 분이 지나자 술 마시고 싶은 욕구가 사라졌다. 마시고 싶은 욕구는 조금 있다가 또 일어났다가 다시 사라졌다. 그 후 한 시간 동안 마시고 싶은 욕구가 오락가락 했다. 명멸하는 네온 사인처럼. 우두커니 앉아서 내리는 비를 바라보고 있었다.

7시경에 내 방에 있는 전화기로 일레인 마델에게 전화를 걸었다. 자동응답기가 켜졌다. 삐 소리가 울리자 말했다.
"나 매트야. 네 친구를 만나 봤거든. 소개시켜 준 데 대해 인사를 하고 싶은데. 조만간 한 턱 쓸게."
전화를 끊고 30분을 더 기다렸다.
챈스한테서는 전화가 오지 않았다.
딱히 배가 고픈 건 아니었지만 뭘 좀 먹으려고 아래층으로 내려갔다. 비가 멎어 있었다. 블루 제이로 가서 햄버거와 튀김을 주문했다. 두 테이블 건너편에 앉은 남자가 샌드위치를 안주로 맥주를 한 잔 마시고 있었다. 나도 한 잔 시켜 볼까 생각하는데 웨이터가 주문한 햄버거를 가져왔다. 그래서 얼른 마음을 고쳐먹었다. 햄버거를 거의 다 먹고 튀김은 반만 먹고 커피를 두 잔 마셨다. 후식으로 체리 파이를 주문해서 그것도 거의 다 먹었다.
식당을 나왔을 때가 8시 30분쯤이었다. 호텔에 들러 확인해 봤지만 내게 온 메시지는 없었다. 계속 걸어서 9번가까지 갔다. 전에는 근처에 '안타레스와 스피로'라는 그리스 바가 있었지만, 지금은 과일과 야채를 파는 식료품 가게가 있다. 업타운 쪽으로 방향을 돌려 암스트롱 바를 지나 358번가를 가로질러 걸어갔다. 신호가 바뀌자 도로를 건너 병원을 지나서 세인트폴 성당까지 줄곧 걸어갔다. 보도에서 지하로 들어가는 좁은 계단을 한 층 내려갔다. 문 손잡이에는 표지판이 걸려 있었지만, 누구든 금방 알아볼 수 있는 표지는 아니었다. '익명의 알코올 중독자 모임'이라고 적혀 있었다.

안으로 들어갔을 때 마침 의식을 시작하려는 참이었다. 세 개의 테이블이 U자형으로 놓여 있었다. 양쪽 테이블에 사람들이 마주 앉아 있고, 뒤편에도 의자가 여남은 개는 있는 것 같았다. 가장자리에 놓인 테이블에는 다과가 준비되어 있었다. 커피메이커에 끓여 둔 커피를 일회용 컵에 따라서 들고 뒤쪽에 있는 의자에 앉았다. 두세 사람이 내게 고개를 끄덕여 알은체를 했고, 나도 인사를 했다.

연사는 내 또래의 남자였다. 그는 플란넬 셔츠에 헤링본 트위드 재킷을 받쳐 입고 있었다. 그는 처음으로 술을 배운 십대 초반부터 4년 전 금주 프로그램에 나와서 술을 끊게 되기까지의 파란만장한 이야기를 했다. 몇 번인가 결혼했다가 이혼하고 차도 여러 대 부쉈으며 직장을 잃고 수차례 입원도 했다. 그런 일들을 겪은 다음에야 그는 술을 끊고 금주 모임에 나오기 시작했고, 모든 상황이 나아졌다.

"상황이 나아진 게 아니라, 실은 나 자신이 나아진 거죠."

사람들은 늘 그렇게 말한다. 그런 이야기를 너무 많이 하기 때문에 똑같은 이야기를 귀에 못이 박히도록 듣게 된다. 그렇긴 해도 그 이야기들은 꽤 재미있었다. 사람들은 하느님과 사람들 앞에 꼿꼿이 앉아서 빌어먹을 이야기들을 잘도 지껄였다.

그는 30분 동안 이야기했다. 그러고 나서 10분간 휴식 시간을 가진 후에 바구니를 돌려 회비를 거두었다. 1달러를 집어넣고 커피를 한 잔 더 마시고 오트밀 쿠키도 두어 개 집어먹었다. 낡은 군복 상의를 입은 남자가 내 이름을 부르며 인사를 했다. 그의 이름이 짐이라는 것을 기억해 내고 나도 알은체를 했다. 어떻게 지내느냐고 그가 물었다. 잘 지내고 있다고 대답했다.

"여기 온 걸 보니 자네 술 끊었나 본데. 그게 중요한 일이지."

"그런 것 같아요."

"어느 날이고 술 마시지 않는 날은 다 좋은 날이지. 어느 날 갑자기 술을 끊더니 그대로 지키는군. 알코올 중독자에게는 술을 입에 대지 않는 게 세상에서 가장 어려운 일인데, 자네가 그 일을 하고 있네그려."

하지만 나는 금주를 지키지 못했다. 나는 열흘 동안 입원해 있다가 방금 퇴원한 사람이었다. 2, 3일쯤은 맑은 정신으로 지내다가 한잔 하게 되겠지. 대개는 한두 잔, 많아야 세 잔 정도였다. 그 정도는 통제할 수 있었다. 하지만 일요일 밤에는 전혀 아는 사람을 만날 것 같지 않은 6번가의 블라니 스톤에서 버번을 마시고 엉망으로 취했다. 어떻게 그 술집을 나와서 집까지 왔는지 도무지 기억이 나지 않았다. 그리고 월요일 아침에는 몸이 떨리고 입이 탔다. 한마디로 초죽음이 되어 있었다.

이런 이야기는 그에게 한마디도 하지 않았다.

10분 후에 회원들은 자리로 돌아가 다시 회의를 시작했다. 사람들은 자기 이름을 말하고, 자기가 알코올 중독자였음을 밝히고, 연사의 증언에 감사했다. 증언이란 아까 그 남자가 이야기했던 파란만장한 경험담을 일컫는 것이다. 그들은 계속해서 자신이 얼마나 연사와 똑같은 경험을 했는지 이야기하고 술에 취해 지내던 날들의 기억을 떠올렸다. 술을 끊으려고 애쓰는 과정에서 겪었던 어려움에 대해 이야기하는 사람도 있었다. 잘해야 킴 다키넨 또래로 보이는 여자가 애인과의 갈등에 대해 이야기했고, 삼십대의 게이가 여행사에 다닐 때 한 고객과 싸움을 벌이려 했던 이야기를 했다. 그의 익살맞은 이야기에 모두들 한바탕 웃음을 터뜨렸다.

한 여자가 말했다.

"술을 끊은 상태를 유지하는 일은 세상에서 가장 쉬운 일이에요. 우리가 할 일은 단지 술 마시지 않고 금주 모임에 참석해서 이엿 같은 인생을 완전히 바꾸는 것뿐이죠."

내 차례가 되었을 때 내가 말했다.

"내 이름은 매트고요. 오늘은 그냥 지나갈게요."

모임은 10시에 끝났다. 집에 오는 길에 암스트롱 바에 들러 스탠드에 앉았다. 흔히들 술을 끊으려면 술집에 가지 말라고 하지만, 나는 그곳이 편하고 커피 맛도 좋았다. 마시려고 마음만 먹는다면 어디서든 마실 텐데 무슨 상관이란 말인가.

술집을 나올 무렵 석간신문이 거리에 깔렸다. 신문을 한 부 사들고 방으로 돌아왔다. 킴 다키넨의 포주한테서는 아직도 아무 연락이 없었다. 그의 응답 서비스에 다시 전화를 걸어 그가 내 전화를 받았다는 사실을 확인했다. 가능한 한 빨리 전화해 달라고 다시 메시지를 남겼다.

샤워를 하고 옷을 입고 나서 신문을 읽었다. 국내외 기사들을 읽었지만 전혀 집중할 수 없었다. 직접 관련되기 전에는 모든 일이 하찮게 여겨져 절실하게 와 닿지 않는 법이다.

관심 있는 기사도 몇 개 있었다. 브롱스에 사는 두 녀석이 D노선 지하철 앞으로 한 젊은 여자를 집어던졌다. 기관사가 지하철을 멈출 때까지 무려 여섯 량의 객차가 그녀의 위로 지나갔지만, 그녀는 상처 하나 입지 않고 무사히 살아났다.

허드슨독 근처 웨스트가에서 한 창녀가 흉기에 찔린 채 변사체로 발견되었다는 기사도 있었다.

코로나의 주택국 소속 경찰은 아직도 위독한 상태였다. 기다란 파이프로 경찰을 치고 권총을 빼앗은 두 명의 사내가 경찰을 공격했다는 기사를 이틀 전에 읽었다. 그에게는 아내와 열 살도 안 된 아이들이 넷 있었다.

전화는 울리지 않았다. 사실은 기대도 하지 않았다. 챈스가 단순히 호기심에서 내 전화에 응답할 이유는 없을 것 같았다. 아마 누군가에게 몹쓸 짓을 했던 일이 기억났을 것이다. 경찰 신분일 때와는 확실히 처지가 다르다는 사실을 새삼 확인할 수 있었다. 경찰 스커더나 형사 스커더에 비해 그냥 스커더 씨는 무시하기 쉬운 존재이리라. 하지만 꼭 해야 하는 경우가 아니라면 거짓말을 하는 건 내 취향이 아니었다. 사람들이 일을 빨리 해결하도록 돕는 건 기꺼이 하겠지만 억지로 밀어붙이는 건 내키지 않았다.

그러니 내가 그를 찾아내야만 했다. 그렇게 하는 편이 나았다. 뭔가 내가 할 수 있는 일이 있는 건 확실했다. 여하튼 그의 응답 서비스에 남긴 메시지는 그의 머릿속에 내 이름을 똑똑히 심어 주었을 게다.

챈스라는 사람이 어떤 사람일지 상상이 가지 않았다. 아마도 그에겐 대형 고급차에 사치스러운 승용차용 바와 모피 시트, 분홍 벨벳 차양판과 더불어 이동 전화 장치쯤은 있을 것 같았다. 상류층 취향의 물건들 말이다.

스포츠 면을 읽다가 그리니치 빌리지에서 살해된 창녀 이야기로 돌아갔다. 아주 짤막한 기사였다. 희생자가 스물다섯 살 정도의 여자로 확인되었다는 것 외에는 이름도 없고 아무런 설명이 없었다.

신문사에 전화를 걸어 피해자의 이름이라도 알고 있는지 물었지만 정보를 유출할 수 없도록 되어 있다는 답변뿐이었다. 유족들에 대한 통지는 아직 보류 중인 것 같았다. 6번 관할 구역에 전화를 걸었지만, 에디 퀼러는 비번이었고 6번 관할 구역에서 안면이 있을 만한 사람이 생각나지 않았다. 수첩을 꺼내 들었지만 그녀에게 전화를 걸기에는 너무 늦은 시간이었다. 이 도시에 사는 여자들 가운데 절반이 창녀였다. 게다가 웨스트 사이드 하이웨이에서 칼부림을 당한 여자가 하필이면 그녀라고 생각할 만한 뚜렷한 이유도 없었다. 수첩을 집어넣었다가 10분 후에 다시 수첩을 뒤져서 그녀의 번호로 전화를 걸었다.

"킴, 나 매트 스커더야. 지난번에 우리가 만난 뒤에 네 친구한테 이야기를 꺼내 봤는지 궁금해서 전화했어."

"아뇨. 왜 그러시죠?"

"응답 서비스를 통해 챈스를 만날 수 있을 줄 알았지. 그런데 전화가 올 것 같지 않아서 말이야. 내일은 나가서 찾아봐야 할 것 같거든. 찾는 사람이 있단 말을 하던가?"

"한마디도 안 했어요."

"좋아. 먼저 그를 만나거든 아무 일도 없는 듯이 행동해. 만약 챈스가 전화해서 어디서든 만나자고 하거든 곧바로 내게 전화해 줘."

"당신이 준 전화번호로 말이죠?"

"그래, 내게 연락하면 네가 있는 장소에 나갈 수 있을 거야. 가지 못하더라도 그냥 가서 겁먹지 말고 태연하게 굴어."

별안간 전화를 걸어 공연히 킴을 불안하게 만든 것 같았다. 진정시키느라 좀 더 길게 이야기를 했다. 적어도 그녀가 웨스트 사이드에서 죽지 않았다는 사실은 확인했다. 적어도 쉽게 잠들 수는 있을 것 같았다.

아무렴. 불을 끄고 잠자리에 들어서도 한참 동안 누워만 있었다. 결국 포기하고 다시 신문을 읽었다. 한두 잔만 마시면 신경이 무뎌져 잠들 수 있을 것 같았다. 그 생각을 떨칠 수 없었지만, 내 방에서 한 발짝도 나가지 않고 버티다가 4시가 되자 이렇게 중얼거렸다.

"이제 잊어버려. 술집도 문 닫을 시간이야."

11번가에 시간 외 영업을 하는 술집이 있었지만, 마침 그때는 그 술집이 생각 나지 않았다.

불을 끄고 다시 침대에 들어갔다. 죽은 창녀와 주택국 소속 경찰, 교외선 열차에 치인 여자가 생각났다.

'이 도시에서 술에 취하지 않고 버티고 있는 걸 잘하는 짓이라고들 생각하는 이유가 뭘까?'

줄곧 그 생각에 매달리다가 그 생각과 함께 잠이 들었다.

셋

여섯 시간이나 뒤척인 끝에 신기할 정도로 잘 자고 10시 30분쯤에 일어났다.

샤워를 하고 면도를 한 다음 커피와 롤빵으로 아침을 먹고 세인트폴 성당으로 갔다. 이번에는 지하가 아니라 교회로 들어갔다. 신도석에 10분 가량 앉아 있다가, 두 개의 초에 불을 붙이고 슬그머니 자선함에 50달러를 넣었다. 60번가에 있는 우체국에서 200달러짜리 송금환과 소인이 찍힌 봉투를 샀다. 그 돈을 쇼셋에 사는 전처에게 부쳤다. 동봉할 편지를 쓰다가 그만 변명을 늘어놓고 말았다.

돈이 너무 적은 데다가 너무 늦었다. 말하지 않아도 그녀는 알 것 같았다. 아무것도 적지 않은 종이에 송금환을 싸서 그대로 부쳤다.

비가 더 오려는 듯 잔뜩 흐리고 추운 날씨였다. 매서운 바람이 불었다. 사정없이 몰아치는 바람이었다. 경기장 앞에서 한 남자가 바람에 날리는 모자를 쫓아가면서 욕설을 퍼붓고 있었다. 거의 반사적으로 내 모자를 꽉 움켜잡았다.

은행까지 거의 다 걸어갔을 때 문득 정상적인 금융 거래를 마치고 나면 킴에게서 받은 선금이 얼마 남지 않을 것이라는 데 생각이 미쳤다. 돈을 부치는 대신에 호텔로 돌아가 다음 달 임대료의 절반을 지불했다. 아까 은행에서 한 장밖에 남지 않은 100달러짜리 지폐를 헐어 10달러와 20달러짜리 지폐로 바꾸어 왔었다.

무엇 때문에 1000달러를 눈앞에 두고 몽땅 받지 않았지? 동기에 대해 말했던 생각이 났다. 그렇지, 동기가 있었지.

광고 전단 두어 개, 지역구 의원으로부터 온 편지 한 통, 늘 오는 우편물들이 와 있었다. 읽어야 할 것은 없었다.

챈스에게서 아무 메시지도 없었다. 기대도 하지 않았다. 그의 응답 서비스에 전화를 걸어, 그냥 재미로 또 하나의 메시지를 남겼다.

호텔에서 나와 오후 내내 바깥에 있었다. 두어 번 지하철을 탔지만, 대부분은 걸어 다녔다. 금방이라도 쏟아질 듯하던 비는 결국 내리지 않았다. 바람이 더욱 세차게 몰아쳤지만, 내 모자를 벗기지는 못했다. 두 군데 경찰서를 지나고 두어 군데 커피숍과 여섯 군데 술집에 들렀다. 커피숍에서 커피를 마시고 술집에서는 코카콜라를 마셨다. 호텔 프런트에 몇 차례 전화를 걸었다. 챈스한테서 전화가 와 있으리라고는 기대도 하지 않았다. 단지 킴이 전화를 할 경우에 연락이 닿기를 바랐다. 하지만 아무도 전화하지 않았다. 킴의 번호로 두 번 전화를 해 봤지만, 두 번 다 자동응답기가 전화를 받았다. 누구나 자동응답기를 가지고 있었다. 언젠가는 자동응답기들끼리 전화를 걸어서 서로 이야기하게 될 것 같았다. 나는 메시지를 남기지 않았다.

해가 저물 무렵에 타임 스퀘어 극장에 들어갔다. 클린트 이스트우드 영화를 두 편 상영하고 있었는데, 모조리 클린트 이스트우드가 총질로 나쁜 놈들을 평정하는 난폭한 경찰로 나오는 영화들이었다. 관객들 대부분이 클린트 이스트우드가 총을 쏘아 대던 쓰레기 같은 녀석들처럼 보였다. 그가 누군가를 쓰러뜨릴 때마다 관객들은 뜨거운 박수갈채를 보냈다.

8번가에 있는 쿠바 계 중국인 식당에서 돼지고기 볶음밥을 먹고 다시 한번 호텔 프런트에 전화를 걸어 메시지를 확인한 다음, 암스트롱 바에 들러 커피를 한잔 마셨다. 마침 대화에 끼어들게 되어 더 있고 싶은 생각이 들었지만, 8시 30분에 간신히 빠져나와 길을 건너고 계단을 내려가서 금주 모임에 참석했다.

연사는 남편이 출근하고 아이들이 학교에 간 사이에 인사불성이 되도록 취하곤 했던 가정 주부였다. 부엌에서 의식을 잃고 쓰러져 있는 엄마를 아이가 발견했을 때, 그녀는 척추를 교정하기 위해 요가를 하는 중이라고 아이에게 거짓말을 했다고 말했다. 모두들 웃었다.

내 차례가 되었을 때 나는 말했다.

"내 이름은 매트고요. 오늘 밤엔 그냥 듣기만 할게요."

켈빈 스몰은 127번가와 르녹스가가 만나는 곳에 있었다. 방 한편에는 방 전체 길이만큼 기다란 바가 있고, 바 건너편은 벽에 붙여 놓은 테이블이 차지하고 있는, 길고 좁은 방이었다. 뒤편은 전부 연주 무대였다. 뿔테 선글라스를 끼고 머리를 짧게 깎은 거무튀튀한 피부의 흑인 두 명이 올라가 조용한 재즈 곡을 연주했다. 한 사람은 소형 업라이트 피아노를 쳤으며 다른 사람은 심벌즈를 울렸다. 그들은 마치 구식의 모던 재즈 4중주 같았다.

내가 입구에 들어서자 방 전체가 쥐 죽은 듯이 조용해졌기 때문에, 연주 소리가 잘 들렸다. 그 방에서 나는 유일한 백인 남자였다. 모두들 하던 일을 멈추고 한참 동안 나를 쳐다보았다. 벽에 붙여 놓은 테이블에 백인 여자 두어 명이 흑인 남자들과 앉아 있었다. 두 명의 흑인 여자도 같은 테이블에 앉아 있었다. 다양한 피부 색깔의 남자들이 스무 명 남짓 있었지만, 나와 같은 백인 남자는 없었다.

그 방을 가로질러 화장실로 들어갔다. 거의 프로 농구 선수만큼이나 키가 큰 남자가 곧게 흘러내린 머리를 빗고 있었다. 그의 포마드 향기가 강렬한 마리화나 냄새와 뒤섞였다. 나는 손을 씻고 나서 핸드 드라이어에 비벼 말렸다. 내가 화장실에서 나갈 때까지도 그 남자는 계속해서 머리 손질을 하고 있었다.

내가 화장실에서 나오자 다시 대화가 끊겼다. 다시 앞을 향해 어깨를 웅크리고 천천히 걸었다. 그 가수들이 누군지 알 수 없었다. 게다가 그 방에 한 번이라도 전과가 없는 남자는 한 사람도 없다는 사실을 알아차렸다. 그들은 포주, 마약상, 도박꾼, 증권 중개인들이었다. 무식하고 버릇없는 사람들이었다.

앞에서부터 다섯 번째 의자에 앉은 남자와 시선이 마주쳤다. 그를 알아보는 데 약간 시간이 걸렸다. 몇 년 전에 보았을 때는 직모였는데, 지금은 변형된 아프리카 풍의 둥그런 가발을 쓰고 있었기 때문이다.

그는 녹색 양복을 입고, 아마도 멸종 위기에 놓여 있을 파충류의 가죽으로 만들어진 구두를 신고 있었다.

그를 지나쳐서 문을 향해 걸어가서 밖으로 나갔다. 르녹스에서 남쪽으로 두 집 더 걸어가서 가로등 옆에 섰다. 2, 3분이 지나자 팔다리를 마구잡이로 흔들면서 그가 걸어 나왔다.

"어이, 매튜. 어떻게 지내나?"

그가 손뼉을 치려는 듯이 내게 손을 내밀었다.

나는 그의 손을 쳐 주지 않았다. 그는 머쓱한 듯이 자기 손을 내려다보다가, 나를 올려다보며 눈알을 굴리다가 과장된 동작으로 머리를 흔들고 손뼉을 치는 바지 가랑이에 먼지를 털고 나서 빈약한 엉덩이 위에 손을 올려놓았다.

"오랜만이야. 그쪽 구역에서 달아난 녀석들을 찾으러 왔나? 아니면 그냥 화장실을 이용하려고 할렘으로 납신 건가?"

"돈 좀 버나 보군, 로옐."

그는 다소 멋을 부리고 있었다. 이름은 로옐 왈드론이었다. 총알 머리를 한 흑인 경찰을 알았던 적이 있었다. 그는 로옐 왈드론을 로옐 플러시라고 부르다가 플러시 토일럿으로 바꿔 부르다가 나중에는 크래퍼(화장실을 상스럽게 이르는 말—옮긴이)라고 불렀다.

"그건, 아시다시피 약을 거래하고 있으니까."

"알아."

"정직하게 사람들을 대하고 절대로 끼니를 거르지 마라. 우리 엄마가 내게 노래를 부르는 말이지. 그런데 매튜, 여기는 어쩐 일이지?"

"남자를 찾고 있어."

"금방 찾아낼 텐데 뭘 그래? 요즘은 경찰 노릇 그만뒀나 보지?"

"몇 년 됐어."

"그렇다면 뭔가 사러 왔군? 찾는 물건이 뭐야? 돈은 얼마나 쓸 수 있지?"

"뭘 팔지?"

"거의 다 취급하지, 뭐."

"콜롬비아 인들께서 하시는 사업은 여전히 경기가 좋으시군."

"젠장."

그는 한 손으로 바지 앞부분을 문질렀다. 녹색 바지 허리춤에 총을 갖고 있는 것 같았다. 켈빈 스몰에 있는 사람들치고 권총 한 자루씩 없는 사람은 없을 것이다.

"콜롬비아 인들이야 별일 없지. 그들을 속일 생각이 없다면 무슨 일이야 있겠어? 물건 사러 여기까지 납신 건 아닌 것 같은데."

"그래."

"이봐, 원하는 게 뭐지?"

"포주 녀석 하나를 찾고 있어."

"젠장, 방금 포주 스무 명은 만났을 텐데. 창녀 예닐곱 명도 있었는데."

"챈스라는 이름의 포주를 찾고 있어."

"아는 사람이야?"

"알지도 모르지."

잠자코 기다렸다. 롱코트를 입은 남자가 지나가면서 가게마다 한 번씩 멈춰 섰다. 안을 들여다보려는 것 같았지만 보이지 않았다. 상점들은 모두 영업을 마치고 셔터가 내려져 차고 문처럼 보였다. 남자는 문이 닫힌 상점들 앞에 일일이 멈춰 서서 셔터에 무슨 중요한 의미라도 있는 것처럼 꼼꼼히 셔터를 살폈다.
"윈도 쇼핑을 하는 거야."
로열이 말했다.
청색과 흰색으로 도색된 순찰차가 천천히 옆으로 지나갔다. 차에 타고 있던 두 명의 제복 입은 경찰이 우리를 훑어봤다. 로열이 그들에게 좋은 밤 되시라고 인사를 했다. 나는 잠자코 있었고 그들도 아무 말도 하지 않았다. 순찰차가 떠나자 그가 말했다.
"챈스는 여기 자주 오지 않아."
"어디 가면 그를 찾을 수 있지?"
"글쎄. 아무 데나 나타나지만 거기 또 온다는 보장은 없으니까. 그는 단골집이 없어."
"그래서 그런 말들을 하는군."
"어디를 찾아봤는데?"
6번가와 45번가의 교차로에 있는 커피숍과 그리니치 빌리지에 있는 피아노 바, 그리고 서 40번가에 있는 술집 두 군데를 일러 주었다. 로열은 전부 주의 깊게 듣고 생각에 잠기는 듯이 고개를 주억거렸다.
"머핀 버거에는 안 갈 거야. 챈스는 여자들을 거리에 내놓고 일하지는 않거든. 내가 알기에는 그래. 마찬가지지만, 어쩌면 그가 거기 갈 수도 있겠지. 알겠나? 내 말은, 어디든 나타날 수 있지만 단골로 가는 데는 없다는 얘기야."

"로열, 어디서 찾는 게 좋겠어?"

그는 두어 군데 장소를 불러 주었다. 그 중 한 군데는 벌써 가 봤는데 잊어버리고 말하지 않은 곳이었다. 나머지 장소들을 적었다.

"로열, 그가 뭘 좋아하지?"

"글쎄, 젠장. 이봐, 그는 그냥 포주야."

"그를 좋아하지 않나 보군."

"좋아하고 말고 할 것도 없지. 매튜, 내 친구들은 전부 사업상 친구일 뿐이야. 챈스랑은 서로 한 번도 거래한 적이 없어서 그래. 둘 다 상대방이 파는 걸 사지 않으니까. 그는 약을 살 생각이 없고, 나는 여자를 살 생각이 없는 거지."

그는 이빨을 조금 보이며 비열하게 웃었다.

"온갖 약이 다 있는데, 여자를 사려고 돈을 쓸 필요가 있겠어?"

로열이 말해 준 장소 가운데 한 군데는 할렘의 세인트니콜러스가에 있었다. 125번가까지 걸어갔다. 거리는 넓고 복잡하고 환하게 불이 켜져 있었지만, 흑인 거리에서 백인 남자가 느끼는, 전혀 분별 없는 망상으로 돌릴 수만은 없는 섬뜩한 기분을 느꼈다.

세인트니콜러스가에서 북쪽으로 돌아 클럽 카메룬까지 두어 블록을 걸어갔다. 생음악 대신 주크박스가 있는 그곳은 캘빈 스몰의 축소판이었다. 화장실은 불결했다. 화장실에서는 어떤 사람이 뭔가를 세차게 빨아들이고 있었다. 코카인을 흡입하는 모양이었다.

그 술집에는 아는 사람이 아무도 없었다. 서서 클럽 소다를 한 잔 마시면서 거울에 비친 열다섯 명, 아니면 스무 명쯤 되는 검은 얼굴들을 쳐다보았다. 그날 저녁에 처음 든 생각은 아니지만, 문득 내가 챈스를 만나도 알아보지 못할지 모른다는 생각이 들었다. 챈스에 대해 내가 알고 있는 지식으로는 눈앞에 있는 사람들의 3분의 1은 챈스였으며, 나머지 사람들도 태반이 챈스였다. 나는 그의 사진을 본 적이 없었다. 경찰에 줄을 대 보았지만, 그의 이름조차 알아내지 못했다. 챈스가 성이라면 그에겐 전과 기록이 남아 있지 않았다.

양쪽에 앉은 남자들이 내게서 고개를 돌렸다. 거울에 비친 내 모습을 보았다. 빛바랜 양복과 회색 코트를 입은 창백한 남자가 거기 있었다. 양복은 다림질을 해야 했고, 모자는 엉망으로 구겨져 있었다. 넓은 어깨와 강조된 옷깃과 천으로 싼 단추가 달린 최신 양복으로 멋을 부린 남자들 사이에서 나는 물 위의 기름처럼 겉돌았다. 포주들은 주로 필 크론펠드즈 브로드웨이 양복점 같은 데를 다녔지만, 크론펠드즈는 문을 닫았으니까 요즘은 어디로 가는지 알 수 없었다. 그곳도 한번 찾아봐야 할 것 같았다. 어쩌면 챈스가 외상을 달아 놓고 있을지도 모르니까, 그런 식으로 그를 추적할 수도 있을 것 같았다.

하지만 이 바닥 사람들은 외상 거래를 하지 않았다. 모든 거래를 현금으로 하기 때문이다. 심지어 차도 현찰로 샀다. 포템킨즈 자동차 판매소에 들어가서 100달러짜리 지폐들로 지불하고 캐딜락을 집으로 몰고 오는 것이다.

내 오른쪽에 있는 남자가 손가락을 구부려 바텐더를 불렀다.

"같은 걸로 한 잔 가져와. 맛있게 만들어 봐."

바텐더는 그의 잔에 헤네시 한 잔을 채우고 차가운 우유를 조금

부었다. 전에는 이 칵테일을 화이트 캐딜락이라고들 불렀다. 아직도 그렇게 부르는지도 모르겠다.

포템킨즈에 가 봐야 하는 건 아닐까. 아니면 집에 있는 게 나을까? 나의 존재가 긴장을 불러일으켰다. 좁은 실내에서 긴장감이 무르익어 가는 게 감지되었다. 조만간 어떤 녀석이 내게 다가와서 무슨 생각으로 여길 왔느냐고 물을 것 같았다. 그렇게 되면 적당히 둘러대기 어려울 것 같았다.

그런 일이 벌어지기 전에 자리를 떴다. 무허가 택시가 신호가 바뀌기를 기다리고 있었다. 내가 탄 쪽 문짝이 움푹 들어가고 한쪽 바퀴 덮개는 찌부러져 있었다. 택시기사의 운전 실력에 대해 하는 말들을 믿을 수 없었다. 아무튼 나는 택시를 탔다.

서 96번가에 있는 로열이 가르쳐 준 다른 장소에서 택시를 내렸다. 2시가 넘었으며 피로가 몰려오기 시작했다. 이번에도 역시 흑인 남자가 피아노를 치고 있는 다른 술집으로 들어갔다. 이 피아노는 이상하게도 음정이 맞지 않는 것처럼 들렸다. 내가 음치여서 그렇게 들리는지도 몰랐다. 거기는 흑인과 백인이 적당히 비슷하게 섞여 있었다. 다른 인종끼리의 커플도 많았지만, 흑인 남자들과 짝을 이룬 백인 여자들은 창녀라기보다는 여자 친구로 보였다. 번드르르하게 차려입은 남자가 몇 명 있었지만, 이 구역에서 흔한 전형적인 포주처럼 보이는 사람은 없었다. 실내에는 현찰 거래와 방탕한 생활의 냄새가 났지만 타임 스퀘어 근처에 있는 할렘 클럽들보다는 부드럽고 가라앉은 분위기였다.

공중전화에 동전을 넣고 호텔에 전화를 걸었다. 내게 온 메시지는 없었다. 그날 밤 당직을 서는 프런트 직원은 물라토(백인과 흑인의 혼혈—옮긴이)였는데, 감기약에 취해서 일을 제대로 할 수 없는 것 같았다. 그런 상태에서도 만년필로 《타임》의 글자 맞추기 퍼즐은 할 수 있었을 것이다. 내가 말했다.

"제이콥, 부탁 하나만 들어줘. 이 번호로 전화를 걸어서 챈스라는 사람을 찾아."

그에게 이 집 전화번호를 알려 주었다. 그는 전화번호를 복창하고는 나에게 챈스 씨냐고 물었다. 그냥 챈스라고 대답했다.

"전화를 받으면 뭐라고 하죠?"

"그냥 끊어 버리면 돼."

술집에 가서 맥주를 주문할 뻔하다가 콜라로 주문했다. 1분 뒤에 전화벨이 울리더니 한 녀석이 전화를 받았다. 대학생처럼 보이는 녀석이었다. 챈스라는 분 안 계시냐고 그가 소리쳤다. 아무도 대답하지 않았다. 나는 계속해서 바텐더를 주시하고 있었다. 표정을 봐서는 그가 아는 이름인지 아닌지 알 수 없었다. 신경을 쓰고 있는지 어떤지조차 확실하지 않았다.

들르는 술집마다 같은 일을 되풀이했다. 이러다 보면 뭔가 걸리는 게 있을지도 모른다는 생각이 들었다. 이나마도 세 시간이나 걸려서 생각해 낸 방법이었다.

나도 한때는 잘 나가는 형사였다. 맨해튼에 있는 코카콜라를 동을 내고 다니면서, 젠장, 포주 녀석 하나를 찾지 못하다니. 녀석을 잡기 전에 내 이빨이 먼저 썩어 문드러지겠다.

주크박스에서 한 곡이 끝나고 다른 곡이 시작되고 있었다. 시나트라의 노래였던가? 불현듯 어떤 생각이 떠오른 건 그 노래 때문이었다. 콜라를 바에 두고 나와 택시를 타고 콜럼버스가로 갔다. 72번가에서 택시를 내려 푸건 바까지 반 블록을 걸어갔다. 주로 흑인과 라틴 계 손님이 많았지만, 아무튼 거기서 내가 찾고 있었던 사람은 사실 챈스가 아니었다. 대니 보이 벨을 찾고 있었던 것이다.

그는 거기 없었다. 바텐더가 말했다.

"대니 보이요? 아까는 여기 있었죠. 탑 노트에 가 보세요. 콜럼버스가 바로 건너편이에요. 여기 없으면 거기 있으니까요."

그는 거기에 있었다. 늘 그렇듯이 뒤쪽에 있는 등 없는 의자에 앉아 있었다. 그를 만난 지 몇 년이나 지났지만 한눈에 알아볼 수 있었다. 키가 더 자란 것도 아니고 피부색이 짙어진 것도 아니었다.

대니 보이의 부모는 둘 다 피부색 짙은 흑인들이었다. 그는 이목구비는 부모를 닮았지만 피부색은 닮지 않았다. 그는 흰쥐처럼 새하얀 색소 결핍증 환자였다. 홀쭉한 체격에 키가 아주 작은 남자였다. 156센티미터라고 주장하지만 항상 그가 1, 2센티미터는 속인다는 생각이 들었다.

줄무늬가 들어간 스리피스 정장에 오랜만에 보는 새하얀 와이셔츠를 입고 있었다. 넥타이는 가라앉은 빨간색과 검정색 줄무늬였다. 검정색 구두는 말끔하게 닦여 있었다. 그가 정장에 넥타이를 매고 광을 낸 구두를 신지 않은 모습을 본 적이 없었다.

"매트 스커더, 세상에! 살다 보니 만나게 되는군."

"대니, 어떻게 지내나?"

"좀 늙어 보이네, 이게 몇 년 만인가? 근처에 있었겠지. 우리가 마지막으로 만난 게 언제였나? 미안한 얘기지만, 세월이 많이 흘렀나 봐."

"넌 그대론데."

그는 잠시 동안 유심히 나를 살폈다.

"너도 그런데, 뭘."

자신 없는 목소리였다. 그렇게 왜소한 사람에게서 나오는 목소리치고는 놀라울 정도로 평범한, 중간 톤의 억양 없는 목소리였다. 옛날 필립 모리스 광고에 나오는 자니 같은 목소리를 생각하면 된다.

그가 말했다.

"그냥 근처에 볼일이 있었나 봐? 아니면 나를 찾아온 건가?"

"푸건 바에 먼저 갔었어. 네가 여기 있다고 말해 주더군."

"우쭐한데. 물론 순전히 인사치레로 들른 거겠지만 말이야."

"꼭 그런 건 아니고."

"저기 테이블에 앉을까? 회포를 풀면서 죽은 친구들 얘기도 좀 하자고. 그런데 여기 온 용건이 뭐지?"

대니 보이는 언제나 냉장고에 러시안 보드카 병이 든 술집을 좋아했다. 그는 보드카를 좋아했다. 얼음처럼 차게 해서 마셨지만, 얼음 조각이 술잔에서 덜거덕거리며 술을 희석시키는 건 좋아하지 않았다. 우리는 바 뒤쪽 테이블에 앉았다. 어린 웨이트리스가 재빨리 그가 고른 술과 내 콜라를 갖다 주었다. 대니 보이는 자기 술잔을 내려다보다가 고개를 들어 내 얼굴을 보았다.

"술 끊었어."

"잘했어."

"그런 것 같아."

"중용이 중요하지. 매트, 고대 그리스 인들은 모든 걸 알고 있었다니까. 중용 말이야."

그는 술을 반쯤 마셨다. 하루에 여덟 잔은 족히 마실 것 같았다. 대충 하루 1리터라고 치고 40킬로그램도 나가지 않을 몸뚱이를 술로 채운다고 할 정도로 마셨지만 한번도 그가 취한 모습을 본 적이 없었다. 비틀거리는 법도, 혀가 꼬부라지는 법도 없이 그냥 줄곧 마셔 대는 것이었다.

그래서? 그게 나와 무슨 상관이란 말인가?

나는 콜라를 홀짝거리며 마셨다.

우리는 거기 앉아서 이야기를 나눴다. 대니 보이의 사업은—그가 무슨 사업을 한다면 말이다—정보 사업이었다. 그에게 무슨 이야기를 하든, 그 이야기는 어김없이 그의 머릿속에서 분류되고 몇 가지 자료가 합쳐져서 자기 구두에 광을 내고 술잔을 채워 줄 만한 돈을 주는 곳으로 흘러갔다. 그가 난처한 문제를 야기한 데 대해 법적 대응을 하려는 사람이 부지기수였다. 그는 대부분 약간 불법적인 사업으로 여러 차례 동업을 하면서도 한번도 걸려든 적이 없었다. 경찰에 있을 때 그는 나의 중요한 소식통이었으며, 그 보상으로 정보를 얻는 무보수 밀고자였다.

"루 루덴코 기억나지? 루이 더 햇 말이야. 그렇게들 부르잖아."

기억난다고 말했다.

"걔네 엄마 이야기 들었어?"

"그녀가 왜?"

"점잖은 우크라이나 여자지. 동 9번가인지 10번가 어디쯤에 있는 오래된 주택가에 살았는데, 몇 년 전에 과부가 됐대. 일흔은 됐을걸. 어쩌면 여든이 되어 가는지도 모르지. 루는 몇 살쯤 됐지? 쉰 살쯤 됐나?"

"그쯤 됐을걸."

"그게 중요한 게 아니고 말이야. 문제는 이 자그마한 노파한테 신사 친구가 있었다는 거야. 비슷한 연배의 홀아비라나. 이 노인이 일주일에 2, 3일은 밤에 그 노파 집에 갔대. 그녀는 그를 위해 우크라이나 요리를 하고 극장에도 가고 그랬나 봐. 너무 야하지 않은 영화가 있으면 말이지. 아무튼 어느 날 오후에 그 노인이 노파한테 가는데 완전히 신이 났대. 길에서 텔레비전을 발견했거든. 누군가 그걸 쓰레기로 내놨나 봐. '사람들이 미쳤어, 쓸 만한 걸 버린다니까.' 하고 노인이 중얼거렸다는 거야. 그는 손재주가 있었으니까. 그녀의 텔레비전은 고물이었거든. 이건 칼라인 데다가 그녀 것보다 두 배는 컸으니까 고쳐서 그녀에게 주려고 했지."

"그래서?"

"그래서 뭐가 보이나 보려고 그가 플러그를 꽂았지. 그런데 무슨 일이 일어났느냐 하면, 텔레비전이 폭발을 했다는 거야. 노인은 한쪽 팔과 한쪽 눈을 잃었고, 루덴코 부인은 즉사했대. 그 일이 있었을 때 텔레비전 바로 앞에 있었다지."

"뭐였지? 폭탄이었나?"

"맞았어. 신문에서 봤구나?"

"그건 못 본 것 같아."

"그래, 한 대여섯 달 전이니까. 누군가 텔레비전에 폭탄을 넣어 조립해서 다른 사람에게 보낸 걸로 밝혀졌대. 마피아의 소행이었는지도 모르지. 아닐 수도 있고. 어느 블록에서 그걸 주웠는지 외에는 그 노인이 아는 게 없었으니까 말이야. 그걸로 뭘 알아낼 수 있겠어? 사실 말이지, 받은 사람이 누구든 간에 그 텔레비전은 버리기엔 너무 멀쩡해서 수상한 물건이었거든. 결국 그 때문에 루덴코 부인이 죽었지. 루를 만났는데 말이야. 우습게도 그런 불상사가 누구 때문에 일어났는지도 모르고 있더라고. 그가 내게 말하더군. '염병할 놈의 도시라니까. 이 망할 놈의 도시!' 하지만 그게 말이나 되는 소리냐고? 네가 캔자스 주 한복판에 살고 있는데, 토네이도가 휘몰아쳐서 네 집을 들어 올려 가루로 만들어 네브래스카 주에다 흩뿌려 버린다고 쳐 봐. 그런 걸 천재지변이라고 하는 거 아냐? 안 그래?"

"그렇게들 말하지."

"캔자스에서 하느님은 토네이도를 사용하지. 뉴욕에서는 위장한 텔레비전을 사용하고. 하느님이든 누구든 말이야, 가까이 있는 걸 갖고 일을 할 거 아니냐고. 콜라 더 마실래?"

"이번엔 됐어."

"어떻게 도와줄까?"

"포주를 찾고 있어."

"디오게네스는 정직한 남자를 찾고 있었지. 넌 사막에서 바늘을 찾고 있군."

"내가 찾는 건 특별한 포주야."

"걔네들은 다 특별해. 굉장히 까다롭게 구는 놈도 있어. 이름은 있겠지?"

"챈스야."

"아, 그래. 챈스라면 알지."

"어떻게 만날 수 없을까?"

그는 얼굴을 찡그리면서 빈 잔을 들었다 놓았다.

"챈스는 단골로 다니는 데가 없어."

"다들 그렇게 말하더군."

"그게 사실이거든. 난 말이야, 남자는 본거지가 있어야 한다고 생각해. 난 노상 여기 아니면 푸건 바에 있잖아. 넌 지미 암스트롱 바에 죽치고 있고. 적어도 내가 알기로는 그랬지."

"지금도 그래."

"거 봐."

"계속 만나지 않고 있더라도 넌 독 안에 든 쥐라니까. 챈스는 말이지, 가만, 오늘이 무슨 요일이지? 목요일인가?"

"맞아. 글쎄, 금요일 새벽인가."

"따지지 마. 괜찮다면 그를 만나려는 이유가 뭔지 말해 줄 수 있어?"

"할 말이 있어."

"지금 어디 있는지는 모르지만, 지금부터 열여덟 시간이나 스무 시간 뒤에 어디 있을지는 알 수도 있을 거야. 전화 좀 해 볼게. 아가씨가 보이거든 내 술 한 잔 더 주문해 줘, 응? 그리고 뭐든 네가 마실 것도."

간신히 웨이트리스의 시선을 끌어서, 대니 보이에게 보드카 한 잔 더 달라고 말했다. 그녀가 말했다.

"알겠어요. 그리고 당신은 콜라 한 잔 더 드려요?"

자리에 앉은 다음부터 줄곧 한잔 마시고 싶은 미미한 욕구가 오락가락 하고 있었는데, 지금은 강렬한 욕구가 솟구치는 것을 느꼈다. 콜라를 한 잔 더 마신다는 건 생각만 해도 메스꺼웠다. 이번에는 진저 에일로 달라고 말했다. 주문한 음료가 나올 때까지도 대니 보이는 통화 중이었다. 그녀는 진저 에일을 내 앞에 놓고, 보드카는 대니 보이 앞에 놓았다. 거기 앉아서 술잔을 쳐다보지 않으려고 애를 썼지만, 눈 둘 데를 찾지 못했다. 그가 빨리 테이블로 돌아와서 이 빌어먹을 물건을 마셔 치웠으면 싶었다.

심호흡을 하고 진저 에일을 홀짝거리며 마시면서, 그의 보드카에는 손을 대지 않고 있었다. 마침내 대니가 테이블로 돌아왔다.

"내가 옳았어. 내일 밤 챈스가 메디슨 스퀘어 가든에 있을 거라는군."

"뉴욕 닉스가 벌써 돌아왔단 말이야? 아직 원정 경기 중인 줄 알았는데?"

"주경기장 말고. 사실 난 거기서 록 콘서트를 하는 줄 알았는데 말이야. 챈스가 금요일 밤 경기를 보러 펠트 포럼에 올 거라는군."

"챈스는 항상 거기 가나?"

"늘 가는 건 아니지만, 오픈 게임 대진표의 꼭대기에 키드 배스컴이라는 웰터급 선수가 있거든. 챈스가 그 젊은이한테 관심이 있대."

"그 친구 주식이라도 갖고 있나 보지?"

"그럴 수도 있겠지, 아니면 순수한 지적 호기심일 수도 있고. 왜 웃지?"

"웰터급 선수한테 지적 호기심을 가진 포주라?"

"챈스를 만난 적이 없군."

"그래."

"평범한 사람이 아니야."

"나도 그런 인상을 받긴 했지."

"문제는 키드 배스컴이라는 선수가 필사적으로 싸운다는 거야. 그게 챈스가 필사적으로 거기 올 거라는 말은 아니지만. 두고 봐, 내 말이 맞을 거니까. 그에게 할 말이 있다면, 표 한 장 값이면 만날 수 있을 거야."

"어떻게 그를 알아보지?"

"한 번도 만난 적이 없단 말이지? 글쎄, 만난 적이 없다니. 그를 만나도 못 알아볼 거란 말이지?"

"시합을 보러 온 관중들 틈에서는 찾을 도리가 없지. 포주와 노름꾼들이 득실거리는 술집에서도 그렇고."

그는 내 말을 듣고 잠시 생각했다.

"챈스한테 하려는 이야기 말이야, 그를 열 받게 할 이야기는 아니지?"

"아니길 바라."

"내가 알아낸 바로는 말이야, 챈스는 누구든 자기 잘못을 지적하면 무섭게 화를 낼 것 같은 사람이라던데."

"그럴 만한 일인지는 모르겠어."

"매트, 그렇다면 네가 지불해야 할 비용은 말이지, 표 한 장 값이 아니라 두 장 값이야. 메인 가든에서 열리는 타이틀 매치가 아니라 포럼에서 열리는 낮 경기인 게 다행이지 뭐야? 링사이드는 10달러나 12달러를 넘지 않을 거야. 아웃사이드라도 15달러 정도니까. 우리 두 사람 표 값이 많아야 30달러면 될 거야."

"함께 가겠다고?"

"왜 안 돼? 표 값 30달러랑 내 봉사료까지 합해서 50달러만 내. 그 정도 형편은 될 거라고 생각하는데."

"꼭 그래야 한다면 낼 수야 있지."

"돈을 요구해서 미안해. 육상 경기라면 너한테 1센트도 받을 생각이 없어. 하지만 복싱에는 관심을 가져 본 적이 없어서 말이야. 이렇게 말하면 조금이라도 위로가 될지 모르지만, 하키 경기라면 적어도 100달러는 받아야 갈 거야."

"그 정도면 괜찮은 액수인 것 같은데. 거기서 만날까?"

"정면 출입구 밖에서 만나지. 9시에. 그 시간에 만나면 충분히 여유 있을 테니까. 어때?"

"좋아."

"눈에 띄는 옷을 입지 않더라도 날 찾을 수 있을 거야. 그러니까 날 못 찾아서 애를 먹게 되는 일은 없을 거라고."

넷

그를 찾는 건 어렵지 않았다. 그는 비둘기 색 플란넬 양복에 밝은 빨강색 조끼를 입고 지난번과 다른 하얀 와이셔츠에 검은 니트 넥타이를 매고 있었다. 선글라스를 끼고 있었는데, 금속 테에 짙은 렌즈의 선글라스였다. 대니 보이는 해가 떠 있는 동안에는 어떻게든 잠잘 궁리를 했다. 그의 눈도 피부도 햇빛을 받아들일 수 없었기 때문이다. 그리고 푸건 바나 탑 노트 같은 침침한 조명 아래에 있을 때를 제외하고는 밤에도 짙은 선글라스를 꼈다. 몇 년 전에 그가 내게 말했다. 세상에 조명을 낮추는 스위치가 있었으면 좋겠다고, 스위치를 눌러 한두 단계 흐릿하게 볼 수 있었으면 좋겠다고. '위스키를 마시면 될 텐데.'라고 생각했던 기억이 난다. 위스키를 마시면 주위가 흐릿해 보이고, 소리는 나지막하게 들리고, 모서리는 둥글어지는 것 같다.

내가 그의 옷차림을 칭찬하자 그가 말했다.

"조끼가 마음에 든다고? 몇 년 동안 안 입던 건데 그냥 눈에 띄려고 입은 거야."

나는 벌써 표를 갖고 있었다. 링사이드는 15달러였다. 나는 링에서 멀리 떨어진 4달러 50센트짜리 좌석을 두 개 구입했다. 들어올 때 표를 아래쪽으로 슬쩍 내려서 안내원에게 보여 주고는 접은 지폐를 그의 손에 쥐어 주었다. 그는 우리를 세 번째 줄에 앉혔다.

"어쩌면 곧 신사 분들의 자리를 옮겨 드려야 할지도 모르겠지만, 그런 일은 없을 거예요. 하여튼 링사이드에는 앉도록 해 드리죠."

그가 가자 대니 보이가 말했다.

"어디서든 다 방법이 있구먼? 얼마나 줬는데?"

"5달러."

"그러니까 30달러 대신에 14달러에 자리를 구한 셈이네. 그 녀석 하루 저녁에 얼마나 벌까?"

"이런 날은 별로 많지 않을 거야. 닉스나 레이저 시합 때는 팁으로 월급의 다섯 배는 벌걸. 물론 어딘가 상납을 해야 하겠지만."

"뒤를 봐주는 사람이 있나 봐."

"그런가 봐."

"누구나 그렇단 얘기야. 나 역시 마찬가지지."

그건 내가 할 소리였다. 나는 그에게 20달러 지폐 두 장과 10달러 지폐 한 장을 주었다. 그는 돈을 집어넣고는 처음으로 관중석을 유심히 살폈다.

"음, 보이지 않는데. 하지만 배스컴의 시합에는 꼭 나타날 거야. 좀 다녀 볼게."

"그래."

그는 자리를 떠나 실내를 돌아다녔다. 나는 내 주위를 좀 살펴보았다. 딱히 챈스를 찾아보려는 건 아니었다. 그냥 어떤 사람들이 왔는지 살펴보려는 것이었다. 전날 밤 할렘의 술집에 있던 남자들과 포주들과 마약 거래자들, 도박꾼들과 고급 주택지의 상인들 비슷한 사람들이 많았는데, 대부분 여자를 동반하고 있었다. 백인 마피아 타입도 있었다. 그들은 캐주얼 슈트를 입고 귀금속을 착용하고 있었으며, 여자를 데려오지 않았다. 어느 스포츠 행사에나 나타나는 수수한 옷차림의 관중들도 있었다. 흑인과 백인, 라틴 계, 독신자들과 부부들, 단체로 온 사람들이 이따금 링에서 벌어지는 일을 주시하면서 핫도그를 먹기도 하고 종이컵으로 맥주를 마시기도 하며, 이야기를 하면서 농담을 주고받았다. 군데군데 바로 경마장에서 나온 듯한 얼굴들, 우툴두툴한 노름꾼들 특유의 얼굴들이 눈에 띄었다. 그런 얼굴들이 그다지 많은 건 아니었다. 요즘 누가 권투 경기 같은 걸로 내기를 할까?

주위를 둘러본 다음 링을 쳐다보았다. 하나는 희고 하나는 검은 두 명의 히스패닉 녀석들이 심한 부상을 당하지 않으려고 매우 조심하고 있었다. 라이트급처럼 보였는데, 흰 피부의 녀석은 팔다리가 껑충해서 사정거리가 길었다. 관심을 갖고 시합을 보기 시작했다. 마지막 라운드에서 둘 중 검은 녀석이 상대방의 잽을 아래로 피하는 방법을 터득했다. 벨이 울릴 때까지 녀석은 몸을 상당히 잘 놀렸다. 그가 판정승을 하자, 객석 한편에서 야유가 터져 나왔다. 흰 녀석의 친구와 가족들이었다. 그런 것 같았다.

마지막 라운드 도중에 대니 보이가 자리로 돌아왔다. 판정이 끝나고 2, 3분 후에 키드 배스컴이 로프를 넘어 기어 올라와서 혼자

서 권투 연습을 했다. 몇 분 뒤에 그의 상대가 링으로 들어왔다. 배스컴은 역삼각형 체형에 억센 가슴을 가진, 아주 검고 매우 근육이 발달한 선수였다. 몸에는 빛이 반사되도록 오일을 바른 것 같았다. 그가 상대할 녀석은 비토 카넬리라는 이름의 사우스 브루클린 출신의 이탈리아 녀석이었다. 허리 주위에 다소 군살이 붙어 있어서 빵 반죽처럼 둔해 보였지만, 전에 녀석을 본 적이 있어서 민첩한 선수라는 걸 알고 있었다. 대니 보이가 말했다.

"찾았어. 가운데 줄이야."

고개를 돌리고 쳐다보았다. 내가 준 5달러를 받은 안내원이 남녀 한 쌍을 자리로 안내하고 있었다. 그녀는 어깨 길이의 다갈색 머리카락에 도자기처럼 고운 피부의 스물다섯 살 정도 된 여자였다. 남자는 약 185센티미터, 86킬로그램 정도 되어 보였다. 넓은 어깨, 좁은 허리, 날씬한 엉덩이. 머리카락은 자연스러웠으며 다소 짧은 편이었고, 피부는 짙은 갈색이었다. 낙타 털 블레이저와 갈색 플란넬 바지를 입고 있었다. 프로 선수나 잘 나가는 변호사, 아니면 유망한 흑인 사업가처럼 보였다. 내가 물었다.

"확실해?"

대니 보이가 웃었다. 챈스와 그의 여자 친구는 맨 앞줄 한가운데쯤 앉았다. 자리에 앉고 나서 그는 안내원에게 팁을 주었다. 그는 몇몇 다른 관중들과 인사를 나누고는 키드 배스컴의 코너로 가서 그 선수와 트레이너에게 뭔가를 이야기했다. 그들은 잠시 동안 의논을 했다. 그 후 챈스는 자기 자리로 돌아왔다.

대니 보이가 말했다.

"난 지금 가는 게 좋겠어. 멍청이 두 놈이 서로 치고 받는 걸 보고 싶은 생각은 조금도 없거든. 설마 소개해 달라는 건 아니겠지?"

나는 고개를 저었다.

"그럼 무자비한 폭력이 시작되기 전에 난 이만 빠질게. 매트, 링 쪽에서 말이지, 내가 자기를 손가락질하는 걸 알았을까?"

"거기서는 들리지도 않았을 거야."

"잘 됐군. 앞으로도 내 도움이 필요하면……."

그는 가까운 통로로 올라갔다. 한잔 하고 싶었던 모양이었다. 메디슨 스퀘어 가든에 있는 술집들에는 얼음처럼 차가운 스톨리치나야(보드카와 레몬 소다를 혼합한 제품—옮긴이)가 없으니까.

아나운서는 나이와 체중, 고향을 외치며 양측 선수를 소개했다. 배스컴은 스물두 살, 무패였다. 카넬리는 오늘 밤 승산이 있을 것 같지 않았다.

챈스 옆에 두 개의 좌석이 비어 있었다. 거기 가서 앉을까 생각하다가 그대로 앉아 있었다. 경고음이 들리고 1라운드를 알리는 벨이 울렸다. 두 선수 모두가 경기에 몰두하지 못하는, 느리고 조심스러운 경기였다. 배스컴이 멋지게 잽을 날렸지만, 대부분은 카넬리가 사정거리를 벗어나 있었다. 어느 쪽도 확실한 펀치를 먹이는 사람이 없었다.

1라운드가 끝날 때까지 챈스 옆 좌석 두 개는 비어 있었다. 그쪽으로 가서 챈스 옆 자리에 앉았다. 그는 매우 집중해서 링을 쳐다보고 있었다. 분명히 나의 존재를 눈치 챈 것 같았지만, 아무 내색도 하지 않았다. 내가 말했다.

"챈스지? 내 이름은 스커더야."

그가 고개를 돌려 나를 쳐다봤다. 그의 눈은 금색 반점이 있는 갈색이었다. 믿을 수 없을 정도로 아름답고 파란, 내 고객의 눈이 생각났다. 어젯밤 내가 술집을 전전하고 있는 동안 그는 그녀의 아파트에 갔을 것이다. 그전에 정오 무렵에 호텔로 전화를 걸어 그녀가 내게 이런 이야기를 했었다.

"두려워요. 챈스가 당신에 대해 물을 것 같거든요. 꼬치꼬치 캐물으면 어떡하나 생각했어요. 하지만 아무런 내색이 없었어요."

그때 그가 말했다.

"매튜 스커더. 내 응답 서비스에 몇 번 메시지를 남겼더군."

"전화를 하지 않았잖아."

"널 모르니까. 모르는 사람한테는 전화 안 해. 나를 찾으러 온 시내를 돌아다녔겠군."

깊고 울리는 목소리였다. 방송 학교를 다닌 것처럼 세련된 목소리였다.

"지금은 시합을 보고 싶거든."

"몇 분만 이야기하면 되는데."

"시합 중에는 안 돼. 라운드 중간에도 안 되고."

얼굴에 불쾌한 기색이 나타났다가 이내 사라졌다.

"집중하고 싶어. 네가 앉은 자리도 내가 산 거라고. 그러니까 내 프라이버시도 좀 생각해 줬으면 해."

경고음이 울렸다. 챈스는 고개를 돌리고, 시선을 링에 고정했다. 키드 배스컴은 서 있었고, 카넬리는 링 밖에서 의자를 끌어올리고 있었다.

"네 자리로 돌아가. 시합이 끝난 다음에 이야기하지."

"10라운드까진가?"

"10라운드까지는 안 갈 거야."

과연 그랬다. 3라운드와 4라운드에서 키드 배스컴은 두 번 연속으로 잽을 먹이면서 카넬리를 밀어붙이기 시작했다. 카넬리도 빨랐지만, 어딘가 슈거 레이를 연상시키는 몸동작을 가진 키드는 젊고 빠르고 강했다. 레너드가 아니라 로빈슨 타입이었다. 5라운드에서 그는 가슴에 짧은 라이트핸드를 날려 카넬리를 비틀거리게 만들었다. 내가 그 이탈리아 놈한테 걸었더라면, 그때 그쯤에서 단념했을 것이다.

5라운드가 끝날 때쯤에는 카넬리가 제법 강한 모습을 보여 주었지만, 배스컴의 강타가 성공하자 그의 표정이 일그러졌다. 다음 라운드에서 키드 배스컴이 카넬리를 루핑 레프트 훅으로 굴복시켰을 때 나는 놀라지 않았다. 카넬리는 셋에서 일어나 여덟을 셀 때까지 버텼다. 그 다음에는 키드가 링 포스트만 빼고 온갖 물건으로 카넬리를 굴복시켰다. 카넬리는 다시 넘어졌다가 일어났다. 심판이 둘 사이에 뛰어들어 카넬리의 눈을 살피고는 경기를 중단시켰다.

시합을 중단시키고 싶지 않은 끈질긴 사람들이 미적지근한 야유를 퍼부었다. 카넬리의 코너맨 가운데 한 사람은 그가 더 싸울 수 있다고 주장했지만, 카넬리 자신은 쇼가 끝나서 즐거운 듯이 보였다. 키드 배스컴은 잠깐 전승춤을 추어 관중에게 답례하고 민첩하게 로프를 기어 내려와 링을 떠났다.

밖으로 나가는 길에 그는 챈스와 여자 친구에게 말을 걸었다.

그들은 내가 그쪽으로 갈 때까지 거기 서 있었다. 챈스가 말했다.
"우린 주경기는 보지 않고 나갈 건데, 그걸 볼 생각이라면……."
대진표의 꼭대기에는 두 명의 미들급 시합이 있었다. 약탈자로 명성이 자자한 남 필라델피아 출신의 흑인 녀석과 파나마 인 도전자였다. 구경할 만한 시합이 될 것 같았지만, 내가 여기 온 목적은 그게 아니었다. 그에게 나도 지금 가겠다고 말했다.
"그럼 우리랑 함께 가지. 차가 근처에 있거든."
그가 넌지시 말했다.
그가 여자와 함께 자기 쪽 통로를 올라갔다. 몇 사람이 그와 인사를 나누었다. 그 중에는 키드가 멋진 경기를 보여 줬다고 치하하는 사람들도 있었다. 챈스는 짤막하게 대답했다. 그의 뒤를 따라갔다. 바깥에 나와 신선한 공기를 마시자, 우선 가든 내부가 얼마나 연기 자욱하고 지린내 나는 공간이었나 하는 생각이 들었다.
거리에 나와서 그가 말했다.
"소냐, 이분은 매튜 스커더 씨야. 스커더 씨, 여기는 소냐 핸드릭스."
"만나서 반가워요."
그녀가 그렇게 말했지만 나는 그 말을 믿지 않았다. 어느 쪽이든 챈스가 지시를 하기 전에는 판단을 유보하고 있다고 그녀의 눈이 말하고 있었다. 그녀가 바로 챈스가 볼 게임에 데려가는 스포츠광이라고 킴이 이야기했던 서니가 아닐까 하는 생각이 들었다. 다른 상황에서 만난다면 그녀를 창녀로 보게 될까 하는 생각도 들었다. 그녀에게 뚜렷이 창녀 같은 구석은 없어 보였지만, 포주의 팔에 매달려 있는 품이 전혀 어울리지 않는 것도 아니었다.

주차장까지 남쪽으로 한 블록, 동쪽으로 반 블록을 걸어갔다. 챈스가 차를 찾고 주차원에게 팁을 충분히 주자, 그는 비굴할 정도로 굽실거리며 인사를 했다. 아까 챈스의 세련된 옷차림과 매너에도 놀랐지만, 그의 차도 한마디로 나를 기죽였다. 평범한 도장과 인테리어를 갖춘, 그저그런 치장을 한 포주 차려니 생각했다. 그런데 나타난 것은 검정 가죽 시트의 소형 은색 캐딜락 세빌이었다. 여자가 타고 챈스가 운전석에 앉자, 나는 앞좌석, 그의 옆자리에 앉았다.

차는 조용히 미끄러졌다. 차의 내부에는 나무 광택제와 가죽 냄새가 났다. 챈스가 말했다.

"키드 배스컴을 위한 자축연이 있거든. 소냐를 거기 내려 준 다음, 우리 이야기를 마무리 짓고 나서 다시 거기로 갈 생각이야. 시합은 어땠어?"

"뭐라고 말하기 어려운 시합이야."

"응?"

"짜고 하는 시합인 줄 알았는데, 녹아웃은 진짜 같았거든."

그가 나를 흘긋 돌아봤다. 금색 반점이 있는 그의 눈동자가 처음으로 내게 흥미를 보였다.

"왜 그렇게 생각하지?"

"카넬리는 4라운드에서 두 번이나 링을 내려올 기회가 있었는데, 두 번 다 따르지 않았어. 말을 듣기에는 너무 똑똑하거든. 어떻게든 6라운드는 마치려고 했지만, 그럴 수 없었지. 적어도 내 자리에서는 그렇게 보였어."

"스커더, 복싱을 한 적이 있나?"

"열두 살인가 열세 살 때 YMCA에서 두 번 시합을 한 적이 있지. 풍선 글러브에 보호용 헬멧을 쓰고 말이야. 1라운드가 2분이었어. 복싱을 하기에는 너무 어리고 서툴렀지. 제대로 된 펀치를 날려 본 적이 없으니까."

"그래도 스포츠를 볼 줄 아는군."

"그래, 시합은 꽤 봤나 봐."

그는 잠시 입을 다물었다. 택시 한 대가 앞에 끼어들었다. 그는 천천히 브레이크를 밟아 충돌을 피했다. 욕을 하지도 않고 경적을 울리지도 않았다. 그가 말했다.

"카넬리는 8라운드까지 뛰기로 되어 있었지. 그때까지는 최선을 다해 싸우기로 되어 있었거든. 어쨌든 링을 내려오지 않도록 되어 있었지. 그렇지 않으면 녹아웃이 눈속임으로 보일 수도 있으니까 말이야. 4라운드에서 참고 내려오지 않은 건 그 때문이야."

"하지만 각본이 있었다는 걸 키드는 몰랐잖아."

"물론 몰랐지. 지금까지 그의 시합은 대부분 쇼가 아니었으니까. 하지만 카넬리 같은 선수는 그에게 위험할 수도 있거든. 이 시합에서 그의 이력에 오점을 남길 이유는 없잖아? 그는 카넬리와의 시합에서 경험을 얻었고, 그를 물리침으로써 자신감을 얻었지."

우리는 지금 업타운 쪽을 향해 가면서 센트럴 파크 웨스트에 와 있었다.

"아까 그 녹아웃은 진짜야. 카넬리는 8라운드까지 뛸 생각이었겠지만, 우리는 키드가 더 빨리 경기를 끝내 주길 바랐지. 그리고 그는 그렇게 했잖아? 키드를 어떻게 생각해?"

"장래가 촉망되는 선수지."

"나도 그렇게 생각해."

"가끔 키드는 라이트 훅을 날리려는 의도를 상대 선수가 눈치 채도록 실수를 한단 말이지. 4라운드에서……."

"맞아. 그 문제로 노상 지적을 받았지. 문제는, 녀석이 대충 훌려든다는 거야."

"오늘 밤에는 눈치 채게 하고 싶지 않았을 거야. 더구나 카넬리가 승산이 있어 보였다면 말이야."

"그래, 맞아. 카넬리가 져도 마찬가지였을 거야."

104번가에 도착할 때까지 우리는 권투 이야기를 했다. 거기서 챈스는 조심스럽게 유턴을 해서 차를 돌려 소화전 가까이에 차를 댔다. 그러고는 시동만 끄고 열쇠는 꽂아 둔 채로 내렸다.

"곧 내려올게. 소냐를 위층에 데려다 준 다음에."

그녀는 만나서 반갑다고 말한 이후에 한마디도 하지 않았다. 그는 차를 빙 돌아서 그녀를 위해 문을 열어 줬다. 그들은 그 블록의 정면에 있는 두 개의 대형 아파트 가운데 한 아파트의 입구로 어슬렁거리며 걸어갔다. 내 수첩에 주소를 적었다. 5분도 지나지 않아서 그가 돌아와서 운전석에 앉았고, 우리는 다운타운 쪽으로 돌아갔다.

여섯 블록을 지날 동안 둘 다 입을 다물고 있었다. 이윽고 그가 말했다.

"내게 할 말이 있다면서. 키드 배스컴하고는 상관없는 일이지,

그렇지?"
"맞아."
"그럴 거라고 생각은 했어. 누구랑 상관있는 일이지?"
"킴 다키넨이야."
그의 시선은 도로를 향하고 있었으며, 아무런 표정의 변화를 읽을 수 없었다.
"아, 그녀한테 무슨 일이 있나?"
"그녀가 그만두고 싶어 해."
"그만두다니? 뭘 그만둔다는 거지?"
"이 생활이겠지."
"너하고는 어떤 관계지? 관계를…… 중단하도록 해 달라고 그녀가 너한테 부탁한 건가?"
신호에 걸려서 차가 멈추었다. 그는 잠자코 있었다. 신호가 바뀌고 한두 블록을 더 간 다음에 그가 말했다.
"너한테 그녀는 뭐지?"
"친구지."
"무슨 의미야? 같이 잔다는 말인가? 결혼이라도 할 작정인가? 친구란 말은 너무 광범위하잖아."
"이 경우엔 좁은 의미의 친구야. 그냥 친구지, 그녀가 내게 부탁을 했어."
"내게 이야기를 해 달라고?"
"맞아."
"왜 직접 내게 말하지 못했을까? 알다시피 자주 만나는데. 뉴욕 시내를 한 바퀴나 빙 돌아서 내게 부탁을 할 필요는 없었는데 말이지. 왜 그랬을까? 어젯밤에도 그녀를 만났다고."

"알아."

"그래? 날 만났을 때 아무 말도 하지 않은 이유가 뭐지?"

"그녀는 두려워하고 있어."

"나를?"

"자기를 보내 주지 않을까 봐 두려워하는 거지."

"내가 그녀를 때리기라도 할까 봐? 상처라도 낼까 봐? 담뱃불로 젖가슴이라도 지질까 봐?"

"그런 거겠지."

그는 다시 입을 다물었다. 차는 최면에 걸린 듯 기분 좋게 미끄러졌다.

"그만둬도 좋아."

"정말 그런 거야?"

"그렇잖고? 난 백인 노예상이 아니잖아?"

빈정대는 듯한 말투였다.

"내 여자들은 자기 의지에 따라 나와 함께 있는 거라고. 각자 자신의 의지에 따라서 함께 있는 거지. 그 여자들을 구속하는 사람은 없어. 니체를 아나? '여자란 개와 같아서 더 심하게 때릴수록 더욱더 그대를 사랑하게 된다.' 하지만 스커더, 난 여자들을 때리지 않아. 그럴 필요가 없는 것 같거든. 킴이 어떻게 너랑 친구가 됐지?"

"그냥 알고 지내는 사이야."

그가 나를 흘긋 봤다.

"경찰이었군. 형사였던가 본데. 몇 년 전에 그만두셨어. 어린애를 죽이고 양심의 가책을 느껴서 일을 그만뒀군."

대충 맞는 이야기였다. 빗나간 총알이 에스트레리타 리베라라는 이름의 어린 여자애를 죽인 건 맞지만, 경찰서를 떠나야 했던 것이 그 사건에 대한 죄책감 때문이었는지는 알 수 없었다. 사실은 나를 보는 세상의 이목이 달라졌기 때문에, 더 이상 경찰 노릇을 하기가 싫어졌기 때문이었다. 롱아일랜드에서 남편이나 아빠 노릇을 하는 것도 싫어졌다. 그러니 당연히 직장도 잃고 가정도 잃고, 지금은 57번가에 살면서 암스트롱 바에서 시간을 죽이고 있는 것이다. 빗나간 한 발 때문에 내 삶이 뜻하지 않은 방향으로 흐른 건 분명하지만, 어쨌거나 나 자신이 그 방향으로 가고 있었으며, 언젠가는 그렇게 될 일이었다.

"지금은 돌팔이 형사인가? 그녀가 너를 고용한 셈이군?"

"그렇다고 할 수 있지."

"무슨 뜻이지?"

그는 대답을 기다리지 않고 말했다.

"기분 나쁘게 할 생각은 없지만, 그녀가 돈을 낭비했군. 아니, 그건 내 돈이라고 할 수도 있지. 어떻게 생각하느냐에 따라 다를 수 있지만 말이야. 그녀가 우리 관계를 끝내고 싶었다면, 그렇다고 내게 말만 하면 되는데 말이지. 자기 이야기를 해 달라고 다른 사람에게 부탁할 필요가 없잖아. 도대체 어떻게 할 계획이래? 고향에 돌아가지는 않았으면 좋겠는데."

나는 잠자코 있었다.

"아마 뉴욕에 남아 있겠지. 하지만 이 생활을 계속할까? 그녀가 할 줄 아는 게 이 짓뿐일까 봐 걱정이군. 그 밖에 무슨 일을 할 수 있을까? 또 어디서 살게 될까? 난 아파트를 제공하고 임대료를 내고 옷을 사 주지. 글쎄, 노라가 어디서 아파트를 찾을 수 있는지 입센에게 묻는 사람은 없는 것 같아. 틀리지 않았다면 당신이 사는 곳에 다 온 것 같은데."

차창 밖을 내다봤다. 우리는 어느새 호텔 바로 앞에 와 있었다. 신경 쓰지 않고 있었던 모양이다.

"킴과 만날 일이 있을 것 같은데. 원한다면 네가 나를 협박했다고 말해도 좋아. 혼찌검을 내줬다고 말이야."

"뭣 때문에 그런 말을 하지?"

"그래야 자기 돈을 값어치 있게 썼다고 생각할 테니까."

"그녀는 돈을 쓴 보람이 있었어. 그리고 그 사실을 그녀가 알든 모르든 난 개의치 않아. 나는 당신이 내게 해 준 말만 전하면 그뿐이야."

"그래? 거기 있는 동안 내가 그녀를 만나러 가겠다고 전해 줘. 그냥 이 모든 일이 정말 그녀의 생각인지 알아야겠어."

"그렇게 전하지."

"그리고 나를 두려워할 이유가 없다고 말해 줘."

그는 한숨을 쉬었다.

"걔네들은 자기들을 대신할 사람이 없는 줄 착각한다니까. 자기가 얼마나 쉽게 갈아 치워질 수 있는지 안다면, 아마 굉장히 주저할걸. 스커더 씨, 시외버스가 여자들을 데려오지. 날마다 매 시간마다 몸을 팔려는 여자들이 뉴욕으로 끊임없이 흘러드는 거야. 또 날마다 수많은 여자들이 테이블 시중을 들거나 계산원을 하는 것보다 나은 삶이 있으리라고 결심을 하지. 스커더 씨, 내가 사무실을 내서 지원서를 받으면 말이야, 줄이 동네 반 바퀴 돌 정도는 이어질걸."

차 문을 열며 그가 말했다.

"만나서 즐거웠어. 특히 아까는. 권투를 볼 줄 알던데. 바보 같은 그 금발 창녀한테 말해 줘. 그녀를 죽일 사람은 없다고."

"그러지."

"그리고 내게 할 말이 있으면 내 응답 서비스에 전화만 해. 이제 아는 사람이 됐으니 전화를 할게."

나는 차를 내리고 문을 닫았다. 그는 길이 뚫리기를 기다려 유턴을 했다. 그는 8번가에서 다시 돌아 업타운 쪽을 향했다. 그러고는 8번가에서 좌회전 깜박이를 넣고 달렸다. 그 유턴은 불법이었지만, 별로 그런 걸 신경 쓰지 않는 것 같았다. 뉴욕 시에서 교통 위반으로 딱지를 뗀 사람을 언제 보았는지 기억도 나지 않았다. 어떤 때는 신호가 빨간 불로 바뀐 다음에 차가 다섯 대나 지나가는 것도 보았다. 요즘에는 버스도 예사로 교통 위반을 한다.

챈스가 돌아간 다음 나는 수첩을 꺼내 뭔가를 적어 넣었다. 길 건너편 폴리 바 근처에서 남자와 여자가 큰 소리로 싸우고 있었다.

"꼴에 너도 사내 자식이라고?"

여자가 다그쳤다. 남자가 여자를 때렸다. 여자가 욕을 해 댔고 남자는 다시 때렸다.

어쩌면 남자는 여자를 때려서 기절시킬지도 모른다. 어쩌면 이런 싸움은 그들이 일주일에 다섯 번씩 벌이는 놀이인지도 모른다. 부부 싸움을 말리려 들었다가 잘못하면 둘 다 당신에게 달려들 것이다. 신출내기 경찰이었을 때, 나의 첫 번째 동료는 될 수 있는 대로 부부 싸움에는 참견하지 않으려 했다. 한번은 술 취한 남편과 그의 아내가 한 판 붙었는데, 뒤에 있던 동료가 아내의 공격을 받았다. 남편이 아내의 이빨을 네 개나 부러뜨렸지만, 아내는 방어하는 남편을 뛰어넘어 구조자의 머리 위로 병을 깨뜨렸던 것이다. 동료는 결국 뇌진탕으로 열다섯 바늘을 꿰맸다. 그 이야기를 할 때마다 그는 집게손가락으로 상처를 만지곤 했다. 머리카락으로 덮여 있어서 상처가 보이지는 않았지만, 그의 손가락은 바로 그 지점을 찾아냈다. 그는 이렇게 말하곤 했다.

"서로 죽여 버리라고 해. 여자가 신고해서 불평을 하더라도 신경 쓸 것 없어. 여자가 널 공격할 테니까 말이야. 그냥 서로 죽여 버리라고 해."

길 건너편에서 여자가 무슨 말을 했지만 들리지 않았다. 남자가 주먹을 움켜쥐고 여자의 하복부를 쳤다. 그녀는 진짜 고통스러운 듯 소리를 질렀다. 나는 수첩을 집어넣고 호텔로 들어갔다.

로비에서 킴에게 전화를 걸었다. 자동응답기가 켜졌다. 내가 메시지를 남기기 시작했을 때 그녀가 수화기를 들고 내 말을 가로막았다.

"어떨 땐 집에 있을 때도 자동응답기를 켜 놓고 있을 때가 있거든요. 전화를 받기 전에 누군지 알 수 있으니까요. 지난번에 당신한테 이야기한 다음에 챈스한테는 아무 말도 못 들었어요."

"몇 분 전에 만났어."

"그를 만났다고요?"

"챈스의 차를 타고 좀 돌아다녔지."

"어떻게 생각하세요?"

"훌륭한 운전자라고 생각했어."

"내 말은……."

"무슨 말인지 알겠어. 네가 그를 떠나고 싶어 한다는 말을 듣고도 별로 화를 내는 것 같지는 않더군. 자기를 겁낼 이유가 없다고 내게 분명히 말했어. 그의 말을 빌리자면, 나를 너의 보호자로 고용할 필요가 없었다는군. 그냥 자기한테 말만 하면 되었다던데."

"그래요, 그렇죠. 그렇게 말했군요."

"그게 사실이 아니라고 생각하는 거야?"

"사실이겠죠."

"너한테 그 말을 듣고 싶다고 말했어. 그리고 내 생각인데, 네가 그 아파트를 떠나기 전에 그가 몇 가지를 정리하고 싶어 할 것 같거든. 그와 단둘이 만나는 걸 네가 두려워하는 건 아닌지 모르겠어."

"나도 모르겠어요."

"문을 열어 주지 않은 채로 이야기만 할 수도 있을 거야."

"그는 열쇠를 갖고 있는걸요."

"도어체인은 없어?"

"있어요."

"그걸 사용할 수 있잖아."

"그렇겠네요."

"내가 가 줄까?"

"아뇨, 그러실 필요는 없어요. 아, 잔금을 드려야겠네요, 그렇죠?"

"네가 챈스한테 말을 꺼내고 모든 일이 해결된 다음에. 그래도 그가 올 때 누군가 네 편이 필요하면 지금 갈게."

"오늘 밤에 온대요?"

"언제 올지는 모르겠어. 어쩌면 전화로 모든 일을 처리하려 들지도 모르지."

"내일까지는 안 올 것 같아요."

"그래, 네가 원하면 네 집에서 잠복근무를 할 수도 있는데."

"그게 필요하다고 생각하세요?"

"글쎄, 킴, 네가 그렇게 생각한다면 말이야. 네가 불편하다면……"

"내가 뭔가를 두려워하고 있다고 생각하나요?"

나는 잠시 생각하다가 챈스의 모습을 떠올리고, 그를 만난 후에 나 자신의 행동을 평가했다.

"아니, 그렇게 생각하지는 않아. 하지만 사실은 그 사람을 잘 몰라."

"나도 그래요."

"만약 불안하면……"

"글쎄요, 쓸데없는 짓이에요. 아무튼 늦었어요. 케이블 텔레비전으로 영화를 보고 있었거든요. 끝나면 잘 거예요. 도어체인을 잠글게요. 좋은 생각이에요."

"내 전화번호는 갖고 있지?"

"그래요."

"무슨 일이 있으면 전화해. 그냥 전화 걸고 싶으면 하든지. 알았지?"

"그럴게요."

"그냥 마음 푹 놔. 공연히 돈을 쓴 것 같은데 말이야. 하지만 어쩌면 네가 돈을 주고 도움을 청했던 건 중요하지 않을지도 몰라."

"물론이죠."

"내 말은, 네가 창녀 노릇을 그만둘 수 있다는 거야. 그는 널 해치지 않을 거야."

"당신 말이 맞을 거예요. 내일 전화 드릴게요. 그리고 매트, 고마워요."

"좀 자 둬."

위층으로 올라가 내가 킴에게 했던 충고를 나 자신에게 적용시키려고 해 보았지만, 흥분이 가라앉지 않았다. 포기하고 옷을 입은 다음 근처에 있는 암스트롱 바로 갔다. 뭘 좀 먹어야 했지만 주방은 문을 닫았다. 트리나는 내게 원한다면 파이 한 조각을 주겠다고 말했다. 하지만 내가 원하는 건 파이 한 조각이 아니었다.

나는 물 타지 않은 버번 한 잔을 원했다. 그리고 커피에 넣어 마실 버번 한 잔도 필요했다. 술을 마시지 말아야 할 이유가 한 가지도 생각나지 않았다. 그 정도로는 취하지 않을 것이다. 그 정도 마신다고 다시 병원에 들어가게 되지는 않을 것이다. 병원에 입원한 건 무절제하게 하루 종일 마셔 댄 때문이었다. 그때 나는 깨달은 바가 있었다. 이제 그렇게 안전하지 않은 방법으로 마셔 댈 수는 없었다. 그러고 싶지도 않았다. 하지만 고주망태로 취하는 것과 잠들기 전에 한 잔 마시는 건 하늘과 땅 차이가 아닐까?

90일 동안은 한 방울도 마시지 말라고들 한다. 90일 동안 90번 금주 모임에 참석하고 어느 날 갑자기, 술을 딱 끊어야 한다. 90일이 지난 후에는 다음에 뭘 하고 싶은지 결정할 수 있게 된다.

일요일 밤에 마지막으로 마셨다. 그날 이후로 네 번 모임에 나갔다. 그러니까 마시지 않고 잠자리에 들면 금주 5일이 된다.

그래서?

커피를 한 잔 마셨다. 호텔로 돌아오는 길에 그리스 델리에 들러 치즈 대니시와 우유 한 팩을 사 와서 패스트리를 먹고 우유를 조금 마셨다.

불을 끄고 잠자리에 들었다. 이제 금주 5일이 됐다.

그래서?

다섯

아침을 먹으면서 신문을 읽었다. 코로나의 주택국 소속 경찰은 아직 중태지만, 이제 의사들은 생명은 건질 것 같다고 말했다. 어쩌면 불구가 될 수도 있고, 게다가 영구적인 불구가 될 수도 있단다. 그런 말을 하기에는 이른 감이 있었다.

그랜드 센트럴 서(署)에는 쇼핑백을 잔뜩 들고 있는 여자에게 덤벼들어 가방 세 개 가운데 두 개를 강탈한 녀석이 있었다. 그리고 브루클린의 그레이브센드 서에는 음란물 때문에 체포된 전력이 있는 부자(父子)가 있었다. 서류상으로는 조직 범죄와 관련된 그들은 차에서 뛰어내려 눈에 띄는 첫 번째 성당으로 달아났다. 추적자들은 권총과 엽총을 갖고 그들을 뒤쫓았다. 아들은 총에 맞아 죽고 아버지는 부상을 입었다. 성당으로 뒤따라 들어온 며느리와 시어머니는 옷장에 옷을 걸고 있는 사이에 총알이 문을 뚫고 들어와 머리통이 날아갔다.

63번가에 있는 YMCA에서는 일주일에 엿새 정오 모임이 있었다. 연사가 말했다.

"내가 어떻게 여기 오게 됐는지 얘기해 드릴게요. 어느 날 아침에 일어나서 중얼거렸어요. '어이, 날씨도 좋은데, 내 삶은 조금도 나아진 게 없군. 건강은 최상이고 결혼생활은 더할 나위 없지. 직장 생활도 탄탄대로인데 마음 상태는 조금도 나아진 게 없어. 아무래도 금주 모임에나 가 봐야겠어.'"

방 안에는 한바탕 웃음보가 터졌다. 그가 이야기를 마친 다음에도 사람들은 흩어지지 않았다. 손을 들면 연사가 지명을 했다. 한 젊은 친구가 방금 금주 90일이 됐다고 쑥스럽다는 듯이 말했다. 그는 많은 박수를 받았다. 나도 손을 들고 뭐라고 할 말이 있을까? 그레이브센드의 여자나, 아니면 고물 텔레비전 때문에 죽은 루 루덴코의 어머니에 대해 말할 수 있을 거라는 생각이 들었다. 하지만 그런 죽음들이 나와 무슨 상관이란 말인가? 뭘 말해야 하나? 이런 생각을 하는 사이에 시간이 다 됐다. 모두들 일어나서 주기도문을 외웠다. 차라리 잘됐다. 어쨌든 손을 들지는 못했을 테니까.

모임을 마치고 나서 한동안 센트럴 파크를 거닐었다. 모처럼 해가 나왔다. 그 주 내내 흐리다가 처음으로 화창한 날이었다. 한참 동안 기분 좋게 산책을 하면서 아이들과 달리는 사람들, 자전거 타는 사람들, 롤러 스케이트를 타는 사람들을 지켜보았다. 그리고 매일 아침 신문에서 접하는 뉴욕의 어두운 얼굴과 이 도시의 순수하고 건강한 에너지를 일치시키려고 애를 썼다.

두 개의 세계가 겹쳐 있다. 지금 자전거를 타는 이 사람들 중에는 자전거를 도둑맞게 될 사람도 있을 것이다. 한가롭게 공원을 거닐고 있는 연인들은 집에 돌아가 아파트에 강도가 든 것을 발견하게 될지도 모른다. 지금 떠들며 웃고 있는 아이들이 강도로 돌변하여 총이나 칼을 들이댈지도 모른다. 뉴욕의 진짜 얼굴을 이해한다는 건 누구에게든 간단한 문제가 아닐 것이다.

콜럼버스 서클에 있는 공원에서 나오는 길에, 야구 점퍼를 입은 한쪽 눈이 뿌옇게 흐린 부랑자 한 녀석이 다가와 술 한잔 할 돈을 달라고 구걸했다. 몇 미터 떨어진 곳에서 녀석의 친구 두 녀석이 나이트 트레인 한 병을 나누어 마시면서 우리의 거래가 어떻게 되어 가는지 흥미진진하게 지켜보고 있었다. 꺼지라고 말할 참이었는데, 1달러를 내주고 말았다. 놀라웠다. 그 녀석이 친구들 앞에서 창피당하는 꼴을 보고 싶지 않았던가 보다.

보기 괴로울 정도로 과장되게 너스레를 떨면서 녀석이 고마워했다. 그리고 다음 순간, 내 얼굴에서 그를 움츠러들게 만드는 무언가를 읽은 것 같았다. 그가 하던 짓을 멈추자, 나는 길을 건너 집으로 향했다.

우편물은 아무것도 없었다. 킴에게서 온 전화해 달라는 메시지 밖에. 호텔 직원은 전화가 걸려 온 시간을 메모지에 적도록 되어 있었지만, 여기는 월도프 호텔이 아니었다. 몇 시에 전화가 왔는지 기억나느냐고 물어봤지만 그는 기억하지 못했다.

킴에게 전화를 했더니 그녀가 말했다.

"아, 당신 전화를 기다리고 있었어요. 이리 오셔서 돈을 받아가셔야죠."

"챈스한테서 무슨 말이라도 들었나 보지?"

"한 시간 전에 그가 여길 왔어요. 모든 일이 완벽하게 해결됐어요. 지금 오시겠어요?"

나는 한 시간만 기다려 달라고 말했다. 위층으로 올라가 샤워를 하고 면도를 했다. 옷을 입고 나서 차림새가 마음에 들지 않아 갈아입기로 했다. 넥타이 매듭을 짓느라 쩔쩔매다가 문득 내가 지금 무슨 짓을 하고 있나 하는 생각이 들었다. 데이트를 위해 차려입고 있었던 것이다.

내 꼴이 우스워서 실소를 터뜨렸다.

모자를 쓰고 외투를 입고 밖으로 나왔다. 그녀는 3번가와 렉스가 사이에서 38번가가 만나는 곳에 있는 머리 힐에 살고 있었다. 5번가로 걸어가서 버스를 탔다. 그 다음에 동쪽으로 걸어갔다. 그녀가 살고 있는 건물은 전쟁 전에 지어진, 벽돌을 전면에 붙인 14층 아파트였는데, 로비 바닥에는 타일이 깔려 있고 야자수 화분들이 놓여 있었다. 수위에게 이름을 알려 주자 위층에 인터폰을 해서 들여보내도 좋다는 사실을 확인한 다음에야 나를 엘리베이터로 안내했다. 수위의 태도에는 신경 쓰이게 만드는 애매함이 있었다. 그가 킴의 직업을 알고 있으며, 나를 그녀의 고객쯤으로 여긴다는 생각이 들었다. 그는 능글맞게 웃지 않으려고 매우 조심하고 있었던 것이다.

12층에서 엘리베이터를 내려 킴의 아파트로 걸어갔다. 내가 다가가자 문이 열렸다. 그녀는 문간에 서 있었다. 틀어 올린 환한 금발에 푸른 눈과 광대뼈. 순간 바이킹 해적선의 뱃머리에 새겨진 그녀의 모습을 떠올려 보았다.

"아, 매트."

그녀가 나를 맞아들였다. 내 키와 거의 맞먹을 정도로 키가 큰 그녀가 나를 꽉 껴안았다. 단단한 유방과 사타구니의 압력이 느껴졌다. 톡 쏘는 듯한 그녀의 향기를 맡았다. 나를 안으로 끌어들이고 문을 닫으면서 킴이 말했다.

"매트, 세상에, 당신을 만날 수 있게 해 줘서 일레인한테 얼마나 고마운지 몰라요. 당신이 무슨 일을 했는지 알고는 계시죠? 당신은 내 영웅이에요."

"내가 한 일이라곤 그 녀석을 만난 것뿐인데."

"무슨 일을 했든 간에 당신이 한 일은 효과가 있었으니까요. 내게 중요한 건 그것뿐이에요. 잠시 편히 앉아 계세요. 술이라도 좀 가져올까요?"

"아니 됐어."

"커피 드실래요?"

"그러지. 폐가 되지 않는다면."

"앉으세요. 괜찮으시다면 인스턴트로 준비할게요. 게을러서 진짜 커피를 끓이지 못하거든요."

인스턴트도 좋다고 말했다. 소파에 앉아서 그녀가 커피를 타 올 때까지 기다렸다. 가구는 별로 없지만 멋지고 아늑한 방이었다. 솔로 재즈 피아노 곡이 스테레오로 흘러나오고 있었다. 새까만 고양이가 구석에서 할금거리며 신기한 듯이 나를 쳐다보더니 어디론가 사라져 버렸다.

커피 테이블 위에는 《피플》, 《TV 가이드》, 《코스모폴리탄》, 《내

추럴 히스토리》 같은 최근 잡지들이 널려 있었다. 스테레오 위쪽 벽에는 2, 3년 전에 휘트니에서 열린 에드워드 하퍼 전시회의 광고 포스터 액자가 걸려 있었다. 다른 쪽 벽에는 한 쌍의 아프리카 흑인 가면이 장식되어 있었다. 회를 바른 바닥 한가운데에는 청색과 녹색 소용돌이 무늬의 스칸디나비아 산 양탄자가 깔려 있었다.

그녀가 커피를 가지고 돌아왔을 때 나는 그녀의 방이 마음에 든다고 말했다. 그 아파트에서 계속 살 수 있었으면 좋겠다고 말했다.

"하지만 어쩌면 여기서 계속 살 수 없게 되는 편이 나을지도 몰라요. 여기서 사는 한 계속해서 사람들이 찾아올 테니까요. 내 말 뜻 아시겠어요?"

"그럼."

"게다가 여기 있는 것 중에 내 건 하나도 없는 걸. 이 방에 있는 물건 중에 내가 고른 건 저 포스터뿐이에요. 전시회를 보러 갔었는데, 뭔가 기념이 될 만한 걸 집에 가져오고 싶었어요. 저 사람이 고독을 그린 방식이 마음에 들어요. 함께 있지만 함께 있지 않는 사람들, 다들 다른 방향을 보고 있죠. 그 점이 나를 감동시켰어요. 정말로요."

"어디서 살 건데?"

"어딘가 멋진 곳에서요."

그녀는 확신에 차서 말했다. 그녀는 내 옆 자리에 올라앉았다. 기다란 한쪽 다리를 꼬아서 자세를 잡고 다른 쪽 무릎에 커피 잔을 올려놓아 균형을 맞추었다. 암스트롱 바에서 입었던 포도주 색 청바지에 연노랑색 스웨터 차림이었다. 스웨터 안에 아무것도 입지 않은 것 같았다. 맨발이었다. 발톱은 손톱에 칠한 것과 같은 포도주 빛깔로 손질되어 있었다. 침실용 슬리퍼를 신고 있었지만 소파에 앉기 전에 벗어 던져 버렸다.

그녀의 파란 눈빛과 녹색 스퀘어컷 반지를 보고 나서 양탄자로 눈을 돌렸다. 마치 그녀의 파란 눈빛과 녹색 반지에서 색깔을 가져다가 거품기로 휘저어 놓은 듯이 보였다.

그녀는 커피를 후후 불면서 마신 다음, 앞으로 몸을 구부려 커피 테이블 위에 잔을 놓았다. 그녀는 테이블 위에 있던 담배에 불을 붙였다.

"당신이 챈스한테 무슨 말을 했는지 모르겠지만, 그에게 단단히 영향을 준 건 틀림없어요."

"어떻게 된 일인지 모르겠는데."

"오늘 아침에 챈스한테서 전화가 와서 여길 오겠다는 거예요. 그가 왔을 때 나는 도어체인을 잠그고 있었는데, 웬일인지 그냥 그를 두려워할 필요가 없다는 생각이 들었어요. 아시겠지만, 그냥 뭔가를 알게 되는 때가 있잖아요?"

그럴 때가 있다. 그렇고말고. 보스턴 살인범(1960년대 독신녀 11명을 살해한 보스턴의 연쇄 살인범—옮긴이)도 절대 문을 깨부술 필요는 없었다. 그의 희생자들은 모두 문을 열어 살인범을 안으로 들였으니까.

그녀는 입술을 오므리고 담배 연기를 내뿜었다.

"그는 아주 점잖게 굴었어요. 내가 불행해하는 줄은 미처 몰랐다면서, 내 의지에 반해서 나를 묶어 둘 생각은 조금도 없었다고 말했어요. 내가 자기를 그런 식으로 생각해서 섭섭해하는 것 같았어요. 죄책감 같은 게 느껴질 정도였어요. 내가 단단히 실수를 하고 있다는 생각이 들 지경이었다니까요. 다시는 가질 수 없어서 후회하게 될 뭔가를 집어던져 버리고 있다는 생각 말이에요. '난 절대 떠난 여자를 다시 받아들이지 않아.'라고 그가 말했어요. 그러자 맙소사, 내가 지금 배수의 진을 치고 있구나 싶은 생각이 들었어요. 무슨 말인지 아시겠어요?"

"알 것 같아."

"챈스는 진짜 노련한 포주였으니까요. 마치 내가 대단한 직장을 박차고 나가 연금을 잃게 되기라도 하는 것처럼 말이죠. 내가 무슨 짓을 한 거야 싶은 거예요."

"언제 이 아파트를 비워 줘야 하는데?"

"이 달 말까지라고 그가 말했어요. 아마 그 전에 나갈 거예요. 짐 싸는 건 어려울 것도 없고요. 가구도 내 건 없으니까요. 그냥 옷가지랑 레코드, 그리고 에드워드 하퍼 포스터만 챙기면 되죠. 그런데 뭘 알고 싶으신 거죠? 다 그냥 두고 가도 상관없을 것 같은 생각이 들어요. 여기를 기억할 필요가 없을 것 같거든요."

커피를 한 모금 마셨다. 내 입맛에는 싱거웠다. 첫 곡이 끝나자 이어서 피아노 트리오가 흘러나왔다. 내가 얼마나 챈스에게 영향을 주었는지에 대해 그녀가 다시 말하기 시작했다.

"그는 어떻게 해서 내가 당신에게 전화를 하게 되었는지 알고 싶어 했어요. 그냥 친구의 친구라고 얼버무렸어요. 당신을 고용할 필요는 없었다고 그가 말했어요. 단지 자기한테 이야기만 하면 되었을 거라고요."

"아마 사실일 거야."

"그랬을지도 모르죠. 하지만 난 그렇게 생각하지 않아요. 용기를 내서 그에게 직접 이야기를 꺼냈어야 했다는 생각이 들기는 해요. 하지만 그래 봤자 계속 에둘러 말하다가 결국 그 문제에 대해서는 한마디도 못 했을 거예요. 솔직하게 이야기를 해 본 적은 없지만, 여하튼 내가 그 문제에 대해 회피하게 된 건 챈스를 떠나는 것이 금지되어 있다는 인상을 받았기 때문이죠. '야, 이년아, 꼼짝 말고 처박혀 있어. 달아나기만 해 봐, 얼굴을 확 그어 놓을 테니까.'라고는 말하지 않았을 거예요. 자기 입으로 그런 말을 한 적은 없지만, 그런 소문은 들었어요."

"오늘 그런 말을 들었나?"

"아뇨, 바로 그거예요. 그런 말을 듣지 않았다는 거."

그녀의 손이 내 팔꿈치 바로 위를 잡았다.

"참, 잊어버리기 전에."

킴이 소파에서 일어서자 그녀의 체중이 내 팔에 실리는 것이 느껴졌다. 그녀는 핸드백을 뒤적거리면서 방을 가로질러 갔다. 소파로 돌아와서 내게 500달러를 건네주었다. 아마 사흘 전에 내가 그녀에게 돌려주었던 바로 그 지폐인 것 같았다.

"보너스라도 드려야 할 것 같네요."

"그만 하면 충분해."

"하지만 일을 너무 잘해 주셨잖아요."

그녀는 소파 뒤로 한 팔을 늘어뜨리고 내 쪽으로 몸을 기울였다. 그녀의 머리 둘레에 휘감긴 땋은 금발을 쳐다보다가 문득 내가 아는 한 여자가 생각났다. 트라이베카에 있는 창고 위층을 작업실로 쓰는 조각가였다. 그녀는 뱀 머리카락을 지닌 메두사의 머리를 조각했는데, 킴도 얀 킨의 조각품처럼 넓은 이마와 두드러진 광대뼈를 갖고 있었다.
 하지만 표정은 달랐다. 얀의 메두사는 깊이 절망한 표정이었지만 킴의 얼굴은 표정을 읽기 어려웠다.
 "콘택트렌즈인가?"
 "뭐라고요? 아, 내 눈이요? 자연색이에요. 좀 이상한 색이죠?"
 "드문 색이군."
 이제 그녀의 표정을 읽을 수 있었다. 내가 거기서 본 것은 기대였다.
 "눈이 예뻐."
 커다란 입이 부드럽게 누그러지더니 미소 짓기 시작했다. 내가 그녀 쪽으로 약간 움직이자 그녀는 대뜸 내 팔에 안겨 들었다. 싱싱하고 따뜻하고 도발적인 몸이었다. 나는 그녀의 입과 목, 눈꺼풀에 키스했다.
 널따란 그녀의 침실에는 햇살이 넘실거렸다. 바닥에는 두꺼운 카펫이 깔려 있었다. 킹 사이즈 침대는 흐트러져 있었고 사라사 무명으로 커버를 씌운 침실용 의자에는 검은 고양이가 졸고 있었다. 킴은 커튼을 드리우고 내게 슬쩍 은밀한 눈빛을 던지고는 옷을 벗기 시작했다.
 우리의 행위는 뭔가 이상했다. 그녀의 몸은 눈부셨다. 환상 그 자체였다. 그녀의 몸놀림은 자못 현란했다. 내가 그토록 강렬한 욕구를 가졌던가 놀라웠다. 하지만 그것은 거의 순전히 육체적인 것이었다. 이상하게도 정신은 그녀와 나의 몸으로부터 고스란히 분리되어 있었다. 멀리서 우리의 행위를 구경하고 있는 것 같았다.
 끝나고 나자 안도감과 해방감, 미미한 만족감이 들었다. 그녀로부터 떨어졌다. 마치 끝없는 모래 황무지나 버석거리는 잡목 숲 한가운데 버려진 느낌이었다. 순간 놀랍게도 서글픈 느낌이 들었다. 뒷목이 쑤시고 아팠다. 거의 눈물이 날 지경이었다.
 통증이 지나갔다. 무엇 때문에 그 통증이 일어났는지, 어떻게 해서 지나갔는지 알 수 없었다.
 "자, 그럼."
 그녀가 웃으면서 말했다. 그리고는 몸을 내 쪽으로 돌려 한 손을 내 팔 위에 얹었다.
 "좋았어요, 매트."

 옷을 입고, 커피를 한 잔 더 들겠느냐는 그녀의 제의를 거절했다. 그녀는 현관까지 내 손을 잡고 나와서 다시 한번 고맙다고 말했다. 그리고 다시 자리를 잡으면 자기 주소와 전화번호를 알려 주겠노라고 말했다. 언제 무슨 일로든 부담 갖지 말고 전화하라고 말했다. 키스는 하지 않았다.
 엘리베이터 안에서 문득 그녀가 한 말이 생각났다. 그녀는 '보너스라도 드려야 할 것 같네요.'라고 말했다. 그렇지, 그건 보너스였다. 이처럼 적절한 말이 또 있을까.
 호텔까지 줄곧 걸어갔다. 가는 길에 두어 번 멈추었다. 커피와 샌드위치를 먹으려고 한 번 멈추었고, 또 한 번은 메디슨가에 있는 교회에서 멈추었다. 50달러를 자선함에 넣으려다가 그럴 수 없다는 생각이 들었다. 킴이 내게 100달러짜리 지폐로 지불했기 때문에 소액 지폐가 없었던 것이다.
 내가 왜 십일조를 바치는지, 언제부터 그런 습관을 갖게 됐는지 모르겠다. 애니타와 아이들을 떠나서 맨해튼으로 이사를 한 다음에 갖게 된 습관인 것 같다. 교회가 내 돈으로 무슨 일을 하는지도 모르겠고, 교회보다는 나 자신이 더 그 돈이 필요하다는 확신이 들어서 최근에는 그 습관을 깨 버리려고도 했다. 하지만 수중에 돈이 들어오기만 하면 그 버릇을 버리지 못하고 결국 어느 교회에든 수입의 10퍼센트를 헌금하기 전에는 마음이 놓이지 않았다. 미신인 것 같다. 일단 십일조를 하기 시작했으면 지켜야 할 것 같다. 그러지 않으면 무슨 좋지 않은 일이라도 일어날 것 같으니까.

터무니없는 생각일지도 모른다. 내가 내 수입을 몽땅 교회에 갖다바치든 한 푼도 헌금을 하지 않든 간에 어차피 끔찍한 일은 일어나고 있으며 앞으로도 계속해서 일어날 것이다.

특별 헌금은 다음으로 미루어야 할 것 같았다. 어쨌든 텅 빈 교회가 주는 평화로움을 즐기면서 잠시 앉아 있었다. 한동안 마음이 흐르는 대로 내버려 두었다. 몇 분이 지나자 한 노인이 복도의 다른 편에 앉았다. 그는 눈을 감고 깊은 생각에 잠긴 것처럼 보였다.

기도를 하고 있는 것일까 하고 생각했다. 기도하는 사람은 어떻게 보일까, 기도에서 사람들이 얻는 게 뭘까 궁금해졌다. 이따금 기도하는 사람에게 말을 붙여 볼 기회는 있었지만, 기도를 하면 어떻게 되는지 알아내지는 못했다.

초가 있었다면 불을 붙였겠지만, 그 교회는 감리 교회라 초가 없었다.

그날 밤 세인트폴 성당의 금주 모임에 갔지만 마음이 잡히지 않았다. 계속 겉돌기만 했다. 토론 중에 정오 모임에서 만난 녀석이 자기가 어떻게 해서 90일째 금주를 하고 있는지 이야기해서 다시 한번 박수 세례를 받았다.
"금주 90일 다음에는 뭐가 오는지 아세요? 금주 91일입니다."
연사가 말했다.
내 차례가 되어 내가 말했다.
"내 이름은 매트고요. 그냥 지나갈게요."

일찌감치 잠자리에 들었다. 쉬 잠이 들었지만 꿈을 꾸다가 깨서 잠을 이루지 못했다. 무슨 꿈인가 기억날 듯하면서 도무지 생각이 나지 않았다.

결국 일어나 아침을 먹으러 나가서 신문을 사 가지고 방으로 돌아왔다. 얼마 멀지 않은 곳에서 일요일 정오 모임이 있었다. 참석한 적은 없지만 회원 수첩에 적힌 것을 본 적이 있었다. 그제야 거기 가 볼까 하는 생각이 들었다. 하지만 이미 반쯤 끝나 가고 있을 시간이었다. 방에 남아서 신문을 마저 읽었다.

술을 마시면 몇 시간씩 죽치고 있는 건 보통이다. 나는 암스트롱 바에서 버번을 넣은 커피를 마시면서 취하지 않고 몇 시간이고 죽치고 있을 수 있었다. 계속해서 커피 잔을 채워 가며 홀짝거리면서 시간을 죽이는 거다. 누구든 술을 마시지 않으면서 그렇게 죽치고 있을 수는 없을 것이다. 그게 그냥 되는 게 아니다. 아무나 되는 게 아니다.

3시쯤 되었을 때 킴이 생각났다. 그녀에게 전화를 하려고 수화기를 들다가 그만두었다. 같이 잔 적이 있긴 하지만, 그것은 일종의 선물이었다. 그녀는 그 선물을 어떻게 줘야 하는지 알고 있었다. 나는 그것을 거절하는 방법을 몰랐지만 그런 일이 있었다고 우리가 연인이 된 건 아니잖은가. 우린 아무 사이도 아닌 것이다. 함께 무슨 일을 했든 간에 이미 그 일은 끝난 것이다.

그녀의 머리카락과 함께 얀 킨의 메두사 머리가 기억나서 얀에게 전화해 볼까 하는 생각이 들었다. 뭐라고 말을 해야 할까?

금주 7일째를 지나고 있다고 말할 수도 있었을 것이다. 얀이 금주 모임에 나가기 시작하면서 그녀와는 연락이 끊겼다. 그녀는 술과 관련된 사람들과 장소, 물건을 멀리하라는 말을 들었을 것이다. 그리고 나는 그녀가 멀리해야 할 사람에 속했다. 나는 오늘 술을 마시지 않았다. 그녀에게 그 이야기를 할 수도 있을 것이다. 하지만 그게 어쨌단 말인가? 그게 그녀가 나를 만나고 싶어 할 이유도, 내가 그녀를 보고 싶어 할 이유도 아니잖은가.

두어 번 밤에 함께 술을 마시면서 즐긴 적이 있었다. 술 없이도 똑같이 즐길 수 있을지도 모른다. 하지만 그건 암스트롱 바에서 버번을 타지 않은 커피를 마시면서 다섯 시간 동안 죽치고 앉아 있는 것과 같은 것이 아닐까.

그녀의 전화번호를 찾아내기는 했지만 전화를 걸지는 않았다.

세인트폴 성당에서 연사는 밑바닥 생활에 대해 이야기해 주었다. 그는 여러 해 동안 헤로인 중독자였다. 다음에는 바우어리가(싸구려 술집과 여관 따위가 즐비한 뉴욕의 큰 거리—옮긴이)로 가서 술주정뱅이가 되었다. 그는 마치 거기서 지옥의 모습을 구경한 것처럼 보였고, 그 거리의 모습을 생생하게 기억했다.

휴식 시간에 짐이 커피메이커 옆 구석진 곳으로 나를 데려가 어떻게 지내느냐고 물었다. 잘 지내고 있다고 말했다. 금주를 한 지 얼마나 되었는지 그가 물었다.

"오늘이 7일째야."

"제기랄, 대단한데. 정말 대단해 매트."

토론이 계속되는 동안 내 차례가 되면 발표를 할 수도 있을 것 같은 기분이 들었다. 스스로 알코올 중독자인지도 몰랐기 때문에 알코올 중독자였다고 말할 수는 없었지만, 금주 7일째가 된 데 대해 뭔가를 말할 수 있을 것 같았다. 아니면 그냥 모임에 나오게 되어서 기쁘다고 말할 수도 있을 것이다. 하지만 내 차례가 되자 나는 늘 하던 말을 되풀이하고 있었다.

모임이 끝나고 의자를 접어 한쪽에 갖다 놓고 있을 때, 짐이 다가와서 말했다.

"모임이 끝나면 몇이서 커피 마시러 콥스 코너에 가는데, 같이 갈래?"

"아, 가고 싶지만 말이야. 오늘 밤엔 안 되겠어."

"그럼 다른 날 가지, 뭐."

"좋아, 짐. 재미있겠는데."

거기 갈 수 있었는데. 달리 할 일도 없었는데. 대신에 암스트롱 바에 가서 햄버거 하나와 치즈 케이크 한 조각을 먹고 커피 한 잔을 마셨다. 콥스 코너에서도 똑같은 식사를 할 수 있었을 것이다.

그렇지, 나는 언제나 일요일 밤의 암스트롱 바가 좋다. 식사를 마친 후에 내 커피 잔을 스탠드로 가져갔다가 매니라는 이름의 CBS 방송 기술자와 고든이라는 이름의 음악가를 만나 한동안 수다를 떨었다. 술 생각은 조금도 나지 않았다.

집으로 돌아와 잠자리에 들었다. 아침에 왠지 모를 불안감에 잠을 깼다. 간밤에 나쁜 꿈을 꾼 탓이리라. 기억나지 않는 악몽을 떨쳐 버리고 싶었다. 샤워를 하고 면도를 한 다음에도 꺼림칙한 느낌이 가시지 않았다. 옷을 입고 아래층으로 내려갔다. 더러운 옷 한 보퉁이를 세탁실에 갖다 놓고 양복 한 벌, 바지 한 벌은 세탁소에 맡겼다. 아침을 먹고 《데일리 뉴스》를 읽었다. 이 신문의 칼럼니스트 한 명이 그레이브센드 총기 난사 사건의 범인으로 체포된 여인의 남편을 인터뷰했다. 그 부부는 바로 얼마 전에 이사를 했는데, 그 집은 그들이 꿈에 그리던 집이었다. 드디어 품위 있는 이웃과 격조 높은 삶을 살아 볼 기회를 잡은 것이었다. 그런데 2인조 강도가 생계비를 벌려고 하필이면 그 집을 지목해서 털기로 한 것이었다. 그 칼럼니스트는 "마치 하느님의 손가락이 클레어 리첵을 지목한 것과 같았다."라고 썼다.

브루클린 맨해튼 노선 지하철역 아스터 플레이스에서 쓰레기통을 뒤져 찾은 셔츠 한 장 때문에 바우어리가의 노숙자 두 명이 싸움이 붙었다는 기사를 '지하철 단상' 코너에서 읽었다. 한 사람이 다른 사람을 20센티미터 길이의 접는 칼로 찔러 죽였다. 죽은 자는 52세였으며 죽인 자는 32세였다. 그 사건이 지하철에서 일어나지 않았더라면 신문에 날 일도 아니라는 생각이 들었다. 바우어리가의 싸구려 여관에서 서로 죽이는 사건이 벌어지는 건 기삿거리도 아니다.

뭔가를 찾으려는 듯이 계속해서 신문을 뒤적거렸다. 막연히 불길한 느낌이 사라지지 않았다. 어렴풋이 취기가 느껴졌다. 어젯밤에 술은 입에도 대지 않았다는 사실을 새삼 떠올려야 했다.

오늘이 금주 8일째다.

은행에 가서 수고비로 받은 500달러 중 일부를 내 계좌에 넣고, 나머지는 10달러와 20달러짜리로 바꾸었다. 50달러를 바치러 세인트폴 성당으로 갔지만 미사 중이었다. 대신에 63번가에 있는 YMCA로 가서 여태 들은 적이 없는 지겨운 증언을 들어야 했다. 열 살 이후로 자신이 경험한 모든 음주에 대해 하나도 빠뜨리지 않고 이야기하는 것 같았다. 그는 꼬박 40분 동안 단조로운 목소리로 이야기를 계속했다.

공원에 앉아 있다가 노점에서 핫도그를 사서 먹었다. 3시쯤 호텔에 돌아와 낮잠을 자다가 4시 30분쯤 다시 나갔다. 《포스트》를 사 가지고 모퉁이를 돌아서 암스트롱 바로 갔다. 신문을 살 때 분명히 머리기사를 읽었을 터인데, 어찌된 일인지 그때는 그 기사를 의식하지 못했다. 앉아서 커피를 주문하고 1면을 보고 있는데, 거기에 그 기사가 눈에 들어왔다.

'칼로 난자당한 창녀.'

나는 그 사건을 알고 있었다. 또 그 사건이 하나도 중요할 것 없는 일이라는 것도 알고 있었다. 잠시 동안 앉아서 눈을 감고 신문을 꽉 움켜쥐었다. 순수한 의지의 힘만으로 그 기사를 바꿔 놓으려는 듯이. 그 색깔, 그녀의 눈이 지닌 북구인다운 선명한 파란색이 감은 눈꺼풀 뒤로 언뜻 스치고 지나갔다. 가슴이 갑갑해졌다. 뒷목 쪽에 다시 뜨끔한 통증이 느껴졌다.

신문을 펼쳤다. 관련 기사는 3면에 실려 있었다. 킴이 죽었다. 그놈이 그녀를 죽인 것이다.

여섯

킴 다키넨은 50년대에 6번가에 들어선 신식 고층 호텔 가운데 하나인 갤럭시 다운타우너 7층의 한 객실에서 죽었다. 그 방은 인디애나 포트웨인에 사는 찰스 오웬 존스 씨가 빌렸는데, 그는 한 시간 전에 전화로 예약한 다음 일요일 저녁 9시 15분에 선불로 1박 요금을 현금으로 지불하고 체크인한 것으로 나와 있었다. 초동 수사 결과 포트웨인에 사는 존스 씨라는 사람은 없는 것으로 밝혀졌다. 숙박부에 적은 주소도 존재하지 않는 데다가 가명을 사용한 것으로 추정되었다.

존스 씨는 한번도 객실에서 직원을 부르지 않았으며, 자신의 호텔 계좌로 한 장의 계산서도 보내지 않았다. 그가 몇 시간이나 머물다가 나갔는지 확인되지 않았다. 그는 프런트에 열쇠도 돌려주지 않고 나갔다. 게다가 그는 방문에 '방해하지 마시오.' 라는 표지를 걸어 두었으며, 관리 직원은 월요일 아침에 오전 11시 체크아웃 시간이 될 때까지 깍듯이 그 말을 지켰다. 체크아웃 시간이 되어서 청소부가 그 방에 전화를 돌렸는데 전화를 받지 않아서 방문을 두드렸다. 이번에도 아무런 응답이 없자 그녀는 여벌의 열쇠로 문을 열었다.

《포스트》기자의 말을 빌리면, 그녀가 방 안으로 걸어 들어갔을 때 그야말로 '입에 담기조차 두려운 끔찍한 꼴'을 보게 되었다. 흐트러진 침대 발치의 카펫 위에 벌거벗은 여자가 드러누워 있었다. 피가 침대와 카펫을 붉게 물들였다. 여자는 검시관이 군대용 칼이나 정글도(정글에서 잡초 등을 제거하는 용도로 사용하는 날이 넓은 큰 칼——옮긴이)로 추정하는 흉기로 수없이 찔리고 베어진 자상으로 죽었다. 살인자는 그녀의 얼굴을 칼로 마구 그어 '식별할 수 없는 흉측한 물건'으로 만들어 놓았지만, 신문에는 직업 정신으로 무장한 기자가 다키넨 양의 '호화로운 머리 힐 아파트'에서 가져온 사진이 실려 있었다. 왕관처럼 정수리 부근에 한 가닥으로 땋아 붙인, 어깨 위로 흘러내리는 킴의 금발이 꽤 인상적으로 보였다. 사진 속의 초롱초롱한 눈빛의 그녀는 마치 성장한 하이디처럼 밝아 보였다.

현장에서 발견된 여자의 핸드백을 기초로 신원 확인이 이루어졌다. 핸드백에는 상당한 액수의 현금이 들어 있어서, 수사관들은 돈을 살해 동기에서 제외할 수 있었다.

말도 안 돼.

신문을 내려놓았다. 손이 떨리는 걸 보고도 그다지 놀라지 않았다. 속으로는 더 심하게 떨고 있었다. 이블린을 찾아갔다. 그녀가 다가왔을 때 나는 버번 더블을 주문했다.

"매트, 정말요?"

"안 될 게 뭐야."

"아니, 술 끊었잖아요. 다시 시작하고 싶은 거예요?"

'다시 시작하고 싶은 건 바로 너잖아.'

숨을 한 번 들이쉬었다가 내쉬면서 말했다.

"아닌 것 같아."

"커피를 좀 더 하는 건 어때요?"

"그러지."

다시 그 기사를 읽었다. 초동 수사에서 사망 시각은 자정 무렵으로 추정되었다. 살인자가 그녀를 해치고 있을 때 나는 무엇을 하고 있었던가 생각해 내려고 애썼다. 술집을 나온 게 몇 시나 됐는지 기억나지 않았다. 꽤 일찍 잠자리에 들었다. 그렇기는 해도 어쩌면 내가 잠들기 전에 이미 끝났는지도 모른다. 사망 시각은 물론 추정이었다. 어쩌면 놈이 그녀의 목숨을 유린하고 있을 때 이미 나는 잠들었을지도 모른다.

거기 앉아서 커피를 마시면서 그 기사를 읽고 또 읽었다.

암스트롱 바에서 나와 세인트폴 성당으로 갔다. 뒷자리에 앉아 생각을 정리해 보려고 했다. 챈스와 나눈 대화를 떠올리려 하자 킴과 두 번 만났던 때의 기억들이 어지러이 앞뒤로 끼어들었다.

별 뜻 없이 50달러를 자선함에 집어넣었다. 초에 불을 붙이고 망연히 불꽃을 바라보았다. 불꽃 속에서 춤추는 무언가를 발견하려는 듯이.

다시 자리로 돌아와 앉았다. 계속 앉아 있자니 부드러운 말씨의 젊은 신부가 다가와 문 닫을 시간이 되었다고 아주 미안해하며 말했다. 나는 고개를 끄덕이고 일어섰다.

그가 말을 건넸다.

"심란해 보이시네요. 제가 어떻게든 도움이 될 수 있을까요?"

"됐어요."

"이따금 여기 오시는 걸 봤습니다. 때로는 누군가에게 이야기하는 게 도움이 될 때가 있죠."

'그럴까?'

"가톨릭 신자도 아닌걸요."

"반드시 신자일 필요는 없어요. 힘든 일이 있으시면……."

"그냥 안 좋은 소식을 들어서 그래요, 신부님. 친구가 뜻밖의 죽음을 맞았어요."

"그런 일은 언제나 견디기 어렵죠."

불가사의한 하느님의 계획이니 뭐니 이야기하려는 줄 알고 지레 겁을 먹었지만, 그는 내가 더 이야기하도록 기다리는 것 같았다. 가까스로 성당을 나와 잠시 보도 위에 서 있었다. 이제는 어디로 가야 하나 생각하면서.

6시 30분쯤 되었다. 앞으로 두 시간 동안은 금주 모임이 없다. 한 시간 일찍 도착해서 앉아 있다가 커피를 마시거나 사람들과 이야기를 나눌 수도 있겠지만, 한번도 그렇게 한 적이 없었다. 아무튼 처치해야 할 두 시간이 있었고 나는 어찌 할 바를 몰랐다.

배가 너무 고프도록 내버려 두어서는 안 된다는 말이 생각났다. 공원에서 핫도그를 먹은 다음에 입에 댄 게 없었다. 음식 생각이 나자 갑자기 배가 고파졌다.

호텔로 돌아갔다. 지나치는 가게는 하나같이 술집이나 주류 판매소로 보였다. 나는 방에 올라가 나오지 않고 버텼다.

30분 일찍 금주 모임에 갔다. 여섯 명이 내 이름을 부르며 알은체를 했다. 커피를 가지고 자리에 앉았다.

연사는 음주 이야기를 짤막하게 끝낸 다음, 나머지 시간 동안 4년 전 술을 끊은 이후에 일어난 일들을 시시콜콜 이야기했다. 결혼은 파탄이 났으며 막내아들은 뺑소니차에 치어 죽었다. 장기간 실직 상태로 지냈고 우울증으로 병원 치료를 받은 것도 여러 차례였다.

"하지만 술은 입에 대지 않았어요. 처음 여기 왔을 때, 한잔 한다고 해서 더 나빠질 것도 없는데 뭘 그러냐고 말하는 사람들이 있었어요. 이 프로그램의 효과를 보려면 절대로, 무슨 일이 있어도 술은 마시지 말아야 한다고 여러 사람이 내게 말해 줬어요. 어떨 땐 내가 순전히 아둔한 고집 때문에 술을 끊었다는 생각이 든다니까요. 그건 괜찮아요. 어쨌거나 효과가 있기만 하면 그만이니까요."

휴식 시간이 되자 밖으로 나가고 싶어졌다. 대신에 커피 한 잔과 쿠키 두 개를 먹었다. 단 걸 지독하게 좋아한다고 말하던 킴의 목소리가 들리는 것 같았다.

'하지만 조금도 살이 찌지 않아요. 대단한 행운이 아닌가요?'

쿠키를 먹었다. 마치 지푸라기를 씹고 있는 느낌이었지만 씹어서 꿀꺽 삼켰다.

토론 중에 한 여자가 자기 이야기를 구구절절이 되뇌기 시작했다. 그녀는 치질이 있었는데 매일 밤 그 이야기를 했다. 나는 듣지 않았다.

나는 생각했다.

'내 이름은 매트고요. 알코올 중독자입니다. 내가 아는 한 여자가 어젯밤에 살해되었거든요. 자기가 살해되지 않도록 지켜 달라고 나를 고용했는데, 나는 그녀가 안전하다며 안심시켰어요. 그녀는 나를 믿었던 거예요. 살인자에게 속아 그놈을 믿었는데, 지금 그녀가 죽어 버렸다고요. 이제 내가 할 수 있는 일은 아무것도 없어요. 괴로워 미치겠어요. 내가 뭘 해야 하는지도 모르겠어요. 거리마다 술집이 있고, 동네마다 주류 판매소가 있잖아요. 술을 마신다고 그녀가 다시 살아날 리도 없지만, 술을 끊는다고 뭐가 달라지겠어요? 왜 내게 이런 일이 닥친 걸까요? 뭣 때문에?'

나는 생각했다.

'내 이름은 매트고 알코올 중독자예요. 우리가 이 엿 같은 방에 앉아서 노상 같은 이야기를 지껄이는 동안, 바깥 세상은 온통 서로 죽이고 죽는, 그야말로 아수라장이에요. 다들 술을 입에 대지 말고, 금주 모임에 참석하라고들 말하지요. 술을 끊는 건 중요하면서도 간단한 일이라고들 말하지요. 어느 날 갑자기, 끊어 버리라고들 말하지요. 우리가 세뇌당한 얼간이들처럼 똑같은 말을 되뇌고 있는 동안 세상은 파국을 향해 달려가고 있다고요.'

나는 생각했다.

'내 이름은 매트고, 난 알코올 중독자예요. 도움이 필요해요.'

차례가 되었을 때 내가 말했다.

"내 이름은 매트예요. 여러분의 증언 잘 들었습니다. 재미있었어요. 오늘 저녁에는 그냥 듣기만 할게요."

기도가 끝나자마자 나왔다. 콥스 코너에도 암스트롱 바에도 들르지 않았다. 대신에 호텔 쪽으로 걷다가 호텔을 지나쳤다. 반 블록쯤 돌아서 58번가에 있는 조이 패럴 바로 갔다.

술집은 그다지 붐비지 않았다. 주크박스에서는 토니 베넷의 곡이 흘러나오고 있었다. 바텐더는 내가 모르는 사람이었다.

스탠드 뒤쪽을 쳐다보았다. 처음 내 시선을 사로잡은 버번이 얼리 타임스였다. 스트레이트 한 잔과 물을 주문했다. 바텐더는 술을 따라 내 앞쪽에 놓았다.

잔을 들어 그것을 바라보았다. 도대체 난 뭘 알고 싶은 걸까.

단숨에 잔을 비웠다.

일곱

별일도 아니었다. 처음에는 취기조차 느낄 수 없었다. 다음에 내가 경험한 것은 경미한 두통과 메스꺼워 토할 것 같은 느낌이었다.

우선 내 몸이 술을 받지 않았다. 일주일이나 술을 입에 대지 않았으니까. 일주일 내내 한 방울도 마시지 않고 지낸 적이 있었던가?

기억이 나지 않았다. 15년 전쯤인가? 아마 20년, 어쩌면 그보다 더 전인 것 같았다.

팔꿈치를 스탠드 위에 올리고 한쪽 발은 내 옆 자리 의자의 받침대에 올려놓고 서 있었다. 방금 내가 느낀 모호한 감정을 규정해 보려 애썼다. 몇 분 전의 그 느낌이 대단히 나쁜 것은 아니었다는 생각이 들었다. 그런데도 묘한 상실감이 느껴졌다. 무엇을 잃은 것일까?

"한 잔 더 드릴까요?"

무심히 끄덕이려다가 멈추었다. 고개를 가로저었다.

"다음에. 동전 좀 바꿔 주겠나? 두어 군데 전화할 데가 있어서."

그는 1달러를 거슬러 주면서 공중전화 있는 곳을 가르쳐 주었다. 전화 부스에 들어가서 문을 닫고 수첩과 펜을 꺼내 전화를 걸기 시작했다. 누가 다키넨 사건을 맡고 있는지 알아내려고 동전을 몇 개나 집어넣었고, 결국 미드타운 노스 서로 연결되었다. 더킨 형사를 바꿔 달라고 했다.

"잠시만요. 조, 자네 전화야."

조금 있다가 다른 목소리가 받았다.

"조 더킨입니다."

"더킨, 나 스커더야. 다키넨 살인 사건의 용의자를 붙잡았는지 알고 싶어서 전화했어."

"그런 이름 모르는데."

"매튜 스커더라고. 자네 정보를 빼내 가려는 게 아니고 정보를 주려고 전화한 거야. 아직도 그 포주 놈을 붙잡지 못하고 있다면 도움이 될까 해서 말이야."

잠시 후에 그가 입을 뗐다.

"아직 아무도 체포하지 못했어."

"그녀에게 포주가 있었어."

"그건 우리도 알아."

"그놈 이름이 뭔지 아나?"

"이봐, 스커더 씨……."

"포주 놈의 이름은 챈스야. 이름인지 성인지 모르겠어. 가명인지도 모르지. 그에 대한 전과 기록이 없어, 그 이름으로는."

"자네가 왜 전과 기록에 대해 알려고 하지?"

"내가 그래도 전직 경찰 아닌가? 어이, 더킨. 내게 쓸 만한 정보가 있거든. 그걸 주겠다는 거야. 몇 분 동안 내 이야기를 들어 보는 게 어때? 그 다음엔 처분대로 하지."

"그러지."

챈스에 대해 내가 아는 걸 모조리 그에게 이야기했다. 그의 신체적 특징을 자세하게 묘사하고 그가 가진 차의 외관과 차량 번호까지 이야기했다. 적어도 네 명 이상의 여자를 관리하고 있으며, 그 가운데 아마 써니로 불리는 여자는 소냐 핸드릭스 양이었다는 것, 그리고 그녀의 모습을 자세히 설명했다.

"금요일 밤에 그는 센트럴 파크 서 444번지에 핸드릭스를 데려다줬어. 그녀가 거기 살고 있는지도 모르지만, 그보다는 키드 배스컴이라고 불리는 프로 권투 선수의 승리 축하 파티에 참석하려던 모양이야. 챈스는 배스컴과 모종의 이해관계로 얽혀 있거든. 그 건물에 사는 누군가가 배스컴을 위해 파티를 열어 준 것 같아."

그가 끼어들었지만 나는 무시하고 계속해서 이야기했다.

"금요일 밤에 챈스는 다키넨이라는 여자가 관계를 끝내고 싶어 한다는 걸 알게 됐지. 토요일 오후에 동 38번가에 사는 그녀를 방문해서는 그녀에게 그러자고 말했어. 그는 그녀에게 이 달 말까지 아파트를 비워 달라고 했다더군. 그의 아파트였으니까. 그가 그 아파트를 빌려서 그녀를 살게 했던 모양이야."

"잠깐."

더킨이 말했다. 부스럭거리며 서류 넘기는 소리가 들렸다.

"기록에는 데이비드 골드만 씨가 임차인으로 되어 있는데. 다키넨의 전화도 그 이름으로 등록되어 있군."

"데이비드 골드만이 누군지 알아보기는 했나?"

"아직은."

"그럴 생각도 없는 것 같군. 어쩌면 챈스가 대변인으로 내세우는 변호사나 회계사가 골드만일 수도 있겠지. 내가 하고 싶은 말은 말이지, 챈스가 전혀 데이비드 골드만처럼 생기지는 않았다는 거야."

"흑인이라고 했나?"

"맞아."

"그를 만난 적이 있단 말이지?"

"그래, 요즘 그가 단골로 다니는 집은 없지만, 자주 가는 장소가 대여섯 군데 있지."

그 장소들을 쭉 불렀다.

"어디 사는지는 알아내지 못했어. 그걸 그가 비밀로 한다는 것밖에."

"괜찮아. 역추적을 하면 되니까. 그의 전화번호를 알려 줬잖아? 기억나지? 전화번호를 검색해서 주소를 알아낼 수 있을 거야."

"그 번호는 응답 서비스 번호 같은데."

"그래, 그 회사에서 그의 번호를 알고 있을 거야."

"그럴 테지."

"믿지 못하는군."

"그놈이 숨어 있기를 좋아하는 것 같아서 말이야."
"그런데 어떻게 해서 그를 찾아낸 건가? 스커더, 자네가 도대체 이 일과 무슨 상관이 있기에?"
전화를 끊고 싶은 생각이 들었다. 내가 가진 모든 정보를 경찰에 내주었으니 질문에 대답하고 싶은 생각은 없었다. 하지만 그들이 나를 찾으려고 한다면 챈스를 찾는 것보다 훨씬 쉬울 터였다. 더킨과 통화를 하다가 끊어 버린다면 그는 금방 나를 찾아낼 테니까.
"금요일 밤에 그를 만났거든. 자기 대신에 이야기 좀 해 달라고 다키넨 양이 내게 부탁을 해서."
"무슨 이야기?"
"창녀 생활을 그만두고 싶다는 이야기를 해 달라는 거지. 직접 말을 꺼내기가 두려웠던가 봐."
"그래서 그녀 대신에 가서 그에게 그 이야기를 했군."
"그런 셈이지."
"무슨 말이야, 스커더. 자네도 포준가? 그녀가 챈스를 떠나 자네한테로 간다는 말인가?"
수화기를 든 주먹에 불끈 힘이 쥐어졌다.
"아니, 더킨, 그건 내 일이 아니지. 왜 그러시나? 설마 자네 엄마가 새 포주를 찾고 있는 건 아니겠지?"
"이런……"
"함부로 주둥이 놀리지 말란 말이야. 이게 다야. 자네한테 밥상째 갖다 바쳤네. 다시는 전화할 일 없을 거야."
그는 아무 말도 하지 않았다.

"킴 다키넨은 내 친구의 친구야. 내가 누군지 알고 싶다면 말이야, 전에 알던 사람 중에 구직이란 이름의 경찰이 있었지. 그 사람 아직 미드타운 노스 서에 있나?"

"구직의 친구라고?"

"서로 별로 친하지는 않았지만 말이야. 내가 사기꾼은 아니란 건 그가 말해 줄 수 있을 거야. 챈스에게 그녀가 그만두고 싶어 한다고 이야기했더니, 그만둬도 좋다고 말하더군. 다음날 그가 그녀를 만나 같은 말을 했지. 그리고 어젯밤에 누군가가 그녀를 죽인 거야. 아직도 사망 시각이 자정으로 되어 있나?"

"그래. 하지만 대략적인 거야. 사람들이 시신을 발견한 건 사건이 발생하고 열두 시간이 지난 후인걸. 알겠지만 부패 정도로 추정한 거지. 검시관은 아마 다음 일을 해야 했을 테고."

"안 좋아."

"내가 유감스럽게 생각하는 부분은 바로 그 가련한 어린 청소부야. 에콰도르 출신의 청소부는 영어를 읽을 줄도 모르고 겨우 말만 하는 것 같던데, 그녀가 그 끔찍한 현장으로 걸어 들어갔다는 거야."

그 말을 하면서 그는 화가 치미는 모양이었다.

"누구든 시체를 보고 싶지는 않을 거야. 뭐가 좋겠나? 기억 속에 끈덕지게 들러붙게 될 거 아냐."

"신원 확인은 해 봤나?"

"아, 그럼. 지문을 갖고 있거든. 그 여자가 몇 년 전에 롱아일랜드에서 검거된 적이 있더군. 고의적인 호객 행위로 15일간 영업 정지를 당한 일이 있더라고. 그 후에는 체포된 적이 없어."

"그 다음에는 집에서 일했으니까. 그 후 챈스가 그녀를 38번가에 있는 아파트에서 일하도록 했지."

"진짜 뉴욕 오디세이로군. 그 외에 또 뭘 알고 있나, 스커더? 자네가 필요하면 어떻게 연락하지?"

더 알고 있는 건 없었다. 그에게 내 주소와 전화번호를 가르쳐 주었다. 서로 몇 마디 인사를 나눈 다음 전화를 끊자마자 벨이 울렸다. 내가 요금을 투입한 통화 시간 3분을 초과한 요금이 45센트란다. 스탠드에서 1달러를 더 거슬러서 공중전화에 집어넣고 스탠드로 돌아와서 한 잔 더 달라고 주문했다. 얼리 타임스 스트레이트와 물을.

두 번째 잔이 나왔다. 쭉 들이켜고 나자 내 속에서 뭔가가 허물어져 내리는 것이 느껴졌다.

금주 모임에 모인 사람들은 첫 잔을 입에 대는 순간 알코올 중독자로 돌아간다고들 말한다. 한 잔을 마시면 한 잔 더, 한 잔 더 마시고픈 거부할 수 없는 충동이 일기 때문에 결국 다시 술주정뱅이가 되고 만다는 것이다. 글쎄, 그런 일이 일어나지 않는 걸 보니 내가 알코올 중독자는 아니었던가 보다. 두 잔을 마시고 나자 마시기 전보다 훨씬 더 기분이 좋아졌다. 그리고 분명히 더 이상 마시고 싶은 욕구를 느끼지 않았다.

하지만 나는 자신에게 기회를 준 것이다. 내가 하고 있는 방식이 마음에 들었다.

스탠드에 1달러를 얹어 놓고 남은 술을 마시고 나서 집으로 향했다. 암스트롱 바를 지나쳤지만 들어가고 싶은 생각이 들지 않았다. 거기 들러서 한 잔 더 하고 싶은 생각이 들지 않는 게 확실했다.

지금쯤이면 《뉴스》가 나왔을 것이다. 내가 신문을 사러 길모퉁이 쪽으로 걸어 내려가고 싶어 했던가?

아니다, 젠장.

프런트에 들렀다. 메시지는 없었다. 제이콥이 순한 코데인(기침 억제 효과가 있는 마약——옮긴이)에 취한 채, 글자 맞추기 칸을 메우면서 당번을 서고 있었다.

내가 말했다.

"안녕, 제이콥, 어젯밤에 고마웠어. 전화해 준 거 말이야."

"아, 뭘요."

"아냐, 글쎄 그게 대단한 일이었다니까. 정말 고마워."

위층으로 올라가자마자 침대에 들어갔다. 피곤하고 숨이 가빴다. 잠들기 직전에 잠시 그 이상한 느낌에 다시 사로잡혔다. 뭔가를 잃어버린 듯한 기묘한 기분이었다. 내가 잃어버릴 게 뭐가 있단 말인가?

나는 그 7일에 대해 생각했다. 7일. 7일 금주하고도 8일째 대부분을 맑은 정신으로 버텼다. 그런데 그날들이 사라져 버렸다.

여덟

이튿날 아침 《뉴스》를 샀다. 킴 다키넨 기사를 밀어내고 벌써 새로운 살인 사건 기사가 첫 페이지를 장식하고 있었다.

워싱턴 하이츠에서 컬럼비아 대학 병원의 레지던트인 한 젊은 외과 의사가 리버사이드 드라이브에서 강도를 만나 총에 맞아 죽었다. 강도는 뚜렷한 이유도 없이 그를 쏘았고, 그는 변변히 저항조차 하지 못했다. 희생자의 미망인은 2월 초에 첫 아이를 출산할 예정이었다.

창녀 살인 사건은 안쪽 페이지에 있었다. 지난밤에 더킨으로부터 듣지 못했던 새로운 정보는 하나도 없었다.

한참 동안 돌아다녔다. 정오에 YMCA에 들렀지만 가만히 앉아 있을 수가 없어서 증언 도중에 자리를 떴다. 브로드웨이 델리에서 프라이어 흑맥주 한 병을 곁들여 파스트라미(등심살을 재료로 만든 향기 짙은 훈제 쇠고기—옮긴이) 샌드위치를 먹었다. 저녁 때

맥주를 한 잔 더 마셨다. 8시 30분에 세인트폴 성당으로 향했다. 그 블록 근처까지 걸어갔지만 지하실 모임에는 참석하지 않고 호텔로 돌아왔다. 방에서 한 발짝도 나가지 않았다. 한잔 하고 싶은 생각이 났지만 이미 맥주 두 잔을 마셨다. 하루 두 잔을 나의 정량으로 하기로 했다. 정량을 초과하지만 않는다면 곤란에 처하게 될 일은 없을 것 같았다. 술 한잔으로 아침을 시작하건 하루를 마감하면서 밤에 한잔 하건, 내 방에서 마시건 바에서 마시건, 혼자 마시건 여럿이 마시건 다른 건 중요하지 않았다.

다음날은 수요일이었다. 늦잠을 자고 암스트롱 바에서 늦은 아침을 먹었다. 중앙 도서관으로 걸어가서 두어 시간을 거기서 보냈다. 그 다음에는 마약상들이 내 신경을 건드릴 때까지 브라이언트 파크에 앉아 있었다. 공원을 완전히 차지하고 있는 놈들은, 공원에 오는 사람들은 모조리 자신의 잠정적인 고객인 줄 아는 모양이었다. 약을 사라고 조르는 놈들의 성화 때문에 신문 한 장도 읽을 수가 없다. 흥분제나 안정제, LSD 등 별의별 약이 다 있었다.

그날 밤 8시 30분에 금주 모임에 갔다. 정회원인 밀드레드가 금주 11년째 되는 날이라고 말해 모두에게 박수갈채를 받았다. 그녀는 아무 비결 없이 어느 날 갑자기 술을 끊었다고 말했다.

오늘 맑은 정신으로 잠자리에 들면 금주 1일이 된다. 뭣 때문에 그런 짓을 하려는 걸까 하고 생각했다. 모임을 마치고 폴리 바로 가서 두 잔을 마셨다. 한 남자와 이야기를 나누다가 그가 내게 세 번째 잔을 사겠다고 했지만, 술 대신에 콜라로 하겠다고 바텐더에게 말했다. 자신의 한계를 알고 그것을 지키는 내가 썩 괜찮은 놈이라는 생각이 들었다.

목요일엔 저녁 식사에 곁들여 맥주를 마시고 나서, 금주 모임에 갔다가 휴식 시간에 나왔다. 암스트롱 바에 들렀지만 거기는 술을 주문하지 못하게 하는 뭔가가 있었다. 오래 있지 않고 나왔다. 마음을 잡을 수 없었다. 걷다가 패럴 바와 폴리 바에 들락거렸으나 어디서도 술을 주문하지는 않았다. 폴리 바 다음 블록에 있는 주류 판매소가 아직 문을 열고 있었다. J.W. 댄트 한 병을 사 들고 호텔로 돌아왔다.

우선 샤워를 하고 잠자리에 들 채비를 했다. 그러고 나서 병마개를 뜯어 버번 약 60그램을 잔에 따랐다. 잠자리에 들 때쯤 한 잔을 더 마시고 잠이 들었다.

토요일, 아침에 잠이 깨자 머리가 맑았다. 해장술을 한잔 하고 싶은 마음조차 들지 않았다. 어찌나 음주 욕구를 잘 조절할 수 있었던지 나 자신도 이해할 수 없었다. 금주 모임에 나가 나만의 비결을 털어놓고 싶은 지경이었지만, 사람들의 뻔한 반응이 떠올라 그만두었다. 그들이 어떤 표정을 지을지 얼마나 비웃음을 살지 알 수 있었다. 게다가 내 음주 욕구를 조절할 수 있다고 해서 다른 사람들에게 그것을 권할 수 있다는 의미는 아니었기 때문이다.

잠자리에 들기 전에 두 잔을 마셨다. 거의 취기가 느껴지지 않았지만 일요일 아침에 깨어 보니 약간 현기증이 느껴졌다. 우선 해장술을 마시고야 하루를 시작할 수 있었다.

해장술은 효과가 있었다. 신문을 읽고 금주 모임 수첩을 확인했다. 그리니치 빌리지에서 오후 모임이 있었다. 지하철을 타고 그리니치 빌리지로 갔다. 참석자들 대부분이 게이였다. 휴식 시간에 빠져나왔다.

호텔로 돌아와 낮잠을 잤다. 저녁을 먹고 신문을 마저 읽고 나서 두 번째 잔을 마셔야겠다는 생각이 들었다. 잔에 버번 7, 80그램을 따라서 단숨에 비웠다. 앉아서 신문을 더 읽었지만 읽고 있는 내용에 집중이 되지 않았다. 한 잔 더 마시고 싶다는 생각이 들었지만, 오늘의 두 잔은 이미 마셨잖아 하고 마음을 다잡았다.

그러자 한 가지 생각이 머리를 스쳤다. 아침 해장술을 마신 지 열두 시간도 더 됐다. 전날 밤에 마지막 잔을 마시고 해장술을 마신 시간까지의 간격보다 더 많은 시간이 지난 것이다. 그러니까 그 술이 내 몸에 남아 있기에는 시간이 너무 흘렀으니 오늘의 두 잔 가운데 한 잔으로 계산해서는 안 되는 것이다.

다시 말하자면, 잠자리에 들기 전에 한 잔 더 마셔도 된다는 뜻이었다.

그 사실을 알아낸 것이 기뻤다. 근사하게 한 잔 마시는 것으로 꾀 많은 나 자신에게 상이라도 줘야겠다는 생각이 들었다. 잔을 거의 가득 채워 들고, 광고에 나오는 모델처럼 의자에 앉았다. 중요한 건 양이 아니라 몇 잔을 마셨는가 하는 문제임을 알아차렸다. 문득 내가 나 자신을 속이고 있다는 생각이 들었다. 첫 잔은 양이 부족했다고도 할 수 있었다. 어떻게 보면 아직 버번 140그램 정도는 더 마셔야 하는 것이었다.

140그램이라고 생각되는 양만큼 따라서 쭉 들이켰다.

술이 내게 절대적인 영향을 미치지 않는다는 걸 알고 기뻤다. 나는 분명히 취하지 않았다. 사실 오랜만에 기분이 좋았다. 실은 너무 좋아서 방 안에 가만히 앉아 있을 수가 없었다. 나가서 마음에 드는 장소가 있으면 콜라나 커피를 마셔야지. 술은 안 된다. 첫째, 더 이상은 마시고 싶지 않으니까. 둘째, 이미 오늘의 두 잔을 마셨으니까.

폴리 바에서 콜라를 한 잔 마셨다. 9번가에 있는 키드 글러브라는 게이 바에서 진저 에일 한 잔 마셨다. 몇몇 술꾼들은 어쩐지 낯이 익은 것 같았다. 그리니치 빌리지에서 있었던 오늘 오후 금주 모임에 왔던 사람들 같기도 했다.

한 블록을 더 내려갔을 때 또 뭔가가 떠올랐다. 요즘 며칠 동안 나는 내 음주 욕구를 조절하고 있었다. 그 전에 일주일 이상을 완전히 술을 끊었다. 이것이 무엇을 말하는가. 젠장. 하루 두 잔으로 나 자신을 제한하는 것이 가능했다면, 그건 굳이 하루 두 잔으로 자신을 통제할 필요가 없다는 강력한 증거가 된다. 전에는 알코올이 내게 문제가 되었다. 아니라고는 딱 잘라 말할 수 없을 것이다. 하지만 내 인생에서 그 단계는 이미 넘어선 것 같다.

그러니까 분명히 한 잔 더 마시고 싶은 생각은 없었지만, 원한다면 한 잔 더 마실 수도 있다는 것도 분명한 사실이었다. 그리고 나는 한 잔을 더 원한다. 사실 마시지 말아야 할 이유라도 있는가?

술집으로 가서 버번 더블과 물을 주문했다. 바텐더의 번쩍이는 대머리가 기억난다. 그 바텐더가 술을 따르고 내가 잔을 집어 들었던 것도 기억난다.

그것이 내가 기억하는 마지막 장면이다.

아홉

문득 깨어났다. 갑자기 와락 정신이 들었다. 나는 병원 침대에 누워 있었다.

그것이 첫 번째 충격이었다. 조금 후에 수요일이라는 사실을 알고 두 번째 충격을 받았다. 일요일 밤에 세 번째 잔을 든 이후의 일은 아무것도 기억나지 않았다.

지난 몇 년 동안, 이따금 필름이 끊긴 일은 있었다. 지난밤의 마지막 30분이 끊긴 적도 있었고, 몇 시간이 끊긴 적도 있었다.

하지만 이틀이나 통째로 끊긴 적은 한번도 없었다.

병원에서는 퇴원을 말렸다. 퇴원 예정일 전날 밤 늦게야 퇴원이 허락되었으며, 꼬박 닷새 동안 해독실에 있어야 한다고 권했다.

인턴이 말했다.

"아직 주독이 완전히 빠진 건 아니에요. 여기서 나가는 순간,

모퉁이를 돌아가서 술잔을 들게 될 겁니다."

"안 그럴게요."

"불과 2주 전에 여기서 해독을 했잖아요. 차트에 나와 있어요. 기껏 해독해 놨더니 얼마나 오래 견뎠나요?"

아무 대꾸도 하지 않았다.

"어젯밤에 어떻게 여길 들어왔는지 아시죠? 경련을 일으키셨어요. 악성 전신 발작이었어요. 전에도 그런 적이 있나요?"

"아뇨."

"음, 앞으로 또 발작이 있을 겁니다. 계속해서 마셔 대면 꽤 자주 있을지도 모르죠. 매번은 아니라도 언젠가 또 그러겠죠. 그리고 조만간 그 발작으로 죽을 거예요. 다른 걸로 먼저 죽지 않는다면 말이죠."

"그만둬요."

그가 내 어깨를 움켜잡았다.

"아뇨, 그만두지 않겠어요. 뭣 때문에 내가 그만둬야 하죠? 난 당신한테 공손히 대할 수도 없고 당신 기분 같은 건 생각하고 싶지도 않다고요. 당신 바보 짓에는 이제 두 손 두 발 다 들었어요. 날 봐요. 내 말 똑똑히 들어요. 당신은 알코올 중독자예요. 술을 입에 대는 날에는 당신은 죽습니다."

아무 말도 하지 않았다.

그는 조목조목 나를 이해시켰다. 나는 열흘은 해독실에 있어야 했다. 그 다음에는 28일 동안 스미더스로 가서 알코올 중독자 사회 복귀 프로그램에 참석해야 했다. 그는 내가 의료 보험이 없는 걸 알고 사회 복귀 프로그램에는 참석하지 않아도 된다고 했다.

그렇지 않았더라면 재활 비용이 2, 3000달러는 들었을 것이다. 하지만 해독실에 반드시 닷새는 있어야 한다고 주장했다.
"더 있을 필요가 없다니까요. 마시지 않을게요."
"누구나 그런 말을 하죠."
"난 진짜라니까요. 내 동의가 없으면 날 여기 있게 할 수 없잖아요. 퇴원시켜 주세요."
"그렇게 하시면 '의사 충고 거부'로 처리됩니다. 의학적 충고에 반해서 하는 퇴원이 되는 거죠."
"내가 바라는 바요."
잠시 화난 표정을 짓더니 그는 어깨를 으쓱했다.
"옷을 입어요."
그가 흔쾌히 말했다.
"다음번에는 충고를 듣게 되겠죠."
"다음번 같은 건 없을 겁니다."
"아, 다음번이 있을 거예요. 그럼요. 다른 병원 코앞에서 쓰러지지 않는다면 말이에요. 아니면 여기 도착하기 전에 죽든가."

그들이 가져다준 옷은 넝마였다. 길거리에서 어떻게 굴러다녔는지 더럽기 짝이 없었으며, 셔츠와 재킷에는 피가 묻어 있었다. 병원에 실려 왔을 때 머리에서 피가 나서 의사들이 상처를 꿰맸던 것이다. 술을 마시기 전에 생긴 게 아니라면 발작할 때 생긴 상처가 분명하다는 생각이 들었다.
입원비를 치를 돈은 충분했다. 이건 자그마한 기적이었다. 기적 같은 일이었다.

오전 내내 비가 내려 거리는 아직 젖어 있었다. 보도에 서서 한 줌의 자신감도 남아 있지 않은 것을 느꼈다. 길 바로 건너편에 술집이 있었다. 한잔 살 돈은 주머니에 있었다. 한잔 마시면 기분이 나아지리라는 것도 알고 있었다.

술을 마시지 않고 호텔로 돌아갔다. 프런트에 가서 내게 온 우편물과 메시지를 가져오려면 용기를 내야 했다. 뭔가 창피한 일을 해서 프런트 직원에게 머리를 조아려 사과라도 해야 할 것 같았다. 가장 나쁜 것은 필름이 끊긴 동안에 무슨 짓을 했는지 모른다는 거였다.

직원은 별다른 표정을 보이지 않았다. 기억나지 않는 시간 동안 혼자 술을 마시면서 내 방에만 있었을지도 몰랐다. 어쩌면 일요일 밤에 나간 다음에 호텔로 돌아온 적이 없는지도 몰랐다.

위층으로 올라가서 두 번째 추측이 사실이 아니라는 것을 깨달았다. 월요일, 아니면 화요일 중에 돌아왔던 것이 분명했다. J.W. 댄트를 다 마셨는데 댄트 빈 병 옆에 짐 빔 반 병이 있었던 것이다. 상점 이름을 보고 그것이 8번가에 있는 가게에서 산 술이라는 것을 알 수 있었다.

나는 생각했다. 자, 첫 번째 관문이다. 술주정뱅이가 될 것인가, 말 것인가.

버번을 싱크대에 쏟아 부었다. 두 병 모두 헹구어서 쓰레기통에 넣었다.

우편물은 모조리 쓰레기뿐이었다. 그것들을 버리고 내게 온 메시지들을 확인했다. 월요일 아침에 애니타가 전화를 했다. 화요일 밤에는 짐 페이버라는 사람이 전화를 하고 번호를 남겼다. 그리고 챈스가 어젯밤에 한 번, 오늘 아침에 한 번 전화를 했다.

오랫동안 뜨거운 물로 샤워를 했다. 꼼꼼히 면도를 하고 깨끗한 옷으로 갈아입었다. 병원에서 집에 올 때 입었던 셔츠랑 양말, 속옷은 모두 쓰레기통에 넣어 버리고 양복은 한쪽으로 밀어 두었다. 그건 드라이클리닝을 하면 될 것 같았다. 내게 온 메시지들을 다시 집어 들었다.

전처인 애니타. 킴 다키넨을 죽인 포주 챈스. 그리고 페이버라는 사람. 취해서 돌아다니는 동안 친구가 되어 주었던 오래전에 잊어버린 주정뱅이라면 모를까, 내가 아는 사람 중에 페이버라는 이름을 가진 사람은 없었다.

그의 이름이 적힌 메모지를 버리고, 호텔 직원을 통해 통화하는 일이 번거롭게 여겨져 엘리베이터를 타고 아래층으로 내려갔다. 버번을 쏟아 버리지 않았더라면 그때쯤 한잔 마셨을지도 몰랐다. 대신에 아래층으로 내려가 로비 공중전화에서 애니타에게 전화를 걸었다.

기묘한 대화였다. 자주 그랬듯이 우리는 신경을 써서 공손한 말투로 이야기를 나누었다. 권투 선수들이 1라운드에서 그러는 것처럼 서로 빙빙 겉돌았다. 그녀가 내게 왜 전화했느냐고 물었다.

"늦어서 미안해."

"내 전화에 답하는 것 말이야?"

"월요일에 당신이 전화했다는 메시지가 있어서 전화했어."

잠시 침묵이 흘렀다. 그녀가 말했다.

"매트, 우리 월요일 밤에 통화했잖아. 당신이 내게 전화를 했잖아. 기억 안 나?"

등골이 오싹했다. 누군가 칠판 위에 분필을 쫙 그을 때처럼 소름이 끼쳤다.

"물론 기억나지. 그런데 이 메모지가 왜 내 우편함에 들어 있지? 네가 두 번 전화한 줄 알았다니까."

"아냐."

"내가 그 메시지 쪽지를 떨어뜨렸던가 봐. 그러자 어떤 멍청한 놈이 그걸 다시 내 우편함에 집어넣었던 것 같아. 지금 그걸 보고 네가 또 전화한 줄 알았지."

"그랬던 모양이네."

"그럼. 애니타, 저번날 밤 통화할 때 술을 두어 잔 했거든. 기억이 잘 안 나. 그래서 말인데, 혹시 내가 잊어버린 게 있을지 모르니까 우리가 무슨 말을 했는지 이야기해 줄 수 있겠어?"

"미키의 치열 교정에 대한 이야기를 했어. 당신이 나한테 다른 의사의 의견을 들어 보라고 했지."

"그 부분도 기억나."

"그게 다였어."

"다른 이야기는 없었어?"

"곧 지난번에 보낸 것보다 더 많은 돈을 보내 줄 수 있게 될 거라고, 물질적으로 도움이 되었으면 한다고, 아이의 치아 교정 비용은 문제 없을 거라고 했지."

"그 부분도 기억나."

"그리고 아이들과도 통화를 했지."

"아이들하고 이야기한 것도 기억나. 그게 다였단 말이지? 그럼 결국, 내 기억이 그다지 망가진 건 아니네?"

전화를 끊고 나자 몸이 떨렸다. 그 자리에 쭈그리고 앉아 방금 그녀가 이야기해 준 통화 내용을 기억해 내려고 애를 썼다. 절망적이었다. 일요일 밤 세 번째 잔을 마시기 직전부터 병원에서 의식을 되찾기까지가 텅 빈 백지였다. 모든 기억이 하나도 남지 않고 깨끗이 사라져 버렸다.

그 메시지 쪽지를 찢어 버렸다. 그런 다음 다시 반으로 찢어 그 쪼가리들을 호주머니에 집어넣었다. 다른 메시지를 보았다. 챈스가 남긴 번호는 그의 응답 서비스 번호였다. 챈스에게 전화를 하는 대신, 미드타운 노스 서로 전화를 걸었다. 더킨은 자리에 없었지만 그의 집 전화번호를 알 수 있었다.

전화 받는 그의 목소리가 몹시 피곤하게 들렸다.

"잠깐만, 담배에 불 좀 붙이고."

다시 수화기를 들었을 때 그는 멀쩡한 소리로 받았다.

"텔레비전을 보는 중이었어. 텔레비전 앞에서 막 잠들려는 참이었거든. 무슨 일인가, 스커더?"

"그 포주 놈이 내게 연락을 해 왔어. 챈스 말이야."

"어떻게 연락을 해?"

"전화로. 전화해 달라고 번호를 남겼더군. 응답 서비스 번호야. 그래서 말인데, 그놈이 시내에 있는 것 같아. 자네가 그놈을 덮치고 싶다면……."

"우리는 그놈을 찾고 있지 않아."

잠시 기분 나쁜 정적이 흘렀다. 분명, 내가 필름이 끊긴 사이에 더킨과 통화를 했다는 생각이 들었다. 둘 중 누군가가 전화를 걸었는데 기억이 나지 않는 것 같았다. 하지만 그가 이야기를 계속

하는 바람에 그런 일이 일어나지 않았다는 사실을 알게 됐다.
"역에서 그놈을 붙잡아 심문을 했거든. 구속 영장을 보여 줬지만 놈은 끝내 자진 출두를 하겠다는 거야. 노련한 변호사를 고용하고 있었던 모양이야. 보통 약은 놈이 아니었어."
"그래서 놈을 보내 준 거야?"
"붙잡아 둘 핑계가 있어야지. 사망 추정 시간에서부터 대여섯 시간이 지날 동안 처음부터 끝까지 알리바이가 있었으니까. 알리바이가 너무 완벽해서 뭘 어떻게 해 볼 수가 없더라고. 찰스 존스가 갤럭시 호텔에 들어갈 때 체크인을 했던 직원은 인상 착의를 설명하지 못했어. 흑인인지 백인인지도 확실히 모르겠다는걸. 어쩌면 백인이었던 것 같다는 거야. 자네 같으면 그런 걸 검찰에 넘기겠나?"
"다른 사람을 시켜서 방을 임대했을 수도 있잖아. 그런 큰 호텔 같은 데서는 들고 나는 사람들을 일일이 기억하지 못하지."
"그렇지. 놈이 다른 사람을 시켜서 방을 임대했을 수도 있지. 또 다른 사람을 시켜서 그녀를 죽였을 수도 있고."
"그놈이 죽였다고 짐작하나?"
"난 짐작하는 걸로 월급을 받지는 않아. 우리는 그 망할 자식을 입건할 수 없어."
잠시 생각했다.
"놈이 내게 전화한 이유가 뭘까?"
"내가 어떻게 알겠어?"
"내가 자네한테 찌른 걸 그놈이 아나?"
"그런 말 해 준 적 없어."

"그러면 놈이 내게 원하는 게 뭘까?"

"직접 물어보지 그래."

전화 부스 안이 더웠다. 문을 조금 열어 공기가 들어오게 했다.

"그럴 생각이야."

"그래야겠지, 스커더? 어두운 뒷골목에서 만나지는 마, 응? 칼로 배를 쑤실 수도 있으니까. 미행을 붙이는 게 좋을 거야."

"알았어."

"진짜로 놈이 찌르거든 유서라도 남겨. 알겠어? 텔레비전에 노상 나오는 것처럼 말이야."

"어떻게 해야 할지 생각해 봐야겠어."

"약게 굴라고. 하지만 너무 약게는 굴지 마. 내가 눈치 챌 수 있을 만큼만 약게. 응?"

동전 하나를 넣고 챈스의 응답 서비스 번호로 전화를 걸었다. 담배 피우는 듯한 갈라진 목소리의 여자가 말했다.

"8-0-9-2번입니다. 안녕하세요?"

"내 이름은 스커더예요. 챈스가 내게 전화를 해서 답신을 하는 겁니다."

그녀는 그가 돌아오는 대로 전해 주겠다며 내 전화번호를 물었다. 내 번호를 알려 주고 위층으로 올라가 침대 위에 뻗었다.

한 시간이 좀 못 되어서 전화가 울렸다.

"챈스야. 내 전화에 답해 줘서 고마워."

"한 시간쯤 전에야 메시지를 받았어. 두 개 다."

"이야기를 좀 했으면 하는데. 만나서 말이야."

"그러지."

"아래층에 와 있거든. 호텔 로비에. 근처에서 술이나 한잔, 아니면 커피라도 마시는 게 어때? 내려올 수 있어?"
"그러지."

열

 "아직도 내가 그녀를 죽였다고 생각하는 거지?"
 그가 말했다.
 "내가 어떻게 생각하든 무슨 상관이 있지?"
 "내겐 상관이 있어."
 나는 더킨의 말투를 빌려 썼다.
 "내가 어떻게 생각하든 나는 생각하는 걸로 돈을 벌지는 않아."
 우리는 8번가에서 몇 집 지나서 한 커피숍의 뒤쪽 테이블에 자리를 잡았다. 내 커피는 블랙이었다. 그의 커피는 놈의 피부색보다 약간 밝은 색이었다. 뭔가 먹어야 할 것 같은 생각이 들어서 구운 잉글리시 머핀을 주문했지만 먹을 엄두가 나지 않았다.
 "난 안 그랬어."
 "그렇군."
 "내 알리바이에 대해 잘 알아봤을 거 아냐. 그날 밤 내가 어디서 시간을 보냈는지 말해 줄 사람이 한 트럭은 될걸. 그 호텔 근처에도 가지 않았으니까."

"그거야 쉽지."

"무슨 뜻이지?"

"네가 생각하는 대로지 무슨 뜻이겠어."

"내가 누굴 시켜서 그랬을 거라는 말이군."

나는 어깨를 으쓱했다. 테이블을 사이에 두고 놈과 마주 앉아 있자니 신경이 날카로워졌다. 하지만 겁이나기보다는 피곤하다는 생각뿐이었다. 그놈이 두렵지는 않았다.

"그랬을 수도 있었겠지만, 난 안 그랬어."

"네가 그렇게 말한다면야."

"젠장."

그는 커피를 조금 마셨다.

"그날 밤 당신한테 시킨 일 말고 그 여자랑 무슨 관계라도 있나?"

"아니."

"그냥 친구의 친구란 말이지?"

"그래."

그가 나를 쳐다보았다. 눈빛이 유난히 번뜩이는 것 같았다.

"그 여자랑 잤군."

내가 뭐라 대답도 하기 전에 그가 말했다.

"그렇고말고. 분명히 그 여자랑 잤어. 그 짓 말고 뭘 가지고 그 여자가 당신한테 사례를 했겠어? 그 여자는 한 가지 말밖에 할 줄 모르거든. 스커더 씨, 당신이 받은 보수가 그게 전부가 아니었으면 좋겠군. 수고비를 몽땅 화대로 계산하지는 않았기를 바란다고."
 "수고비를 받는 게 내 일인걸. 우리 사이에 무슨 일이 있었건, 그건 내 일이야."
 그가 고개를 끄덕였다.
 "난 당신이 방금 어디서 나왔는지 알아."
 "난 아무 데서도 나오지 않았고 아무 데도 가지 않을 거야. 일을 한 건 해 주고 수고비를 전액 받았을 뿐이야. 고객의 죽음과 난 아무 상관이 없고 그 일도 나랑 아무 상관 없어. 넌 네가 그녀의 죽음과 아무 상관이 없다고 말하는군. 아마 사실일지도 모르지. 사실이 아닐지도 모르고. 난 모르겠어. 알 필요도 없고. 솔직히 어떻게 되든 관심도 없어. 그런 건 너와 경찰 사이에서 해결할 문제지. 난 경찰이 아니거든."
 "전에 경찰이었잖아."
 "이젠 아냐. 난 경찰도 아니고 죽은 여자의 오빠도 아냐. 불타는 검을 가진 복수의 화신도 아니고. 누가 킴 다키넨을 죽였느냐는 게 내게 중요한 것처럼 보이나? 내가 관심이라도 있을 것 같아?"
 "그래."
 나는 그를 쳐다봤다.
 "그래. 너하고는 상관이 있는 것 같군. 누가 그 여자를 죽였는지에 관심이 있어 보여. 내가 여기 온 이유가 바로 그것 때문이지."
 챈스가 조용히 웃었다.
 "어때? 당신을 고용하고 싶어, 매튜 스커더 선생. 당신이 그 여자를 죽인 놈을 찾아 주었으면 좋겠어."

진심으로 하는 말이라는 걸 알아차리는 데 약간의 시간이 걸렸다. 나로서는 그 일에서 손 떼라고 말할 수밖에 없었다. 킴의 살인자가 어떤 흔적이라도 남겼다면 단서를 찾아 범인을 추적하는 데 가장 유리한 쪽은 경찰이었다. 경찰은 권위와 인력, 재능, 연줄, 수완을 모두 갖추고 있으니까. 난 아무것도 가진 게 없었다.

"뭔가 잊고 있군."

"응?"

"짭새 놈들은 범인을 잡을 생각이 없거든. 놈들은 이미 그녀를 죽인 자를 알고 있을걸. 증거가 없으니 아무 짓도 할 수 없다지만, 자기들도 죽고 싶지 않으니까 하는 변명일 뿐이야. 이렇게들 말하겠지. '그래, 챈스가 그녀를 죽인 걸 알고 있기는 하지만, 증거가 없으니까 다른 일이나 하지, 뭐.' 할 일이 산더미같이 쌓여 있는지 누가 알아? 그리고 만약 그 일을 한다 해도 어떤 식으로든 날 가지고 물고 늘어지려고 들 게 뻔해. 누군가 그녀가 죽기를 바라는 다른 사람이 있는지조차 알아보려 들지 않을 거야."

"예를 들면 누구지?"

"그거야 지금부터 당신이 찾아야지."

"뭣 때문에?"

"돈 때문에."

그는 이렇게 말하고 다시 미소를 지었다.

"공짜로 일해 달라고 부탁할 생각은 없어. 난 수입이 짭짤하거든. 그것도 모조리 현금으로 들어온다고. 상당한 수고비를 낼 수 있지."

"내 말은 그게 아니야. 이 일에 날 끌어들이는 이유가 뭐냐고?

내가 그 살인자를 찾아낼 수 있다 치더라도, 네가 왜 그놈을 찾아내려 하는 거지? 너한테서 그 여자를 빼앗아 간 것도 아니잖아. 네가 데리고 있던 여자도 아니고 말이야. 경찰이 널 입건한 것도 아니고, 앞으로도 그런 일은 없을 텐데. 이 사건이 미결로 남는다 한들 너랑 무슨 상관이 있지?"

그의 눈빛은 침착하고 흔들림이 없었다. 그가 넌지시 말했다.

"내 평판이 걱정되는가 봐."

"어떻게? 내가 보기엔 평판이 훨씬 좋아질 것 같은데, 뭘 그래. 네가 그 여자를 죽이고도 멀쩡하다는 소문이 퍼지면 네 수하에서 벗어나려고 꿈꾸던 여자들도 다시 생각해 보게 되겠지. 네가 이번 살인 사건과 아무 상관이 없더라도 말이야. 그 일로 명성을 얻는 것만으로도 기분 괜찮을 것 같은데."

그는 검지로 두어 번 빈 커피 잔을 톡톡 쳤다.

"누군가가 내 여자를 죽였어. 누구든 그런 짓을 하고 미꾸라지처럼 빠져나가게 둘 수 없다고."

"살해됐을 때 그녀는 이미 네 여자가 아니었어."

"아무도 몰랐잖아? 너랑 그 여자랑 나, 이렇게 셋만 알고 있었다고. 다른 여자들이 알았을까? 술집에 있던 사람들, 아니면 거리에 있던 사람들이 알았을까? 그 사람들 지금은 알고 있을까? 세상 사람들이 알고 있는 건, 내가 데리고 있는 여자 가운데 하나가 살해됐는데, 살인자는 멀쩡히 설치고 다닌다는 사실이지."

"그래서 그게 네 명성을 해친다는 말이지?"

"명성에 보탬이 되지는 않겠지. 게다가 말이야, 내 여자들이 떨고 있어. 킴이 살해됐는데 살인을 저지른 놈은 아직도 멀쩡히 돌아다니고 있다고. 놈이 같은 짓을 되풀이한다고 생각해 봐."

"또 다른 창녀를 죽인다고?"

그가 침착하게 말했다.

"놈은 또 내 여자를 죽일 거야. 스커더, 그놈은 실탄이 장전된 총을 가졌어. 놈이 누굴 겨냥하고 있는지 난 몰라. 어쩌면 누군가 날 겨누고 킴을 죽인 건지도 모르지. 내가 데리고 있는 다른 여자가 다음 목표일 거야. 한 가지는 분명해. 내 사업은 이미 피해를 보고 있다고. 호텔 영업을 하지 말고 조금이라도 수상한 기미가 보이면 새 손님은 받지도 말라고 내 여자들한테 일러 뒀어. 그건 개네들한테 그 짓 그만두라는 말과 같은 거야."

웨이터가 커피 주전자를 들고 돌아다니다가 우리 잔을 채워 주었다. 잉글리시 머핀은 아직 손도 대지 않았는데, 녹은 버터가 굳기 시작했다. 웨이터에게 머핀을 가져가도록 했다. 챈스는 커피에 우유를 넣었다. 킴과 앉아 있을 때 그녀가 크림과 설탕을 잔뜩 넣은 묽은 커피를 마시던 것이 기억났다.

"챈스, 왜 나지?"

"말했잖아. 짭새 놈들은 몸을 사려. 누군가 그 일에 뛰어들도록 하려면 내가 돈을 주고 시키는 수밖에 없어."

"다른 사설탐정도 있잖아. 탐정 회사와 계약해서 24시간 일하도록 할 수도 있을 텐데."

"팀 스포츠는 내 취향이 아니야. 그보다는 1 대 1로 일할 사람을 찾고 있지. 게다가 당신은 내적 동기가 있잖아. 그 여자랑 아는 사람이니까."

"그게 나한테 무슨 이득이 되는지 모르겠는걸."

"그리고 난 당신을 알아."

"한번 만났기 때문에 안다는 거야?"

"당신 스타일이 맘에 들어. 그것도 한몫 했지."

"그래서? 나에 대해 아는 거라곤 내가 권투 시합을 좀 볼 줄 안다는 것뿐이잖아. 그런 건 대단한 게 아냐."

"중요하지. 하지만 그보다 더 중요한 걸 알고 있어. 당신은 자신을 통제할 줄 알아. 여기저기 수소문해 봤더니 많은 사람들이 당신을 알고 있더군. 평판이 좋던데."

1, 2분 동안 잠자코 있었다.

"그녀를 죽인 건 정신병자였을 거야. 이 사건이 미친놈의 소행으로 보이는 건 아마 실제로 그래서 그런 거겠지."

"금요일에 그녀가 그만두고 싶어 한다는 말을 들었고, 토요일에 그래도 좋다고 말했어. 그리고 일요일에 인디애나에서 날아든 어떤 미친놈이 그녀를 난도질한 거야. 단지 우연의 일치일 뿐이라고 생각해?"

"우연이란 언제든지 있을 수 있어."

"하지만 아니야, 난 그게 우연이라는 생각이 안 들어."

젠장, 나는 몹시 피곤했다.

"이 일은 별로 내키지 않아."

"왜지?"

'쓸데없는 일에 엮이고 싶지 않으니까. 어두운 술집에 처박혀 앉아서, 세상 일은 깡그리 잊어버리고 싶어. 제길, 한잔 하고 싶은 생각뿐이라고.'

"돈을 벌 수 있다니까."

그 말은 사실이었다. 마지막으로 받은 수고비를 실컷 써 보지도 못했다. 게다가 내 아들 미키는 치아 교정기를 껴야 했고 그 외에도 계속해서 돈이 들어가야 했다.

"생각해 볼게."

"좋아."

"지금은 집중이 안 돼. 생각을 정리할 시간이 좀 필요해."

"얼마나?"

'몇 달은 걸릴 거야.'

"두어 시간. 오늘 밤 언제고 전화할게. 연락할 수 있는 전화번호 있어? 아니면 그냥 응답 서비스 번호로 전화할까?"

"시간을 정하지. 호텔 앞에서 만나."

"그럴 필요 없는데."

"전화로는 거절하기가 너무 쉽잖아. 얼굴을 맞대고 얘기하는 편이 승산이 있을 것 같거든. 더구나 당신 대답이 긍정이면 좀더 이야기할 것도 있고. 또 내게 받을 돈도 있을 테고."

나는 어깨를 으쓱해 보였다.

"시간을 정해."

"10시 어때?"

"호텔 앞에서."

"그러지. 만약 나보고 지금 대답하라고 한다면, 대답은 '노'야."

"10시까지는 그래도 괜찮아."

그가 커피 값을 냈다. 나는 말리지 않았다.

호텔로 돌아와 방으로 올라갔다. 진지하게 생각을 해 보고 싶었으나 할 수가 없었다. 가만히 앉아 있을 수도 없었다. 그 자리에서 딱 잘라 거절하지 않은 까닭이 뭘까 하고 생각하면서 침대에서 의자 사이를 왔다 갔다 했다. 10시까지 어떻게든 시간을 보내야 한다는 사실에 짜증이 났다. 그리고 그의 제의를 거절할 방법을 궁리해 내야 한다는 사실에 화가 났다.

'내가 무슨 짓을 하고 있는 걸까.'

오래 생각하지 않고 모자를 쓰고 외투를 입고 근처에 있는 암스트롱 바로 갔다. 무엇을 주문할지 정하지도 않은 채 문을 열고 들어갔다. 스탠드로 다가가자 내가 오는 것을 보고 빌리가 머리를 흔들었다.

"매트, 당신한테는 못 팔아요. 무지하게 죄송합니다."

얼굴이 화끈 달아올랐다. 창피하고 화가 났다.

"무슨 말을 하고 있는 거야? 네 눈에 내가 취한 걸로 보여?"

"아뇨."

"그렇다면 왜 내가 여기서 쫓겨나야 하지?"

그는 내 눈을 피했다.

"꼭 그래야 하는 건 아니고요. 여기 오지 말라는 말이 아니에요. 커피나 콜라, 식사 같은 건 드려야죠. 단골 손님이신데. 하지만 취하게 만드는 건 팔지 말래요."

"누가 그래?"

"사장이요. 저번 날 밤에 여기 오셨을 때……."

맙소사.

"빌리, 자네한테는 미안하군. 사실 말이야, 며칠 고생 좀 했지. 여기 들어왔던 일도 통 기억이 나지 않아."

"걱정 마세요."

제기랄, 쥐구멍에라도 들어가고 싶다.

"내가 엉망으로 취했었나, 빌리? 말썽을 부렸던 거야?"

"내참, 젠장. 곤드레가 되었다니까요, 네? 노상 있는 일이잖아요. 난 아일랜드 인 하숙집 주인 여자하고 그렇고 그런 사인데 말이죠. 어느 날 밤에 강제로 그 여자를 범하고는 다음날 사과했죠. 그랬더니 그 여자 이렇게 말하는 거예요. '됐어, 얘. 성인군자라도 그럴 수 있는 일인데 뭘 그러니.' 매트, 당신은 아무 말썽도 피우지 않았어요."

"그렇다면……."

"이봐요, 한 번 더 말할게요. 사장이 내게 말했다고요. '그놈이 여기 들어오는 건 괜찮아. 하지만 술은 팔지 않을 거야.' 매트, 이건 내 말이 아니에요. 그냥 들은 말을 전하는 것뿐이라고요."

"알겠어."

"나 같으면 말예요……."

"여하튼 술 마시러 들어온 건 아니니까. 커피 마시러 왔어."

"만약에……."

"빌어먹을 놈의 만약에. 만약에 내가 술 한잔 하고 싶다면 나한테 술을 팔 녀석을 찾는 게 그렇게 어렵겠어?"

"매트, 그런 식으로 받아들이지 마요."

"내가 어떻게 받아들이건 상관 마. 날 가르치려 들지 마."

화를 내자 뭔가 개운하고 통쾌한 느낌이 들었다. 화가 나서 씩씩거리면서 성큼성큼 걸어 나갔다. 어디로 가서 한잔 할까 생각하면서 보도에 서 있었다.

그때 누가 내 이름을 불렀다.

돌아섰다. 군복 상의를 입은 친구가 나를 보고 조용히 웃었다. 처음에는 어디서 만난 사람인지 알아보지 못했다. 그는 만나서 반갑다며, 어떻게 지내느냐고 물었다. 그때 그가 누군지 생각났다.

"아, 안녕, 짐. 나야 잘 지내죠. 잘 지내는 것 같아요."

"모임에 갈 거지? 같이 좀 걷자."

"아, 이런. 오늘 밤에는 못 갈 것 같은데. 만날 사람이 있어서 말이죠."

그는 마냥 웃었다. 불현듯 짚이는 게 있었다. 혹시 성이 페이버가 아니냐고 그에게 물었다.

"맞아. 호텔로 내게 전화했더군. 그냥 안부 전화였어. 중요한 건 아냐."

"누구 이름인지 몰랐거든요. 알았으면 전화를 했을 텐데."

"그랬겠지. 매트, 자넨 금주 모임 같은 덴 쫓아다니지 않기로 결심한 건가?"

'나도 내가 결심 같은 걸 할 수 있으면 좋겠어요, 젠장.'

그는 내 대답을 기다렸다.

"짐, 문제가 좀 있었어요."

"알잖아. 그런 건 특별한 일도 아닌데 뭘 그러나?"

그를 똑바로 볼 수가 없었다.

"다시 마시기 시작했어요. 모르겠어요, 금주 7, 8일까지 잘 견뎠는데요. 그때부터 다시 시작했어요. 아시죠? 처음에는 잘 조절해 나가고 있었거든요. 그런데 어느 날 밤 그만 엉망이 된 거예요."

"첫 잔을 드는 순간에 벌써 사고를 친 거야."

"글쎄요. 그럴지도 모르죠."

"그럴까 봐 전화한 거야. 조금이라도 도움이 되지 않을까 하는 생각이 들어서 말이야."

그가 조용히 웃었다.

"알고 있었다고요?"

"그래, 월요일 밤 모임에서 자네 꽤나 비틀거리던데."

"내가 그날 모임에 갔었다고요?"

"기억나지 않는군. 그렇지? 필름이 끊긴 것 같다는 느낌은 받았지만."

"아, 젠장."

"무슨 일이야?"

"곤드레가 되어서 거길 갔단 말이죠? 술 취해서 금주 모임에 나타났다고요?"

그가 웃었다.

"누가 들으면 대단한 죄라도 지은 줄 알겠어. 그런 짓을 한 게 자네가 처음이라고 생각하나?"

죽고 싶었다.

"하지만 끔찍한 일이잖아요?"

"뭐가 그리 끔찍하다는 거지?"

"다시는 거기 갈 수 없어요. 절대로 그 방에 발을 들여놓을 수 없게 됐다고요."

"창피한 줄은 아는 모양이군."

"그럼요."

그는 고개를 끄덕였다.

"나도 항상 필름이 끊기는 게 부끄러웠지. 그때 일은 알고 싶지도 않았고. 언제나 내가 무슨 일을 저질렀을지 몰라서 두려웠어. 자넨 겉보기에 그다지 엉망으로 취한 건 아니었어. 말썽을 부리지도 않았고. 차례가 되었을 때도 아무 말 않고 지나갔지. 그냥 커피 한잔을 엎질렀을 뿐인걸……."

"맙소사."

"누군가에게 엎지른 건 아냐. 그냥 취했더군. 그게 다야. 자네가 해롱해롱할 때 보니까 말이야 그다지 즐거워 보이진 않더군. 실은 아주 불쌍해 보였다네."

용기를 내서 말했다.

"결국 병원 신세를 져야 했어요."

"벌써 나온 건가?"

"오늘 오후에 내 마음대로 퇴원한 거예요. 발작을 했대요. 그래서 병원에 실려 간 모양이에요."

"그랬을 거야."

아무 말 없이 조금 더 걸었다.

"모임에 끝까지 있을 수는 없겠는데요. 10시에 만날 사람이 있어서요."

"참석은 할 수 있겠지."

"그럴 거예요."

모두들 나만 쳐다보는 것 같았다. 몇 사람이 인사를 했다. 그들의 인사말에 함축된 의미가 뭘까 하고 생각하는 나 자신을 발견했다. 아무 말도 하지 않는 사람들을 보면, 내가 술주정뱅이 꼴을 보인 것이 불쾌해서 나를 피하고 있다는 생각이 들었다. 창피해서 미칠 지경이었다. 얼굴을 들 수 없을 정도로.

증언을 듣는 동안 내 자리에 가만히 앉아 있을 수 없었다. 계속해서 커피메이커로 갔다. 자꾸 들락거리는 것이 남에게 폐가 될 것을 뻔히 알면서도 어쩔 수 없었다.

갈피를 잡을 수 없었다. 연사는 브루클린 소방관이었는데, 아주 실감나게 이야기를 했지만 집중할 수 없었다. 그는 자기 소방서의 전 직원이 대단한 주당이었으며 주당이 아닌 사람은 누구든 곧 전근을 보내 버렸다고 말했다.

"소장이 알코올 중독자였어요. 그래서 주위에 알코올 중독자만 두려고 했죠. 그 사람, 입버릇처럼 말했죠. '주정뱅이 소방관들만 한 트럭 갖다 줘 봐. 어떤 불이라도 해치울 테니까.' 사실 그 말이 맞았어요. 우린 무슨 일이든 해치웠고 어디라도 뛰어들어 제기랄, 공을 세우려 들었으니까요. 너무 취해서 더 나은 생각을 하지 못했거든요."

진짜 황당한 얘기였다. 나는 내 음주 욕구를 조절했고 효과가 있었다. 하지만 효과가 없을 때도 있었다.

휴식 시간에 바구니에 1달러를 집어넣고 다시 커피를 한 잔 더 가지러 갔다. 이번에는 그럭저럭 오트밀 쿠키를 먹을 수 있었다. 토론이 시작될 때 내 자리로 돌아왔다.

계속해서 이야기에 집중할 수 없었지만 문제가 되는 것 같지 않았다. 들을 수 있는 한 열심히 들으려고 애썼으며 있을 수 있을 때까지 오래 버텼다.

9시 45분 전에 일어나 방해되지 않도록 신경을 쓰면서 슬그머니 빠져나왔다. 거기에 모인 모든 사람들이 나만 쳐다보는 것 같은 생각이 들었다. 한잔 하러 가는 게 아니라고, 만날 사람이 있어서 일 때문에 가는 거라고 분명히 말해 주고 싶었다.

나중에야 갑자기 끝까지 있을 수도 있었다는 생각이 들었다. 세인트폴 성당에서 호텔까지는 5분밖에 걸리지 않았다. 챈스가 기다리도록 할 수도 있었을 것이다.

아마도 내 차례가 되기 전에 나올 구실이 필요했던 것 같다.

10시에 로비로 나갔다. 챈스의 차가 다가오는 것을 보고, 문 밖으로 나가서 보도의 가장자리까지 걸어갔다. 문을 열고 차에 탄 다음, 재빨리 문을 닫았다.

챈스가 나를 쳐다보았다.

"지금도 그 일 할 수 있는 거지?"

챈스가 고개를 끄덕였다.

"당신이 원한다면."

"원해."

챈스는 다시 고개를 끄덕이고는 기어를 넣고 커브를 돌았다.

열하나

센트럴 파크 순환 도로는 거의 10킬로미터다. 우리는 캐딜락을 타고 시계 반대 방향으로 네 바퀴째 슬슬 돌고 있었다. 주로 이야기하는 쪽은 챈스였다. 나는 수첩을 꺼내 이따금 뭔가를 적어 넣었다.

그는 킴의 이야기부터 시작했다. 핀란드에서 이민 온 그녀의 부모는 서부 위스콘신에 정착했다. 크건 작건 간에 인근에 도시라고는 오클레어밖에 없었다. 킴은 키라라는 이름으로 불리며, 소젖을 짜고 채소밭에 씨를 뿌리면서 자랐다. 아홉 살 때부터 그녀의 오빠가 그녀를 추행하기 시작했다. 매일 밤 그녀의 방에 들어와 그녀를 추행했다.

"킴 말로는 자기 외삼촌이 그랬던 때 한 번과 자기 아버지가 그랬던 한 번을 빼고는 강간을 당한 적은 없었대. 실제로 그랬을 수도 있겠지만, 윤색을 해서인지 별로 실화 같지는 않았어."

고등학교에 다닐 때 그녀는 중년의 부동산 중개업자와 바람이 났다. 아내를 버리고 그녀에게 가겠다며 그가 꼬드겼다. 그녀는 여행 가방을 꾸려서 그와 함께 차를 타고 시카고로 갔다. 시카고에서 사흘 동안 파머 하우스라는 곳에 묵으면서, 끼니마다 룸 서비스로 식사를 주문했다. 둘째 날이 되자 중개업자는 취해서 울면서 계속 자기가 그녀의 인생을 망치고 있다고 말했다. 셋째 날은 정신이 좀 든 것 같았지만, 다음날 아침 그녀가 눈을 떴을 때 그는 보이지 않았다. 아내에게 돌아간다, 앞으로 나흘 후까지 방값은 지불했다, 결코 킴을 잊지 않겠다는 내용의 메모와 함께 그는 호텔 봉투에 600달러를 남겨 두었다.

일주일 이상을 머물면서 그녀는 시카고 구경을 했으며 예닐곱 명의 남자와 잤다. 그 남자들 중 두 명은 요구하지 않았는데도 그녀에게 돈을 주었다. 다른 남자들에게도 달라고 하고 싶었지만 실행에 옮기지는 못했다. 그녀는 농장으로 돌아가야겠다고 생각했다. 그런데 파머 하우스에서의 마지막 날 밤에 그녀는 같은 호텔 투숙객 가운데 무역 회의에 참석하러 온 나이지리아 의원과 친해졌다.

"말하자면 배수진을 친 거지. 흑인과 잤다는 건 이제 농장으로 돌아갈 수 없게 됐다는 의미니까. 다음날 아침 일어나자마자 그녀는 뉴욕으로 가는 버스를 잡아 탔지."

챈스가 더피한테서 그녀를 데리고 와서 자기만의 아파트에서 살도록 마련해 주기까지 그녀는 엉망진창으로 살았다. 돈 많은 고객의 구미에 맞는 얼굴과 자태를 가진 덕분에 그녀는 거리에서 몸을 팔지 않고도 살 수 있게 됐다.

"그녀는 게을렀어."

그는 잠시 생각하다가 이렇게 덧붙였다.

"창녀들은 다 게을러."

그는 여섯 명의 창녀를 데리고 있었다. 킴이 죽었으니 이제 다섯 명이 됐다. 몇 분 동안 그녀들에 대한 일반적인 이야기를 하다가, 그 다음에는 한 명씩 이름과 주소, 전화번호, 신상 정보를 일일이 알려줬다. 수첩에 잔뜩 적어 넣었다. 공원을 네 바퀴째 돌고 나서, 챈스는 우회전을 해서 서 72번가를 빠져나가 두 블록을 더 가서 보도에 차를 붙였다.

"잠깐만."

그가 말했다.

그가 모퉁이에 있는 공중전화 부스에서 통화를 하는 동안 기다렸다. 그는 시동을 걸어 둔 채 내렸다. 나는 수첩을 보면서 내가 얻은 잡다한 자료와 정보에서 어떤 단서를 찾아내려고 애를 썼다.

챈스가 차로 돌아와 백미러를 본 다음 능숙한 솜씨로 불법 유턴을 했다.

"내 응답 서비스를 확인했어. 전화 연락을 놓치지 않으려고."

"차에 전화를 비치해 둬야겠군."

"귀찮아서."

그는 다운타운 동쪽으로 운전해 들어가 2번가와 3번가 사이에서 17번지와 만나는 모퉁이에 있는 하얀 벽돌 건물 아파트 앞에 있는 소화전 옆에 차를 댔다.

"취재 시간이야."

그가 말했다. 또 시동을 끄지 않고 내렸지만, 이번에는 15분이

800만 가지 죽는 방법   141

지나서야 나타나서는 대기하고 있는 문지기 곁을 유유히 지나쳐 재빨리 운전대에 앉았다.

"다나의 집이야. 다나에 대해 이야기한 적이 있잖아."

"시인 말이지."

"그녀는 몹시 들떠 있어. 시 두 편이 샌프란시스코에서 잡지에 실렸대. 자기 시가 실린 잡지 여섯 부를 공짜로 받을 거라나. 고작 잡지 몇 부가 그녀가 받게 될 고료의 전부라는군."

우리 바로 앞에서 신호가 빨간불로 바뀌었다. 그는 브레이크를 걸고 나서 좌우를 살핀 다음 신호를 무시하고 달렸다.

"두어 번은 당신이 보는 잡지에 그녀의 시가 실린 적도 있어. 한번은 25달러를 받았다더군. 그게 그녀가 받은 최고의 고료였대."

"고달픈 직업이군."

"시인은 돈 안 되는 직업이지. 창녀들은 게으르지만 시에 관한 한 그녀는 게으르지 않아. 하루 대여섯 시간씩 꼬박 앉아서 시를 교정하는 거야. 그녀의 우편물에는 항상 여남은 편의 시가 있지. 한 곳에서 돌아오면 또 다른 곳으로 보내는 거야. 출판사에서 시를 받아 보고 지불하는 고료보다 그녀가 쓰는 우편 요금이 더 많을걸."

그는 잠시 침묵하고 있다가 조용히 웃었다.

"내가 다나한테서 얼마나 많은 돈을 받아냈는지 알아? 지난 이틀치만 800달러야. 물론 그녀가 전화를 한 통도 못 받는 날도 있지만."

"하지만 평균을 훨씬 넘지."

"고료보다야 낫지."

그는 나를 쳐다보았다.

"드라이브나 할까?"

"지금 하고 있는 거 아니었어?"

"그냥 돌기만 했잖아. 이제 당신을 전혀 색다른 세계로 모시려고."

우리는 로어 이스트 사이드를 지나서 2번가 쪽으로 차를 타고 갔다. 윌리엄스버그 다리를 지나 브루클린으로 들어갔다. 다리를 지나고는 어찌나 뱅뱅 도는지 방향 감각을 잃을 지경이었다. 거리의 간판들도 도움이 되지 않았다. 눈에 익은 건물이 보이지 않았다. 하지만 동네마다 사람들이 바뀌는 것은 눈여겨 보았다. 유대인에서 이탈리아 인으로, 또 폴란드 인으로 바뀌는 것을 보고 어디쯤 와 있는지 그럭저럭 눈치 챌 수 있었다.

2층 연립 목조 주택들이 늘어선 어둡고 조용한 거리였다. 챈스는 중간에 차고 문이 있는 3층짜리 벽돌 건물 앞에서 속도를 늦추었다. 그는 리모컨을 이용해 차고 문을 올리고 안으로 들어간 다음 문을 닫았다. 그를 따라 계단을 올라가자 널찍하고 천장이 높은 방이 나타났다.

여기가 어디인지 아느냐고 그가 물었다. 대충 그린포인트인 것 같다고 대답했다.

"굉장한데. 브루클린을 잘 아는가 봐."

"이 부근은 잘 몰라. 키엘바사라는 정육점 간판을 보고 찍었지."

"그런 것 같군. 여기가 누구 집인지 알아? 카시미르 레반도프스키 박사라고 들어본 적 있나?"

"아니."

"모르는 게 당연하지. 노인이야. 휠체어 신세를 지고 있는 은퇴한 늙은이지. 게다가 괴짜야. 오로지 자기 자신에게만 관심을 쏟는 이상한 사람이거든. 여기는 전에 벽난로가 있던 자리야."

"그 비슷한 게 있었을 것 같더군."

"몇 년 전에 두 명의 건축가가 이 집을 사서 개조했어. 실내를 확 들어내고 인테리어를 처음부터 완전히 뜯어 고쳤지. 돈이 좀 있는 사람들이었나 봐. 돈을 아끼려고 대충 한 것 같지는 않으니까. 바닥을 봐. 창문 쇠장식도."

그가 세공을 가리키면서 이러쿵저러쿵 의견을 말했다.

"그런데 그들은 여기가 싫어졌든지 아니면 서로에게 싫증이 났나 봐. 왜 그랬는지 모르겠어. 이 집을 늙은 레반도프스키 박사에게 팔아 버렸으니까."

"그러면 그 박사가 여기 사나?"

"그 사람은 없어. 그의 말투는 슬럼가에서 대학으로, 대학에서 슬럼가로 계속해서 바뀌고 있지만, 그 늙은 박사를 본 이웃은 없어. 충직한 흑인 하인을 볼 수 있을 뿐이지. 이웃들이 볼 수 있는 건 오로지 그 흑인 하인이 차를 몰고 들고 나는 모습뿐이야. 매튜, 여기는 내 집이야. 집 구경 시켜 줄까?"

굉장한 집이었다. 꼭대기 층은 중량 기구를 비롯한 운동 기구 설비가 완벽하게 되어 있고 사우나와 기포 목욕 시설을 갖춘 체육실이었다. 침실도 같은 층에 있었는데 모피 시트로 덮은 침대는 방 한가운데 천장 바로 아래 놓여 있었다. 2층에 있는 서재에는 한쪽 면 가득히 책이 꽂혀 있었으며 2미터 50센티미터짜리 당구대가 놓여 있었다.

방마다 아프리카 가면이 걸려 있었고, 군데군데 아프리카 조각상들이 눈에 띄었다. 이따금 챈스는 어떤 조각품을 가리키면서 그것을 만들어 낸 부족의 이름을 말해 줬다. 나는 킴의 아파트에서도 아프리카 가면을 본 적이 있다고 말했다.

"남자들의 비밀 결사 집단의 포로 가면이지. 댄 부족 물건이야. 내 여자의 아파트마다 아프리카 물건을 한두 점씩 갖다 놨지. 제일 좋은 건 아니지만 싸구려는 아니야. 난 싸구려는 상대하지 않으니까."

그는 다소 투박한 양식의 탈을 벽에서 벗겨 집 구경을 해 준 데 대한 선물이라며 내게 줬다. 조각의 눈 구멍은 각지게 파여 있었는데, 기하학적으로 완벽한 형태였으며 전체적으로 원시적인 아름다움을 강하게 풍기고 있었다.

"이건 도곤 족 가면이야. 그걸 잡아 봐. 눈만으로는 조각을 감상할 수 없거든. 손도 거들어야지. 자, 이걸 잡아 봐."

나는 그에게서 가면을 받았다. 생각보다 무거웠다. 가면을 만든 나무가 아주 단단한 모양이었다.

그는 낮은 티크 탁자에서 수화기를 들더니 다이얼을 돌렸다.

"이봐, 귀염둥이. 메시지라도 있나?"

그는 잠시 귀를 대고 듣더니 수화기를 내려놓았다.

"평화롭고 고요하다는군. 커피를 좀 끓일까?"

"귀찮으면 하지 마."

그는 괜찮다고 말했다. 커피가 끓는 동안, 그는 자기가 갖고 있는 아프리카 조각에 대해 이야기했다. 가면을 만든 장인들이 무슨 이유로 자신들의 작품을 예술품으로 보지 않는지 설명했다.

"그들이 만든 가면들은 저마다 특별한 효험이 있어. 집을 지켜 주고 잡귀를 쫓거나 특별한 부족의 의식에 사용하는 거야. 그 사람들은 이미 효험을 잃어버린 가면은 던져 버리고 새 가면을 조각하게 하거든. 낡은 가면은 쓰레기야. 아무 쓸모가 없기 때문에 태워 버리거나 집어던져 버리지."

챈스는 웃었다.

"그런데 유럽인들이 들어와서 아프리카 예술을 발견한 거야. 프랑스 화가들 중에는 아프리카의 부족 가면을 보고 영감을 얻은 사람들도 있지. 이제 아프리카에는 유럽이나 미국에 수출하려고 하루 종일 가면과 조각품을 만드는 조각가들까지 생겨났다니까. 고객들의 구미에 맞게 옛날 가면의 형태를 본뜨고 있지만, 그건 말도 안 되는 웃기는 짓이야. 진짜가 아니거든. 그런 걸 보고 가져 와서 진짜 가면과 같은 효험을 기대한다면, 금방 그 차이를 알게 될걸. 그 따위 쓰레기를 보고 마음이 동한다면 말이야. 웃기잖아, 안 그래?"

"흥미롭군."

"내가 보여 준 가면들 중에 쓰레기는 하나도 없어. 초짜일 때는 쓰레기도 몇 개 샀지. 시행착오를 겪고 나서야 제대로 된 감을 익힐 수 있으니까. 하지만 그런 쓰레기들은 없애 버렸어. 저기 저 벽난로에 태워 버렸다고."

그는 웃었다.

"처음 산 물건은 아직 갖고 있어. 침실에 걸려 있지. 댄 족의 가면이야. 역시 포로 가면이지. 아프리카 예술에 대해서는 아무것도 몰랐지만, 골동품 가게에서 그걸 보고는 그 가면의 예술적인 기품에 감명을 받았어."

말을 멈추고 그는 머리를 흔들었다.

"진짜로 그랬다니까. 무슨 일이 있었느냐 하면, 그 부드러운 검은 나무 조각을 쳐다보았는데 마치 거울을 들여다보는 느낌을 받았어. 제기랄. 세월을 거슬러 올라가서 거기서 나 자신을, 우리 아버지를 보았지. 내가 지금 무슨 이야기를 하는지 알겠어?"

"잘 모르겠어."

"젠장. 어쩌면 나도 모를 거야."

그는 고개를 한번 흔들었다.

"무엇 때문에 그 늙은 조각가가 이런 걸 만들었을 것 같아? 그는 이런 말을 하곤 했지. '젠장. 이 미친 검둥이는 이런 옛날 가면을 가지고 뭘 하려는 걸까? 뭣 때문에 그것들을 가져가서 벽마다 주렁주렁 걸어 놓고 있는 거지?' 커피가 다 끓었네. 블랙으로 마시지?"

"그런데. 탐정은 어떻게 알아내지? 어디서부터 시작하는 거야?"

"어슬렁거리고 다니면서 사람들과 이야기를 나누지. 킴이 어떤 미친놈한테 우연히 살해된 게 아니라면, 죽음의 원인은 그녀의 삶의 방식에 있거든."

나는 수첩을 톡톡 두드렸다.

"그녀의 삶의 방식에는 네가 모르는 게 많아."
"그렇겠지."
"나는 사람들과 이야기를 나누고 그들이 내게 하는 이야기를 유심히 살펴보지. 이야기를 종합해 보면 힌트를 얻을 수가 있어. 그렇지 않을 때도 있고."
"내 여자들이 당신하곤 이야기를 나누고 싶어 할 것 같아."
"그러면 좋지."
"그들이 반드시 뭔가를 알고 있는 건 아니지만, 알고 있다면 말이야."
"사람들은 자기가 뭔가를 알고 있다는 사실을 모를 때가 있어."
"때로는 자기가 말하는 것이 무엇인지도 모르면서 말하기도 하고."
"그 말도 맞아."
그가 일어서서 두 손을 입술에 대고 말했다.
"알겠지만, 당신을 여기 데려올 생각은 없었어. 당신이 이 집에 대해 알 필요가 있는 것도 아니고, 당신이 요구한 것도 아닌데 데려왔군."
"근사한 집이야."
"고마워."
"킴도 이 집을 좋아했나?"
"그녀는 이 집을 본 적이 없어. 내 여자들 중 아무도. 늙은 독일 여자가 일주일에 한 번씩 청소하러 여기 와서 구석구석 광을 내. 지금까지 이 집 안에 들어온 여자는 그 여자뿐이야. 내가 이 집을 소유한 이후로는. 전에 여기 살았던 건축가들도 이 집을 여자들을 위해 쓰지 않았어. 이게 마지막 커피야."

굉장히 맛있는 커피였다. 이미 너무 많이 마셨지만, 너무 맛있어서 사양할 수 없었다. 커피 맛을 칭찬하자 그는 자마이카 블루 마운틴과 까맣게 볶은 콜롬비아 커피를 섞은 것이라고 말했다. 그가 내게 500그램을 덜어 주겠다고 했지만, 나는 호텔 방에서는 그 커피를 끓일 일이 별로 없을 것 같다고 말했다.

그가 응답 서비스로 또 한 통화를 하는 동안 나는 커피를 홀짝거리며 마셨다. 그가 전화를 끊자 내가 말했다.

"여기 전화번호를 내게 가르쳐 줄래? 아니면 그 번호는 비밀로 해 두고 싶은 거야?"

그는 웃었다.

"난 여기 별로 많이 있지 않아. 그냥 응답 서비스로 전화하는 게 편할 거야."

"그렇군."

"그리고 이 번호는 알아 봐야 별 소용이 없을 거야. 나도 모르는걸. 나도 옛날 전화 요금 청구서를 뒤져 봐야 해. 설령 그 번호로 전화를 건다 해도 아무도 받지 않을 거야."

"왜 그렇지?"

"전화벨이 울리지 않아. 전화기는 원래 벨 소리가 울리도록 만들어져 있잖아. 이 집에 이사 올 때 난 이미 응답 서비스 전화에 가입해 있었는데, 내선을 연결해 놓았기 때문에 전화기에서 멀리 떨어진 적이 없었어. 이 번호는 아무에게도 알려 줄 필요가 없었어. 내 응답 서비스 번호도 아무에게나 알려 주지는 않았지."

"그런데?"

"어느 날 밤 여기 있을 때야. 수영을 하고 있었던가 봐. 그때 빌어먹을 전화가 울렸어. 마구 뛰어갔지.《뉴욕 타임스》를 구독하라는 전화였어. 그리고 이틀 후에 또 한 통을 받았는데 잘못 걸린 전화였지. 그때 내가 받을 전화는 잘못 걸린 전화나 물건을 팔려는 전화뿐이라는 걸 알았지. 그래서 스크루드라이버를 가지고 돌아다니면서 모든 전화기를 열었어. 전화선을 타고 전류가 흐를 때 벨을 울리는 작은 추가 있지. 나는 전화기마다 이 작은 추를 떼어 냈어. 그러고는 다른 전화기로 다이얼을 돌려 봤지. 신호가 가는 소리는 들렸지만 이 집 안에서는 벨 소리가 울리지 않았어."

"똑똑한데."

"초인종 소리도 들리지 않아. 바깥 문 옆에 벨을 누르게 되어 있기는 하지만, 그건 아무 데도 연결되어 있지 않아. 그 문은 내가 이사 온 이후에 한 번도 열린 적이 없어. 누구든 집 안을 기웃거릴 수도 없어. 온 집에 도난 경보가 설치되어 있으니까. 부유한 폴란드 인 이웃들이 자리 잡고 있는 이 그린포인트엔 강도가 들끓을지 몰라도, 여기 늙은 레반도프스키 박사 집은 아니야. 그는 안전과 사생활을 중요하게 여기니까."

"그런 것 같군."

"매튜, 난 여기 자주 오지는 않지만 내 뒤에서 차고 문이 닫히는 순간부터 바깥 세상과는 완전히 차단되지. 여기서는 아무것도 나를 건드리지 않아. 아무것도."

"당신이 날 여기 데리고 와서 놀랐어."

"나도 그래."

우리는 돈 이야기를 마지막까지 미루었다. 얼마나 원하느냐고 그가 내게 물었다. 2500달러라고 내가 말했다.

어떻게 해서 그런 액수가 나온 거냐고 그가 물었다.

"글쎄. 난 시간당으로 계산하는 것도 아니고 소요 경비를 계산해 두지도 않아. 돈을 너무 많이 쓰거나, 시간을 너무 오래 끌게 되면 너한테 돈을 더 달라고 할지도 모르지. 하지만 청구서를 보내지는 않을 거야. 돈을 못 받더라도 고소하지도 않을 거고."

"모든 일을 비공식적으로 처리하는군."

"그렇지."

"나도 그게 좋아. 영수증 없이 현찰 거래. 액수는 상관없어. 여자들이 많은 돈을 벌어들이니까. 하지만 나갈 데도 많긴 해. 집세, 관리비, 여자들 월급. 한 건물 안에 창녀들을 데리고 있다고 생각해 봐. 크리스마스 때 문지기에게 20달러만 주고 넘어갈 순 없잖아. 남들 하는 대로 해야지 어쩌겠어. 다른 임차인들만큼은 해야지. 한 달에 20달러, 크리스마스 때는 100달러 이상일 거야. 이 건물에 세 들어 있는 사람들 모두 똑같이. 십시일반인 셈이지."

"그럴 거야."

"그러고도 남는 게 많아. 게다가 난 코카인을 하지도 않고 도박을 하느라 돈을 낭비하지도 않아. 얼마라고 했지? 2500달러? 아까 준 도곤 가면을 사는 데만도 그 두 배 이상이 들었을걸. 6200달러를 지불했는데, 거기다가 요즘은 경매 미술관이 구매자에게 10퍼센트 수수료를 물리잖아. 그럼 얼마지? 6820달러야. 거기다가 판매세가 붙지."

나는 아무 말도 하지 않았다.

"제기랄. 내가 뭘 말하고 싶은 건지 모르겠네. 내가 검둥이 부자란 말을 하고 싶은 건가. 여기서 잠깐만 기다려."

그는 100달러짜리 한 뭉치를 갖고 돌아와서 2500달러를 세었다. 연속 번호가 아닌 헌 돈이었다. 그가 이 집에 얼마나 많은 현금을 두고 있을지 보통 얼마나 많이 갖고 다닐지 궁금해졌다. 몇 년 전에 외출할 때마다 만 달러 이상 갖고 다니는 고리대금 업자를 만난 적이 있었다. 그는 그 사실을 숨기려고도 하지 않았고, 그를 아는 사람은 누구나 그가 돈 뭉치를 갖고 다닌다는 사실을 알고 있었다. 그런데도 그에게서 돈을 뺏으려고 시도하는 사람은 없었다.

그는 나를 집까지 태워 줬다. 우리는 다른 길로 돌아갔다. 풀라스키 다리를 건너 퀸스로 들어가 터널을 지나 맨해튼으로 갔다. 둘 다 거의 말을 하지 않았다. 어디선가부터 내가 깜박 졸았던 모양이다. 그가 내 어깨를 흔들어 깨웠다.

눈을 껌뻑이며 바로 앉았다. 챈스는 내가 묵고 있는 호텔 앞 보도에 차를 대고 있었다.

"택배 서비스야."

그가 말했다.

차를 내려 거리에 섰다. 그는 택시 두어 대가 지나가기를 기다렸다가 갈 때처럼 솜씨 좋게 유턴을 했다. 나는 그 자리에 서서 캐딜락이 시야에서 사라질 때까지 지켜봤다.

생각이 내 머릿속에서 힘겹게 자맥질을 했다. 너무 지쳐서 아무 생각도 할 수가 없었다. 나는 침대로 올라갔다.

열둘

"난 그녀를 별로 잘 알지도 못해요. 약 1년쯤 전에 미용실에서 만났죠. 우리는 커피를 한잔 마셨는데, 그녀의 이야기에서 나는 그녀가 에이번 여자가 아니란 걸 알아챘어요. 전화번호를 주고받았지만 친하게 지낸 적은 없어요. 그러다가 두어 주 전에 그녀가 전화를 걸어서 만나자고 하더군요. 좀 놀랐죠. 몇 달 동안 연락도 없이 지냈으니까요."

나는 1번가와 2번가 사이에 51번지와 만나는 모퉁이에 있는 일레인 마델의 아파트에 있었다. 바닥에 푹신한 흰색 카펫이 깔려 있고 벽에 대담한 추상화가 걸려 있는 실내에는 잔잔한 음악이 흐르고 있었다. 나는 커피를, 일레인은 다이어트 소다를 마셨다.

"그녀가 원하는 게 뭐였지?"

"포주한테서 벗어나고 싶다나요. 다치지 않고 떠나고 싶어 했어요. 그래서 당신을 끌어들인 거예요. 기억나세요?"

나는 고개를 끄덕였다.
"그녀가 당신을 찾은 이유가 뭘까?"
"모르겠어요. 친구가 별로 없다는 느낌을 받았어요. 그게 챈스의 다른 여자들한테 할 수 있는 성질의 이야기도 아니고, 더구나 이 바닥을 모르는 사람하고 이런 이야기를 할 순 없었을 거예요. 아시다시피 그녀는 나보다 어렸어요. 나를 나이 지긋한 이모쯤으로 생각했을 수도 있죠."
"그래 보이는군, 그래."
"그래 보여요? 그 여자 몇 살이었죠? 스물다섯?"
"스물셋이랬어. 호적상 스물넷이라는 말이었던 것 같아."
"맙소사. 어리군요."
"알아."
"매트, 커피 더 드려요?"
"괜찮아."
"그녀가 왜 하필 나랑 그런 이야길 했을 것 같아요? 내 생각엔 나한테 포주가 없기 때문인 것 같아요."

그녀는 앉은 자리에서 꼰 다리를 풀었다가 다시 꼬았다. 이 아파트에서 그녀를 만났던 시간들이 기억났다. 우리는 각각 소파와 임스 체어(디자이너의 이름을 딴 제품으로 인체공학적으로 디자인된 합판이나 플라스틱 의자—옮긴이)에 앉아 있었고, 그때도 비슷한 종류의 밋밋한 음악이 방 안의 딱딱한 분위기를 누그러뜨리고 있었다.

"한번도 포주가 없었군."
"그래요."

"대부분의 여자들은 포주가 있나?"

"그녀가 아는 여자들은 그래요. 거리에서 꽤 놀아 보신 것 같은데요. 여자들한텐 자기 구역에서 일할 수 있게 지켜 주고 체포됐을 때 보석금을 내고 빼내 줄 사람이 필요해요. 이런 아파트에서 일한다면야 이야기가 다르죠. 하지만 그런 경우에도 내가 아는 대부분의 창녀들은 남자 친구가 있어요."

"포주가 하는 일이랑 같은 거 아냐?"

"아, 아니죠. 남자 친구들은 여자들을 떼로 데리고 있으면서 일을 시키지는 않죠. 그냥 우연히 남자 친구가 되는 거예요. 또 남자 친구에게 돈을 다 맡기지는 않잖아요. 하지만 여러 가지 물건을 사 주기는 하죠. 그냥 그러고 싶으니까요. 남자 친구가 어려울 때 경제적으로 도움을 주거나 장래성 있어 보이는 사업을 벌일 때 돈을 약간 빌려 주기도 하죠. 등쳐먹는 거랑은 다르죠. 남자 친구란 그런 거예요."

"말하자면 한 여자만 데리고 있는 포주로군."

"대충은 그 비슷해요. 여자들이 자기 남자 친구는 다르다, 자기들은 특별한 관계라고 우기는 것만 빼고는요. 결코 달라지지 않는 건 누가 벌고 누가 쓰느냐는 거죠."

"그런데 넌 한번도 포주가 없었단 말이지? 남자 친구도?"

"한번도요. 손금을 본 적이 있어요. 손금을 봐 준 여자가 한 말에 깊은 인상을 받았어요. 그녀는 내게 '손님, 두뇌선이 이중이네. 머리가 가슴을 지배하고 있어.' 라고 말했죠."

그녀는 다가와서 자기 손을 보여 주었다.

"보세요. 여기 이 선이에요."

"내가 보기엔 좋아 보이는데."

"우라지게 곧은 선이죠."

그녀는 소다를 가지러 갔다가 돌아와서 내 옆자리에 앉았다.

"킴에게 사고가 난 걸 알고 맨 처음 당신한테 전화를 걸었어요. 그런데 집에 없더군요."

"메시지를 받은 일이 없는데."

"메시지를 남기지 않으니까요. 전화를 끊고 아는 여행사에 전화했어요. 두어 시간 뒤에 나는 바베이도스행 비행기에 몸을 싣고 있었죠."

"수배되는 게 두려웠나 보지?"

"그렇다고 할 순 없어요. 챈스가 그녀를 죽였다는 걸 그냥 알 수 있었으니까요. 그가 그녀의 친구와 친척들을 모조리 해칠 것 같지는 않았어요. 아니, 그냥 쉬어야 할 때라는 생각이 들었죠. 해변의 호텔에서 일주일을 묵었어요. 오후에는 일광욕을 조금 하고 밤에는 룰렛 게임도 즐기고 때로는 스틸 드럼 음악에 맞춰 실컷 림보 댄스를 추면서 한참 머물러 있었어요."

"좋았겠는데."

"둘째 날 밤에 수영장 칵테일 파티에서 한 남자를 만났어요. 그는 이웃 호텔에 묵고 있었죠. 이 멋진 남자는 조세 변호사였는데, 1년 반 전에 이혼하고 너무 어린 여자와 철없는 사랑 놀음을 겪은 다음이었어요. 하지만 다 끝난 일이었고 그때는 나만 만났죠."

"그리고?"

"그리고 그 주의 남은 시간 동안 우리는 멋진 로맨스를 만들었어요. 해변에서의 기나긴 산책, 스노클을 끼고 잠수하기, 테니스,

로맨틱한 저녁 식사, 내 방 테라스에서 나눈 한 잔. 내 방 테라스에서 바다가 한 눈에 보였어요."

"이 아파트에서도 이스트 리버가 보이는데."

"여기랑은 달라요. 매트, 우리는 멋진 시간을 보냈어요. 황홀한 섹스도 나누었죠. 난 내가 창녀라는 사실을 잊고 있었던 것 같았어요. 수줍은 처녀처럼 행동했다니까요. 하지만 연기를 할 필요는 없었어요. 그때 난 진짜로 부끄러웠고 옛날에 던져 버렸던 수줍음을 되찾았으니까요."

"그에게 밝히지 않은 게로군……."

"미쳤어요? 물론 안 밝혔죠. 아트 갤러리에서 일한다고 했어요. 그림을 복원한다고요. 나는 프리랜서 그림 복원 전문가예요. 그는 그 일이 아주 환상적이라고 생각하고 많은 것을 물었어요. 평범한 일을 골랐더라면 설명하기가 좀 더 수월했을 거예요. 하지만 난 매혹적으로 보이고 싶었다고요."

"그렇군."

그녀는 무릎 위에 올려놓은 두 손을 가만히 내려다보았다. 그녀의 얼굴은 주름살 하나 없었지만 손에서는 세월의 흔적이 엿보였다. 그녀가 몇 살이나 되었을지 궁금해졌다. 서른여섯? 서른여덟?

"매트, 그는 다운타운에서 날 만나고 싶어 했어요. 그래요, 사랑이니 뭐니 그런 말을 주고 받진 않았지만 어딘가 서로 통하는 부분이 있을 것 같다는 느낌이 있었어요. 그 느낌을 좇아가면 어떻게 되는 걸까 그는 궁금해했어요. 그는 메릭에 살아요. 거기가 어딘지 아세요?"

"그럼, 맨해튼 외곽이지. 내가 사는 곳에서 그리 멀지 않아."

"거기 아주 멋진 곳이죠?"

"아주 멋진 부분도 있지."

"나는 그에게 전화번호를 가르쳐 줬어요. 그는 내 이름을 알고 있지만 그 번호는 등록되지 않은 번호였어요. 그 후 그에게서 아무 소식이 없었어요. 사실 기대도 안 했지만. 난 행복한 일주일과 근사한 로맨스를 원했고, 원하는 걸 가졌으니까요. 하지만 이따금 내가 전화를 걸어 틀린 번호를 가르쳐 준 걸 수습할 수도 있을 텐데 하는 생각이 들어요. 그렇게 한 이유를 꾸며 댈 수도 있겠죠."

"그럴 테지."

"하지만 뭣 때문에 그래야 하죠? 거짓말을 해서 그의 아내나 여자 친구, 아니면 뭐라도 될 수 있었을지 모르죠. 고객 명부를 태워버리고 이 아파트를 떠날 수도 있었겠죠. 하지만 뭣 때문에요?"

그녀가 나를 쳐다봤다.

"나는 잘 살아왔어요. 저축을 하면서요. 항상 저축을 하죠."

"그리고 그걸로 투자를 하지. 부동산에. 그렇지? 퀸스에 있는 아파트 말이야."

내가 기억해 냈다.

"퀸스에 있는 것뿐이 아니에요. 그래야 한다면 지금이라도 은퇴해서 그럭저럭 살 수는 있을 거예요. 하지만 뭣 때문에 은퇴하고 싶겠어요? 남자 친구한테 내가 뭘 바라겠어요?"

"킴은 왜 은퇴하고 싶어 했을까?"

"그녀가 은퇴하고 싶댔어요?"

"모르겠어. 왜 그녀가 챈스를 벗어나고 싶어 했을까?"

그녀는 곰곰이 생각하더니, 머리를 흔들었다.

"한번도 물어보지 않았어요."

"나도 그래."

"난 애초부터 무엇 때문에 여자들이 포주한테 매이게 되는지 이해할 수 없었어요. 그래서 누군가가 포주에게서 벗어나고 싶다고 말해도 더 캐물을 생각이 들지 않더라고요."

"누군가와 사랑에 빠졌던 걸까?"

"킴 말이에요? 그랬을 수도 있겠죠. 하지만 그런 얘기는 안 했어요."

"그녀는 이 도시를 떠나려고 했나?"

"그런 것 같지는 않았어요. 하지만 그랬다고 해도 내게 말하진 않았을 것 같네요."

"젠장."

나는 탁자 위에 빈 커피 잔을 올려놓았다.

"그녀는 어떤 식으로든 누군가와 얽혀 있었던 거야. 그게 누군지 알고 싶어."

"뭣 때문에요?"

"누가 그녀를 죽였는지 알아내려면 그 방법밖에 없거든."

"그 방법이 효과가 있다고 생각하시나 봐요."

"대개는 그렇지."

"내일 내가 살해된다면 말이에요. 어떻게 하실 건데요?"

"꽃을 보내겠지."

"진지하게 말해 봐요."

"진지하게 말이지? 메릭에 사는 조세 변호사들을 조사할 거야."

"한두 명이 아닐 텐데요, 안 그래요?"

"그럴 수도 있겠지. 하지만 그 중에서 이 달에 바베이도스에서 일주일을 보낸 사람이 별로 많을 것 같지는 않아. 그가 당신이 묵고 있는 호텔 옆 해변 쪽에 있는 호텔에 머물고 있다고 했나? 그 사람을 찾는 건 어려울 것 없지만 그를 너와 연관시키기는 꽤나 어려울 것 같아."

"실제로 그렇게 할 건가요?"

"당연하지."

"아무도 돈을 주지 않는데도요?"

나는 웃었다.

"그래, 일레인. 너하고 난, 우린 서로 오랜 친구잖아."

우리는 그랬다. 내가 경찰에 있을 때 우리는 서로 도왔다. 경찰이 줄 수 있는 종류의 도움을 그녀가 필요로 할 때면 나는 법적인 문제든 난폭한 손님 문제든 가리지 않고 그녀를 도왔다. 마찬가지로 내가 그녀를 필요로 할 때는 그녀의 도움을 받을 수 있었다. 그럼 내가 뭐가 되는 거야? 갑자기 석연찮은 기분이 들었다. 포주도 아니고 남자 친구도 아니고 뭐란 말인가?

"매트, 왜 챈스가 당신을 고용했을까요?"

"그녀의 살인범을 찾기 위해서지."

"왜요?"

챈스가 말했던 이유가 생각났다.

"모르겠어."

"당신은 왜 그 일을 맡았는데요?"

"일레인, 돈을 벌 수 있잖아."

"돈에 대해서는 별로 신경 쓰지 않잖아요."

"아냐, 신경 써. 이제부터 노후 준비를 해 둬야 할 때야. 안 그래도 퀸스에 있는 이런 아파트를 눈여겨보고 있었어."

"정말 뜻밖이네요."

"당신 정도면 분명히 썩 괜찮은 집주인일 거야. 당신이 집세를 받으러 오면 세입자들이 좋아서 난리가 날 텐데."

"그런 일을 모두 알아서 해 주는 관리 회사가 있어요. 임차인들을 만난 적이 없는걸요."

"방금 그 말은 듣지 말걸. 굉장한 환상이 깨져 버렸다고."

"어련하시겠어요."

"그녀가 부탁한 임무를 완수했을 때, 킴은 나를 침대로 끌어들였어. 그녀의 아파트로 갔을 때 말이야. 그녀가 내게 돈을 지불하고 나서 우리는 같이 잤어."

"그래서요?"

"그건 아마 팁 같은 거였을 거야. 고맙다는 말을 호의적인 방식으로 했다고 보면 되지."

"크리스마스 팁 같은 거로군요."

"하지만 그녀가 그렇게 하려고 할까? 만약에 그녀가 누군가와 깊은 관계라면 말이야. 보너스로 나와 자려고 하겠느냐고?"

"매트, 당신은 뭔가 잊고 있군요."

그녀는 잠시 동안 분별 있는 나이 지긋한 아주머니 같은 눈으로 나를 쳐다봤다. 내가 뭘 잊고 있는지 물었다.

"매트, 그녀는 창녀예요."

"바베이도스에서 당신은 창녀였던가?"

"글쎄요. 그랬을 수도 있고 아니었을 수도 있죠. 하지만 이것만은 분명히 말할 수 있어요. 짝짓기 댄스가 끝나고 함께 잠자리에 들었을 때 끝내 주게 좋았어요. 내가 몸을 팔고 있었던 것도 그 짓이 좋아서 그랬나 하는 생각까지 들었다니까요. 남자들과 자는 게 내 직업이잖아요."

잠시 생각하다가 내가 말했다.

"아까 내가 전화했을 때 한 시간만 달라고 했지? 곧바로 오지 말라고 그랬잖아."

"그래서요?"

"예약 고객이 있었기 때문이었나?"

"글쎄요. 검침원은 아니었죠."

"그 돈이 필요했단 말이지?"

"돈이 필요했냐고요? 뭘 묻는 거죠? 난 돈을 벌었다고요."

"하지만 이젠 그런 일 안 하고도 임대료를 낼 수 있을 텐데."

"밥이야 굶진 않겠지만, 이 생활을 유지하려면 이 일을 계속해야 한다고요. 왜 이런 이야기를 하는 거죠?"

"그러니까 그게 직업이라서 오늘 그놈을 만난 게로군."

"그런 셈이죠."

"그래. 왜 그 의뢰를 받아들였느냐고 물은 사람은 바로 너야."

"직업이란 말이군요."

"그런 셈이지."

그녀는 뭔가를 생각하더니 웃었다.

"하인리히 하이네가 죽어 가고 있을 때 말이에요. 그 사람 독일 시인이죠?"

"그런가?"

"죽어 가면서 이렇게 말했대요. '하느님은 나를 용서하실 거야. 그게 하느님의 직업이니까.'"

"재미있는데."

"독일어로 하면 더 근사할 거예요. 나는 섹스를 하고 당신은 탐정 노릇을 하고 하느님은 용서를 하죠."

그녀가 눈을 내리깔았다.

"정말로 그가 용서를 하면 좋겠어요. 나는 여기서 몸을 팔고 있는데 그가 주말에 바베이도스에 내려가지 말았으면 좋겠어요."

열셋

 일레인의 아파트를 나왔을 때 하늘은 어두워지고 있었으며 거리는 러시아워로 혼잡했다. 다시 비가 내리기 시작했다. 추적추적 내리는 이슬비로 오가는 차량들이 굼벵이 걸음을 했다. 물이 불은 강처럼 굼뜨게 흐르는 차량 행렬을 지켜보면서, 이 차들 중 한 대에는 일레인의 조세 변호사도 타고 있을지 모른다는 생각이 들었다. 그에 대해 생각하다가 그녀가 그에게 준 전화번호가 가짜라는 걸 알고 그가 어떤 반응을 보였을지 짐작해 보려 애썼다.
 그럴 생각만 있었다면 그녀를 찾아낼 수 있었을 것이다. 그는 그녀의 이름을 알고 있었으니까. 전화 회사는 그녀의 번호를 가르쳐 주지 않으려고 하겠지만, 좋은 연줄을 동원하면 자기에게 번호를 알려 줄 누군가를 찾아낼 수 있었을 것이다. 그것도 안 되면 그녀가 묵었던 호텔을 통해 어렵잖게 그녀를 찾아낼 수 있었을 것이다. 호텔에선 그녀의 여행사를 알려 줄 테고 그 과정에서 그녀의 주소를 알아낼 수 있을 것이다. 나는 전직이 경찰이다. 무의식적으로 이런 식으로 생각한다. 하지만 이 정도의 유추를 해내지 못할 사람이 어디 있겠는가? 내게는 그다지 까다로운 일 같지 않았다.

일레인의 전화번호가 가짜라는 게 밝혀졌을 때 그는 상처받았을지도 모른다. 그녀가 그를 만나고 싶어 하지 않는다는 사실을 알고 그녀를 보고 싶은 마음이 저만치 달아났을지도 모른다. 하지만 처음에는 우연한 실수 때문에 잘못된 거라고 생각하지 않았을까? 그는 정보를 얻으려고 할 것이고, 그녀가 그에게 가르쳐 준 전화번호에서 두 자리 숫자들을 바꾸어서 얻을 수 있는 번호를 추측해 볼 수도 있다. 그렇다면 그가 그렇게 하지 않은 이유가 뭘까?

어쩌면 그는 한번도 그녀에게 전화를 걸지 않았고, 그 번호가 가짜라는 사실도 몰랐을지 몰랐다. 심지어 아내와 아이들이 있는 집으로 돌아오는 길에 비행기 화장실에서 그녀의 전화번호를 버렸을지도 모른다.

이따금 전화기 옆에서 자기 전화를 기다리고 있을 예술품 복원가를 생각하면서 죄책감이 들기도 할 것이다. 자신의 경솔한 행동을 후회할지도 모른다. 그녀의 전화번호를 버릴 필요는 없었는데, 가끔씩 그녀와의 데이트를 즐길 수도 있었는데 하고 생각하면서. 아내와 아이들에 대해 그녀가 알아야 할 이유는 없지 않은가. 젠장, 누군가가 그림 물감과 테레핀유 냄새에서 벗어날 수 있게 해 준 데 대해 그녀는 아마도 고마워할 것이다.

집으로 오는 도중에 델리에 들러 수프와 샌드위치를 먹고 커피를 마셨다. 《포스트》에 기이한 이야기가 실려 있었다. 퀸스에 사는 두 이웃이 주인이 집에 없으면 마구 짖어 대는 개 한 마리 때문에 몇 달 동안 다퉜다. 그런데 어느 날 밤 개 주인이 개를 산책시키는 중에 그 개가 그 이웃 사람의 집 앞에 있는 나무에 대고 실례를 했다. 이웃 사람이 우연히 그걸 보고는 2층 창문에서 활로 그 개를 쐈다. 개 주인은 집 안으로 뛰어 들어가 2차대전 기념품인 월터 P-38 권총을 갖고 나왔다. 이웃 사람도 자기 활과 화살을 가지고 쫓아 나왔다. 개 주인이 그를 쏴 죽였다. 이웃 사람은 81세였으며 개 주인은 62세였는데, 두 남자는 리틀 넥에서 20년 이상을 이웃으로 살았다. 개의 나이는 밝혀지지 않았지만, 신문에는 사복형사에게 잡혀 가죽 끈에 묶인 개의 사진이 실려 있었다.

미드타운 노스 서는 호텔에서 몇 블록 떨어진 곳에 있었다. 그날 밤 9시가 조금 지나서 거기 갔을 때까지도 비가 계속해서 추적거리고 있었다. 미련이 남는다는 듯이. 프런트 데스크에 들렀다. 바람 머리에 콧수염을 기른 젊은 친구가 내게 위층으로 올라가는 계단을 일러 줬다. 계단을 올라가자 수사반이 보였다. 네 명의 사복형사가 책상에 앉아 있고 저쪽 끝에는 여섯 명이 앉아서 텔레비전으로 뭔가를 보고 있었다. 내가 들어가자 세 명의 젊은 흑인 남자들이 관심을 보였으나 내가 자기들의 변호사가 아닌 걸 알고는 이내 흥미를 잃었다.

가장 가까운 책상으로 다가갔다. 대머리가 막 벗겨진 형사가 타이핑을 하다 말고 나를 쳐다봤다. 형사 더킨과 약속이 있다고 내가 말했다. 다른 책상에 앉은 형사가 고개를 들고 나를 봤다.

"당신이 스커더로군. 내가 조 더킨이야."

그는 마치 힘 자랑이라도 하듯이 내 손을 지나치게 꽉 쥐어 악수를 했다. 그는 내 손을 흔들며 의자에 앉히고 자기 자리에 앉아서 담뱃재로 가득 찬 재떨이에 담배를 비벼 껐다. 그러고는 새 담배에 불을 붙인 다음 몸을 뒤로 젖히고 나를 쳐다봤다. 그의 눈은 아주 희미한 회색을 띤 채 아무런 표정도 없었다. 그가 말했다.

"아직도 밖에 비가 오고 있나?"

"오락가락하고 있어."

"더러운 날씨군. 커피라도 좀 마시겠나?"

"됐어."

"뭘 도와줄까?"

킴 다키넨 살인 사건에 대한 자료가 있다면 뭐든 보고 싶다고 말했다.

"뭣 때문에?"

"그 사건을 조사해 달라는 부탁을 받았거든."

"누가 그 사건을 조사해 달라는 부탁을 했다고? 자네 고객이란 말이지?"

"그렇게 말할 수도 있을 거야."

"누군데?"

"그건 말할 수 없어."

더킨은 턱을 옆으로 실룩거려 보였다. 약간 뚱뚱한 탓에 나이보다 좀 늙어 보이는 서른다섯 살 정도 된 남자였다. 아직 머리카락이 빠지진 않았으며 검은색에 가까운 아주 어두운 갈색의 머리카락이었는데, 아무래도 아래층 녀석한테서 드라이어라도 빌린 모양이었다. 그 녀석과 똑같은 바람 머리였다.

"말하지 않고는 못 배길 텐데. 자넨 면허도 없잖아. 또 자네가 끝까지 입을 다문다 하더라도 그게 증언을 거부할 수 있는 정보는 못 되지."

"우리가 법정에 있는 줄은 몰랐는데."

"그렇긴 해. 하지만 자넨 부탁을 하러 여기 들어온 거야……."

나는 어깨를 으쓱했다.

"내 고객의 이름을 댈 순 없어. 내 고객은 킴을 죽인 범인을 잡는 데 관심이 있어. 그게 다야."

"또 자넬 고용하면 범인을 더 빨리 잡을 수 있을 거라고 생각하고 있고."

"그렇지."

"자네도 그렇게 생각하나?"

"내가 생각하는 건 오로지 밥벌이를 하게 됐다는 것뿐이야."

"젠장. 누가 아니래?"

나는 바른 말을 한 것이다. 이제 겁날 게 없다. 나는 그저 어쩔 수 없이 한 푼이라도 벌려고 애쓰는 놈에 불과하다. 그는 한숨을 쉬고 자기 책상 위를 탁 치더니 일어나서 방을 가로질러 서류 캐비닛 쪽으로 걸어갔다. 소매를 걷어 올리고 칼라를 풀어헤친 모습이었다. 그는 땅딸막한 체구에 밭장다리였고 뱃사람처럼 발을 쾅쾅 구르며 걸었다. 그는 엷은 황갈색 파일을 갖고 돌아와서 의자에 털썩 앉았다. 서류 더미에서 사진 한 장을 발견하고 그것을 집어 들어 책상 위로 던졌다.

"여기 눈요기나 하지."

A5 용지보다 약간 작은 크기로 확대된 킴의 흑백 사진이었다.

내가 그 끔찍한 사건에 대해 몰랐더라면 사진 속 그녀를 알아보지 못했을 것이다. 그 사진을 보다가 한 차례 토하고 싶은 것을 억지로 참고 계속해서 사진을 쳐다봤다.

"정말 형편없이 조져 놨군."

검시관 소견으로는 아마 정글도 같은 걸로 예순여섯 번은 찌른 것 같다는군. 몇 번 찔렀는지 세는 일을 어떻게 할 수 있지? 어떻게 그런 일을 할 수 있는지 모르겠어. 단언하건대 그건 분명히 내 직업보다도 나쁜 직업이야."

"피가 낭자하군."

"흑백으로 보는 걸 다행인 줄이나 알라고. 컬러로 보면 더 끔찍하거든."

"상상할 수 있어."

"놈은 동맥을 벴어. 동맥을 베면 피가 분수처럼 뿜어 나와 온 방에 낭자하게 되지. 그렇게 많은 피를 흘린 건 본 적이 없어."

"놈은 분명히 피 범벅이 되었겠군."

"피할 도리가 없지."

"그렇다면 어떻게 아무도 눈치 채지 못하게 거길 빠져나간 거지?"

"그날 밤은 추웠어. 놈이 코트를 입고 있었다고 생각해 보라고. 안에 뭘 입었든 놈은 그 위에 코트를 입었을 거야."

그는 담배를 피워 물었다.

"아니면 그녀에게 그 짓을 하는 동안 아무것도 입지 않았을지도 모르지. 젠장, 그녀는 생일이라 예쁜 옷을 입고 있었는데 놈은 옷을 차려입고 싶지는 않았던 모양이야. 그러고 나서 샤워만 하면 놈이 할 일은 끝나는 거야. 거기 근사한 욕실이 있었거든. 한껏 늑장을 부린들 무슨 상관이 있었겠어? 놈이 욕실을 사용하지 않을 이유가 없었지."

"타월도 사용했을까?"

그는 나를 쳐다봤다. 그 회색 눈동자에선 여전히 아무것도 읽을 수 없었지만 태도는 좀 더 공손해진 듯했다.

"얼룩진 타월을 본 기억은 나지 않아."

"똑같은 방에서 그런 걸 눈치 채지 못했다니 자네가 중요한 걸 알아냈을 것 같지는 않군."

"하지만 분명히 기록이 남아 있을 거야."

그가 엄지손가락으로 파일을 훌훌 넘겼다.

"경찰이 어떻게 일을 하는지 알고 있잖아. 모든 물건을 사진으로 남기잖아. 증거가 될 수 있는 모든 물건을 비닐봉지에 담아 딱지를 붙이고 목록을 만들어 둔다고. 그런 다음 창고에 보관했다가 아무도 찾을 수 없을 때를 대비하는 거야."

그는 몸을 앞으로 굽히고 잠시 동안 파일을 자세히 들여다보았다.

"뭔가 듣고 싶겠지? 2, 3주 전에 내 누이한테서 전화를 받았어. 누이 부부가 브루클린에서 살고 있거든. 미드우드 구에 살아. 그 지역을 잘 알지?"

"전에는 그랬지."

"그래, 자네가 알던 때보다 좋아졌을 거야. 그다지 나쁘지 않아. 지금은 도시 전체가 시궁창이 되었으니 거기만 유독 나쁘지는 않다는 말이지. 누이가 전화한 이유가 뭐냐면, 그들이 집에 돌아와 보니 강도가 들었더란 말이야. 누군가가 난입해서 이동식 텔레비전이랑 타자기, 귀금속을 털어 갔던 거야. 어떻게 신고를 해야 할지 누구한테 전화를 걸어야 할지 등을 알아보려고 내게 전화한 거야. 그녀에게 물은 첫 번째 질문은 보험을 들었느냐는 거였어. 아니라고, 보험을 들 필요가 있는지도 몰랐다고 대답하더군. 나는 그녀에게 잊어버리라고 했어. 신고하지 말라고 말이야. 시간 낭비만 하게 될 거라고. 신고를 하지 않으면 어떻게 그놈들을 잡을 수 있느냐고 그녀가 말하더군. 아무도 강도 따위를 수사할 시간이 없다고 이야기해 줬지. 신고서를 접수하면 서류로 남기는 하겠지. 하지만 누가 수사를 하는지 일일이 쫓아다니면서 보는 건 아니잖아. 강도를 현장에서 잡는 건 경우가 다르지만, 제기랄, 수사를 하는 건 뒷전이지. 아무도 그럴 시간이 없다고. 그녀는 됐다고, 알겠다고 말했지만 그들이 잃어버린 물건을 되찾을 것 같아? 애당초 도둑을 신고조차 하지 않는다면 어떻게 물건을 찾을 수 있겠느냐고? 그리고 나서 그녀에게 모든 체제가 얼마나 엉망인지 말해 줘야 했지. 창고에는 우리가 되찾은 훔친 물건들로 가득하고 사람들이 작성한 수많은 신고서와 강도에게 잃어버린 물건들을 파일로 보관하고 있지만, 그 빌어먹을 물건들을 주인들에게 돌려줄 수가 없다고. 내가 계속해서 지껄이고 있군. 자넬 지겹게 할 생각은 없어. 하지만 결국 누이가 내 말을 진심으로 믿을 것 같지는 않아. 상황이 그렇게 나쁘다고 생각하고 싶지는 않을 테니까 말이야."

더킨은 파일에서 서류 한 장을 발견하고는 얼굴을 찡그렸다. 그가 읽었다.

"목욕 타월 한 장, 흰색. 손 닦는 타월 한 장, 흰색. 두 장의 목욕 가운, 흰색. 사용한 것인지 사용하지 않은 것인지는 기록이 없어."

그는 사진 한 묶음을 꺼내 재빨리 넘겼다. 킴 다키넨이 죽은 방의 실내를 찍은 사진들을 그의 어깨 너머로 살펴보았다. 그녀가 찍힌 사진도 있었지만 사진마다 들어 있지는 않았다. 사진사는 실제로 호텔 방의 구석구석을 모조리 찍어 살인 장면을 기록으로 남겼다.

욕실을 찍은 사진에는 사용하지 않은 리넨 타월이 걸린 타월 걸이가 보였다.

그가 말했다.

"더러운 타월은 없는데."

"놈이 가져갔어."

"뭐?"

"씻어야 했을 거 아냐. 피 묻은 옷 위에 코트를 걸쳤다고 하더라도 말이야. 게다가 호텔 방에는 타월을 여러 장 둔다고. 적어도 두 장은 있었을 거야. 고급 호텔의 더블 룸에는 목욕 타월 한 장과 손 닦는 타월 한 장이 있지."

"놈이 왜 타월을 갖고 갔을까?"

"칼을 싸려고 그랬을 거야."

"처음에는 가방이 필요했을 거야. 가방 같은 데 넣어 가지고 호텔에 갖고 들어왔겠지. 왜 올 때와 같은 방법으로 갖고 나갈 수 없었지?"

그럴 수 있었을 것이라는 데 동의했다.

"또 왜 더러운 타월에 칼을 쌌을까? 샤워를 하고 몸을 말린 다음, 칼을 여행 가방에 넣기 전에 싸고 싶었을 것 같아. 거기 깨끗한 타월이 있었어. 젖은 타월에 둘둘 말아 가방에 넣기보다는 깨끗한 타월에 싸고 싶지 않았겠어?"

"맞아."

"거기에 대해 고민해 봐야 시간 낭비야. 하지만 왜 잃어버린 타월 생각을 못했지? 그걸 생각했어야 했는데 말이야."

우리는 함께 파일을 넘겨 봤다. 검시 보고서는 별로 놀라울 게 없어 보였다. 사인은 자상으로 인한 과다 출혈로 나타났다. 그렇게 말해도 될 것 같았다. 피살자의 파일을 구성하는 모든 서류와 신문 스크랩들을 넘기면서 목격자 심문을 끝까지 읽어 봤다. 집중이 되지 않았다. 머리가 묵직하게 아파 오면서 정신이 혼미해졌다. 어느 때부터인가 더킨은 파일의 나머지 부분을 나 혼자 보도록 내버려 뒀다. 그는 새 담배에 불을 붙이고 아까 하던 타이핑을 계속했다.

볼 수 있을 때까지 실컷 파일을 본 다음 파일을 덮어 그에게 돌려주었다. 그는 파일을 캐비닛에 도로 갖다 놓았다. 돌아오는 길에 그는 커피메이커 앞에서 멈추었다.

커피를 내 앞에 갖다 놓으면서 그가 말했다.

"난 크림과 설탕을 다 넣거든. 입맛에 맞지 않을 수도 있어."

"괜찮아."

"이제 자넨 우리가 아는 걸 모두 알게 됐어."

거기에 대해 고맙게 생각한다고 그에게 말했다.

"잘 들어. 자넨 우리에게 시간을 벌게 해 준 대신에 포주 놈 이야기를 해서 공연히 일을 성가시게 만들고 있어. 한 가지는 자네한테 신세를 졌어. 자네가 돈을 벌 수 있다면 당연히 벌어야지."

"이제부터 어떻게 할 거야?"

그는 어깨를 으쓱했다.

"경찰의 통상적인 수사 방식대로 처리할 거야. 지방 검사 사무실에 제출할 건덕지를 찾아낼 때까지는 단서를 찾고 증거를 수집하지."

"녹음 테이프처럼 들리는군."

"그래?"

"조. 그 다음엔 어떻게 되나?"

"아, 젠장. 커피 맛이 엉망이군, 안 그래?"

"괜찮아."

"컵이 문제라고 생각했어. 그래서 어느 날 내 개인 컵을 가져와서 종이컵이 아닌 커피 잔에 마셨어. 근사한 도자기는 아니고 그냥 보통 커피 잔이야. 다방에서 쓰는 잔 말이야. 무슨 말인지 알지?"

"그럼."

"종이컵에 마시는 것과 마찬가지로 맛이 없더군. 게다가 컵을 가져온 다음날 어떤 버러지 같은 놈의 체포 보고서를 쓰는 도중에 책상을 쾅 쳐서 빌어먹을 컵을 깨 버렸어. 자네 어디 갈 곳이 있나?"

"아니."

"그럼 아래층으로 내려가지. 근처에 좀 가 보자고."

열넷

 그는 모퉁이를 돌아 10번가에서 남쪽으로 한 블록 반쯤 가서 누군가의 증언 끝머리에 등장한 적이 있는 선술집으로 나를 데리고 갔다. 술집 간판은 보지 못했다. 간판이 있었는지조차 모르겠다. 해장 술집이라고 불러도 좋을 것 같았다. 허름한 양복을 입은 늙은 남자 두 명이 스탠드에 앉아 조용히 술을 마시고 있었다. 사십대의 라틴 계 남자가 스탠드의 저쪽 끝에 서서, 250그램들이 잔에 담긴 적포도주를 홀짝거리면서 신문을 읽고 있었다. 티셔츠와 청바지를 입은 삐쩍 마른 남자인 바텐더는 소형 흑백 텔레비전으로 뭔가를 보고 있었다. 그는 볼륨을 낮추었다.
 더킨과 나는 테이블에 앉았다. 나는 마실 것을 가지러 스탠드로 갔다. 더킨 것은 보드카 더블이었고 내 것은 진저 에일이었다. 그것들을 갖고 테이블로 돌아왔다. 그가 말없이 나의 진저 에일에 눈길을 주었다.

중간 도수의 스카치나 소다로 보일 수도 있었을 것이다. 거의 똑같은 색이었다.

그는 보드카를 한 모금 마시고 말했다.

"아, 젠장, 좋은데. 정말 좋군."

나는 잠자코 있었다.

"아까 뭐라고 물었지? 이제부터 어떡할 거냐고? 혼자서는 답을 모르겠나?"

"그래."

"내 누이한테 새 텔레비전과 타자기를 사고 문에 자물쇠를 더 달아 두라고 말해 줬지. 하지만 경찰을 귀찮게 하지는 말라고 말이야. 다키넨 사건을 어떻게 할 거냐고? 아무것도 안 할 거야."

"내가 보기에도 그럴 것 같아."

"누가 그녀를 죽였는지 우리는 알아."

"챈스 말이야?"

조가 고개를 끄덕였다.

"그는 탄탄한 알리바이가 있잖아."

"아, 구린내가 난다고. 뻔할 뻔자야. 그래서 어쨌는데? 여전히 놈이 그 짓을 저질렀을 가능성은 있어. 놈과 함께 있었다고 주장하는 사람들은 놈을 위해서라면 거짓말이라도 할 사람들이라고."

"사람들이 거짓말을 한다고 생각하는군?"

"아니. 하지만 거짓말을 하지 않았다고는 말 못 하겠어. 여하튼 놈이 매수를 했을 수도 있단 말이야. 거기에 대해서는 이미 말했잖아."

"맞아."

"만약 그 짓을 저질렀더라도 놈을 잡을 수는 없어. 놈의 알리바이에 흠집이라도 낼 수 있을 거라고 생각지 않아. 놈이 매수를 했다 하더라도 누구를 매수했는지 우리는 굳이 찾으려 들지 않을 거야. 재수 좋게 걸려들 수는 있겠지만 말이야. 때로는 그런 일도 일어나잖아? 감나무 밑에서 때 맞춰 감이 입 안에 떨어지는 거지. 한 녀석이 선술집에서 무슨 이야기를 지껄이는 거야. 그리고 원한을 가진 누군가가 우연히 지나가다가 그걸 듣게 되지. 그 다음에는 갑자기 우리 경찰이 전에 모르던 어떤 일을 알게 되는 거야. 하지만 그런 일이 일어난다 하더라도 금방 체포를 할 수 있는 건 아니잖아. 그런 일로 죽음을 자초하고 싶지는 않으니까 말이야."

그의 말은 놀랍지 않았고, 그런 말에 대해 무감각해지게 하는 뭔가가 있었다. 나는 내 진저 에일을 들어 그것을 쳐다봤다.

그가 말했다.

"승률을 아는 게 일의 절반이야. 다른 일은 제쳐 두고 자네가 맡은 일이나 제대로 하라고. 이 도시의 살인율이 어느 정돈지 아나?"

"계속 증가하고 있다는 건 알지."

"거기에 대해 이야기해 보자고. 이 도시의 살인율은 해마다 올라가고 있지. 사람들이 사소한 사건들은 귀찮아서 신고도 하지 않기 때문에 통계상으로는 범죄율이 감소하고 있지만 모든 범죄가 해마다 증가하고 있어. 내 누이의 강도 사건처럼 말이야. 집에 오는 길에 강도를 만났다고 치자고. 돈을 뺏겼다는 것뿐이지 다른 일은 없었잖아? 그렇다면 제기랄, 뭣 때문에 사소한 문제를 확대시키느냐고. 안 그래? 그저 살아 있는 것에 감사해야지. 집으로 가서 감사 기도라도 드려야 하지 않을까?"

"킴 다키넨의 경우……."

"염병할 킴 다키넨. 어떤 멍청하고 어린 계집이 2500킬로미터를 날아와 매춘을 하고 검둥이 포주 놈한테 화대를 바치는데, 누가 그녀를 난도질했는지 어떻게 알겠어? 내 말은, 뭣 때문에 그녀가 빌어먹을 미네소타에 처박혀 있지 않았느냐는 거야."

"위스콘신이야."

"그래, 위스콘신 말이야. 주민 대다수가 미네소타 출신이지."

"알고 있어."

"전에는 살인율이 1년에 1000건 정도였어. 다섯 개 구에서 하루 세 건이야. 살인율은 언제 들어도 높은 것 같다니까."

"상당히 높은데."

"지금은 딱 두 배야."

그가 앞으로 몸을 구부렸다.

"하지만 매트, 그건 아무것도 아냐. 대부분의 살인이 치정 사건이거나 아니면 친구끼리 술을 마시다가 한 사람이 다른 사람을 쏘고는 다음날은 그 사실을 기억 못하는 거야. 살인율은 하나도 변하지 않았어. 늘 그대로라니까. 바뀐 게 있다면 우발 살인이 늘었다는 거지. 살인자와 희생자가 서로 모르는 사이에 일어나는 살인 사건 말이야. 우발 살인율이 얼마나 높은가를 보면 어느 지역에 사는 게 얼마나 위험한지를 알 수 있지. 자네가 우발 살인만 맡는다고 생각해 보자고. 다른 사건은 집어치우고 우발 살인 사건만 가지고 그래프를 그리면 선이 로켓처럼 치솟아 올라가고 있지."

"퀸스에 활과 화살을 가진 남자가 있었대. 그리고 옆집 남자가

38구경 권총으로 그를 쐈다더군."

"나도 그 기사를 읽었어. 개가 엉뚱한 곳에 똥을 눠서 그런 거라며?"

"그 비슷해."

"글쎄, 그런 건 차트에도 없을 거야. 두 남자가 서로 아는 사이였다지."

"맞아."

"하지만 그게 그거지, 뭐. 사람들은 계속해서 서로 죽이고 있어. 멈추고 생각해 보려고도 않지. 그냥 행동으로 옮기는 거야. 자넨 현직에서 물러난 지 한 2, 3년 됐지? 자꾸 이런 말 하게 될 것 같지만, 지금은 자네가 기억하는 것보다 훨씬 나빠."

"그런 것 같아."

"내 말이 그 말이야. 저 바깥은 밀림이라고. 모든 동물들이 싸울 준비를 하고 있어. 모두들 총을 갖고 있어. 저 밖에 무기를 갖고 걸어 다니는 사람이 얼마나 많은지 알아? 우리의 정직한 시민들은 자신의 신변 보호를 위해 총을 가져야 한다니까. 그래서 총을 갖게 되면 시내 한복판 어딘가에서 권총 자살을 하거나 자기 아내를 쏘거나 옆집 남자를 쏘게 되지."

"활과 화살을 가진 남자도."

"누구든지. 하지만 누가 그에게 총을 갖지 말라고 말할 수 있겠어?"

그는 벨트 아래 연발 권총을 차고 있는 자신의 배를 두드렸다.

"난 이놈을 차고 있어야 해. 규정이지. 하지만 솔직히 말하자면 총 없이 바깥을 돌아다니고 싶지는 않아. 벌거벗고 있는 느낌이 들거든."

"그런 것 같더군. 총을 차고 있는 데 익숙한 것 같아."

"자넨 아무것도 안 갖고 다니나?"

"아무것도."

"그래도 괜찮은 거야?"

스탠드로 가서 새로 마실 것을 가져왔다. 더킨을 위해서는 보드카를 한 잔 더, 그리고 나를 위해서는 진저 에일을 한 잔 더 가져왔다. 그것들을 갖고 테이블로 돌아오자 더킨은 단숨에 쭉 들이켜 잔을 비우고는 땅이 꺼져라 한숨을 쉬었다. 그는 손을 오므려 담배에 불을 붙이고 깊이 들이마신 다음, 토하듯이 성급히 연기를 내뿜었다.

"이 빌어먹을 도시. 희망이 없어."

그러면서 그는 이 도시가 얼마나 절망적인지에 대해 계속해서 지껄였다. 범인을 체포해서 법정을 지나 감옥에 집어넣기까지의 형사 사법 제도도 하나부터 열까지 절망적이라고 말했다. 제대로 돌아가는 건 하나도 없고, 나날이 더 나빠지고 있다고 했다. 한 놈도 체포할 수 없고 유죄 선고를 내릴 수도 없다. 결국 그 빌어먹을 녀석을 감옥에 잡아 두지 못한다는 것이었다.

"감옥마다 만원이거든. 그러니 판사들은 장기형을 내리려 들지 않고, 가석방 위원회는 일찌감치 석방을 하지. 게다가 국선 변호사들이 나서서 놈들이 자백하도록 구슬려 형량을 경감 받도록 돕고 있지. 사전 형량 조정을 해서 엄청난 사건도 결국은 깃털처럼 가벼운 것으로 만들어 버린다니까. 그건 법정 일정이 너무 빡빡해서이기도 하고, 법정이 피고인의 인권을 지나치게 배려하기 때문에 유죄 판결을 내리려면 놈이 범행을 저지르는 현장을 찍은 사진이 있어야 하기 때문이기도 해. 또 사전 허가 없이 범행 장면을 찍었다가는 인권을 침해했다는 이유로 맞고소를 당할 수도 있기 때문이기도 하지. 더구나 경찰이 턱없이 부족해. 경찰은 20년 전이나 지금이나 만 명도 안 된다고. 길거리에 깔려 있는 경찰이 만 명도 안 된다니까!"

"알아."

"두 배나 되는 강도가 설치고 있는 판에 경찰은 3분의 1도 안 되니, 길거리를 활보하는 게 과연 안전한지 생각해 보게 되지. 이게 뭐라고 생각하나? 도시의 파산이야. 경찰을 먹여 살릴 돈도 없고 지하철을 운행할 돈도 없고 아무것도 할 돈이 없어. 온 나라에서 돈이 새어 나가고 있지. 돈이란 돈은 결국 빌어먹을 사우디아라비아로 흘러 들어가는 거야. 이 나라가 빌어먹을 지하철로 전락하는 동안, 사우디아라비아 놈들은 낙타를 타고 앉아서 캐딜락을 사고 있다고."

그가 일어섰다.

"내가 살 차례야."

"아니, 내가 살 거야. 경비를 받았으니까."

"그래, 자넨 고객이 있지."

그는 앉았고, 내가 일어나 마실 것을 새로 가져왔다.

"자네가 마시고 있는 게 뭔가?"

"그냥 진저 에일이야."

"응, 그런 것 같았어. 술을 좀 들지 그래?"

"요즘 술 끊으려고 노력하는 중이야."

"아, 그래?"

회색 눈동자가 내게 초점을 맞추고 이 정보를 접수했다. 그는 자기 잔을 들어 반쯤 마시곤 닳아빠진 원목 테이블 위에 탁 내려놓았다.

"좋은 생각이야."

진저 에일을 두고 하는 말이려니 생각하고 있는데 그가 다시 말했다.

"일을 그만두는 것 말이야. 거기서 손을 떼라고. 내가 바라는 게 뭔지 아나? 내가 바라는 건 오직 6년만 더 버티는 거야."

"그때 20년이 되는군?"

"그때가 꼭 20년째야. 그때부터 연금을 받게 되지. 그러면 난, 제기랄, 떠나 버릴 거야. 이 일로부터 그리고 이 빌어먹을 놈의 도시로부터. 플로리다나 텍사스, 아니면 뉴 멕시코나 어디든 따뜻하고 상쾌한 고장으로 떠날 거야. 플로리다는 빼야지. 플로리다에 대해 안 좋은 소문을 들었거든. 거기도 뉴욕과 마찬가지로 쿠바 인들의 범죄로 몸살을 앓는다더군. 게다가 플로리다에는 온갖 마약이 들어오고 있지. 미친 콜롬비아 놈들. 콜롬비아 놈들 이야기 들어 봤나?"

로열 왈드론 생각이 났다.

"내가 아는 친구가 콜롬비아 인들은 문제없다고 그러더군. 그 친구 말로는 경찰들이 그놈들을 눈감아 주지 않는다던데."

"콜롬비아 놈들을 어떻게 눈감아 줘? 롱아일랜드 시에 사는 여자애 두 명에 대한 기사 봤나? 6개월 아니면 8개월쯤 전이었을 거야. 열두 살, 열네 살인 자매들이 문 닫은 주유소 뒷방에서 발견됐어. 둘 다 손은 등 뒤로 묶인 채 머리에는 22구경 같긴 한데, 소형 칼리버 권총으로 두 방씩 맞고 말이야. 누가 그딴 짓을 했을까?"

그는 술을 마저 비웠다.

"그래, 사건은 미궁에 빠졌지. 색광이 저지른 짓도 아니고, 아무것도 아니었어. 총살당한 꼴이었지만 도대체 누가 그 두 자매를 처형했던 걸까?"

"글쎄. 그 사건은 곧 밝혀졌어. 일주일 뒤에 누군가가 그 자매가 살던 집에 숨어들어 어머니에게 총을 겨누었던 거야. 그녀는 부엌과 식당 사이에서 발견되었는데 스토브에는 아직도 저녁 식사가 끓고 있었지. 이봐, 그 가족이 콜롬비아 인이라고. 또 그 아버지는 코카인 사업을 하고 있었고. 거기서는 에메랄드 밀수 외에는 코카인 사업이 주산업이잖아……."

"커피 농사를 많이 짓는 줄 알았는데."

"허울뿐이지. 내가 무슨 말을 하고 있었지? 내 말은, 그 아버지가 한 달 후에 어딘지 모르겠지만 하여튼 콜롬비아의 수도에서 변사체로 발견됐다는 거야. 누군가와 다투다가 급히 달아났는데 놈들은 결국 그를 콜롬비아에서 달아나지 못하게 하고 먼저 아내와 아이들을 죽였대. 이봐, 콜롬비아 인들 말이야. 놈들은 전혀 다른 원칙에 따라 움직인다니까. 그놈들을 건드려 봐. 너 혼자 죽는 게 아냐. 전 가족을 몰살한다니까. 아이든 노인이든 간에 개의치 않아. 개나 고양이, 하다못해 열대어라도 있으면 죽여 버린다고."

"맙소사."

"마피아는 항상 가족을 생각하지. 놈들은 살인 계획을 확실하게 세워서 복수를 할 가족 따위는 남겨 두지 않아. 이제는 전 가족을 몰살시키는 범인들이 설치고 있어. 근사하지?"
"젠장."
그는 테이블을 손바닥으로 짚고 일어서며 선언했다.
"이번에는 내가 살 거야. 얼굴도 모르는 포주 놈의 돈으로 마시고 싶진 않아."

테이블로 돌아와서 그가 말했다.
"놈이 자네 고객이군. 그렇지? 챈스 말이야."
내가 대답을 못하고 있자 그가 말했다.
"그래, 제기랄. 자넨 어젯밤 그놈을 만났던 거야. 그놈이 만나자고 했을 테고, 그래서 이제 자넨 이름을 밝히고 싶지 않은 고객을 갖게 된 거지. 2 더하기 2는 4야. 그렇지?"
"무슨 소릴 하는지 모르겠어."
"그냥 내 말이 맞다고 해. 그놈이 자네 고객이라고 말이야. 그냥 말이 그렇다는 거지. 자네가 배신하는 건 아니라고."
"맞아."
그는 앞으로 몸을 숙였다.
"아마도 놈이 그녀를 죽였을 거야. 그런데 왜 놈은 너를 고용해 조사하게 했을까?"
"어쩌면 그가 죽이지 않았을지도 모르지."
"아, 죽였고말고."
조는 챈스가 결백할 가능성이 털끝만큼도 없다는 듯이 손을 휘저었다.
"그녀가 그만두겠다고 하자 그놈이 좋다고 했겠지. 그리고 다음날 그녀가 죽었어. 이봐, 매트. 너무 뻔한 이야기 아닌가?"

"그러면 자네 질문으로 돌아가 보자고. 왜 그가 날 고용했을까?"

"수사망을 벗어나려는 거겠지."

"어떻게?"

"분명히 놈은 결백할 것이다. 그렇지 않으면 자넬 고용하지 않았을 거라고 우리가 추정할 것 같으니까."

"하지만 자넨 전혀 그렇게 생각하지 않잖아."

"그래."

"그가 정말 그렇게 생각할 것 같아?"

"코카인 중독인 흑인 포주 놈이 무슨 생각을 할지 내가 어떻게 알아?"

"그가 코카인 중독이라고 생각하나?"

"어딘가에 돈을 써야 할 거 아냐, 안 그래? 컨트리 클럽 회비나 자선 무도회에 쓰지는 않을 거고. 한 가지 물어보자."

"뭔데?"

"자네는 놈이 그녀를 죽이지 않고 좋은 말로 고용 관계를 끝냈을 가능성이 있다고 생각하는 거야?"

"그럴 수도 있다고 생각해."

"왜?"

"그가 날 고용했다는 한 가지 이유 때문이지. 게다가 우리가 이렇게 이야기하고 있는 걸로 봐선 수사망을 피한 것도 아니잖아. 수사 같은 건 하지도 않을 거라고 이미 말했잖아. 얼른 이 사건을 마무리 짓고 다른 사건을 다루어야 한다고 말이야."

"그런 건 놈이 알 필요도 없었어."

그 말에는 대답하지 않았다. 내가 제안했다.

"다른 각도에서 생각해 보지. 내가 자네한테 전화를 걸지 않았다고 가정해 보자고."

"언제 말이야?"

"내가 첫 번째 전화를 걸었을 때 그녀가 포주랑 끝내려 했다는 걸 몰랐다고 가정해 보자는 거야."

"자네한테 듣지 않았더라도 어디선가 들었겠지."

"어디서? 킴은 죽었고, 챈스가 자기 입으로 불진 않을 텐데? 그 사실을 아는 사람이 더 있는지는 모르겠어."

일레인을 제외한다면 말이다. 하지만 일레인을 끌어들이고 싶지는 않았다.

"경찰에서 그 소문을 들었을 것 같지는 않다는 거지. 여하튼 당장은 말이야."

"그래서?"

"그래서 말인데, 그랬다면 이 살인 사건을 어떻게 해석했을까?"

그는 곧 대답하지 않았다. 그는 비어 가는 술잔을 내려다보았다. 그의 이마에 세로로 두어 줄 골이 파였다.

"무슨 말인지 알겠어."

"어떻게 해석했겠냐고?"

"자네가 전화하기 전에 우린 정신병자의 소행이라고 생각했어. 이제는 정신병자라는 말을 쓰지 않아. 요즘은 정서 장애자라고들 하지."

"정서 장애자가 뭐지?"

"정서적으로 불안한 환자를 말하지. 센터가의 머저리들을 걱정할 문제는 아냐. 온 도시가 미치광이들로 넘쳐 나고 있는걸. 우선 중요한 건 그놈들을 어떻게 부르냐는 거지. 놈들의 기분을 상하게 할 필요는 없잖아. 글쎄, 잭 더 리퍼(19세기 영국의 연쇄 살인범─옮긴이)의 새 버전쯤 되는 정신병자의 소행이라는 생각이 들었어. 창녀에게 전화를 건 다음 그녀를 찾아가서 무참하게 난도질을 하는 거지."

"만약 그게 정신병자의 소행이었다면 어떻게 되는데?"

"알잖아. 운 좋게 물적 증거를 얻는다면 다행이겠지. 이런 경우에 지문은 소용없어. 호텔에서 일어난 일이고, 거기는 무수한 사람들이 드나드는 곳이니까 지문을 갖고 뭘 어떻게 해 볼 여지가 없지. 피 묻은 지문이라도 커다랗게 찍혀 있다면 좋았겠지. 살인자의 것으로 말이야. 하지만 그런 행운은 따르지 않았어."

"그런 행운이 있었더라도……."

"그런 행운이 있었더라도 지문만 가지고는 어떻게 해 볼 도리가 없어. 혐의를 갖기 전에는 말이야. 국립 수사 연구소에서도 지문만 갖고는 범인의 정체를 알아낼 수 없어. 언젠가는 그게 가능해질 거라고들 말하긴 하지만……."

"몇 년 동안 그런 말을 해 왔잖아."

"그런 일은 일어나지 않아. 그렇게 된다 하더라도 그때쯤이면 난 남은 6년을 다 채우고 애리조나에 살고 있을걸. 단서가 될 만한 물적 증거를 확보한 다음 경찰은 그 미치광이가 재범을 저지를 때를 기다려야 될 거야. 동일한 수법의 살인 사건이 연쇄적으로 일어나고, 언젠가 놈이 재범을 저지르다가 잡히고, 그러면 그때 갤럭시 호텔의 투숙객들 중에 놈과 일치하는 놈이 있는지 찾는 거야. 그렇게 한 건 해결하는 거지."

그가 잔을 비웠다.

"그러면 놈은 플리바겐을 해서 우발 살인이 되도록 하겠지. 놈은 최고 3년 형을 받고 또다시 범행을 저지르게 되겠지만 난 그 사건을 다시 맡고 싶은 생각이 없어. 맹세코 그런 일을 다시 맡고 싶은 생각은 조금도 없다고."

이번에는 내가 샀다. 술이 오르자 포주의 돈으로 술을 마신다는 꺼림칙한 기분은 눈 녹듯이 사라지고 없었다. 이제 그는 눈에 띄게 취했다. 어딜 봐야 취했는지 가려낼 수 있는지 안다면 말이다. 두 눈이 뿌옇게 흐려졌으며 행동거지에도 전체적으로 눈빛과 어울리는 모호함이 있었다. 두 명의 주정뱅이가 예의바르게 번갈아 지불하면서 큰 소리로 떠드는 가운데, 그는 전형적인 술꾼다운 대화를 횡설수설 이어 갔다.

그와 대작을 하고 있었더라면 이런 사실을 알아차리지 못했겠지만, 나는 술을 마시지 않고 있었다. 점점 그가 취하자 우리 사이에 간격이 넓어졌다.

킴 다키넨 이야기를 계속하려 했지만 대화는 한 주제에 머물지 못했다. 그는 뉴욕의 잘못된 모든 일에 대해 말하고 싶어 했다.

"그게 뭔지 알지?"

그가 몸을 앞으로 구부린 채 목소리를 낮추어 말했다. 우리 둘과 바텐더밖에 없는 술집 안에 다른 손님이라도 있는 듯이.

"그게 뭔지 말해 줄게. 그건 말이지, 검둥이야."

나는 아무 말도 하지 않았다.

"그리고 스페인 계지. 흑인과 라틴 계라고."

나는 흑인과 푸에르토리코 인 경찰들에 대해 이야기했다. 그는 곧 내 말을 가로챘다.

"에이, 그런 얘기라면 그만둬."

"오랫동안 함께 근무했던 녀석이 있었지. 이름이 래리 하이네라고 아마 자네도 알 거야."

하지만 나는 그를 몰랐다.

"처음에는 늘 그렇듯이 이 녀석도 괜찮은 녀석이었지. 난 녀석을 철석같이 믿었어. 제기랄, 철석같이 믿었다고. 석탄처럼 새까만 녀석이었는데 내가 부서 안팎에서 만난 사람 중 최고였으니까. 하지만 그런 게 다 부질없는 일이 되고 말았지."

그는 손등으로 입을 닦았다.

"이봐, 지하철 타 본 적 있나?"

"탈 필요가 있을 때는."

"그렇지. 제기랄, 좋아서 타는 사람은 없으니까. 한마디로 지하철은 이 도시의 축소판이야. 설비들은 노상 고장이 나고 차량은 스프레이 페인트로 더럽혀져 있고 지린내가 코를 찌른다고. 교통경찰들은 도시의 범죄를 줄이는 일에는 속수무책이지. 내가 말하고 싶은 건 말이야. 젠장, 지하철을 타고 주위를 둘러보면 여기가 어딘가 싶어진다는 거야. 내가 빌어먹을 낯선 나라에 있다니까."

"무슨 말이야?"

"모두 검둥이 아니면 스페인 계라고. 그도 아니면 동양인이야.

새로 중국 이민자들이 들어오고 있는 데다가 한국인들까지 가세하고 있잖아. 한국인들은 완벽한 시민이야. 한국인들은 도시 전체의 거대한 채소 시장을 모조리 장악하고, 하루 스무 시간씩 일해서 자식들을 대학에 보낸다고. 하지만 그건 약과야."

"약과라니?"

"아, 제기랄. 순진한 건지 삐딱하게 구는 건지 모르겠지만 내가 도와주겠어. 전에는 이 도시가 백인들의 도시였는데 요즘은 남아 있는 백인이라곤 달랑 나 혼자인 것 같은 생각이 들 정도라고."

침묵이 흘렀다. 잠시 후에 그가 말했다.

"요즘은 지하철에서 담배를 피우잖아. 알고 있었어?"

"알고 있었지."

"전에는 전혀 없던 일이야. 소방용 도끼로 자기 부모를 쳐 죽인 불한당 놈이라 해도 감히 지하철에서 담뱃불을 붙이는 짓은 하지 못했어. 하지만 지금은 중산층 사람들도 담배에 불을 붙여 피워 대는 꼴을 심심찮게 볼 수 있지. 최근 몇 달 사이에 그렇게 됐어. 언제부터 시작된 일인지 아나?"

"언제부터야?"

"1년 전에 있었던 일 기억나나? 한 놈이 지하철에서 담배를 피우고 있었는데 교통 경찰이 담배를 끄라고 요구했지. 그러자 그놈이 총을 빼서 그 경찰을 쏴 죽였잖아? 생각나?"

"기억이 나는군."

"그게 시작이었던 거야. 경찰이든 민간인이든 간에 누구든 그 기사를 읽은 사람이라면 통로 건너편에 앉은 놈에게 빌어먹을 담뱃불 좀 꺼 달라는 엄청난 말은 못 꺼냈지. 그러다 보니 간혹 담뱃불을 붙이는 사람들이 있어도 거기에 대해 아무도 말을 않는 거야. 점점 더 많은 사람들이 그렇게 되었지. 강도 사건 같은 중범죄가 기삿거리도 되지 않는 판국에 누가 지하철에서 담배 피우는 것 따위에 실없는 말을 하려 들겠어? 법을 강화하지도 않고 있을 뿐더러 사람들이 법을 지키지도 않잖아."

그는 눈살을 찌푸렸다.

"하지만 그 교통 경찰을 생각해 보라고. 그처럼 개죽음을 당하고 싶지는 않잖아? 어떤 놈에게 담뱃불을 꺼 달라고 말해 봐. 그 순간에 탕, 그냥 총살감이라고."

어느덧 나는 폭탄이 터져 죽은 루덴코의 엄마 이야기를 하고 있었다. 그녀의 친구가 수상한 텔레비전을 집으로 가져왔기 때문이었다. 그 다음에 우리는 서로 자기가 아는 무시무시한 이야기들을 했다. 그는 세 들어 사는 건물 옥상으로 끌려가서 몇 차례나 성폭행을 당한 후 옥상에서 떨어져 죽은 어느 사회 복지사 이야기를 했다. 열네 살 난 소년이 동갑인 소년을 쏜 기사를 읽은 기억이 났다. 둘은 서로 모르는 사이였는데 살인을 한 아이는 희생당한 아이가 자기를 비웃었다고 주장했다.

더킨은 죽음으로 끝난 몇 가지 아동 학대 사건들을 이야기했다. 영화 보러 갈 때마다 유모 비용을 지불하는 것이 싫어 여자 친구의 어린 딸을 질식사시킨 녀석에 대해서도 이야기했다. 옷장에 옷을 걸고 있는 사이에 총을 맞고 죽은 그레이브센드의 여인 이야기를 했다. "어때, 이보다 더 무서운 이야기를 할 수 있어?" 하는 분위기로 우리의 대화는 이어졌다.

그가 말했다.

"시장은 좋은 방법이 있다는 거야. 사형 제도지. 검은 전기의자를 떠올려 보라고."

"그런 일이 일어날까?"

"시민들이 원한다면야."

"그리고 사형이 효과적인 이유가 하나 있지. 그렇지 않다고는 못할걸. 골치 아픈 놈들 중 한 놈을 전기의자로 처형해 버리면, 적어도 그놈은 다시는 그 짓을 하지 않을 거 아냐. 젠장, 난 그 법안에 찬성했어. 전기의자를 다시 갖다 놓고 우라질 놈의 처형 장면을 방송하고 광고를 하고 돈을 좀 벌어서 좀 더 많은 경찰을 고용하는 거지. 뭐 좀 알고 싶나?"

"뭘?"

"우리는 사형 선고를 내렸어. 살인자에게가 아니라 평범한 시민들에게 말이야. 한 명이 전기의자에 앉는 것보다 저 밖에 있는 사람들이 살해당할 가능성이 훨씬 많다고. 우리는 하루에 예닐곱 번이나 사형 선고를 내리는 셈이야."

그는 언성을 높였다. 이제 바텐더가 우리의 대화를 듣고 있었다. 우리는 바텐더를 대화에 끌어들였다.

더킨이 말했다.

"나는 폭발한 텔레비전에 대한 이야기가 좋아. 그런 이야기가 얼마나 듣고 싶었는지 몰라. 무시무시한 이야기라면 모조리 들은 것 같지만 항상 새로운 이야기가 있어. 그치?"

"그런 것 같아."

"이 벌거벗은 도시에는 800만 가지 이야기가 있어."

그가 읊조렸다.

"그 프로그램 기억나나? 몇 년 전에 텔레비전에서 방송했지."

"기억나."

"드라마의 마지막에 이런 문구가 나왔지. '이 벌거벗은 도시에는 800만 가지 이야기가 있습니다. 이 이야기는 그 많은 이야기들 중의 하나입니다.'"

"기억나는군."

"800만 가지 이야기라. 이 도시에서, 이 빌어먹을 벌거벗은 도시의 더러운 화장실 이야기도 알고 있겠지. 무슨 이야기인지 아나? 죽음에 이르는 방법이 자그마치 800만 가지라고."

거기서 더킨을 데리고 나왔다. 밤공기가 시원한 바깥으로 나오자 그는 입을 다물었다. 우리는 두어 블록을 돌다가 결국 더킨의 지서 근처까지 갔다. 그의 차는 몇 년 된 머큐리였다. 차는 모서리마다 찌부러져 있었다. 번호판에는 경찰 업무용으로 사용하는 차량이니 딱지를 떼지 않도록 다른 경찰들에게 알려 주는 표지가 붙어 있었다. 똑똑한 강도들 중에도 경찰차의 표지를 알아보는 자들이 있었다. 운전을 해도 괜찮겠느냐고 그에게 물었다. 그는 내 질문에 개의치 않았다.

"네가 뭔데, 짭새야?"

그러고는 문득 말도 안 되는 소리를 했다는 생각이 들었는지 웃기 시작했다. 그는 열린 차창에 매달린 채 웃음을 참지 못하고 차문을 앞뒤로 흔들어 댔다.

"네가 뭔데, 짭새냐고?"

그는 낄낄거리면서 웃었다.

영화의 한 컷처럼 순식간에 분위기가 바뀌었다. 곧 그는 진지해졌다. 언뜻 보기에는 말짱하게 깬 것처럼 보였다. 눈을 가늘게 뜨고 턱을 불독처럼 내밀었다. 낮고 딱딱한 목소리로 그가 말했다.

"이봐. 잘난 체하지 마, 알겠어?"

그가 무슨 말을 하는지 알 수 없었다.

"넌 고상한 체하는 속물이야. 잘난 거 하나 없으면서. 넌 개새끼라고."

그는 차를 출발시켰다. 최소한 시야에서 사라질 때까지는 제대로 운전을 하는 것 같았다. 그의 갈 길이 멀지 않기를 바랐다.

열다섯

 곧장 걸어서 호텔로 돌아왔다. 주류 판매소들은 문을 닫았지만, 술집들은 아직 열려 있었다. 어렵지 않게 그 술집들을 지나왔다. 87번가에서, 그리고 홀리데이 인 양편에서 창녀들이 호객 행위를 하는 것도 뿌리치고 지나왔다. 제이콥에게 고개를 끄덕여 인사를 하고 전화 온 게 없는지 확인한 다음 위층으로 올라갔다.
 고상한 체하는 속물. 잘난 거 하나 없으면서. 엉망으로 취한 나머지 그는 자신에 대해 너무 많은 것을 드러내는 주정뱅이의 방어적인 호전성을 보였다. 별 뜻 없는 욕지거리였다. 다른 누구한테라도 그런 말을 했을 것이다. 아니면 허공에다라도 지껄였을 것이다.
 그런데도 그 소리들은 여전히 내 머릿속에 울렸다.
 침대에 들었지만 잠이 오지 않았다. 일어나 불을 켜고 수첩을 들고 침대 가장자리에 앉았다. 내가 적은 몇 가지 메모들을 훑어보고 나서 10번가 술집에서 나눈 대화 중에서 한두 가지를 더 적어 넣었다. 이리저리 머리를 굴리면서 몇 가지를 더 적어 넣었다. 똑같은 생각을 수없이 되풀이 하다가 한계에 이르렀다. 수첩을 내려놓았다. 전에 사 놓고 읽지 못했던 책을 한 권 집어 들었지만 집중이 되지 않았다. 의미를 이해하지도 못한 채 계속해서 똑같은 구절을 읽고 있었다.

처음에는 한잔 하고 싶은 생각이 간절했다. 초조하고 불안한 기분을 바꾸고 싶었다. 호텔에서 세 집만 지나면 냉장고에 맥주가 가득한 델리 식당이 있었다. 게다가 맥주 마시고 필름이 끊긴 적은 없지 않은가?

그럼에도 나는 나가지 않고 버티고 있었다.

챈스는 내가 자기를 위해 일하는 이유를 묻지 않았다. 더킨은 돈이 훌륭한 동기가 된다는 사실을 받아들였다. 일레인은 자기가 몸을 팔고 하느님은 죄 지은 자들을 용서하시는 것과 똑같이, 내가 그 일을 수락한 것은 내 직업이기 때문이라는 사실을 기꺼이 받아들였다. 이 모든 것이 진실이었고, 나는 돈을 쓸 수 있게 됐으며 탐정 일은 내 직업이었다. 내가 할 수 있는 일일 뿐 아니라 내가 가진 유일한 직업이었다.

하지만 내게는 다른 동기가 있었다. 어쩌면 이게 더 깊은 동기였다. 킴의 살인자를 찾는 일은 내가 술 마시는 일 대신에 할 수 있는 괜찮은 일이었다.

여하튼 얼마 동안은.

잠을 깨자 해가 비치고 있었다. 샤워를 하고 면도를 한 다음 거리로 나갔다. 해는 구름 뒤로 숨어 보이지 않았다. 종일 해가 감질

나게 나왔다 들어갔다 했다. 마치 체포된 사람이 분명한 언질을 주지 않고 약을 올리는 것처럼.

가벼운 아침 식사를 하고 전화를 몇 통 걸고 나서 갤럭시 다운타우너 호텔까지 걸어갔다. 찰스 존스를 체크인 했던 직원은 비번이었다. 파일에서 그의 심문 기록을 읽은 적이 있었다. 사실 경찰보다 더 많은 정보를 얻어낼 수 있으리라고는 기대도 하지 않았다.

부지배인이 존스의 숙박 카드를 보여 줬다. 그는 성명난에는 찰스 오웬 존스라고, 서명난에는 C. O. 존스라고 쓰면서 모두 대문자를 썼다. 부지배인에게 이 점을 지적했더니 그는 그런 불일치는 흔히 있는 일이라고 말했다.

"보통 한 줄에는 자기의 성명을 전부 쓰고 다른 줄에는 약자로 쓰거든요. 두 가지 모두 합법적이에요."

"하지만 이건 서명이 아니잖아요."

"왜 아니라는 거죠?"

그는 어깨를 으쓱했다.

"뭐든지 대문자로 쓰는 사람들이 있어요. 그 사람은 전화 예약을 하고 숙박료를 미리 현금으로 지불했죠. 이런 상황에서 우리 직원이 서명을 요구하지는 않았을 것 같은데요."

내 말은 그게 아니었다. 문득 존스가 자신의 필적을 남기지 않고 빠져나갈 수 있었을 거라는 생각이 떠올랐다. 그 사실이 흥미로웠다. 그가 성명을 전부 대문자로 쓴 것을 봤다. 찰스(Charles)의 첫 세 글자가 챈스(Chance)의 첫 세 글자와 같았다. 도대체 이게 뭐가 중요하단 말인가? 말해 봐. 내 고객에게 혐의를 씌우려고 고민할 필요가 있냐고?

사건이 있기 전 수개월 동안 존스 씨가 방문한 적이 있는지 물었다. 그가 단호히 말했다.

"지난해에는 한 번도 없었어요. 우리는 숙박 기록을 알파벳순으로 컴퓨터에 저장해 두고 있죠. 형사 한 분이 그 정보를 확인하셨어요. 용무가 끝나셨으면……."

"전부 대문자로 서명을 한 손님이 얼마나 될까요?"

"모르겠는데요."

"내가 지난 2, 3개월 동안의 숙박 카드를 훑어보면 어떨까요?"

"무엇을 찾으려고 본다는 거죠?"

"이 사람처럼 서명하는 사람들이 있나 찾아보려고요."

"아, 내 생각엔 그럴 필요가 없을 것 같은데요. 이 안에 얼마나 많은 카드가 들어 있는지 아세요? 여기는 방 635개짜리 호텔이라고요. 성함이……."

"스커더예요."

"스커더 씨, 한 달에 1만 8000장이 넘어요."

"모든 손님이 1박만 하고 간다면 그렇겠죠."

"평균적으로 사흘은 묵죠. 그렇다 하더라도 두 달이면 1만 2000장이네요. 숙박 카드 1만 2000장을 보는 데 얼마나 걸릴 것 같아요?"

"한 시간에 2000장은 보겠죠. 서명이 필기체인지 활자체인지만 살펴보면 되니까요. 몇 시간이면 된다고요. 그 일을 내가 해도 되고, 아니면 여기 직원을 시켜서 해도 되겠죠."

그가 머리를 흔들었다.

"그건 못하겠어요. 정말 못해요. 당신은 경찰도 아닌 민간인이잖아요. 정말로 협조해 드리고 싶지만 여기서 내 마음대로 할 수는 없으니까요. 경찰이 공식적으로 요청한다면야……."

"정중히 부탁드립니다."

"들어드릴 수 있는 부탁이었으면 진작에……."

"폐를 끼쳐서 죄송합니다. 하지만 폐를 끼친 것에 대한 보상은 확실히 해 드릴 생각이었다고요."

소규모 호텔이었더라면 통했을 테지만, 여기서는 시간만 버렸다. 그는 내가 자기를 매수하려 한다는 것도 눈치 채지 못한 것 같았다. 그는 경찰이 나 대신 협조 요청을 해 온다면 자기도 기꺼이 협조하겠노라고 다시 말했다. 이번에는 내가 그냥 두기로 했다. 대신에 존스의 숙박 카드를 복사하게 빌릴 수 있느냐고 물었다.

도울 수 있게 돼서 기쁜 듯이 그가 말했다.

"아, 여기 복사기가 있어요. 1분만 기다리세요."

그는 숙박 카드를 복사해 왔다. 내가 고맙다는 인사를 하자 그는 다른 도울 일은 없는지 물었다. 더 도울 일은 없을 거라고 확신하는 듯했다. 나는 그녀가 죽은 방을 보고 싶다고 말했다.

"하지만 그 방에서 경찰이 조사를 끝냈는데요. 그 방은 지금 수리 중이에요. 카펫을 갈고 벽을 칠해야 하잖아요?"

"그래도 보고 싶군요."

"정말 아무것도 볼 게 없다니까요. 오늘은 인부들이 있을 것 같군요. 칠쟁이들은 간 것 같지만 카펫 까는 사람이 있겠네요."

"방해하지 않을게요."

그는 내게 열쇠를 주면서 혼자 올라가 보라고 했다. 그 방을 찾아내고는 탐정으로서 타고난 내 능력에 기뻐했다. 문은 잠겨 있었다. 카펫 까는 사람들이 점심 먹으러 간 것 같았다. 낡은 카펫은 벗겨져 있었고, 새 카펫이 바닥의 3분의 1 정도 깔리고 나머지는 둘둘 말려 있었다.

거기서 몇 분 동안 있었다. 부지배인이 자신 있게 말했듯이 거기는 정말로 볼 게 아무것도 없었다. 킴의 흔적은 조금도 남아 있지 않았다. 마치 가구를 들어낸 것처럼. 새 페인트를 칠한 벽은 환하고 욕실은 미끄러질 듯이 반짝거렸다. 손끝을 통해 미세한 떨림을 느껴 보려고 애쓰면서 심리 치료사처럼 어슬렁거리며 걸어 다녔다. 조금이라도 손끝이 떨리기를 기대했지만 아무것도 느낄 수 없었다.

창문은 다운타운 쪽으로 나 있었는데 높은 건물들이 전망을 망쳐 놓았다. 두 개의 건물 사이로 세계 무역 센터 건물과 다운타운 전경이 언뜻 보였다. 그녀는 창밖을 내다볼 시간이나 있었을까? 존스 씨는 창밖을 내다봤을까? 일을 저지르기 전에 아니면 후에?

다운타운으로 가는 지하철을 탔다. 지하철은 새 차였으며 내부는 노란색과 오렌지색, 황갈색의 산뜻한 무늬로 도색되어 있었다. 하지만 낙서를 새기는 녀석들이 이미 무참하게 빈 공간이 없도록 알아볼 수 없는 메시지들을 빼곡히 휘갈겨 놓은 다음이었다.

아무도 담배를 피우는 사람은 없었다.

서 4번가에서 차를 내렸다. 남서쪽 모튼가로 걸어가서 4층짜리 브라운스톤(적갈색 사암을 건축재로 쓴 고급 건축물—옮긴이) 건물의 꼭대기 층 작은 아파트에서 살고 있는 프랜 섹터에게 갔다. 초인종을 누르고 인터폰으로 나를 밝혔다. 버저 소리가 나고 현관문이 열렸다.
 계단참은 온갖 냄새들로 가득했다. 1층에서는 빵 굽는 냄새, 반층 올라가자 고양이 냄새, 그리고 꼭대기 층에서는 틀림없는 마리화나 냄새가 났다. 계단참에서 냄새를 맡아 보는 것만으로도 충분히 그 건물의 용도를 알아맞힐 수 있을 거라는 생각이 들었다.
 프랜은 자기 집 문간에서 나를 기다리고 있었다. 곱슬거리는 밝은 갈색의 짧은 머리에 동그란 얼굴의 동안이었다. 그녀는 아이 같은 작고 둥근 코와 뾰로통한 입술, 그리고 탐스러운 뺨을 갖고 있었다.
 "안녕, 난 프랜이에요. 그리고 당신은 매트군요. 매트라고 불러도 될까요?"
 그래도 된다고 말했다. 그녀는 내 팔을 잡더니 나를 안으로 끌어들였다.
 안으로 들어가니 마리화나 냄새가 진동을 했다. 원룸 건물이었다. 꽤 큰 방 하나에 벽 한쪽으로 부엌이 설치되어 있었다. 가구는 캔버스 천으로 된 의자 하나, 소파, 책이나 옷가지들을 정리하는 선반으로 쓰는 플라스틱 우유 상자 쌓은 것, 그리고 인조 모피 시트를 덮은 커다란 물침대였다. 물침대 위쪽 벽면에는 액자에 끼운 포스터가 걸려 있었다. 벽난로 밖으로 기관차가 튀어나오는 그림이었다.
 술을 거절하고 다이어트 소다 캔 하나를 받아 들었다. 다이어트 소다 캔을 들고 소파에 앉았다. 보기보다 편했다. 그녀는 의자에 앉았는데 그것도 틀림없이 보기보다는 편할 것 같았다.
 "챈스가 그러던데, 킴에게 일어난 일을 조사하고 있다고요. 당신이 알고 싶어 하는 거라면 뭐든지 말해 주라고 그랬어요."

그녀의 목소리에는 어린 계집애다운 조급함이 있었지만 의도적인 것이었는지는 알 수 없었다. 킴에 대해 얼마나 알고 있는지 물었다.

"별로 잘 알지는 못해요. 몇 번 만난 적은 있죠. 챈스는 가끔 두 명의 여자를 함께 데리고 저녁을 먹으러 가거나 쇼를 보러 갈 때가 있거든요. 여자들을 전부 한 번 이상은 만난 것 같아요. 다나는 한 번밖에 못 만났는데 그녀는 지금 여행을 떠나 우주 미아가 되어 있죠. 다나를 만난 적이 있나요?"

내가 고개를 저었다.

"난 서니가 좋아요. 엄격히 말해서 친구인지는 모르겠지만, 내가 전화를 걸어 수다를 떠는 사람은 그녀밖에 없어요. 일주일에 한두 번씩 전화를 걸든지 아니면 그녀가 전화를 해요. 그리고 수다를 떠는 거죠."

"하지만 킴에게 전화를 건 적은 없지?"

"아, 예. 전화번호도 모르는걸요."

프랜은 잠시 생각했다.

"그녀는 아름다운 눈을 가졌어요. 눈을 감으면 그 파란 색깔이 떠올라요."

프랜의 눈은 갈색과 녹색의 중간쯤 되는 색깔이었고 무척 컸다. 속눈썹이 보기 드물게 길어서 가짜가 아닐까 하는 생각이 들었다. 라스베가스 무용단에서 '포니'라 불리는 타입의 자그마한 체구의 여자였다. 그녀는 단을 접어 올린 빛바랜 리바이스 진과 분홍색 스웨터를 입고 있었다. 꼭 끼는 스웨터 때문에 풍만한 가슴이 고스란히 드러났다. 킴이 챈스를 떠나려 했다는 사실을 그녀는 모르고 있었다. 그 말을 듣고 그녀는 재미있어했다.
"그래요, 이해할 수 있을 것 같아요."
잠시 생각하다가 그녀가 말했다.
"챈스가 그녀를 진심으로 좋아하지는 않았으니까요. 아시죠, 진심으로 자기를 원하지 않는 남자 곁에 오래 머물고 싶지는 않았겠죠."
"챈스가 그녀를 좋아하지 않았다고 말하는 이유라도 있나?"
"이런 걸 생각해 보세요. 그녀를 만나서 좋았을 거예요. 말썽 부리지 않고 밥값을 하는 건 좋았지만 그녀에겐 아무 감정도 생기지 않았겠죠."
"다른 여자들한테는 그런 감정을 갖고 있나?"
"그는 날 원해요."
"다른 사람은?"
"서니도 좋아해요. 누구나 서니를 좋아하죠. 같이 있으면 즐거운 사람이니까요. 그녀를 원하는지는 모르겠어요. 그리고 다나는요, 그가 다나를 원하지 않는 건 분명하다고 생각해요. 다나도 그를 원하지 않는 것 같아요. 둘 다 순전히 사무적인 관계인 것 같거든요. 다나는 아무도 원하지 않는 것 같아요. 자기 말고도 세상에 사람들이 산다는 사실도 모르는 것 같다니까요."
"루비는?"
"루비를 만난 적이 있어요?"
그녀를 만난 적은 없다.
"그래요, 그녀는 이국적이잖아요. 그걸 챈스가 좋아했을 거예요. 또 메리 루는 아주 지적인 여자예요. 그들은 연주회를 함께 가죠. 제기랄, 클래식 음악을 연주하는 링컨 센터 같은 데 말이에요. 하지만 그렇다고 해서 그가 그녀에 대해 특별한 감정을 갖고 있다는 뜻은 아니에요."

그녀는 키득거리기 시작했다. 뭐가 그렇게 우스운지 물었다.

"문득 내가 전형적인 '벙어리 창녀'라는 생각이 드는 거예요. 포주가 사랑하는 유일한 여자죠. 그런데 그게 뭔지 아세요? 그가 함께 쉴 수 있는 유일한 여자가 나란 말이에요. 여기 오면 그는 신을 벗고 긴장도 풀어요. 숙명적인 인연이란 걸 아세요?"

"글쎄."

"그건 환생과 관계있는 거예요. 환생을 믿으시는지 모르겠네요."

"거기에 대해서는 한 번도 깊이 생각해 본 적이 없는걸."

"그렇군요. 환생을 믿는 건지 나도 잘 모르겠지만 가끔 챈스랑 내가 전생에 서로 아는 사이였다는 생각이 들 때가 있어요. 꼭 연인이나 남편과 아내 같은 사이가 아니더라도 말이에요. 어쩌면 오누이였을지도 모르죠. 그가 내 아버지였거나 아니면 내가 그의 엄마였을 수도 있겠죠. 아니면 우리가 동성이었을지도 몰라요. 하나의 생에서 다른 생으로 갈 때 성이 바뀔 수도 있다니까요. 말하자면 우리가 자매라든가 아니면 그 비슷한 사이였을 수도 있다는 거죠. 진짜로요."

전화벨이 울려 그녀의 억측을 중단시켰다. 그녀는 방을 가로질러 가서 내게 등을 보인 채 한 손을 엉덩이에 올려놓고 전화를 받았다. 통화 내용은 들리지 않았다. 그녀는 1, 2분 동안 이야기하더니 송화구를 덮은 다음 내 쪽으로 돌아섰다.

"매트, 방해할 생각은 없지만 우리 이야기가 얼마나 걸릴까요?"

"오래 걸리진 않겠지."

"어떤 사람한테 한 시간 후에 와도 좋다고 말해도 될까요?"

"그럼."

그녀는 다시 돌아서서 조용히 이야기를 끝내고 전화를 끊었다.

"내 단골이에요. 정말 괜찮은 사람이에요. 한 시간 후에 오라고 했죠."

프랜은 다시 자리에 앉았다. 챈스와 관계를 맺기 전에도 아파트를 가진 적이 있는지 그녀에게 물었다. 챈스와 함께 일한 지 2년 8개월 됐는데, 그 전에는 첼시의 더 큰 집에서 세 명의 여자들과 같이 살았다고 했다. 챈스는 이 아파트 안에 그녀를 위한 모든 것을 준비해 주었다. 그녀는 이사만 들어오면 되었다.

"난 내 가구들을 옮겨 왔어요. 물침대 외에는요. 물침대는 여기 있던 거예요. 싱글 침대를 갖고 있었는데 없애 버렸죠. 르네 마그리트 포스터는 제가 산 거고 가면들은 원래 여기 있던 거예요."

가면들이 있는 걸 보지 못했기 때문에 앉은 채로 고개를 돌려 보았다. 근엄한 표정의 흑단 조각 작품 세 점이 내 뒤쪽 벽에 나란히 걸려 있었다.

"챈스는 이 가면들에 대해 알고 있어요. 어느 부족이 만든 가면인지 등등 모든 것을요. 그는 모르는 게 없으니까요."

이 아파트는 원래 만들어진 용도대로 사용되지 않고 있는 것 같다고 내가 말했다. 그녀는 당황해서 얼굴을 찡그렸다.

"남자를 상대하는 여자들은 대부분 수위가 있는 건물에 살잖아. 엘리베이터랑 모든 게 갖추어져 있는 건물 말이야."

"아, 맞아요. 무슨 말을 하시는지는 잘 모르겠지만요. 그래요, 그건 사실이죠."

그녀는 밝게 씩 웃었다.

"이건 좀 다른 거예요. 여기 오는 고객들은 스스로 고객이라는 생각을 하지 않아요."

"무슨 뜻이지?"

"자기들이 내 친구라고 생각하는 거죠. 나를 특별한 '그리니치 빌리지 아가씨'라고 생각하나 봐요. 사실 그렇기도 하고요. 그리고 자기들은 내 친구라고 생각하는 거죠. 사실이 그렇기도 해요. 말하자면 그들은 나랑 자려고 여기 오죠. 사실 마사지 숍에 가면 말다툼을 하거나 소란을 피울 필요 없이 더 빨리 편하게 잘 수 있을 거예요. 하지만 그들은 여기 와서 구두를 벗고 마리화나를 피우죠. 여기는 초라한 그리니치 빌리지 아지트예요. 세 층이나 걸어 올라온 다음에 물침대에서 뒹굴어요. 말하자면, 난 창녀가 아니니까요. 여자 친구죠. 화대를 받지 않으니까요. 물론 그들은 내게 돈을 주죠. 난 집세도 내야 하고, 배우가 되고 싶어 하는 가난하고 어린 '그리니치 빌리지 아가씨'이니까요. 아직 배우는 아니지만 별로 신경 쓰고 싶지는 않아요. 하지만 지금도 일주일에 두어 번씩은 오전에 댄스 교습을 받고, 목요일 밤마다 에드 코벤스와 함께 연기 강의에 다니기도 하죠. 지난 5월에는 트라이베카에서 3주 동안 연극을 했죠. 입센의 「데드 어웨이크(When We Dead Awake)」를 공연했는데, 거기 내 고객들이 세 명이나 온 걸 믿으시겠어요?"

그녀는 그 연극에 대해 수다를 떨었다. 그리고 자기 고객들은 자기에게 화대 외에 선물도 갖다 준다는 이야기를 하기 시작했다.

"난 술 같은 건 살 필요가 없어요. 사실 술이 생기면 다른 사람들에게 줘 버려요. 술을 마시지 않으니까요. 마리화나를 사 본 게 언젠지 모르겠네요. 최고의 마리화나 고객이 누군지 아세요? 월가의 증권 중개인들이죠. 그들은 30그램씩 마리화나를 사거든요. 함께 있을 때 조금만 피우고 나머지는 내게 남겨 두죠."

그녀는 긴 속눈썹을 깜박거렸다.

"난 마리화나가 좋은가 봐요."

"그런 것 같군."

"왜요? 약에 취한 것처럼 보이나요?"

"냄새 때문에."

"아, 그래요. 난 여기 있으니까 냄새를 못 맡지만 외출했다가 돌아오면요, 휴! 고양이를 네 마리나 키우는 내 친구하고 똑같죠, 뭐. 걔는 절대 냄새가 안 난다고 우기지만 그 냄새를 맡아 보면 정말 기절하실 거예요. 냄새에 익숙해져 있어서 그런 거죠."

그녀는 앉음새를 고쳤다.

"매트, 마리화나 피워 본 적 없어요?"

"응."

"술도 안 마시고 마리화나도 안 피우고, 대단하시네요. 다이어트 소다 하나 더 드려요?"

"됐어."

"정말요? 잠깐 한 대 피워도 괜찮겠어요? 긴장을 좀 풀려고요."

"그렇게 해."

"친구가 오기로 되어 있잖아요. 기분을 띄우는 데는 최고예요."

난 괜찮다고 말했다. 그녀는 스토브 위쪽 선반에서 마리화나 봉지를 가져와서 능숙한 솜씨로 말았다.

"그분도 피우고 싶을 테니까."

두 대를 더 만들면서 그녀가 말했다. 그녀는 한 대에 불을 붙이고 나머지는 치운 다음 의자로 돌아왔다. 담배를 피우는 사이사이에 자기 생활에 대해 지껄여 댔다. 꽁초를 비벼 끄고 나중을 위해 남겨 두었다. 마리화나를 피웠다고 해서 태도가 눈에 띄게 달라진 건 없었다. 그날 종일 피운 모양이었다. 내가 도착했을 때 이미 약에 취해 있었던 듯했다. 그녀는 약에 취한 것처럼 보이지 않았다. 술에 취해도 취한 티를 내지 않는 술꾼들처럼. 챈스도 그녀를 만나러 오면 마리화나를 피우는지 물었다. 그녀는 말도 안 되는 소리라며 웃었다.

"챈스는 절대 술도 담배도 사양해요. 당신하고 똑같네요. 저기요, 그래서 챈스랑 알게 된 거군요? 둘 다 사양 클럽 단골이신가요? 둘이 같이 불매 운동이라도 하시는 거예요?"

가까스로 킴 이야기로 화제를 돌렸다. 만약 챈스가 킴을 원하지 않았다면, 프랜은 그녀가 다른 누군가를 만나고 싶어 했을 거라고 생각했을까?

"그는 그녀를 좋아하지 않았어요. 중요한 게 뭔지 아세요? 그가 사랑하는 유일한 여자는 나라고요."

이제 그녀의 말투에서 마리화나 냄새를 맡을 수 있었다. 목소리도 마찬가지로 풀렸지만 그녀의 생각은 마리화나 연기의 오솔길을 따라 솔솔 풀리면서 그럭저럭 연결되었다.

"킴에게 남자 친구가 있었다고 생각하나?"

"난 남자 친구들이 있고요. 킴은 고객들이 있었어요. 다른 애들은 전부 고객들이 있죠."

"킴에게 특별한 누군가가 있었다면……"

"그래요, 무슨 말씀인지 알겠어요. 고객이 아닌 누군가가 있어서 그녀가 챈스랑 갈라서게 만들었을 거란 말씀이죠? 그런 얘긴가요?"

"그럴 수도 있잖아."

"그렇다면 그가 킴을 죽였겠네요."

"챈스 말이야?"

"제 정신이에요? 챈스는 결코 그녀를 죽일 만큼 사랑한 적이 없어요. 그녀를 대신할 여자를 구하는 데 얼마나 걸릴지 아세요? 젠장."

"남자 친구가 그녀를 죽였다는 말이군."

"그럼요."

"왜지?"

"그 자리에 있었으니까요. 그녀는 챈스를 떠나 어느 때보다 행복하게 살 준비가 완벽하게 되어 있었지만 말예요, 그게 그가 바라는 것이었을까요? 그 남자는 아내도 있고 직업도 있고 가족도 있고 스카스데일에 저택도 갖고 있을 거라면 말이죠."

"어떻게 이 모든 걸 알지?"

그녀가 한숨을 쉬었다.

"그냥 해 본 말이에요, 아저씨. 소 뒷걸음치다가 쥐 잡는 식으로요. 아시겠어요? 그는 유부남이고 킴을 많이 좋아해요. 창녀랑 사랑에 빠지고 그녀가 자길 사랑하게 만드는 것도 재밌잖아요? 그런 식으로 노는 건 자유지만 누군가가 자기 인생에 끼어드는 건 바라지 않을 거예요. 그녀가 말하죠. 난 이제 자유의 몸이에요. 이제 아내를 버리고 나랑 멀리 달아나서 황혼 속으로 달려가자고요. 그 황혼은 그가 컨트리 클럽의 테라스에서 지켜보던 거였겠지요. 황혼을 향해 달려가고 싶지 않았겠지요. 다음 일은 당신이 알잖아요, 젠장. 그녀는 죽고 그는 라치몬트로 돌아갔죠."

"1분 전에는 스카스데일이었어."

"어디든지요."

"프랜, 그 남자가 누굴까?"

"남자 친구요? 난 몰라요. 아무도요."

"고객일까?"

"고객하고 사랑에 빠지는 일은 없어요."

"킴이 어디서 그 남자를 만난 걸까? 어떤 부류의 남자였을까?"

그녀는 생각을 더 해 보려다가 어깨를 으쓱하고는 포기했다. 대화는 한 발짝도 더 나가지 않았다. 나는 그녀의 전화로 잠시 통화를 하고 전화기 옆에 있는 메모지에 내 이름과 전화번호를 적었다.

"무슨 생각이라도 나거든……"

"생각이 나면 전화 드릴게요. 가실 거죠? 정말 소다 더 안 마실래요?"

"됐어."

"그래요."

그녀가 말했다. 졸린지 하품이 나오는 걸 손등으로 막으면서 그녀가 내게 다가와 긴 속눈썹 사이로 나를 올려다봤다.

"아저씨, 당신이 오면 정말 반가울 거예요. 친구가 생각나면 언제든지 오세요. 아시죠, 전화부터 주시고요, 네? 그냥 부담 없이 이야기나 해요."

"그러지."

"그러길 바라요."

그녀가 나긋나긋한 목소리로 말했다. 그러고는 까치발을 하고 서서 내 뺨에 깜짝 입맞춤을 했다.

"매트, 정말로 그러자고요."

계단을 반쯤 내려가다 말고 웃음이 나왔다. 헤어질 때 그녀는 무의식적으로 따뜻하고 적극적인, 몸에 밴 창녀의 교태를 부렸다. 얼마나 자연스러운지! 그녀는 정말 그 일에 소질이 있었다. 증권 중개인들이 계단을 오르는 것도 마다 않고 그녀에게 오는 것도 놀랍지 않았다. 그녀가 배우가 되려고 애쓰는 모습을 보러 오는 것도 놀랍지 않았다. 젠장, 그녀는 여배우였던 것이다. 그것도 쓸 만한 여배우.

두 블록을 지나온 다음에도 내 뺨에 찍힌 그녀의 입술을 느낄 수 있었다.

열여섯

다나 캠피온의 아파트는 동 7번가에 있는 흰색 벽돌 건물의 10층에 있었다. 거실 창은 서향이었으며 내가 거기 도착했을 때 이따금씩 볕이 들었다. 거실에는 햇살이 넘실거렸다. 온 집 안에 화분이 있었는데 모든 식물이 싱싱한 녹색으로 잘 자라고 있었다. 바닥과 창턱에 놓여 있는 식물, 창에 매달린 식물, 거실 구석구석 선반과 탁자마다 식물이 있었다. 햇살은 식물 잎사귀 사이로 흘러들어 칙칙한 마루 바닥에 복잡한 무늬의 그림자를 그렸다.

나는 등나무 의자에 앉아 블랙커피를 마셨다. 다나는 120센티미터쯤 너비의 등을 댄 오크 의자에 모로 앉았다. 원래 교회의 신도석으로 사용되던 것이라고 그녀가 말했다. 영국산 참나무인데 스튜어트 시대나 엘리자베스 시대의 것으로 보였다. 경건한 의자로 3, 4세기를 지나는 동안 세월에 닳고닳아 매끈해진 짙은 갈색 의자였다. 어떤 시골 교회의 목사가 교회를 수리하려고 내놓았고,

어찌어찌 그녀가 유니버시티 플레이스 경매 미술관에서 이 작은 의자를 샀던 것이다.

그녀는 그 의자에 어울리는 얼굴을 갖고 있었다. 볼록하고 넓은 이마에서 뾰족한 턱으로 이어지는 갸름한 얼굴이었다. 피부는 매우 창백했다. 식물이 드리운 틈새를 통과한 햇빛 외에는 쬔 적이 없는 것처럼 핏기가 없었다. 그녀는 피터팬 칼라의 빳빳한 흰 블라우스와 회색 면으로 된 짧은 주름치마를 입고 검정 타이즈에 앞이 터진 양피 슬리퍼를 신고 있었다.

길고 좁은 코, 자그마하고 얇은 입술. 선명하게 M자를 그린 이마로부터 곧게 빗어 넘긴 어깨 길이의 짙은 갈색 머리카락. 눈 밑에 드리워진 다크서클. 담뱃진이 밴 오른손의 두 손가락. 매니큐어도 장신구도 눈에 띄는 화장도 하지 않은 얼굴. 분명 예쁜 건 아니었지만, 미인에 비견할 만한 고색창연함이 있었다.

그녀는 내가 만난 여느 창녀들과 달라 보였다. 그녀는 시인처럼 보였다. 아니, 그보다는 모름지기 시인이라면 이러한 모습이어야 한다고 평소 생각했던 바로 그 모습이었다.

"최대한 협조하라고 챈스가 그러던데요. 당신이 낙농 퀸을 살해한 자를 찾고 있다고요."

"낙농 퀸이라니?"

"그녀는 미인 대회 여왕처럼 보였어요. 게다가 그녀가 위스콘신 출신이라는 걸 알고 나니까 건강하고 순진한 젖 짜는 여자 같다는 생각이 들었거든요. 한마디로 낙농 퀸 같았다니까요."

그녀가 상냥하게 미소 지었다.

"그냥 상상해 본 것뿐이에요. 사실은 그녀를 잘 몰라요."

"그녀의 남자 친구를 만난 적이 있나?"

"남자 친구가 있는 줄도 몰랐는데요."

킴이 챈스를 떠나려 했다는 사실도 그녀는 모르고 있었다. 그녀는 그 이야기를 듣고 놀란 듯 보였다.

"이런 생각이 드네요. 그녀가 이민을 생각했던 게 아닐까요?"

"무슨 뜻이지?"

"그녀는 어딘가에서 이민을 왔거나 아니면 가려고 했던 게 아닐까요? 이건 중요한 문제예요. 처음 뉴욕에 왔을 때 나 역시 태어나 자란 고향과 가족을 막 떠나왔었거든요. 하지만 그건 약과였어요. 나중에 남편이랑 헤어지고 나서 그곳을 떠나 달아났어요. 갈 곳도 없었지만, 우선 떠나지 않을 수가 없었어요."

"결혼했다고?"

"3년 동안이에요. 글쎄, 합해서 3년이군요. 동거 1년, 결혼해서 2년이니까."

"얼마나 오래된 일인데?"

"4년쯤 됐나요? 다가오는 봄에 5년이 되는군요. 법적으로는 지금도 결혼한 상태지만요. 번거롭게 이혼할 생각은 없어요. 그래야 한다고 생각하세요?"

"모르겠어."

"언젠가 하기는 해야겠죠. 그냥 느슨한 매듭을 풀기만 하면 되는걸요."

"챈스랑은 얼마나 일했는데?"

"3년이 되어 가네요. 왜 그러시죠?"

"그런 타입이 아닌 것 같아서."

"타입이란 게 있나요? 나도 내가 킴 같은 사람은 아니라고 생각해요. 여왕도 젖 짜는 여자도 아니죠."

그녀가 웃었다.

"뭐가 좋은 건지는 모르겠지만, 우리는 『대령의 부인과 주디 오그레이디』 같았죠."

"한 꺼풀 벗기면 자매란 말이지?"

그녀는 내가 자기 말을 알아들은 게 신기한 듯이 쳐다봤다. 그녀가 말했다.

"남편을 떠난 후 나는 로어 이스트 사이드에서 살았어요. 노폭가를 아세요? 스탠턴과 리빙턴 사이에 있잖아요?"

"잘은 몰라."

"난 거길 아주 잘 알아요. 거기서 살면서 그 근처에서 온갖 거지 같은 직업들을 전전했으니까요. 세탁소 일도 하고 테이블 시중을 들기도 했어요. 점원도 했고요. 늘 내 쪽에서 일을 때려치우거나 아니면 잘리거나 했죠. 항상 돈이 부족했어요. 내가 살고 있는 곳이 싫었고 내 삶 자체가 증오스러웠지요. 남편에게 전화를 걸어 날 좀 데려가 달라고 부탁할 참이었어요. 그렇게 하면 그 남자가 나를 돌봐 줄 것 같았으니까요. 계속해서 그 생각만 했어요. 한번은 그에게 전화를 걸었더니 통화 중이더라고요."

그랬는데 그녀는 어쩌다가 몸을 팔게 되었다. 줄곧 그녀에게 흑심을 품고 있던 근처의 상점 주인이 있었다. 어느 날 미리 계획한 것도 아닌데 그녀는 이런 말을 하고 있었다.

"이봐요. 정말로 날 갖고 놀고 싶다면 20달러만 주시겠어요?"

그는 그녀가 창녀인 줄 몰랐다고 둘러대면서 몹시 놀라는 기색이었다.

"창녀는 아니지만 돈이 필요해서 그래요. 아주 잘해 드릴 수 있는데."

그녀는 일주일에 두어 번씩 손님을 받기 시작했다. 노폭가에서 더 나은 이웃 블록으로 이사했다가, 다시 톰킨스 스퀘어의 정동쪽인 9번가로 이사를 했다. 이제 노동을 하지 않아도 되었지만 다른 성가신 일들이 있었다. 한번은 폭행을 당했고 도둑도 여러 차례 맞았다. 그녀는 다시 한번 전 남편에게 전화를 할까 말까 망설였다.

그때 근처에 사는 한 여자를 만났는데, 다운타운의 마사지숍에서 일하는 여자였다. 다나는 거기서 열심히 일했다. 그곳은 안전해서 좋았다. 남자 하나가 버티고 있으면서 행패 부리는 손님들을 알아서 처리해 줬다. 일 자체는 기계적이었고 거의 병원에서 해 주는 일과 비슷했다. 실제로 그녀의 기술은 손이나 입으로 해 주는 것뿐이었다. 그녀의 살이 침범되는 일은 없었으며 단순한 신체적 접촉 이상의 친밀함에 대한 환상은 없었다.

처음에는 그 일이 마음에 들었다. 그녀는 자신이 성적인 기술자, 즉 일종의 물리 치료사라고 생각했다. 그러다가 마약을 배우게 되었다.

"거기는 마피아의 분위기가 있었어요. 커튼이나 카펫에서도 죽음의 냄새를 맡을 수 있을 정도였죠. 일은 평범한 직장 생활을 하는 것 같았어요. 지하철을 타고 출퇴근하면서 정해진 시간만큼 일했으니까요. 하지만 그 일이 빨아 마셔 버렸어요. 빨아 마셨다고요, 난 이 단어를 엄청 좋아하거든요. 일이 내게서 시를 깡그리 빨아 마셔 버렸다고요."

그래서 그녀는 그 일을 그만두고 다시 무소속이 되었다. 그러던 어느 날 챈스가 그녀를 만나면서 모든 일이 제자리를 찾게 되었다. 그는 그녀에게 아파트를 마련해 주었다. 그녀가 뉴욕에서 갖게 된 최초의 인간다운 거처였다. 그는 그녀의 전화번호를 근처에 돌렸고 모든 귀찮은 일들을 도맡아 처리해 주었다. 그녀의 청구서를 전부 지불해 주었고 아파트를 치워 줬으며 그녀 대신 모든 일을 해 주었다. 그녀는 시를 쓰고 잡지사에 시를 보내면서, 고상하고 매력적인 목소리로 걸려 오는 전화를 받기만 하면 되었다.

"당신이 버는 돈을 챈스가 몽땅 가져가잖아. 그게 싫지 않아?"
"싫어해야 하는 건가요?"
"모르겠어."
"여하튼 그건 진짜 돈이 아니니까요. 쉽게 번 돈은 쉽게 나가죠. 그렇지 않다면 마약상들은 모두 부자가 되어 있을 거예요. 그런 돈은 올 때와 같은 식으로 쉽게 나가 버리죠."

그녀는 교회 의자에 똑바로 앉아서 다리를 흔들었다.

"여하튼, 난 내가 원하는 모든 걸 갖고 있어요. 내가 바라는 건 혼자 있는 거니까요. 어지간히 살 만한 집과 내 일을 할 시간을 갖고 싶었어요. 지금 내 시에 대해 이야기하는 거예요."

"알겠어."

"대부분의 시인들이 어떻게 살아가는지 아세요? 가르치는 일을 하거나 평범한 직업을 갖고 있죠. 시 쓰기 게임을 하거나 책을 읽어 주거나 강연을 하거나 연구 지원금을 받기 위한 신청서를 작성해 주죠. 그것도 아니면 적당한 사람들을 만나 정부가 되죠. 난 그런 일은 하고 싶지 않았어요. 그냥 시만 쓰고 싶었으니까요."

"킴은 뭘 하고 싶었을까?"

"누가 알겠어요?"

"누군가와 관계가 있었던 것 같아. 그게 그녀가 살해된 이유가 아닐까 싶어."

"그렇다면 난 안전하네요. 난 아무하고도 얽혀 있지 않으니까요. 물론 전 인류와 관계가 있다고 말할 수도 있겠지만요. 그런 관계 때문에 죽게 되는 일은 없을 것 아니에요?"

그녀가 무슨 말을 하는지 알 수 없었다. 그녀는 눈을 감고 말했다.

"'누구의 죽음이든 나를 우울하게 한다. 나는 전 인류와 연결되어 있기에.' 존 돈이에요. 킴이 어떤 식으로 누구랑 관계가 있었는지 아세요?"

"아니."

"그녀의 죽음이 나를 우울하게 한다고 생각하세요? 내가 그녀랑 무슨 관계가 있는지 모르겠어요. 사실 난 그녀를 잘 알지도 못하는걸. 하지만 그녀에 대해 시를 한 편 쓴 게 있어요."

"보여 줄 수 있어?"

"그래도 되지만 그게 당신에게 무슨 도움이 될지 모르겠네요. 북두칠성에 대해서도 시를 쓴 게 있지만 별에 대해 실제적인 뭔가 알고 싶다면 나보다는 천문학자를 찾아가야 할 거예요. 시란 대상의 실재에 관한 게 아니잖아요? 그냥 시일 뿐이죠."

"그래도 보고 싶은걸."

이 말이 그녀를 기쁘게 한 것 같았다. 그녀는 자기 책상으로 가서 금방 시를 찾아냈다. 요새 나온 뚜껑 달린 고풍스러운 책상이었다. 시는 흰 종이에 이태리 펜촉으로 손으로 쓴 것이었다.

"의뢰를 받으면 타이프를 치죠. 하지만 난 손으로 써서 보는 걸 좋아해요. 서예를 배웠거든요. 책을 보고 배웠는데 보기보다 쉬워요."

나는 시를 읽었다.

> 그녀를 우유에 목욕시켜라. 뽀얀 시내가 흐르게 하라.
> 우유로 세례를 주어 순결하게 하라.
> 가장 작은 상처까지도 치유하라.
> 아침 첫 햇살 아래. 그녀의
> 손을 잡고, 이제 괜찮다고 말해 주어라.
> 여왕은 울지 않는다고. 은 총(銃)으로
> 씨앗을 흩뿌려라. 그녀의 뼈를
> 절구에 부수어라. 포도주 병을
> 그녀의 발에 산산이 부수어라. 녹색의 보석이
> 그녀의 손에 반짝이게 하라. 그렇게 하라.
> 우유가 흐르게 하라.
> 흘러내리게 하라. 오래된 무덤으로.

내 수첩에 옮겨 적어도 되는지 물었다. 내 말에 그녀는 밝게 웃었다.

"왜요? 누가 그녀를 죽였는지 말해 주기라도 하나요?"

"이 시가 내게 무슨 말을 하는지 모르겠어. 갖고 있으면 나중에라도 알 수 있을지 모르잖아."

"시가 의미하는 걸 알아내거든 내게도 말해 줬으면 좋겠어요. 아니, 이건 과장이고요. 내가 쓴 시가 무슨 뜻인지는 알아요. 번거롭게 베껴 쓰실 필요없어요. 그냥 가져가세요."

"말도 안 돼. 이건 당신 거야."

그녀는 고개를 저었다.

"미완성인걸요. 더 봐야 해요. 그녀의 눈에 대해서도 쓰고 싶었거든요. 킴을 만나 보셨다면 그녀의 눈이 어떤지 아실 거예요."

"맞아."

"원래는 그 푸른 눈과 녹색의 보석을 대비시킬 생각이었어요. 처음에는 그런 시상이 떠올랐지만, 막상 쓸 때는 눈이라는 이미지가 사라져 버렸어요. 초고에는 있었던 것 같은데 쓰는 도중에 어떻게 빠져 버렸어요."

그녀가 미소 지었다.

"잠깐 사이에 사라져 버렸죠. 은빛과 녹색, 흰색 그리고 눈 빛깔을 집어넣는 걸 깜박 잊어버린 모양이에요."

그녀는 내 어깨에 손을 짚고 시를 내려다보았다.

"몇 행인가, 열두 행인가요? 아무튼 열네 행은 되어야 할 것 같은데. 운율은 불규칙하더라도 소네트 정도는 되어야죠. 원래는 '주어라'가 되어야 하는데 '주라'라고 썼네요. 그냥 각운이라고 봐야겠죠."

그녀는 시를 어떻게 교정하고 싶은지에 대해 계속 이야기했다. 정확히 말하면 이야기한다기보다 혼잣말 같은 것이었다. 마침내 그녀가 말했다.

"여하튼 그걸 가지세요. 완성된 형태와는 거리가 멀지만 말이에요. 졸작이에요. 그녀가 죽은 다음에는 한번도 본 적이 없어요."

"그녀가 죽기 전에 썼다고?"

"그럼요. 완성된 걸로 생각한 적은 없지만 여하튼 펜과 잉크로 옮겨 적었어요. 초고를 갖고 더 쓰면 될 거예요. 거기 있거나 없는 좀 더 나은 아이디어가 떠오를 수도 있어요. 그녀가 죽지 않았더라면 이걸 갖고 계속 썼을 거예요."

"뭣 때문에 그만둔 거지? 충격 때문인가?"

"내가 충격을 받아요? 그랬을지도 모르겠네요. '내게도 이런 일이 일어날 수 있다.' 난 그런 걸 믿지 않아요. 폐암 같은 거죠. 다른 사람들에게도 일어날 수 있는 일이니까요. '누구의 죽음이든 나를 우울하게 한다.' 킴의 죽음이 나를 우울하게 한 걸까요? 그런 것 같지는 않아요. 존 돈이 그랬던 것처럼 내가 전 인류와 관계 있다고는 생각지 않거든요."

"그렇다면 왜 그 시를 치워 버린 거지?"

"치워 버린 게 아니에요. 내버려 둔 거죠. 말장난 같죠?"

그녀는 이 말에 대해 곰곰이 생각했다.

"그녀의 죽음이 그녀에 대한 생각을 바꿔 놓았죠. 난 그 시를 계속 쓰고 싶었지만 그녀의 죽음을 집어넣고 싶지는 않았어요. 이미 충분히 많은 색이 있잖아요. 거기에 피까지 집어넣을 필요는 없었으니까요."

열일곱

아까는 모튼가에서 택시를 타고 동 7번가에 있는 다나의 집으로 왔다. 이번에는 37번가에 있는 킴의 집으로 가려고 다시 택시를 탔다. 기사에게 요금을 지불하면서 은행에 가지 않았다는 생각이 났다. 내일이 토요일이니까 일주일 내내 챈스가 준 돈을 갖고 다닌 모양이었다. 소매치기를 당하지 않았다면 말이다.

돈 다발에서 약간을 덜어 수위에게 5달러를 찔러 넣어 줬다. 그러고는 임차인의 대리인인 양 둘러대면서 킴의 아파트 열쇠를 얻었다. 수위는 5달러를 받은 대가로 나를 믿어 주는 눈치였다. 엘리베이터를 타고 올라가 아파트 안으로 들어갔다.

경찰이 이미 샅샅이 조사를 끝낸 곳이었다. 경찰이 거기서 뭘 찾으려 했으며 뭘 찾아냈는지는 알 수 없었다. 더킨이 내게 보여 준 파일에서는 별로 도움이 되는 것이 없었지만, 주의를 끄는 물건들을 일일이 기록해 놓은 사람도 없었다.

현장 검증을 한 경찰들이 뭘 찾아냈는지 알 수 없었다. 말이 나왔으니 말이지, 그들이 뭔가를 착복한 건 아닌가 하는 의심이 들었다. 아무렇지 않게 당연한 일처럼 죽은 사람에게서 물건을 약탈하는 경찰들이 있다. 그들이 그 외엔 별달리 부정한 짓을 않는 이들이라 해도 말이다.

경찰들은 시신이나 끔찍한 장면을 너무 많이 본다. 계속해서 시신을 다루려면 종종 죽은 자를 비인간화하게 된다. 처음으로 1인실 호텔 방에서 시체를 치우는 일을 도왔을 때가 기억난다. 죽은 사람은 피를 토하고 죽었으며 발견되기 전까지 대엿새 동안 거기 누워 있었다. 나는 고참 경찰 한 명과 함께 낑낑거리며 자루에 시신을 집어넣었다. 아래층으로 내려오면서 고참은 층계 하나하나마다 자루를 함부로 부딪쳤다. 감자 자루를 날라도 그보다는 주의를 기울였을 것 같았다.

그 호텔의 다른 투숙객들이 우리를 구경하던 모습이 아직도 눈에 선하다. 그리고 그 고참이 죽은 자의 소유물들을 샅샅이 뒤지던 것도 기억난다. 그는 약간의 현금을 가로채서는 신중히 센 다음 내게 나누어 주었다. 나는 그 돈을 받지 않으려 했다.

"넣어 둬. 이 돈을 우리가 갖지 않으면 어떻게 될 것 같아? 다른 누군가가 가져가겠지. 아니면 주 정부로 들어가든가. 뉴욕 주정부가 44달러를 갖고 뭘 하겠어? 네 주머니에 넣어. 그리고 향기 좋은 비누를 사서 이 불쌍한 창녀의 악취가 묻은 손을 깨끗이 씻으라고."

나는 그 돈을 주머니에 집어넣었다. 나중에는 나 자신이 시신을 층계에 마구 부딪치는 사람이 되었다. 죽은 사람의 유류품을 세어서 나누는 사람이 되었다.

돌고 도는 세상이라는 생각이 들었다. 언젠가는 나 자신이 자루에 담기겠지.

한 시간 이상을 거기서 보냈다. 뭘 찾고 있는지도 잘 모르면서 서랍과 옷장을 샅샅이 뒤졌다. 고객들의 전화번호가 빼곡히 적인 자그마한 수첩이라도 있었다면, 내가 찾기 전에 다른 사람이 먼저 찾아냈을 것이다. 그녀가 그런 수첩을 가졌다고 추측할 근거도 없었다. 일레인은 수첩을 갖고 있었지만, 프랜과 다나는 둘 다 갖고 있지 않다고 말했다.

마약이나 투약을 위해 필요한 물건들은 보이지 않았지만, 그것만 가지고 그녀가 약에 손을 대지 않았다고 단정할 수는 없었다. 죽은 자의 돈을 갈취하듯이 경찰이 마약을 착복했을 수도 있었다. 아니면 챈스가 와서 주변에 흩어져 있는 밀매품을 가져갔을 수도 있었다. 챈스는 그녀가 죽은 후에 그 아파트를 방문했다고 했다. 하지만 그의 아프리카 가면은 여전히 거기 있었다. 가면들은 벽면에 걸린 채로 나를 노려보고 있었다. 챈스가 킴 대신에 데려올 나이 어린 풋내기 창녀를 위해 그 아파트를 지키고 있었다.

에드워드 호퍼의 포스터는 여전히 스테레오 위쪽에 걸려 있었다. 다음 사람이 들어온 다음에도 남아 있을까?

아파트 구석구석 그녀의 흔적이 남아 있었다. 그녀의 화장대 서랍과 옷장에서 옷가지들을 조사하면서 그녀의 냄새를 맡았다. 침대는 흐트러진 채 있었다. 매트리스를 들어 올려 그 밑을 들여다보았다. 물론 다른 사람이 벌써 조사를 했을 터였다. 아무것도 발견하지 못한 채 매트리스를 제자리에 놓았다. 구겨진 잠옷에선 그녀의 싸한 장미 향기가 후각을 자극했다.

거실에 있는 옷장을 열어 그녀의 모피 재킷과 다른 코트들과 재킷들을 발견했다. 와일드 터키 5번이 내 시선을 사로잡았다. 도수 높은 그 풍부한 버번을 맛 볼 수 있다면, 버번 한 모금이 목구멍으로 넘어가는 짜릿함을 느낄 수 있다면, 위로 넘어가는 그 뜨거운 쾌감, 내 손끝에서 발끝까지 퍼지는 그 따뜻함을 느껴 볼 수 있다면. 문을 닫고 거실을 가로질러 가서 소파에 앉았다. 술 생각은 안 하고 있었는데, 몇 시간 동안이나 술에 대해선 까맣게 잊고 있었는데, 그런데 예기치 못하게 술 한 병을 보는 순간 욕구를 들키고 만 것이다.

침실로 돌아가 화장대 위에 놓여 있는 보석함을 조사했다. 수많은 귀걸이, 목걸이, 정체 모를 진주 줄, 대여섯 개의 팔찌, 그 중에는 금처럼 보이는 것으로 테를 두른 매력적인 상아 팔찌도 있었다. 위스콘신 주 오클레르의 라폴레트 고등학교의 졸업 반지. 안쪽에 14K라고 찍힌 그 반지는 값나가는 물건이라는 느낌 때문인지 제법 묵직했다.

이 모든 걸 누가 갖게 될까? 갤럭시 다운타우너에서 그녀의 핸드백에는 약간의 현금이 들어 있었다. 사건 기록에 따르면 400달러와 잔돈이 있었다. 결국 위스콘신에 사는 그녀의 부모에게 가게 될 것이다. 하지만 그들이 비행기를 타고 와서 그녀의 코트나 스웨터들을 가져가려고 할까? 모피 재킷이나 고등학교 졸업 반지, 상아 팔찌 같은 유물들을 가져갈까?

한참 동안 머물면서 몇 가지 메모를 하고, 가까스로 거실 옷장을 다시 열지 않은 채 아파트를 나올 수 있었다. 엘리베이터를 타고 로비로 내려가서, 수위에게 손을 흔들어 주고 현관으로 들어오는 주민에게 고개를 끄덕였다. 라인석 장식 개 목걸이를 한 털이 짧은 자그마한 개를 데리고 있는 나이 지긋한 부인이었다. 그 개가 나를 보고 낑낑거렸다. 그때 처음으로 킴의 자그마한 검은 고양이는 어떻게 되었을까 하는 생각이 들었다. 그 동물의 흔적은 아무 데도 보이지 않았다. 욕실에는 애완동물용 배변기도 없었다. 누군가 고양이를 데려간 게 분명했다. 길모퉁이에서 택시를 잡았다. 호텔 앞에서 택시 요금을 낼 때 잔돈과 함께 킴의 열쇠가 주머니에 들어 있는 것을 알았다. 수위에게 돌려주는 것을 잊어버린 모양이었다. 수위도 내게 열쇠를 달라고 할 생각이 나지 않은 모양이었다.

내게 온 메시지가 하나 있었다. 조 더킨이 전화를 걸어 자기 직장의 구내 번호를 남겼다. 전화를 걸었다. 그는 자리에 없지만 곧 돌아올 거라고 했다. 내 이름과 전화번호를 남겼다.

내 방으로 올라갔다. 숨이 차고 피곤했다. 누웠지만 조금도 쉴 수 없었다. 머릿속에서 돌아가는 테이프를 끌 수가 없었다. 다시 아래층으로 내려가서 치즈 샌드위치와 프렌치프라이를 먹고 커피를 마셨다. 두 잔째 커피를 마시면서 주머니에서 다나 캠피온의 시를 꺼냈다. 어떤 구절은 알 듯했지만 무슨 뜻인지 완전히 이해되지는 않았다. 하지만 그 가운데 어떤 단어들은 내게 윙크를 보내며 주의를 끌려는 듯이 보였다. 하지만 그 미묘한 깜박임을 포착하기에는 뇌가 많이 손상된 것 같았다.

세인트폴 성당으로 갔다. 연사는 끔찍한 이야기를 잡담하듯 스스럼없이 했다. 그의 부모는 둘 다 알코올 중독이 원인이 되어 죽었다. 아버지는 급성 췌장염으로 죽었으며 어머니는 취중에 자살했다. 두 명의 형과 누이 역시 알코올 중독으로 죽었다. 셋째 형은 뇌부종 때문에 주립 병원에 입원해 있다.

"수개월 전에 술을 끊은 다음부터 알코올이 뇌 세포를 죽인다는 말이 귀에 들리기 시작했어요. 게다가 얼마나 많은 뇌 손상을 입게 될지 겁이 났어요. 그래서 내 스폰서에게 가서 마음을 털어놨지요. 그랬더니 그가 말했어요. '맞아요. 뇌 손상을 입었을 수도 있겠군요. 그럴 수도 있겠죠. 하지만 이거 하나만 물어봅시다. 금주 모임이 언제 어디에서 열리고 다음번에는 또 언제 어디에서 열리는지 기억할 수 있어요? 아무런 어려움 없이 거길 찾아갈 수 있나요?' 내가 말했죠. '네. 그럭저럭 그 정도는 할 수 있을 거예요.' '그렇다면 당분간 필요한 뇌 세포는 모두 갖고 계신 거네요.'"

나는 휴식 시간에 나와 버렸다.

호텔 프런트에 더킨이 남긴 메시지가 또 하나 있었다. 바로 전화를 걸었지만 이번에도 그는 자리에 없었다. 내 이름과 전화번호를 남기고 위층으로 올라갔다. 다나의 시를 다시 들여다보고 있을 때 전화벨이 울렸다.

더킨이었다.

"어이, 매트, 그냥 어젯밤에 나쁜 인상을 주지 않았으면 해서 말이야."

"뭘 말이야?"

"아, 전반적인 것 말이야. 이따금 모든 일이 내게 벅차게 느껴질 때가 있어. 무슨 말인지 알지? 달아나고 싶어지는 거야. 그러면 폭음을 하고 입으로 스트레스를 해소하는 거지. 습관적으로 그러는 건 아니지만 가끔씩은 그럴 필요가 있다니까."

"그렇겠지."

"대체로는 내 일을 좋아하지만 말이야. 가끔 지겨운 일들이 있지. 쳐다보고 싶지도 않은 것들이야. 그래서 이따금씩은 그 오물들을 내 몸에서 제거해야 할 필요가 있거든. 그래도 마지막 선은 지켰으면 좋겠는데."

이상한 행동을 한 건 없었다고 그를 안심시켰다. 그가 전날 밤 일을 어느 정도까지 선명하게 기억하고 있는지 궁금했다. 그는 필름이 끊길 만큼 많이 마셨지만 누구나 필름이 끊기는 건 아니다. 그는 그저 약간 흐리멍덩하고 자기의 감정 폭발을 내가 어떻게 받아들일 것인지 모르는 것 같았다.

빌리의 여주인이 그에게 했던 말이 기억났다.

'잊어버려. 성직자라도 그럴 수 있는 일인걸.'

"자네가 했던 말이 기억나는데. 잊어버려. 성직자라도 그럴 수 있는 일인걸. 그렇고말고."

"그렇겠지."

"수사는 좀 진전이 있나? 뭘 좀 찾아냈냐고."

"말하기 어려워."

"무슨 말인지 알겠어. 도와줄 일이라도 있을까 해서……."

"사실은 말이지 그럴 일이 있어."

"그래?"

"갤럭시 다운타우너에 갔지. 수위에게 이야길 했더니 존스 씨가 서명한 숙박 카드를 보여 주더군."

"그 유명한 존스 씨 말이지."

"거기에는 서명이 없었어. 활자체로 씌어 있더군."

"그럴 줄 알았어."

"지난 몇 달 동안의 숙박 카드를 볼 수 있는지, 활자체로 서명된 숙박 카드가 더 있는지, 만약 있다면 존스 씨의 필체와 어떻게 다른지 알고 싶다고 말했지."

"돈푼이라도 찔러 준 모양이군."

"그러려고 했지. 그는 내가 자기를 매수하려는 줄도 모르던데. 하지만 자네한테라면 활자체로 서명된 숙박 카드를 보여 줄 거야. 난 공무원이 아니니까 내게는 그런 걸 보여 주지 않겠지만, 경찰이 요청한다면 기꺼이 보여 줄걸."

그는 잠시 아무 말도 하지 않았다. 그걸로 뭔가를 알아낼 수 있겠느냐고 그가 물었다.

"그럴 것 같아."

"범인이 전에 그 호텔에 묵었을 거라고 생각하는군. 다른 이름으로 말이지?"

"그럴 수 있지."

"하지만 그건 본명이 아닐 거야. 본명이라면 활자체가 아니라 필기체로 썼겠지. 그러니까 결국 운 좋게 우리가 숙박 카드를 찾아내고 거기서 뭔가를 알아낸다 하더라도, 녀석의 다른 이름을 알아낼 뿐이라고."

"그 일을 하겠다면 말이야, 자네가 해 줄 일이 하나 더 있어."

"뭐지?"

"그 근처의 다른 호텔들을 찾아서 지난 6개월이나 1년 동안의 숙박 카드를 확인하는 거야."

"뭐에 쓰려고? 활자체로 씌어진 숙박 카드를 찾으라고? 이봐, 매트. 시간이 얼마나 걸릴지 생각이나 해 봤어?"

"활자체로 씌어진 숙박 카드를 찾으라는 게 아냐. 존스라는 이름의 고객이 있는지 알아보라고. 갤럭시 다운타우너와 동급의 현대적인 호텔들을 찾아서. 그런 호텔들은 대부분 갤럭시 다운타우너와 비슷할 거야. 컴퓨터로 숙박 기록을 관리하고 있겠지. 10분이면 존스라는 이름으로 등록된 숙박 기록을 찾아낼 수 있겠지만, 경찰 배지를 단 사람이 요청하지 않는 한 협조하지 않을 거야."

"그 다음에 뭘 할 건데?"

"호텔 숙박 카드를 뒤져 이름의 이니셜이 C나 CO 쯤으로 시작하는 존스라는 성의 고객을 찾아 봐. 그런 다음 활자체를 비교해서 어디서 놈을 찾을 수 있는지 샅샅이 알아보라고. 그걸로 알아낼 수 있는 장소가 있다면 말이야. 단서를 찾아내서 뭘 할 건지는 이야기할 필요가 없겠지."

"난 모르겠는걸."

한참 후 그가 다시 말했다.

"확률이 희박한 얘기로 들리는데."

"그럴지도 모르지."

"내가 어떻게 생각하는지 솔직히 말해 줄까? 그건 한마디로 시간 낭비야."

"그다지 많은 시간을 버리는 건 아냐. 게다가 확률이 아주 희박한 얘기도 아니고. 조, 만약 그 사건을 이미 종결된 사건으로 마음먹고 있는 게 아니라면 할 만한 일이야."

"잘 모르겠어."

"분명히 하고 싶을걸. 자넨 범인이 고용된 킬러나 미치광이라고 생각하고 있잖아. 고용된 킬러라면 사건을 종결하고 싶을 테고, 미치광이라면 놈이 재범을 저지를 때까지 기다리고 싶을 테지."

"거기까지는 생각하지 않았는데."

"어젯밤에 거기까지 이야기했어."

"어젯밤은 어젯밤이고. 제발 잊어 줘. 어젯밤 일은 벌써 이야기했잖아."

"범인은 청부 살인자가 아니야. 또 느닷없이 미치광이가 그녀를 난자한 것도 아니야."

"확신하고 있다는 말투군."

"거의 확실해."

"왜지?"

"청부 살인자라면 그런 식으로 미친 짓을 하지 않아. 놈이 여자를 찌른 방식을 봐. 정글도로 60번을 찔렀지?"

"66번이었어."

"그래, 그렇다면 66번이라고 하지."

"그리고 반드시 정글도였다고 할 수는 없어. 정글도 비슷한 거였지."

"놈은 여자를 발가벗겨 놓았어. 그러고는 푸줏간의 고기처럼 도살했지. 호텔 방 벽이 온통 피 범벅이라서 칠을 다시 해야 할 정도였다고. 그런 식으로 청부 살인을 했다는 말을 들어 본 적이 있나?"

"포주 놈이 어떤 짐승 같은 놈을 고용했는지도 모르잖아? 시신을 마구 그어 놓으라고 주문했을지도 모르지. 그녀를 완전히 조져서 본보기로 삼으려고 말이야. 무슨 마음으로 그런 짓을 했는지 누가 알겠어?"

"그러고 나서 놈이 나를 고용해서 그 사건을 조사하라고 했단 말이지?"

"이상하게 들린다는 거 알아. 매트, 하지만……."

"미치광이의 소행일 리도 만무해. 누군가 꼭지가 돌아서 저지른 일은 맞지만, 미친놈이 장난을 친 건 아니야."

"어떻게 그걸 알지?"

"아주 교활하거든. 체크인할 때 활자체로 서명한 거 하며 더러운 타월을 갖고 나간 걸 봐. 놈은 물적 증거가 될 만한 걸 남기지 않으려고 애를 썼다고."

"난 칼을 싸는 데 타월을 사용했다고 생각했는데."

"왜 그랬을까? 놈은 칼을 씻은 다음 칼을 갖고 들어올 때처럼 칼집에 도로 집어넣었을 거야. 그렇지 않고 칼을 타월로 싸려고 했다면 깨끗한 타월을 사용했겠지. 놈이 자기가 사용한 타월을 가져갈 생각을 했던 건 사람들 눈에 띄지 않게 하려고 그런 거야. 타월에는 머리카락이나 핏자국 같은 것들이 묻어 있을 수 있으니까. 자기가 킴과 관련된 중요 인물이기 때문에 용의자가 될 수도 있다는 걸 알고 있으니까."

"매트, 우린 그 타월이 더러웠는지도 확실히 모르잖아. 놈이 샤워를 했는지도 분명찮고."

"놈은 그녀를 난자하고 벽마다 온통 피를 묻혀 놨어. 놈이 씻지도 않고 거길 빠져나갔을 거라고 생각하나?"

"씻지 않았을 것 같은데."

"너 같으면 젖은 타월을 기념품으로 집에 가져갔을 것 같아? 놈은 분명히 이유가 있었다고."

"알겠어."

그가 잠시 뜸을 들이다가 말했다.

"미치광이라도 증거를 남기고 싶진 않겠지. 놈이 면식범이며 그녀를 죽일 이유를 가진 사람이란 말이지? 하지만 확실한 건 아니잖아."

"왜 놈이 그녀를 호텔로 불렀을까?"

"자기가 기다리고 있던 곳이기 때문이겠지. 자그마한 정글도를 갖고 말이야."

"왜 정글도를 갖고 그녀가 사는 37번가로 가지 않았을까?"

"그녀의 아파트로 갈 수도 있었는데 말이지?"

"맞아. 그날 종일 창녀들을 찾아다니며 이야기를 들어 봤거든. 그들이 즐겨 외근을 나가는 것 같진 않더군. 왕복 시간이 걸리니까 말이야. 나가기는 하겠지만 보통은 고객이 방문하는 편이 훨씬 더 편하다고 설득해서 전화 건 사람을 자기 집으로 오라고 하더군. 아마 그녀도 그랬겠지만 놈이 도무지 말을 듣지 않았을 거야."

"그렇군, 놈은 벌써 숙박료를 지불했을 테니까. 돈을 낭비하고 싶지는 않았겠지."

"놈이 즉시 그녀의 아파트로 가지 않았던 이유가 뭘까?"

그는 잠시 생각했다.

"그녀의 아파트에는 수위가 있었어. 어쩌면 수위실을 거쳐서 들어가고 싶지 않았을 거야."

"호텔을 잡아도 호텔 로비로 걸어 들어가야 하잖아. 숙박 카드에 서명을 하고 프런트 직원에게 말을 걸어야 하고. 아마 전에 자기를 본 적이 있는 수위를 지나쳐 들어가고 싶진 않았을 거야. 그렇지 않았다면 호텔 로비로 걸어 들어가는 것보다는 수위실을 거치는 편이 수월했을 테지."

"매트, 상당히 애매해."

"그럴 수밖에 없는걸. 그 여자를 잘 아는 누군가가 어떤 개인적인 이유로 그녀를 죽이려 들지 않았다면 누가 말도 안 되는 이 모든 일들을 저질렀겠어? 놈은 정서적으로 불안한 놈일 거야. 정신이 온전한 사람이라면 칼을 갖고 미친 짓을 하진 않지. 하지만 놈은 미치광이보다 더하게 여자를 마구 난도질 했잖아."

"누가 그런 짓을 했을 거라고 생각하나? 남자 친구가 그랬을까?"

"그 비슷하겠지."

"포주 놈과 헤어지고 그녀는 남자 친구에게 자기는 자유의 몸이라고 말하자, 그 남자 친구가 미쳤단 말이지?"

"그래, 나도 그쪽으로 가닥을 잡고 있어."

"게다가 정글도를 갖고 미친 짓을 했단 말이지? 네 말대로 자기 마누라랑 집에 있는 게 낫겠다고 마음먹은 작자라면, 그런 자가 그런 미친 짓을 하는 게 어울린다고 생각해?"

"모르겠어."

"그녀에게 남자 친구가 있었다고 확신하나?"

"아니."

"숙박 카드 말이야. 찰스 O. 존스 이름으로 된 숙박 카드랑, 그의 가명으로 된 숙박 카드가 전부 있다면 말이야. 이 숙박 카드에서 뭘 좀 알아낼 수 있을 것 같아?"

"그럴 수도 있지."

"매트, 내가 묻고 있는 건 그게 아냐."

"그렇다면 대답은 '노'야. 숙박 카드를 갖고 알아낼 수 있는 건 아무것도 없어."

"하지만 여전히 그걸 조사할 가치가 있다고 생각하는군."

"갤럭시 다운타우너의 숙박 카드를 조사하려고 해 봤다니까."

조에게 일깨워 주었다.

"그 부지배인 놈이 허락만 해 줬으면 내 시간을 들여서라도 찾아봤을 거야."

"함께 숙박 카드를 조사해 보지, 뭐."

"고마워, 조."

"다른 것도 확인해 볼 수 있을 거야. 그 지역의 1등급 호텔들을 샅샅이 뒤져서 지난 6개월 동안의 고객 숙박 카드를 확인해 보는 거야. 자네가 바라는 게 바로 그거지?"

"맞아."

"검시 결과 그녀의 목구멍과 식도에서 정액이 발견됐어. 그 사실을 알고 있었나?"

"어젯밤에 파일에서 봤어."

"먼저 놈은 그녀에게 오랄 섹스를 시킨 다음, 보이 스카우트 손칼로 그녀를 난자한 거야. 넌 놈이 남자 친구라고 생각하고 있지?"

"정액은 먼젓번 고객의 것일 수도 있어. 그녀는 창녀니까 수많은 관계를 가졌겠지."

"지문과 달리 정액 유형은 금방 검출할 수 있잖아. 오히려 혈액형과 비슷하지. 유용한 정황 증거가 되긴 하지만. 자네 말이 맞아. 그녀의 생활 방식으로 보아 정액 유형이 부합되지 않는다는 이유로 용의자에서 제외할 수는 없어."

"또 정액 유형이 부합된다고 해서 용의자로 지목할 수도 없지."

"하지만 그 사실만으로도 놈은 골 깨나 아프게 될걸. 그녀가 놈을 할퀴기라도 했다면, 그녀의 손톱 밑에 범인의 살점이 끼어 있었으면 좋겠는데. 그런 건 항상 도움이 되거든."

"모든 걸 가질 순 없어."

"물론이지. 만약 그녀가 오랄 섹스를 해 줬다면 분명히 잇새에 놈의 음모가 한두 터럭은 남아 있을 텐데. 그녀가 지나치게 고상해 보인다는 게 문제야."

"맞아, 그게 문제야."

"게다가 문제는 말이지, 이 사건이 미궁에 빠진 사건으로 보이기 시작했다는 거야. 내 책상 위에는 처리할 시간이 없는 서류가 산더미 같이 쌓여 있는데 넌 나를 이 사건에 얽어매 놓고 있다고."

"사건이 해결되면 얼마나 뿌듯할지 생각해 보라고."

"허, 내가 그런 영광을 누릴 수 있을까?"

"누구라도 그럴 수 있지."

방문해야 할 창녀들이 세 명이나 남아 있었다. 서니, 루비, 메리 루. 내 수첩에는 그들의 전화번호가 적혀 있었다. 하지만 오늘 하루에 벌써 너무 많은 창녀들과 이야기를 나누었다. 챈스의 응답 서비스로 전화를 걸어 내게 전화해 달라는 메시지를 남겼다. 금요일 밤이었다. 그는 야구장에 나가 두어 명의 소년들이 서로 치고받는 걸 구경하고 있을지도 몰랐다. 아니면 키드 배스컴의 시합을 보러 갔을까? 다나 캠피온의 시를 꺼내 읽었다. 시에 사용된 모든 색깔들이 내 머릿속에서 핏빛으로 얼룩져 보였다. 주홍색에서 적갈색으로 바랜 선명한 동맥혈의 빛깔이었다. 문득 이 시가 씌어졌을 때 킴은 살아 있었다는 생각이 들었다. 내가 다나의 시구에서 운명적인 한마디를 찾으려 했던 이유는 뭘까? 다나는 뭔가를 알아채고 있었던 걸까? 아니면 나는 실제로 있지도 않은 것을 찾고 있었던 것일까?

그녀는 킴의 금발에 대해서는 언급하지 않았다. 아마도 그 환한 금발을 햇빛이 가렸던 모양이다. 머리 뒤통수에 땋아 붙인 금발을 보고 얀 킨의 메두사가 생각났다. 깊이 생각하지 않고 수화기를 들어 얀에게 전화를 걸었다. 한참 동안 전화번호가 생각나지 않다가 불현듯 마술사가 카드 한 장을 불쑥 내밀듯이 기억이 살아났다.

벨이 네 번 울렸다. 수화기를 놓으려는 순간, 나지막하게 숨찬 목소리가 들렸다.

"얀, 나 매트 스커더야."

"매트! 바로 한 시간 전에 네 생각을 하고 있었는데. 잠깐만, 막 들어오는 참이거든. 옷 좀 벗고……. 어떻게 지내니? 네 목소리 들으니 정말 반갑다."

"잘 지내고 있어. 너는?"

"아, 다 괜찮아. 하루하루 지내."

그녀의 말은 짤막한 선전 문구처럼 들렸다.

"여전히 모임에는 잘 나가고?"

"음. 실은 방금 모임에 갔다 오는 길이야. 넌 어때?"

"그다지 나쁘지 않아."

"잘됐어."

어느 모임이었더라? 금요일인가? 수요일, 목요일, 금요일.

"난 주 3일 모임에 나가."

"매트, 굉장한데!"

'뭐가 그리 굉장하다는 거지?

"나도 그렇게 생각해."

"넌 모임에 계속해서 나갔었니?"

"대충은 그랬지. 내가 그 모든 걸 받아들일 준비가 되어 있는지 모르겠어."

우리는 조금 더 이야기를 나누었다. 어떤 모임에서고 조만간 마주치게 될 거라고 그녀가 말했다. 나는 정말 그럴 수 있겠다고 맞장구를 쳐 줬다. 그녀는 6개월 가까이 금주를 하고 있었으며 벌써 두어 차례나 증언을 했다. 언젠가 그녀의 이야기를 듣게 되면 재미있을 거라고 내가 말했다.

"내 이야길 듣겠다고? 맙소사, 거기 너도 등장하는데."

방금 조소 작업에 들어간 모양이었다. 그녀는 술 취하지 않은 동안에는 통화 중에도 손을 쉬지 않았다. 흙을 갖고 원하는 모양이 나오도록 빚는다는 것이 수월한 일은 아니었지만, 그녀는 삶의 균형을 유지하려 애쓰면서 작업에 몰두하고 있었다. 무엇보다 술을 끊는 일이 중요했으며, 나머지 생활은 나름대로 규칙이 생기기도록 했다.

그녀는 내게 어떠냐고 물었다. 사건을 하나 맡아서 아는 사람을 찾고 있다고 말했다. 자세한 이야기는 하지 않았다. 그녀도 캐묻지 않았다. 대화는 제자리걸음을 하다가 몇 번이나 끊어졌다.

이윽고 내가 말했다.

"그냥 안부나 물어봐야겠다는 생각이 들어서 전화한 거야."

"전화해 줘서 기뻐, 매트."

"언젠가 우연히 만나게 될 거야."

"그러길 바라."

전화를 끊고 나자 리스페냐드가에 있는 그녀의 아파트에서 술을 마셨던 때가 기억이 났다. 거나하게 취기가 돌면 우리는 흥분해서 떠들곤 했다. 얼마나 감미로운 밤이었던가.

금주 모임에서 사람들은 술 끊은 날 중 최악의 날이라도 술에 취한 날 중 최고의 날보다 낫다고들 이야기한다. 그러면 모두들 푸에르토리코 인의 운전석 앞쪽에 놓인 장난감 개처럼 고개를 끄덕인다. 얀과 함께 했던 그날 밤이 생각났다. 그리고 남루하기 짝이 없는 내 방을 둘러보면서 오늘 밤이 그날 밤보다 나은 이유를 찾으려고 애썼다.

손목시계를 들여다보았다. 주류 판매소들은 문을 닫은 시간이었다. 하지만 술집들은 아직 몇 시간은 더 문을 열 터였다.

나가지 않고 방 안에 버티고 있었다. 밖에는 경찰 순찰차가 사이렌을 울리면서 지나갔다. 소리가 잦아들고 몇 분이 지난 후에 전화벨이 울렸다.

챈스였다.

"일 잘하고 있다며?"

호의적인 말투였다.

"소식은 줄곧 듣고 있지. 여자들이 협조는 잘하고?"

"친절하더군."

"뭐 좀 알아냈나?"

"아직 말할 단계는 아냐. 여기저기서 한 조각씩 얻은 증거를 갖고 결론을 내리기는 어려울 것 같아. 킴의 아파트에서 가져간 게 있나?"

"약간의 돈을 가져왔을 뿐이냐. 왜 그러나?"

"얼마나?"

"2, 300달러. 화장대 맨 위 서랍에 현금이 있더군. 거긴 은밀히 숨겨 두는 장소가 아니라 그냥 그녀가 돈을 넣어 두는 곳이었어. 숨겨 둔 비상금이라도 있나 둘러봤지만 아무것도 보이지 않았어. 예금 통장이나 금고 열쇠도 눈에 띄지 않더군. 자넨 봤나?"

"아니."

"혹시 돈이 있었나? 그랬다면 주운 사람이 임자지. 그냥 물어보는 거야."

"돈이 없었단 말이지. 자네가 가져간 게 전부라고?"

"그리고 나랑 함께 찍은 사진을 한 장 가져왔어. 나이트클럽 사진사가 찍은 사진이지. 남겨 둬서 경찰 눈에 띄도록 할 필요는 없을 것 같아서. 왜 그러지?"

"그냥 궁금해서 말이야. 경찰이 널 데려가기 전에 거길 갔나?"

"경찰이 나를 데려가진 않았어. 내가 자진해서 갔지. 맞아, 내가 먼저 거길 갔어. 경찰이 도착하기 전이었지. 경찰이 먼저 도착했으면 그 2,300달러는 사라져 버렸겠지."

그랬을 수도 있고 그렇지 않았을 수도 있다.

"고양이는 자네가 데려갔나?"

"고양이라니?"

"그녀는 자그마한 검은 고양이를 키우고 있었어."

"맞아, 그랬어. 고양이 생각은 못했네. 아니, 난 데려가지 않았어. 생각이 났더라면 음식이라도 줬을 텐데. 왜 그러지? 고양이가 사라지기라도 했나?"

그렇다고 대답했다. 그리고 배변기도 없어졌다고 말했다. 그 아파트에 갔을 때 고양이를 본 적이 있는지 물었지만 그는 모른다고 했다. 고양이가 눈에 띄지도 않았지만, 그가 고양이를 찾은 적도 없었다.

"게다가 급히 움직였거든. 들어갔다 나오는 데 채 5분도 걸리지 않았으니까. 고양이가 발끝에 채였을지도 모르지만 고양이 생각은 전혀 못했던 것 같아. 그게 무슨 문제지? 고양이가 그녀를 죽이기라도 했나?"

"아니."

"그녀가 고양이를 호텔로 데려갔으리라고는 생각지 않는군, 그렇지?"

"그녀가 왜 그래야 하는데?"

"글쎄, 우리가 뭣 때문에 고양이 이야길 하는지 모르겠는걸."

"누군가 고양이를 데려간 게 분명해. 그녀가 죽은 후에 너 말고 누군가가 그녀의 아파트에 가서 고양이를 데리고 나왔어."

"오늘 고양이가 거기 없었다고 확신하는군. 낯선 사람이 들어

오면 동물들은 겁을 먹고 몸을 숨기지."

"고양이는 없었어."

"경찰이 들어올 때 걸어 나갈 수도 있었을 거야. 문이 열리자 고양이가 달아난 거지. 잘 가, 고양이."

"고양이가 자기 배변기를 갖고 갔다는 말은 들어 본 적이 없어."

"아마 누군가 이웃 사람이 데려갔을 거야. 야옹 소리를 듣고 고양이가 굶주리지 않도록 하려고 그랬을 거야."

"누군가 열쇠를 가진 이웃이?"

"이웃 사람과 열쇠를 바꾸어 가지는 사람들이 있잖아. 밖에서 문이 잠길 경우를 대비해서 말이야. 아니면 수위한테서 열쇠를 얻었거나."

"그랬을 수도 있겠는걸."

"분명히 그랬을 거야."

"내일 이웃 사람들한테 확인해 봐야겠어."

그가 부드럽게 휘파람을 불었다.

"하나도 놓치지 않는군. 그렇지? 고양이처럼 사소한 것까지 말이야. 개가 뼈다귀를 물듯이 물고 늘어지는데."

"그게 일하는 방식인걸. 일단 문부터 두드리는 거야."

"그게 뭐지?"

"우물쭈물하지 말고 일단 부딪혀 보라는 거야."

"아, 난 그런 게 좋아. 다시 말해 줄래?"

나는 다시 말했다.

"일단 문부터 두드리자고. 나도 그런 게 좋아."

열여덟

토요일은 사람들을 방문하기에 좋은 날이다. 대개는 그렇다. 주중에 비해 집에 있는 사람들이 많기 때문이다. 이번 토요일은 날씨조차 궂어 외출하기에 좋지 않았다. 어두운 하늘에서 가는 비가 내렸으며 거센 바람이 불어 왔다.

뉴욕에서는 이따금 바람이 이상하게 불어 댄다. 높은 빌딩들이 바람의 흐름을 차단시켜 회오리를 만들기 때문에 일어나는 현상이다. 블록마다 제각기 다른 바람이 불었다. 그날 아침부터 오후 내내 바람이 내 얼굴을 때리는 것 같았다. 내가 모퉁이를 돌면 바람도 따라 돌았다. 바람이 계속해서 나를 향해 불면서 비를 퍼부어 댔다. 이따금 상쾌하게 느껴지는 때도 있었지만 어깨를 웅크리고 머리를 숙여야 할 때는 비바람이 원망스러웠다. 빗속에 외출한 나 자신이 싫어졌다.

처음 들른 곳은 킴의 아파트였다. 고개를 끄덕여 인사를 하고 수위실을 지나갔다. 열쇠를 손에 들고서. 전에 본 적이 없는 수위였다. 내가 너무 일방적으로 친한 척하지 않았나 싶은 생각이 들었지만 그는 나를 제지하지 않았다. 엘리베이터를 타고 올라가 킴의 아파트로 들어갔다.

아직도 고양이가 행방불명인지 확인하고 싶었던가 보다. 그것 말고는 그녀의 아파트에 들어가 봐야 할 이유가 없었다. 아파트는 지난번 왔을 때와 다른 게 없어 보였다. 고양이나 배변기는 아무 데도 눈에 띄지 않았다. 그 생각을 하면서 부엌을 살펴보았다. 캔이나 박스에 든 고양이 먹이도 보이지 않았다. 고양이 가방도 고양이 밥그릇도 없었다. 아파트 어디에서도 고양이 냄새를 맡을 수 없었다. 고양이에 대한 내 기억이 잘못된 것이 아니었을까 하는 생각이 들기 시작했다. 그때 냉장고에서 반쯤 담긴 채 플라스틱 뚜껑이 덮인 '장화 신은 고양이' 캔을 발견했다.

'대단한데.'

위대한 탐정께서 드디어 단서를 찾아내신 것이다. 위대한 탐정은 오래지 않아 고양이를 찾아냈다. 복도를 오르락내리락 하며 집집마다 문을 두드렸다. 비 오는 토요일이라고는 하지만 모두들 집에 있는 건 아니었다. 처음 만난 세 사람은 고양이의 행방은커녕 킴이 고양이를 갖고 있었는지도 몰랐다.

네 번째로 문을 열어 준 사람은 앨리스 심킨이라는 자그마한 오십대 부인이었다. 그녀는 내가 킴의 고양이 이야기를 꺼내기 전까지는 경계하는 듯한 말투였다.

"아, 팬더 말이군요. 팬더 때문에 오셨군요. 누군가 찾아올 거라는 생각은 하고 있었어요. 들어오실래요?"

그녀는 덮개를 씌운 의자에 나를 앉히고 커피를 갖다 주고는 방 안에 가구가 너무 많다며 민망해했다. 자기는 과부인데, 교외의 주택에서 이 아파트로 이사를 오면서 많은 물건을 없앴지만 가구들을 버리지 못한 건 실수였다고 했다.

"이 집은 마치 장애물 코스 같죠. 게다가 어제 이사 온 집 같지는 않잖아요. 여기 온 지가 벌써 2년이 다 되어 가네요. 하지만 진짜 급할 일이 없으니까 자꾸 미루게 되나 봐요."

그녀는 그 건물 안에 사는 누군가에게서 킴이 죽었다는 소문을 들었다. 그리고 다음날 아침 사무실 책상에 앉아 있을 때 문득 킴의 고양이가 생각났다. 누가 고양이에게 먹이를 주지? 누가 돌봐 주나?

"점심 시간이 될 때까지 기다렸어요. 한 시간 더 고양이를 굶기지 않으려고 사무실을 박차고 나갈 정도로 정신없이 굴진 않겠다고 다짐했기 때문이죠. 고양이에게 먹이를 먹이고 배변기를 청소하고 물을 갈아 줬어요. 그리고 그날 저녁 퇴근한 후에 확인해 봤더니, 고양이를 돌보러 온 사람이 아무도 없는 게 분명했어요. 그날 밤새 그 가엾은 고양이 생각을 하다가 아침에 먹이를 주러 가서는 당분간 데리고 있는 것도 괜찮겠다는 생각이 들었죠."

그녀가 미소 지었다.

"이제는 적응이 됐나 봐요. 고양이가 그녀를 보고 싶어 할 거라고 생각하세요?"

"모르겠는데요."

"고양이는 나를 보고 싶어 하지 않겠지만 나는 고양이가 보고 싶을 거예요. 고양이를 키우는 건 처음이거든요. 여러 해 전에 개를 키운 적은 있죠. 하지만 개를 키우고 싶은 생각은 없어요. 여긴 도시잖아요. 그렇지만 고양이는 별 문제 없을 것 같아요. 고양이가 이 가구들을 좀 긁기라도 한다면 이 생각 저 생각 안 하고 내다 버리겠지만, 팬더는 발톱을 집어넣고 있으니까 가구를 긁어놓을 염려도 없거든요."

그녀가 살며시 웃었다.

"킴의 아파트에서 고양이 먹이를 다 가져왔는지 모르겠어요. 먹이를 모두 갖다드릴 수 있어요. 그리고 팬더는 어디 숨어 있을 거예요. 하지만 금방 찾을 수 있어요."

고양이 때문에 온 게 아니라고, 원한다면 계속해서 고양이를 키워도 좋다고 그녀를 안심시켰다. 그녀는 적이 놀라는 눈치였다. 안도의 빛이 확연했다. 하지만 고양이 때문에 온 게 아니라면 무엇 때문에 거기 갔던가? 내 역할에 대해 짤막하게 설명해 주었다. 그녀가 내 말뜻을 되새기고 있을 때, 나는 어떻게 해서 킴의 아파트에 들어갈 수 있었느냐고 물었다.

"아, 열쇠를 갖고 있어요. 몇 달 전에 그녀에게 내 집 열쇠를 주었거든요. 내가 멀리 여행을 떠나기 전에 그녀가 내 집 화분에 물을 주었으면 해서요. 돌아온 직후에 그녀가 내게 자기 집 열쇠를 주었죠. 왜 그랬는지는 기억이 나지 않네요. 팬더에게 먹이를 주기를 바랐던 걸까요? 정말 기억이 나지 않아요. 내 마음대로 고양이 이름을 바꾸어 불러도 된다고 생각하세요?"

"무슨 말이죠?"

"고양이 이름 같은 건 별로 신경 쓰지 않고 있지만 바꾸어 불러도 되는지 모르겠어요. 고양이가 자기 이름을 아는 것 같지는 않거든요. 고양이가 알아듣는 건 저녁 식사 시간을 알리는 전기 캔 따개의 윙 소리뿐이죠."

그녀가 미소 지었다.

"모든 고양이는 고양이 자신만이 아는 비밀 이름을 갖고 있다고 T. S. 엘리어트가 썼어요. 그러니까 고양이를 내가 뭐라고 부르건 사실 중요하지 않은 것 같아요."

킴 이야기로 화제를 돌려 그녀가 얼마나 가까운 친구였는지 물었다.

"우리가 친구였는지 모르겠네요. 우린 이웃이었어요. 좋은 이웃이었죠. 그녀의 아파트 열쇠를 갖고 있었지만 우리가 친구였는지는 모르겠어요."

"그녀가 창녀라는 걸 알고 있었나요?"

"알고 있었나 봐요. 처음엔 그녀가 모델인 줄 알았어요. 모델처럼 생겼잖아요."

"그래요."

"하지만 어떻게 하다가 그녀의 진짜 직업을 알게 됐어요. 그녀 자신은 한번도 이야기한 적이 없어요. 자기 직업이 뭔지 짐작케 하는 이야기를 실수로 흘렸던 것 같아요. 그리고 그녀를 자주 찾아오는 흑인 남자가 있었거든요. 여하튼 난 그가 그녀의 포주라고 생각하게 되었어요."

"그녀에게 남자 친구가 있었나요. 심킨 부인?"

"그 흑인 남자 말고요?"

그녀는 그 질문에 대해 잠시 생각했다. 그녀가 생각하는 동안 검은 고양이가 번개같이 양탄자를 가로질러 소파 위로 휙 뛰어오르더니 다시 한번 껑충 뛰어올랐다가 사라졌다.

"보셨죠? 이놈은 전혀 팬더 같지 않아요. 뭘 닮았는지는 모르지만, 팬더하고는 딴판이잖아요. 그녀에게 남자 친구가 있었느냐고 물었죠?"

"맞아요."

"그건 나도 궁금하게 생각해요. 그녀가 비밀스런 일을 도모하고 있었던 건 확실해요. 마지막으로 이야기를 나누었을 때 그녀가 넌지시 이런 말을 했으니까요. 자기는 곧 멀리 떠날 거라고, 이제 더 나은 삶을 위한 전환점을 맞게 될 거라고요. 나는 그녀가 허황된 이야기를 하고 있다고 여겼어요."

"왜죠?"

"그녀가 포주랑 멀리 달아나서 영원히 행복하게 살고 싶어 한다고 생각했기 때문이죠. 자기가 창녀이며 포주가 있다는 이야기를 내게 털어놓은 적이 없었기 때문에 자세한 이야기는 하려 들지 않았지만요. 포주들은 자기가 데리고 있는 여자에게 이렇게 말할 거예요. 다른 여자들은 중요하지 않다, 돈이 모이는 대로 둘이 멀리 가서 호주에 있는 양 목장이나 뭐 그 비슷한 부동산을 사자고 말이에요."

모튼가에 사는 프랜 섹터가 생각났다. 그녀는 챈스랑 자기는 수많은 전생을 통해 숙명적인 인연으로 묶여 있다고 믿고 있었다.

"그녀는 자기 포주와 갈라설 계획이었어요."

"다른 남자를 만나려고요?"

"내가 알고 싶은 게 바로 그거예요."

그녀는 킴이 특별히 누구와 함께 있는 것을 본 적도 없고, 킴의 아파트를 방문하는 남자들을 유심히 본 적도 없었다. 여하튼 밤에 그런 종류의 방문객들이 찾아오는 일은 별로 없었으며, 낮 동안에는 직장에서 일하고 있었기 때문이라고 그녀가 설명했다.

"모피 옷은 그녀 자신이 샀을 거라는 생각이 들었어요. 그녀는 그 옷을 아주 자랑스러워했어요. 마치 누군가가 그녀를 위해 사 주었다는 듯이 말이죠. 하지만 내 눈엔 스스로 모피 옷을 사야 했다는 사실이 부끄러워 숨기고 싶어 하는 것처럼 보였어요. 그녀는 분명히 남자 친구가 있었던 것 같아요. 그 옷이 어떤 남자로부터 받은 선물인 양 으스댔죠. 하지만 그런 말을 입 밖에 낸 적은 없어요"

"그래요. 그녀는 모피 옷이나 보석을 자랑했어요. 그녀가 포주를 떠나려고 했다면서요. 그 때문에 그녀가 살해된 건가요?"

"모르겠어요."

"그녀가 살해된 일에 대해서는 생각하고 싶지 않아요. 왜, 어떻게 그 일이 일어났는지에 대해서도 알고 싶지 않고요. 『워터십 다운의 열한 마리 토끼』라는 책을 읽어 보신 적 있나요?"

읽은 적이 없었다.

"그 책에 토끼 마을이 나오거든요. 인간들에 의해 길들여진 토끼들의 마을이죠. 인간들이 토끼를 위해 음식을 마련해 주기 때문에 식량은 충분해요. 식량을 주는 사람들이 이따금 덫을 놓아 토끼 고기를 먹으려고 드는 것만 빼면 토끼 천국이라고 할 수 있죠. 살아남은 토끼들은 절대로 덫에 대해 이야기하거나 덫에 걸려 죽은 친구들에 대해 말하는 법이 없어요. 그들은 덫이라는 것이 존재하지도 않는 듯이 죽은 동료들이 아예 살았던 적도 없었다는 듯이 태연히 행동하기로 무언의 약속을 한 셈이죠."

그녀는 이야기하는 동안 시선을 돌리고 있다가 문득 내 눈을 똑바로 쳐다보았다.

"뉴요커들이 마치 그 토끼들 같다는 생각이 들어요. 우리가 여기 사는 건 문화든 일자리든 간에 이 도시가 주는 뭔가가 필요해서죠. 그리고 이 도시가 우리 친구나 이웃들을 죽일 때 우리는 저마다 다른 방식으로 보죠. 그런 기사를 읽으면 하루나 이틀쯤은 그 사건에 대해 이야기하지만 곧 잊어버리는 거예요. 잊어버리지 않으면 그 일에 대해 뭔가를 해야 하는데 그럴 수가 없기 때문이죠. 그러지 않으려면 이 도시를 떠나야 하는데 떠나고 싶지 않기 때문이죠. 우린 마치 그 토끼들 같아요. 그렇죠?"

내 전화번호를 남기고 생각나는 게 있으면 전화해 달라고 말했다. 그러마고 그녀가 말했다. 엘리베이터를 타고 로비로 내려갔지만, 로비에 도착하자 내리지 않고 12층으로 도로 올라갔다. 그 검은 고양이를 찾았다고 해서 몇 집 더 문을 두드리는 것이 시간 낭비가 될 것 같지는 않았기 때문이었다.

하지만 그뿐이었다. 여섯 명에게 말을 걸었으나 아무것도 알아내지 못했다. 그들과 킴은 전혀 왕래가 없었다. 한 남자는 자기 이웃이 살해되었다는 사실도 몰랐다. 다른 사람들은 그 사건에 대해 알고는 있었지만 그 이상은 없었다.

더 이상 문을 두드릴 집이 없어졌을 때 나는 킴의 아파트 문 앞에 서 있었다. 열쇠를 손에 들고서. 무엇 때문에 여기 서 있는가? 거실 옷장에 있던 와일드 터키 5번이 생각나서?

그녀의 열쇠를 호주머니에 집어넣고 재빨리 그곳을 벗어났다.

회원 수첩을 보고 킴의 아파트에서 불과 몇 블록 떨어진 곳에서 열리는 정오 모임에 갔다. 연사가 증언을 막 끝낼 무렵 안으로 들어갔다. 첫눈에 안이라는 생각이 들었지만 한 번 더 보니 전혀 닮지도 않은 사람이었다. 커피를 한 잔 마시고 뒷자리에 앉았다.

방은 담배 연기가 자욱했고, 사람들로 꽉 차 있었다. 토론은 금주 프로그램의 정신적인 측면을 강조하는 것 같았다. 하지만 그게 뭔지도 분명히 알 수 없었을 뿐 아니라 거기에 대해 명쾌하게 설명해 주는 사람도 없었다.

그때 덩치 큰 남자가 몹시 거슬리는 목소리로 그럴듯한 이야기를 했다.

"나는 체면 때문에 여기 왔어요. 그런데 내 체면이 내 영혼에 붙어 있다는 걸 알게 됐죠."

토요일은 남의 집을 방문하기에 좋은 날이기도 하지만 창녀를 찾아가기에도 좋은 날이다. 토요일 오후에 창녀를 찾아간다는 말은 들은 적이 없을 테지만 그날은 예외였다.

점심을 먹고 나서 렉싱턴 IRT(뉴욕의 지하철 노선 이름—옮긴이)를 타고 주택가로 갔다. 차는 붐비지 않았으며, 내 바로 건너편에 앉은 피 재킷(선원 등이 입는 두꺼운 더블 모직 상의—옮긴이)을 입고 밑창이 두꺼운 부츠를 신은 흑인 아이가 담배를 피우고 있었다. 더킨과 했던 이야기가 생각나서 그 아이에게 담배를 끄라고 말하고 싶었다.

'젠장. 네 일이나 잘하라고. 내버려 둬.'

68번가에서 내려서 북쪽으로 한 블록, 동쪽으로 두 블록을 걸어 갔다. 루비 리와 메리 루 바커는 대각선 방향으로 반대편 아파트에 살고 있었다. 먼저 남서쪽 모퉁이에 있는 루비의 아파트로 갔다. 내가 가고 있는 방향에서 가까웠기 때문이다. 수위가 인터폰을 통해 내게 들어오라고 말해 줬다. 꽃 배달부 아이와 함께 엘리베이터를 탔는데 그 아이가 장미를 한아름 들고 있어서 엘리베이터 안은 꽃향기가 진동했다.

문을 두드리자 루비가 웃으며 선선히 문을 열어 주더니 나를 안으로 들였다. 가구가 거의 없었지만 집주인의 높은 안목을 보여 주는 아파트였다. 현대적이고 중성적인 느낌의 가구와 더불어 실내에 동양적인 색채를 더해 주는 몇 가지 소품들이 눈에 띄었다. 중국산 양탄자, 까만 옻칠을 입힌 액자에 끼워진 일본 그림 몇 점, 대나무 발. 아파트를 이국적으로 만드는 것은 단지 그런 소품들만이 아니었다. 루비 자신이 더욱 이국적인 분위기를 연출하고 있었다.

킴만큼은 아니지만 그녀도 키가 크고 버들같이 나긋나긋한 몸매를 갖고 있었다. 몸매를 완연히 드러내는 검정 롱드레스를 입었는데 걸으면 허벅지가 드러나도록 옆이 깊게 터져 있었다. 그녀는 나를 자리에 앉히고 마실 거라도 가져오겠다고 해서 차를 달라고 했다. 그녀는 한번 웃어 보이고는 두 사람 분의 차를 내왔다. 립톤이라는 것을 알 수 있었다. 내가 무슨 차를 마시고 싶었는지는 아무도 모른다.

그녀의 아버지는 프랑스 인과 세네갈 인의 혼혈이었으며 그녀의 어머니는 중국인이었다. 그녀는 홍콩에서 태어나 마카오에서 살다가 파리와 런던을 거쳐 미국으로 왔다. 그녀는 내게 자기 나이를 말하지 않았다. 나는 묻지 않았다. 몇 살인지 짐작도 할 수 없었다. 그녀가 스무 살이라고 하든 마흔다섯 살이라고 하든 그 사이의 몇 살이라고 하든 조금도 이상할 것 같지 않았다.

그녀는 킴을 만난 적이 딱 한 번 있었다. 실제로 킴에 대해 아는 건 아무것도 없었으며 다른 여자에 대해서도 별로 아는 게 없었다. 그녀는 한동안 챈스와 함께 지내면서 자기들의 관계가 편안하게 자리를 잡아 간다고 생각했다.

킴에게 남자 친구가 있는지를 그녀는 몰랐다. 무엇 때문에 한 여자가 일생에 두 남자를 필요로 하게 되는지 그녀는 이해하지 못했다. 그렇게 되면 두 남자에게 돈을 줘야 하지 않느냐고 했다.

킴은 남자 친구와 다른 종류의 관계를 갖고 있었을지도 모르지 않느냐, 어쩌면 남자 친구가 그녀에게 선물을 주었을 수도 있다고 넌지시 말했다. 그녀는 이해할 수 없다는 표정을 지었다. 고객을 두고 한 말이었냐고? 그럴 수도 있다고 내가 말했다. 하지만 고객은 남자 친구가 아니라고 그녀가 말했다. 고객이란 줄지어 늘어선 남자들일 뿐이었다. 고객에게 어떻게 특별한 느낌을 가질 수 있겠나?

도로를 건너갔다. 메리 루 바커는 내게 콜라를 따라 주고 치즈와 크래커 접시를 내왔다.

"그러니까 이무기 여인을 만나신 거네요."

"굉장한데. 그녀가 바로 이무기 여인이란 말이지?"

"부드럽게 표현한 거예요."

"세 종족의 피가 섞여 굉장한 미인을 탄생시켰잖아요. 충격적인 일이죠. 그런데 문을 열어 보면 아무도 없어요. 잠깐 이리 와 보세요."

메리가 서 있는 창가로 가서 그녀가 가리키는 곳을 보았다.

"저게 그녀의 방 창문이에요. 내 아파트에서 그녀의 아파트가 보여요. 우리가 아주 좋은 친구일 거라고 생각하시죠? 아무 때고 와서 설탕 한 컵을 꾼다거나 월경 전 증후군을 호소하는 식으로요. 그렇게 생각하시는 거죠?"

"그런데 상황이 그렇지는 못했다는 얘기군?"

"그녀는 항상 격식을 차렸어요. 하지만 그녀는 거기 없었어요. 그녀는 아무와도 아무 관련이 없어요. 그녀의 아파트로 간 수많은 고객들을 알고 있거든요. 내가 그녀에게 고객을 소개해 주기도 하죠. 가령 동양 여자에 대한 환상을 갖고 있다고 말하는 남자가 있으면 넌지시 그녀 이야기를 꺼내거나, 아니면 당신이 좋아할 만한 여자를 알고 있다고 남자에게 귀띔을 해 주기도 하죠. 아시죠? 이 거야말로 세상에서 가장 확실한 일이에요. 고객들이야 고마워하죠. 그녀가 예쁘고 이국적이니까요. 게다가 잠자리 기술도 좋다고 하던데요. 하지만 그녀를 다시 찾는 고객은 별로 없어요. 한번쯤 가 본 걸로 만족하지만 다시 찾지는 않아요. 그녀의 전화번호를 친구들에게 주겠지만 자기가 다시 전화를 걸지는 않죠. 그녀는 늘 바쁘긴 해도 단골이 없는 게 분명해요. 한번도 단골은 없었을걸요."

그녀는 섬세한 얼굴과 작고 고른 치아에 짙은 머리카락, 보통보다 약간 큰 키를 가진 날씬한 여자였다. 그녀는 머리를 뒤로 모아 땋아 붙이고 연한 황색 빛이 도는 렌즈의 고글 형 안경을 끼고 있었다. 그녀 자신은 전혀 의식하지 못하고 있겠지만, 그런 머리 모양과 안경이 어울려 다소 심각한 인상을 주었다.

"안경을 벗고 머리를 내리면 훨씬 더 부드러워 보여요. 훨씬 덜 험악해 보이죠. 물론 드세 보이는 여자를 좋아하는 남자들도 있긴 하지만요."

킴에 대해서 메리가 말했다.

"그녀를 잘 알지는 못해요. 사실 챈스의 여자들 중 아무도 잘 알지는 못해요. 그 여자들이 무슨 단서가 되겠어요! 서니는 파티 걸로 손색이 없는 여자죠. 그녀는 창녀가 된 후에 단번에 팔자가 폈다고 생각하나 봐요. 루비는 찔러도 피 한 방울 나올 것 같지 않은 여자죠. 일종의 자폐 증세가 있는 여자예요. 돈을 모으고 있는 게 분명해요. 언젠가 마카오나 포트세드로 돌아가서 아편굴을 열 거예요. 챈스도 아마 그녀가 돈을 가로챈다는 걸 알고 있지만 적당히 봐주고 있는 것 같아요."

그녀는 비스킷 위에 치즈 조각을 얹어서 내게 권하고는 자기도 적포도주를 홀짝거리면서 몇 개 먹었다.

"프랜은 뮤지컬 「원더풀 타운」에 나오는 매력 덩어리 괴짜예요. 난 그녀를 '그리니치 빌리지 아가씨'라고 부르죠. 그녀의 자기 기만은 가히 예술의 경지에 올라 있다니까요. 자기가 만들어 낸 환상 체계를 유지하려면 마리화나를 1톤은 피워야 할 거예요. 콜라 더 드실래요?"

"됐어."

"와인 한잔 할 생각은 없으신가 봐요. 아니면 독한 술이라도 드릴까요?"

나는 고개를 가로저었다. 클래식 음악 방송 채널에 맞추어진 라디오에서 방해되지 않을 정도로 잔잔한 배경 음악이 흘렀다. 메리 루는 안경을 벗어 들고 입김을 불어 냅킨으로 안경을 닦았다.

"그리고 다나는 사창가의 에드너 세인트 빈센트 밀레이(미국의 서정 시인이자 극작가. 공공연한 양성애자로 자유분방한 삶을 살았다—옮긴이)라고 할 수 있죠. 그녀에게 시는 프랜에게 마리화나와 같은 걸 거예요. 그녀는 훌륭한 시인이잖아요."

나는 다나의 시를 갖고 있었으므로 그것을 메리 루에게 보여 줬다. 그녀가 시를 자세히 들여다보고 있는 동안 그녀의 이마에 세로로 주름이 나타났다.

"미완성이야. 좀 더 손을 봐야겠지."

내가 말했다.

"언제 시가 완성된 건지 시인들은 어떻게 아는지 모르겠어요. 화가들도요. 언제 끝내야 할지 어떻게 알죠? 난 도무지 모르겠어요. 이 시는 킴에 대해 쓴 것 같은데요?"

"그래."

"무슨 뜻인지 모르겠지만 뭔가가 있어요. 그녀는 여기 뭔가 중요한 걸 쓴 거예요."

새처럼 머리를 갸웃거리며 그녀는 잠시 생각했다.

"킴에 대해서는 전형적인 창녀라는 생각을 했던 것 같아요. 북부 미드웨스트 출신의 눈부신 금발, 평생 흑인 포주의 팔에서 놀아나기 위해 태어난 여자 같아요. 그거 알아요? 그녀가 살해되었을 때 난 놀라지 않았어요."

"왜 놀라지 않았지?"

"확실히는 모르겠어요. 충격은 받았지만 놀라지는 않았어요. 그녀가 좋지 않게 끝나리라고 생각하고 있었던가 봐요. 급사를 할 거라고요. 꼭 살해되지는 않더라도 인생의 희생자가 될 거라는 생각이 들었거든요. 예를 들어 자살을 한다든가. 아니면 알코올과 약을 잘못 섞어 먹는다든가요. 내가 아는 한 그녀는 많이 마시지도 않고 약을 복용하지도 않는데 말이에요. 자살 쪽으로 생각했지만 살해될 수도 있었어요. 평생 이 짓을 할 것 같지는 않았거든요. 시골에서 자란 순진한 여자가 이 생활을 감당하기는 어려웠을 거예요. 게다가 이 생활을 그만둘 수도 없을 것처럼 보였어요."

"그녀는 그만두고 있는 중이었어. 챈스에게 떠나겠다고 말했다고."

"그 말이 진짜라고 생각하세요?"

"그래."

"그래서 챈스는 뭐라고 했대요?"

"그녀더러 알아서 하라고 말했다는군."

"정말 그렇게 말했대요?"

"물론이지."

"그 다음에 그녀가 살해됐어요. 그 일과 관련이 있나요?"

"반드시 관련이 있을 거라고 생각해. 그녀에게는 남자 친구가 있었는데, 그 남자가 관련이 있을 거라는 생각이 들어. 그녀가 챈스에게서 벗어나려고 했던 이유가 그 남자 때문인 것 같거든. 그녀가 살해된 이유 역시 그 남자 때문이겠지."

"하지만 그 남자가 누군지도 모르잖아요."

"모르지."

"혐의가 가는 사람이라도 있나요?"

"아직은 없어."

"그렇군요. 나 역시 도움이 될 것 같지는 않네요. 마지막으로 그녀를 만난 게 언젠지 모르겠지만 그녀의 눈이 진실한 사랑으로 빛나는 걸 본 기억은 나지 않아요. 실제로 그랬을 수도 있겠죠. 한 남자가 그녀를 이 지경으로 몰아간 거예요. 그녀는 아마 이 생활에서 벗어나게 해 줄 다른 남자가 필요했을 테죠."

메리 루는 자기가 어떻게 해서 이 생활에 발을 들여놓게 됐는지 이야기했다. 그런 건 물어볼 생각도 없었지만 여하튼 그녀의 이야기를 들어야 했다.

웨스트 브로드웨이의 한 갤러리에서 소호 개업식에 갔을 때 누군가가 그녀에게 챈스를 가리켰다. 챈스는 다나와 함께 있었다. 그를 가리킨 사람이 그가 포주라고 말해 줬다. 그녀는 싸구려 포도주를 한두 잔 마신 뒤라 술기운을 빌어 그에게 다가가서 자기소개를 하고 그에 대한 이야기를 쓰고 싶다고 말했다.

엄밀히 말해서 메리 루는 작가는 아니었다. 그때 그녀는 월가에서 뭔지 모를 일을 하는 남자와 서 90번가에서 동거하고 있었다. 그 남자는 전 부인과 여전히 관계를 유지하는 이혼남이었으며, 그의 개구쟁이 아이들이 주말마다 찾아왔다. 메리 루는 프리랜서 편집자였으며 파트타임으로 교정 일도 하면서 월간 페미니스트 신문에 두어 개의 기사를 기고하고 있었다.

챈스는 그녀를 데리고 나가 저녁 식사를 했으며, 그녀의 취재 장소는 실내에서 바깥으로 옮겨졌다. 칵테일을 몇 잔 마시면서 그

녀는 문득 그와 자고 싶다는 생각이 들었다. 그 충동은 성적 욕구
라기보다는 호기심에 가까웠다.
 저녁 식사가 끝나기 전 피상적인 기사를 쓰는 대신 진짜배기
기사, 가령 내부에서 바라본 진정한 창녀 생활에 대한 기사를 쓰
는 게 어떠냐고 그가 물었다. 그녀에게 확실히 매력적이라는 말
도 했다. 왜 자신의 매력을 이용하지 않느냐고, 왜 자신과 어울리
는 삶을 살지 않느냐고, 몇 달만 그렇게 하면 많은 걸 살 수 있을
거라고, 자신과 어울리는 삶을 사는 게 어떤 건지 경험해 보라고
말했다.
 그녀는 그 제안을 농담으로 듣고 웃어넘겼다. 저녁 식사 후에
챈스는 그녀를 집까지 데려다주었는데, 그녀를 희롱하지도 않았
으며 그녀의 성적인 초대에도 담담하게 대했다. 다음 주 내내 그
녀는 그의 제안을 잊어버릴 수가 없었다. 자기 인생의 모든 것이
시들해 보였다. 애인과의 관계는 지루하기 짝이 없었다. 가끔씩
아파트를 구하지 못해서 마지못해 애인과 같이 살고 있다는 생각
이 들었다. 그녀의 직업은 가망이 없었고 불만족스러웠으며 생활
비를 대기도 모자랐다.
 "게다가 그 책이, 졸지에 그 책이 내 삶의 모든 것이 되었어요. 모
파상 같은 작가는 시체에서 인육을 구해 먹고 그 맛을 정확하게 묘
사할 수도 있었을 거예요. 그 주제에 대해 한 번도 씌어진 적이 없는
최고의 책을 쓰기 위해서라면 창녀 생활 한 달쯤 못하겠어요?"
 메리 루가 챈스의 제안을 받아들이는 순간 그녀를 위한 모든 것
이 마련되었다. 챈스는 그녀의 거처를 서 94번가로 옮기고 지금
사는 아파트에 살도록 했다. 그는 그녀를 데리고 다니며 자랑했으

며 그녀를 침대로 데려갔다. 침대에서 그는 그녀가 무엇을 해야 하는지 정확히 말해 줬으며, 묘하게도 그녀는 그것이 싫지 않았다. 그녀가 경험한 남자들은 항상 과묵했으며 자기들의 마음을 주기를 기대했는데, 고객으로 오는 남자들도 자기들이 원하는 것을 말하기 어려워하기는 마찬가지였다.

처음 몇 달 동안 그녀는 아직 책을 쓰기 위해 연구를 하는 중이라고 생각했다. 고객이 떠날 때마다 메모를 하면서 자기 생각을 기록했다. 날마다 일기를 썼다. 다나가 시에 의지하고 프랜이 마리화나에 의지하듯이, 그녀는 기자의 객관성에 의지해서 자기가 하고 있는 일로부터, 자신의 직업으로부터 자신을 분리했다.

그러다 애초부터 매춘 행위가 목적이었다는 사실이 분명해지자 그녀는 정서적 위기를 겪었다. 한 번도 자살을 생각한 적이 없었던 그녀가 일주일 내내 죽어 버리고 싶다는 생각에 매달렸다. 그러고 나서 그녀는 나름대로 해답을 찾았다. 자기가 매춘 행위를 하고 있다고 해서 스스로 창녀라고 생각할 필요는 없다. 이 일은 당분간 하고 있는 일에 불과했다. 책은 매춘을 하기 위한 변명에 지나지 않았지만, 언젠가 그녀가 진정으로 바라던 그럴듯한 모양으로 출간될 것이다.

그런 건 사실 중요하지 않았다. 하루하루 그럭저럭 즐거웠다. 다만 언제까지나 이런 식으로 살아갈 자신의 모습을 생각하면 심란해질 뿐이었다. 하지만 그런 일은 일어나지 않겠지. 때가 되면 슬그머니 이 생활을 그만두면 되는 것이다. 시작할 때와 마찬가지로 어렵지 않을 것이다.

"매트, 나만의 특별한 매력을 지니게 된 건 바로 이것 때문이에요. 난 창녀가 아니거든요. 난 그냥 '매춘을 해 보는' 중이니까요. 이보다 더 나쁜 일을 하면서 몇 년을 보낼 수도 있잖아요? 하지만 이 일은 시간도 많고 의식주가 해결되죠. 책도 많이 읽고 극장이나 박물관도 다니는 거예요. 챈스는 나랑 음악회에 가는 걸 좋아해요. 장님과 코끼리 이야기 아시죠? 한 장님은 코끼리의 꼬리를 붙잡고 코끼리가 뱀처럼 생겼다고 생각하고, 다른 장님은 코끼리의 옆구리를 만지고는 코끼리가 벽처럼 생겼다고 생각하잖아요?"

"그런데?"

"챈스는 코끼리 같아요. 그의 여자들은 장님들이고요. 우린 각자 다른 사람을 알고 있죠."

"그리고 당신들은 모두 집 안에 아프리카 조각품을 갖고 있군."

그녀의 집에 있는 조각은 약 75센티미터 높이의, 한 손에 지팡이 한 묶음을 들고 있는 자그마한 남자의 조상(彫像)이었다. 얼굴과 손은 붉고 푸른 구슬 세공으로 만들어져 있었으며, 나머지 부분은 모두 작은 조가비로 덮여 있었다.

"우리 집 수호신이에요. 카메룬에서 온 배텀 조상이죠. 이건 별보배 고둥이고요. 전 세계의 원시 부족들은 교환의 매체로 조개껍질을 사용하고 있잖아요. 부족 사회에서는 스위스 프랑과 같은 거죠. 어떻게 생겼나 보세요."

가서 보았다.

"여성의 성기 같다니까요. 그러니까 남자들은 무의식적으로 성을 사고 팔게 되죠. 치즈 좀 더 드릴까요?"

"됐어."

"콜라라도 더 드릴까요?"
"아니."
"그러세요. 원하는 게 있으면 언제든지 말만 하세요."

열아홉

메리 루의 아파트를 나오자마자 승객을 내린 택시가 다가왔다. 택시를 타고 내 호텔 주소를 일러 줬다.

운전자 쪽 와이퍼는 작동하지 않고 있었다. 운전사는 백인이었는데, 게시된 면허증에 붙은 사진은 흑인 남자의 것이었다. '금연, 운전사가 알레르기 있음.' 이라는 표지가 붙어 있었지만, 택시 안에선 마리화나 냄새가 났다.

"그딴 건 보지 마세요."

운전사가 말했다.

나는 뒷자리에 느긋하게 기대앉았다.

로비에서 챈스에게 전화를 걸고 방으로 올라갔다. 15분쯤 후에 챈스에게서 전화가 왔다.

"문부터 두드리라고. 난 이 말이 좋아. 오늘 여러 집을 방문했겠네?"

"몇 집쯤."

"그런데?"

"그녀한테 남자 친구가 있었다는군. 놈이 그녀에게 선물을 사 줬고 그녀는 그것들을 자랑했다던데."

"누구한테? 내 여자들한테 말이야?"

"아니. 게다가 내게 확신을 주는 건 그녀가 그 일을 비밀로 하고 싶어 했다는 점이야. 선물에 대해 말한 건 그녀의 이웃이었어."

"이웃 사람이 고양이를 가져간 거로군."

"맞아."

"문부터 두드리더니 잃어버린 고양이에서부터 시작해서 결국 단서를 찾아냈군. 무슨 선물이지?"

"모피 한 벌과 장신구들이지."

"모피라니? 그 토끼털 코트 말인가?"

"그녀는 사육 밍크라고 했어."

"염색한 토끼털이야. 내가 그 코트를 사 줬는걸. 그녀를 데리고 가서 쇼핑을 한 다음 현금으로 지불했지. 지난 겨울이었어. 이웃 사람이 그걸 밍크라고 했단 말이지, 제기랄. 그것과 똑같은 밍크를 몇 벌 사다가 그 이웃 사람에게 팔고 싶군. 비싸게 팔아야겠어."

"킴은 그게 밍크라고 했어."

"그 말을 이웃에게 했단 말이지?"

"내게 말했어."

눈을 감자 암스트롱 바에서 테이블을 사이에 두고 앉아 있던 그녀의 모습이 눈앞에 떠올랐다.

"뉴욕에 올 때는 청재킷을 입고 와서 지금은 사육 밍크를 입고 있다고 말하더군. 몇 년 전으로 돌아갈 수 있다면 청재킷과 바꾸고 싶다고도 말했어."

그의 웃음소리가 전화선을 타고 울렸다.

"염색한 토끼털이라니까."

그는 딱 잘라 말했다.

"그녀가 버스를 내릴 때 입고 있던 넝마보다야 좋은 거지만, 뭐 대단한 물건은 아냐. 게다가 그녀에게 그 옷을 사 준 남자 친구 같은 건 없어. 그녀에게 그 옷을 사 준 건 바로 나니까."

"그렇군……."

"그녀가 말한 그 남자 친구가 내가 아니라면 말이야."

"그럴 수도 있겠군."

"장신구라고 했지? 그녀가 가진 건 전부 모조야. 그녀의 보석함에 있는 장신구를 봤지? 값나가는 건 하나도 없어."

"알고 있어."

"모조 진주랑 고교 졸업 반지 같은 거지. 그녀가 가진 것 중 괜찮은 물건은 내가 그녀에게 준 것 하나뿐인걸. 당신도 봤을 거야. 팔찌 말이야."

"상아 비슷한 것 말인가?"

"코끼리 엄니 상아지. 오래된 상아에 금을 두른 거야. 이음매와 고리에 말이야. 순도가 높은 건 아니지만 금은 금이잖아?"

"그녀에게 사 준 건가?"

"100달러짜리 지폐를 주고 샀어. 그런 멋진 물건을 사려면 상점에서는 300달러 이상 들걸."

"장물인가?"

"영수증을 받지 않았던 건 맞아. 그 물건을 내게 판 녀석이 자기는 절대 훔치지 않았다고 말했어. 수백 달러를 주고 산 거라고만 했으니까. 그 물건의 사진을 보자 그걸 선택하지 않을 수 없었어. 이봐, 그 물건이 꼭 마음에 들었다고. 사서 그녀에게 줬지. 그걸 내가 할 생각은 없었고 또 그녀의 손목에 잘 어울릴 거라는 생각이 들었으니까. 그렇게 된 거야. 아직도 그녀에게 남자 친구가 있었을 거라고 생각하는 거지?"

"그런가 봐."

"별로 자신 없는 목소리군. 아니면 그냥 피곤해서 그렇게 들리는지도 모르고. 피곤해?"

"맞아."

"너무 여러 집을 돌아다녔으니까. 킴의 남자 친구라는 작자는 그녀에게 있지도 않은 선물 공세를 한 것 외에 또 뭘 했대?"

"그녀를 돌봐 주려고 했다더군."

"그래, 제기랄. 그건 바로 내가 했던 일이야. 그녀를 돌봐 주는 것 말고 내가 뭘 해 줬겠어?"

침대 위에 길게 뻗어서 옷을 입은 채 곯아떨어졌다. 너무 여러 집을 방문하고 너무 여러 사람들과 이야기를 나누었다. 서니 핸드릭스를 만나기로 되어 있었다. 그녀에게 전화를 걸어 그녀의 집을 방문하겠다고 말해 놓고는 낮잠을 잤던 것이다. 비명을 지르는 여자와 피가 낭자한 꿈을 꿨다. 입 안이 깔깔하고 땀에 흠뻑 젖어서 잠을 깼다.

샤워를 하고 옷을 갈아입었다. 수첩에서 서니의 전화번호를 찾아 로비에서 전화를 걸었다. 아무도 받지 않았다. 안심이 되었다.
시계를 보고 나서 세인트폴 성당으로 갔다.

연사는 숱이 적은 연한 갈색 머리에 동안을 가진 부드러운 말투의 남자였다. 처음에는 성직자 같다는 생각이 들었다.

그는 살인범이었다. 동성애자였는데, 어느 날 밤 술에 취해 의식이 없는 상태에서 식칼로 자기 애인을 3, 40번이나 찔렀다. 정신이 오락가락 하는 와중에 일어난 일이었으므로 그 사건에 대해서는 아주 희미한 기억밖에 없다고, 자기 손에 들린 칼을 보고 섬뜩한 생각이 든 것까지는 생각이 나는데 그 다음 일은 까맣게 기억나지 않는다고, 그가 조용히 말했다. 그는 아티카 감옥에서 7년 동안 징역을 살고 나와서 지금까지 3년째 금주를 하고 있었다.

그의 이야기를 들으면서 마음이 혼란스러웠다. 그에 대해 어떻게 생각해야 할지 결정할 수 없었다. 그가 석방되었다는 사실에 대해, 그가 살아 있다는 사실에 대해 기뻐해야 할지 슬퍼해야 할지 알 수 없었다.

휴식 시간에 짐에게 말을 걸었다. 아마 증언할 생각이 없었던 것 같다. 어쩌면 킴의 죽음을 잊지 못하고 있었던 모양이었다. 모든 종류의 폭력에 대해, 모든 종류의 범죄에 대해, 모든 종류의 살인에 대해 이야기하기 시작했다.

"짜증 난다고요. 신문을 펴 들기만 하면 언제든지 지랄 같은 기사를 읽게 되죠. 정말 화가 나요."

「보드빌 루틴」(해리 파머의 연극 제목—옮긴이)이 뭔지 아나? '박사님, 이 일을 하면 기분이 나빠요.' '그래, 그렇거든 그 일을 하지 말게!'"

"그래서요?"

"그렇다면 자네가 신문을 보지 말아야겠지."

나는 그를 빤히 쳐다봤다.

"정말이라고. 그런 기사들은 나도 지겨워. 그래서 그런 기사들은 세상 이야기들로 치부해 버리고 말지. 좋은 이야기라면 신문에 나지도 않았을 테니까 말이야. 하지만 나도 때로는 그런 기사를 읽고 충격을 받을 때도 있고 다른 사람에게서 그런 이야기를 듣기도 하지만 그럴 땐 이런 생각이 들어. 내가 꼭 그런 쓰레기 같은 기사를 읽어야 한다는 법이라도 있어?"

"그냥 무시해 버리란 말이죠?"

"그래서 안 될 게 뭐야?"

"눈 가리고 아웅 하는 식이네요. 내가 보지 않으면 마음 상할 것도 없다, 그런 말인가요?"

"그렇겠지. 하지만 난 좀 다르게 생각해. 내가 어떻게 해 볼 도리가 없는 일들을 가지고 자신을 들볶을 필요는 없어."

"그런 일들을 무시한 채 나 자신을 생각할 수가 없어요."

"왜 그럴 수 없지?"

다나가 생각났다.

"나 자신이 전 인류와 관련이 있기 때문이죠."

"그건 나도 그래. 난 여기 와서 이야기를 듣기도 하고 내 이야기를 하기도 해. 여전히 금주를 하고 있지. 난 이런 식으로 인류와 이어져 있어."

커피를 몇 잔 더 마시고 쿠키를 두어 개 먹었다. 토론 시간에 사람들은 계속해서 연사에게 정직한 이야기를 들려줘서 너무나 감사하게 생각한다고 말했다.

'젠장, 난 절대로 그런 짓은 하지 않았다고!'

시선을 벽 쪽으로 돌렸다. 벽에는 '단순하게 하자.' 라든가 '여유 있게 하자.' 처럼 주옥 같은 경구가 붙어 있었다. 자석에 끌리듯 내 시선을 끈 것은 '신의 은총 외에는 방법이 없다.' 라는 문구였다.

'안 돼, 제기랄! 난 필름이 끊긴 상태에서 살인을 한 적 없어. 신의 은총 따위는 나와 상관없는 일이라고.'

내 차례가 되자 나는 발표를 하지 않고 지나쳤다.

스물

"순수, 투명, 정밀."

대니 보이는 러시안 보드카 잔을 높이 들어 술잔을 통해 반짝이는 불빛을 바라보았다.

"매튜, 최고의 보드카는 말이지, 메스 같은 거야. 숙련된 외과의사의 손에 들린 예리한 메스 말이야. 뒤끝이 깨끗하다니까."

그는 술잔을 기울여 순수와 투명을 30그램 정도 들이켰다. 우리는 푸건 바에 있었다. 그는 붉은색 줄무늬가 들어간 감색 양복을 입고 있었는데, 술집의 어슴푸레한 조명 아래서는 줄무늬가 거의 눈에 띄지 않았다. 나는 라임을 곁들인 소다수를 마시고 있었다. 다른 술집에 들렀을 때 주근깨투성이의 웨이트리스가 내가 마시고 있는 음료가 라임 리키라고 알려 줬다. 그런 이름으로 주문을 할 생각은 조금도 들지 않았다.

대니 보이가 말했다.

"요약하면 말이지, 그녀의 이름은 킴 다키넨이었어. 머리 힐에 살던 이십대 초반의 금발 글래머인 그녀가 2주 전에 갤럭시 다운타우너에서 살해됐단 말이군."

"맞았어."

"또 누구든 이 사건에 대해 정보를 제공하는 사람에게 보수를 주겠단 말이지? 얼마나 줄 건데?"

나는 어깨를 으쓱했다.

"2,300달러."

"현금으로? 얼마나 줄 건데?"

다시 어깨를 으쓱했다.

"모르겠어, 대니. 정보에 따라서, 또 그 정보가 어디서 와서 어디로 가는지에 따라 달라지겠지. 수백만 달러를 뿌릴 형편은 아니지만 빈털터리도 아니니까."

"그녀가 챈스의 여자들 중 한 명이라고 말했잖아."

"맞아."

"매튜, 넌 2주 쯤 전에 챈스를 찾고 있었잖아. 그때 네가 나를 권투 시합에 데려갔지. 거기서 내가 네게 챈스를 가리켜 줬는데."

"그랬지."

"그 후 2, 3일 후에 신문에 너의 그 금발 미인 사진이 났더라고. 그때 네가 그녀의 포주를 찾아다니더니 그녀가 죽었어. 그런데 지금은 그녀의 남자 친구를 찾고 있군."

"그래서?"

그는 남은 보드카를 마저 마셨다.

"지금 네가 하고 있는 일을 챈스도 알고 있겠지?"

"알고 있지."

"그 일에 대해 말했단 말이야?"

"챈스에게 말한 적이 있다니까."

"재밌군."

대니 보이는 빈 잔을 들어 올려 눈을 가늘게 뜨고 불빛에 비추어 보았다. 더할 나위 없이 순수하고 투명하고 정밀한 술잔이었다.

"네 고객이 누구야?"

"그건 비밀이야."

"사람들이 정보를 얻으려고 하면서 정작 자기 정보는 내주지 않으려고 하는 건 웃기는 일이야. 하지만 상관없어. 수소문해 보면 곧 알아낼 수 있으니까. 그게 네가 바라는 건가?"

"그게 내가 원하는 거지."

"그 남자 친구에 대해 뭐든 아는 게 있나?"

"어떤 거?"

"늙은 놈인지 젊은 놈인지, 약은 놈인지 순진한 놈인지, 유부남인지 총각인지 그런 거 말이야. 걸어서 학교에 다니는지, 도시락을 갖고 다니는지 같은 거."

"놈이 그녀에게 선물을 줬을 수도 있어."

"범위가 좁아지는군."

"나도 알아."

"좋아, 할 수 있는 건 다 해 보지."

물론 뭐든 내가 할 수도 있는 일이었다. 금주 모임에 갔다가 호텔로 돌아갔더니 메시지 하나가 나를 기다리고 있었다. 서니에게 전화해 달라는 내용이었으며, 아까 내가 전화했던 그 번호가 적혀 있었다. 로비에 있는 공중전화에서 서니에게 전화를 걸었으나 받지 않았다. 서니는 자동응답기가 없나? 요즘은 다들 자동응답기를 갖고 있지 않나?

내 방으로 올라갔지만 가만히 있을 수가 없었다. 조금도 피곤하지 않았다. 낮잠을 잤더니 피로가 풀린 모양이었다. 게다가 금주 모임에서 마셨던 커피 때문인지 들뜨고 예민해졌다. 수첩을 뒤적거리다가 다나의 시를 다시 읽어 보았다. 문득, 내가 알아내려고 애쓰고 있는 것을 이미 알고 있는 사람이 분명히 있을 것 같다는 생각이 들었다.

킴이 누군가에게 자기 이야기를 털어놓았을까? 여태 이야기를 나누었던 여자들은 아니다. 37번가에 사는 이웃 사람도 아니다. 그렇다면 누굴까?

서니였을까? 그럴 수도 있다. 하지만 서니는 전화를 받지 않았다. 호텔 교환을 통해 서니에게 다시 전화를 걸었다.

이번에도 받지 않았다. 차라리 잘됐다. 또 한 명의 창녀를 만나 진저 에일을 마시며 시간을 보내고 싶지는 않았으니까.

킴과 정체불명의 친구 녀석이 무슨 짓을 했을까? 그들이 아무에게도 말하지 않고 방문을 닫고 침대 위를 뒹굴며 영원한 사랑을 맹세했을 리는 없다는 생각이 들었다. 아마도 녀석은 누군가에게 이야기를 했을 것이고, 그 사람은 또 다른 누군가에게 이야기를 했을 것이다. 어쩌면······.

호텔 방에 앉아서 알아낼 수는 없을 것 같았다. 젠장, 그다지 나쁜 날씨는 아니었다. 금주 모임에 참석하고 있는 동안 어느새 비는 그쳐 있었고 바람도 다소 잠잠해져 있었다. 마냥 꾸물거리고 있을 때가 아니었다. 택시를 잡아 타고 돈이라도 좀 써야 할 것 같았다. 그 돈을 은행에 넣어 두거나 자선함에 넣거나 쇼셋에 있는 집으로 송금을 할 것 같지는 않았다. 아무 데나 돈을 뿌리고 다니는 게 차라리 나았다.

여태 그렇게 해 왔던 것이다. 푸건 바는 내가 들렀던 아홉 번째 술집이었으며, 대니 보이 벨은 내가 말을 걸었던 열다섯 번째 사람이었다. 그 술집들 중에는 챈스를 찾아다닐 때 들렀던 집도 있었고 들르지 않았던 집도 있었다. 그리니치 빌리지에 있는 술집과 머리 힐과 터틀 베이에 있는 진을 파는 술집들, 1번가에 있는 독신자 전용 술집들까지 샅샅이 뒤졌다. 푸건 바를 나온 다음에도 계속해서 술집들을 돌아다니면서 번번이 택시비를 소소하게 지출하고, 가는 곳마다 마실 것을 주문하고, 계속해서 똑같은 이야기를 되풀이했다.

뭔가를 알고 있는 사람은 없었다. 사람들은 이처럼 바보 같은 짓을 하면서 희망을 가지는 것이다. 누구든 언제든지 자기 이야기를 떠벌릴 때가 있게 마련이다. 이야기하고 있는 상대방이 돌연 어떤 남자를 가리키면서 이렇게 말할 수도 있다.

"저 사람이야. 저 녀석이 그녀의 남자 친구라고. 저기 근처에 사는 덩치 큰 녀석."

그런 일은 거의 일어나지 않는다. 실제로는 운이 좋으면 주변에 떠도는 소문을 들을 수 있을 것이다. 이 빌어먹을 도시에는 800만 명이 살고 있지만, 이들이 모두 서로 이야기를 주고받는다는 것은 놀라운 일이다. 이 방법을 잘만 이용하면 오래지 않아서 이 800만

인구 가운데 상당수가 죽은 창녀에게 남자 친구가 있었는데, 스커더라는 이름의 남자가 그를 찾고 있다는 소문을 듣게 될 것이다.

줄지어 선 택시 두 대가 할렘에 가기를 거절했다. 법적으로 택시 기사들은 승차 거부를 할 수 없게 되어 있다. 점잖은 승객이 뉴욕 시의 다섯 개 자치구 내의 어디든 가자고 요구하면, 운전사는 승객을 목적지까지 데려다주어야 한다. 귀찮아서 관련 법규를 들먹이지는 않았다. 차라리 한 블록을 걸어가서 지하철을 타는 편이 쉬웠다.

지하철 역은 소규모 지역 정류장으로 인적이 없는 곳이었다. 안에서 잠긴 방탄 토큰 판매소에는 판매원이 앉아 있었다. 그녀가 거기서 안전하게 느끼는지 궁금해졌다. 뉴욕의 택시들은 두꺼운 플렉시글라스 가리개로 운전사를 보호하고 있지만, 내가 부른 택시들은 가리개가 있든 없든 간에 업타운 쪽으로 가기를 꺼렸다.

불과 얼마 전에도 토큰 판매소 안에서 판매원이 심장 발작을 일으킨 적이 있었다. 구조원은 잠긴 토큰 판매소 안으로 들어갈 수가 없었고, 그 불쌍한 녀석은 거기서 죽어 버렸다. 하지만 심폐 소생술 팀이 살리는 사람들이 죽이는 사람들보다는 많을 것 같았다.

물론 그들은 브로드 채널 정류장의 두 여자도 보호하지 못했다. 아이들이 회전문으로 뛰어들었다고 신고한 토큰 판매원에게 원한을 갖고 있던 아이들 둘이 소화기에 휘발유를 채워 토큰 판매소 안으로 퍼붓고는 성냥을 그었다. 토큰 판매소 전체가 폭발하면서 두 여자는 순식간에 재로 변했다. 이렇게 죽는 방법도 있다.

이 사건은 1년 전 신문에 실렸었다. 물론 반드시 신문을 읽어야 한다는 법은 없다.

토큰을 샀다. 들어오는 지하철을 타고 업타운 쪽으로 갔다. 르녹스가에 있는 켈빈 스몰 바를 비롯해서 몇 군데를 뒤지고 다녔다. 스테이크 식당에서 우연히 로열 왈드론을 만나 다른 사람들과 나누었던 똑같은 이야기를 몇 마디 나누었다. 125번가에서 커피를 한 잔 마시고 세인트니콜러스 성당까지 줄곧 걸어갔다. 클럽 카메룬 바에서 진저 에일 한 잔을 마셨다.

메리 루의 아파트에 있는 조소 작품은 조개 껍질로 장식된 고대 카메룬의 조각이었다.

켈빈 스몰 바에는 말을 붙여 볼 정도로 친한 사람이 한 명도 없었다. 시계를 보았다. 꽤 늦은 시간이었다. 뉴욕의 술집들은 토요일 밤에 한 시간 일찍, 그러니까 새벽 4시가 아니라 3시에 문을 닫는다. 왜 그러는지 알 수 없었다. 그래야만 술주정뱅이들이 맑은 정신으로 일어나 제 시간에 교회에 갈 수 있기 때문인 것 같다.

바텐더에게 다가가서 퇴근 후에 좀 보자고 말했다. 그는 무표정한 얼굴로 나를 바라보았다. 그에게 킴의 남자 친구를 찾고 있다고 내뱉듯이 지껄였다. 그에게서 대답을 기대하지도 않았으며 그가 시간을 내줄 리도 없다는 사실을 알고 있었다. 다만 내 말이 여러 사람에게 들리도록 하려는 것이었다. 바텐더가 내 말을 들었을 것이며, 내 양 옆에 앉은 사람들도 내 말을 들었을 것이다. 내 말을 들은 사람들은 다른 사람들에게 그 이야기를 전할 것이다. 실제로 그랬다.

"도와드릴 수가 없을 것 같네요. 누구를 찾고 있든 간에 업타운 쪽으로 너무 멀리 온 것 같군요."

녀석은 술집에서부터 줄곧 나를 따라온 것 같았다. 당연히 눈치챘어야 했는데 그러지 못했다. 누구든 이런 일에는 신경을 써야 할 필요가 있다.

거리를 걸어가면서 이런저런 생각이 어지러이 떠올랐다. 정체불명의 킴의 남자 친구도 생각나고, 자기 애인을 찔러 죽인 연사도 생각났다. 그때 누군가가 피할 새도 없이 내 옆으로 바짝 다가붙는 게 느껴졌다. 막 모퉁이를 돌아가려 할 때 그의 손이 잽싸게 내 어깨를 움켜잡아 골목 입구로 밀어붙였다.

녀석은 내 뒤를 바짝 쫓았다. 나보다 3센티미터 이상 작았지만, 숱 많은 아프로 형의 머리 모양 때문에 5센티미터 이상 커 보였다. 뺨에 화상 흉터가 있고 콧수염을 기른 녀석이었다. 열여덟, 아니면 스물이나 스물둘 정도로 보였다. 녀석은 지퍼가 달린 포켓이 있는 비행사 재킷을 입고 딱 붙는 검정색 진을 입고 있었다. 손에 든 총은 똑바로 나를 겨누고 있었다.

"우라질 놈, 망할 놈. 돈 내놔, 망할 놈아. 내놔, 다 내놓으라고. 다 내놓지 않으면 죽을 줄 알아, 이 병신아."

나는 생각했다. 왜 은행에 가지 않았을까? 무엇 때문에 호텔 방에 좀 두고 나오지 않았던가? 나는 생각했다. 젠장, 원숭이가 나무에서 떨어질 때가 있듯이 나도 세인트폴 성당에 십일조를 하는 걸 잊어버릴 때가 있구나.

어쩌면 내일에 대해서도 잊어버릴 수 있을 것 같았다.

"우라질 놈의 새끼, 더러운 개새끼······."

놈이 나를 죽이려고 했기 때문이었다. 주머니에서 지갑을 찾아 그의 눈을 쳐다보고 나서 방아쇠를 쥐고 있는 그의 손가락을 보았다. 나는 알고 있었다. 놈은 흥분해서 뻣뻣하게 굴었다. 내가 가진 돈이 얼마든 간에 놈은 만족하지 않을 것이다. 녀석은 2000달러 이상 챙기겠지만, 가진 돈이 얼마든 간에 나는 죽을 것이다.

우리는 두 동의 벽돌 건물 사이로 난 약 1.5미터 너비의 좁은 골목에 서 있었다. 우리가 서 있는 곳에서 약 십여 미터 위에서 길을 비추고 있는 가로등 불빛이 골목 안으로 쏟아져 들어왔다. 땅바닥에는 비에 젖은 모래와 휴지 쪼가리들, 맥주 깡통, 깨진 병들이 널브러져 있었다.

죽기에 딱 좋은 장소다. 그다지 독창적이진 않지만 이렇게 죽는 것도 나쁘지 않으리라. 노상강도의 총에 맞아 죽다. 뒷골목 범죄사건으로 신문 뒤페이지에 짤막하게 보도될 것이다.

호주머니에서 지갑을 꺼냈다. 내가 말했다.

"가져가. 이게 내가 가진 전부야. 마음대로 가져가."

그 돈이 충분하지 않다는 걸 알고 있었다. 5달러건 5000달러건 간에 놈은 나를 쏘기로 마음먹고 있다는 걸 알고 있었다. 손을 떨면서 지갑을 꺼내다가 그것을 떨어뜨렸다.

"미안해. 정말 미안해, 주워 줄게."

몸을 구부려 지갑을 주웠다. 녀석도 따라서 몸을 구부리겠지. 제발 그래 주길 바랐다. 무릎을 구부리고 양 발을 모은 다음 '이때다!' 하고 생각했다. 강하고 빠르게 몸을 일으키면서 놈의 턱에 박치기를 가하면서 총을 후려쳤다.

막힌 공간에서 귀청이 터질 것 같은 총성이 울렸다. 총을 맞은 게 분명하다는 생각이 들었지만 아무 느낌이 들지 않았다. 놈을 붙잡고 다시 박치기를 하고는 힘껏 밀어붙이자 녀석은 흐리멍덩

한 눈으로 벽에 등을 기대고 비틀거렸다. 총을 쥔 손은 풀려 있었다. 놈의 손목을 발로 차서 총을 날려 버렸다.

놈이 눈에 살기를 띠고 벽에서 튕겨져 나왔다. 나는 왼손으로 공격하는 시늉을 하다가 오른손으로 놈의 명치를 쳤다. 놈은 구역질 소리를 내지르며 앞으로 고꾸라졌다. 놈을 움켜잡았다. 한 손으로 녀석의 나일론 비행 재킷을 꽉 움켜잡고는 다른 손으로 녀석의 더벅머리를 헝클어뜨리다가, 놈의 머리를 벽에다 정면으로 부딪쳤다. 세 번이나 놈의 얼굴을 벽돌에다 대고 짓찧었다. 서너 번 머리카락을 잡아당겨 녀석의 얼굴을 벽에다 찧었다. 잡은 손을 놓자 녀석은 줄이 끊긴 꼭두각시 인형처럼 골목길 바닥에 뻗어 버렸다.

단숨에 10층까지 계단을 뛰어오른 것 마냥 심장이 두근거렸다. 숨을 가눌 수가 없었다. 숨을 헐떡거리면서 벽돌 벽에 기대어 경찰이 오기를 기다렸다.

아무도 안 온다. 젠장! 시끄러운 난투가 벌어지고 총성이 울렸는데도 아무도 안 온다. 아무도 올 생각도 안 한다. 할 수만 있다면 나를 죽였을 그 어린 녀석을 내려다보았다. 녀석은 입을 헤벌리고 자빠져 있었다. 앞니가 왕창 부러진 것이 보였다. 코는 무참하게 으깨져 코피가 줄줄 흘러내렸다.

내가 총을 맞은 건 아닌지 살펴봤다. 총알이 몸에 박혔을 때도 그 당시에는 아무 느낌이 없었던 게 기억이 났다. 충격과 아드레날린이 고통을 마비시키는 것이다. 하지만 놈은 나를 맞히지 못했다. 내가 서 있던 곳의 뒤쪽 벽을 살펴보니 총알이 튕겨져 나가면서 벽돌이 파인 선명한 자국이 눈에 띄었다. 내가 서 있던 위치로 미루어 보아 녀석은 간발의 차이로 나를 쏘지 못했던 것 같았다.

이제 어떡하나?

내 지갑을 찾아 도로 호주머니에 넣었다. 주위를 탐색하다가 마침내 총을 찾아냈다. 탄약통이 한 개는 비어 있고 나머지 다섯 개는 실탄이 장전되어 있는 32구경 리볼버였다. 이 총으로 다른 사람도 죽였을까? 녀석이 무척 긴장한 걸로 봐서는 내가 첫 번째 목표물이었던 것 같았다. 하지만 방아쇠를 당길 때마다 번번이 긴장하는 사람들도 있지 않은가? 무대에 오를 때마다 불안을 느끼는 배우들이 있는 것처럼 말이다.

무릎을 꿇고 녀석의 몸을 더듬었다. 녀석은 주머니에 스위치 나이프를 갖고 있었다. 양말 속에도 칼을 숨겨 가지고 있었다. 지갑도 신분증도 없었지만 바지 뒷주머니에는 두툼한 지폐 다발을 넣고 있었다. 고무 밴드를 벗긴 다음 재빨리 돈을 세어 보았다. 놈은 300달러도 더 되는 돈을 갖고 있었다. 개자식! 돈놀이를 하거나 마약을 거래하는 놈 같지는 않았다.

이제 이 미친 녀석을 어떻게 처리해야 하나?

경찰을 부를까? 경찰에게 뭐라고 하지? 증거도 없고 목격자도 없다. 땅바닥에 널브러진 녀석은 자기가 피해자라고 우기겠지. 사건을 법정까지 가져가서 좋을 게 하나도 없다. 녀석을 붙잡고 있어서 좋을 것도 없다. 경찰은 녀석을 병원에 넣어 살려 주겠지. 녀석의 돈마저 돌려줄 것이다. 훔친 돈이라는 걸 증명할 수는 없을 테니까. 그 돈이 녀석의 정당한 돈이 아니라는 걸 증명할 방법이 없지 않은가.

총은 돌려주지 않을 것이다. 녀석을 무기 소지죄로 넣을 수는

없을 것이다. 그 무기를 녀석이 갖고 있었다는 걸 내가 증언할 수가 없을 테니까

녀석의 돈 뭉치를 내 주머니에 집어넣고는, 아까 있던 위치에 되돌려 놓으려고 총을 끄집어냈다. 손아귀에 잡힌 총을 빙글빙글 돌리면서 마지막으로 총을 만졌던 때를 기억해 내려 애썼다. 정말 옛날 일이었다.

녀석은 거기 누워 있었다. 피 범벅이 된 코와 목구멍으로 거품을 부글거리며 숨을 쉬었다. 녀석의 옆에 쭈그리고 앉았다. 1, 2분 후에 놈의 부서진 아가리에 총을 찔러 넣었다. 내 손가락이 방아쇠를 당기는 걸 망설였다.

안 되는 이유가 뭐지?

무언가 나를 가로막는 것이 있었다. 이 세상에서든 다음 세상에서든 벌을 받을 것 같다는 두려움은 아니었다. 그게 뭔지 분명히 알 수는 없었지만 무척 긴 시간이 흐른 듯했다. 한숨을 쉬면서 녀석의 아가리에서 총을 뺐다. 골목길의 침침한 불빛 아래서 금관악기처럼 빛나는 포신에 핏자국이 눈에 띄었다. 녀석의 재킷 앞섶에 총을 문질러 닦은 다음 도로 내 주머니에 넣었다.

'젠장, 빌어먹을. 내가 지금 무슨 짓을 하려는 거지?'

녀석을 죽일 수도 없었고 녀석을 경찰에 넘길 수도 없었다. 내가 할 수 있는 게 뭐지? 녀석을 거기 내버려 두고 달아날까?

그 밖에 뭘 할 수 있단 말인가?

나는 일어섰다. 현기증이 일어 비틀거리다가 손을 뻗어 가까스로 벽을 잡고 몸을 가누었다. 잠시 후에 어지럼증이 가시고 괜찮아졌다.

숨을 깊이 들이쉬고 내쉬었다. 다시 몸을 구부려 녀석의 두 발을 잡고 30센티미터 높이의 잠긴 지하실 창틀 꼭대기까지 골목 안으로 몇 미터를 끌고 갔다. 골목을 가로질러 녀석을 반듯이 눕혀서 발을 창턱에 올리고 머리를 반대편 벽에다 받쳐 놓았다.

젖 먹던 힘을 다해 녀석의 한 쪽 무릎을 눌렀지만 꿈쩍도 하지 않았다. 공중으로 뛰어올라 녀석의 다리를 두 발로 찼다. 일격에 녀석의 왼쪽 다리가 성냥개비처럼 부러졌지만, 오른쪽 다리는 네 번이나 차야 했다. 녀석은 줄곧 의식을 잃은 상태로 끙끙대고 있다가 오른쪽 다리가 부러지자 울부짖었다.

나는 비틀거리다가 넘어져 한쪽 무릎을 꿇었다가 다시 일어섰다. 다시 한번 현기증이 일었다. 이번에는 메스꺼움을 동반한 어지럼증이었다.

어지럼증이 가시고 메스꺼움도 가라앉았지만, 여전히 숨도 내쉬지 못하고 사시나무 잎사귀처럼 와들와들 떨고 있었다. 한쪽 손을 앞으로 내밀어 내 손가락들이 떨리는 것을 바라보았다. 한 번도 이런 꼴을 본 적이 없었다. 지갑을 꺼내 땅에 떨어뜨릴 때만 해도 짐짓 떠는 체했지만, 이번에는 진짜로 떨렸다. 내 의지로는 도저히 주체할 수 없을 정도로 심하게 떨렸다. 내 손이 자유 의지를 갖고 있어서 떨고 싶어 했다.

내면의 떨림은 더욱 심했다.

돌아서서 마지막으로 녀석을 보았다. 다시 고개를 돌리고 너저분한 보도를 걸어 거리를 향했다. 여전히 떨렸다. 조금도 나아지지 않았다.

그래, 외부의 떨림이든 내면의 떨림이든 간에 떨림을 멈추게 할 방법이 있기는 하다. 특별한 병에는 특별한 치료법이 있었다.
BAR, 거리 저편에서 붉은 네온사인이 나를 향해 깜박였다.

스물하나

　나는 길을 건너지 않았다. 그 강도 녀석 말고도 얼굴이 박살나고 다리가 부러진 녀석은 주위에 널려 있었다. 게다가 술에 취한 채 다른 누군가를 만나고 싶지도 않았다.
　아니, 호텔 방으로 돌아가야 했다. 한두 잔 하고 싶은 생각은 있었지만 그 한두 잔이 내가 바라는 전부였는지는 분명치 않았다. 한두 잔의 술이 내게 해 줄 수 있는 일이 무엇인지도 확실히 알 수 없었다.
　우리 동네로 돌아가 술집에 앉아 한 잔, 많아야 두 잔을 마시고 맥주를 두어 잔 더 마신 다음 내 방으로 돌아올 수 있다면 그건 안전할 것 같았다.
　안전하게 마실 수 있는 방법은 그 방법밖에 없었다. 내게는 더 이상 다른 방법이 없었다. 여태 그래 왔지 않은가? 얼마나 더 많은 증명이 필요한가?

그렇다면 내가 어떻게 해야 했을까? 망가질 때까지 마구 흔들어 볼까? 한잔 마시지 않고는 잠이 올 것 같지 않았다. 한잔 마시지 않고는 가만히 앉아 있을 수도 없을 것 같았다. 젠장!

그래, 염병할. 나는 한잔 해야 했다. 술은 내게 약이었다. 내 몰골을 본 의사라면 누구든 술을 처방하지 않을 수 없었을 것이다.

과연, 모든 의사가 그럴까? 루즈벨트 병원의 그 인턴은 뭐라고 할까? 강도 녀석이 나를 골목으로 밀어붙일 때 움켜잡았던 바로 그 어깨에 얹혀 있던 그의 손을 느낄 수 있었다.

"날 봐요. 내 말 똑똑히 들어요. 당신은 알코올 중독자예요. 술을 입에 대는 날에는 당신은 죽습니다."

어쨌든 나는 죽게 되어 있다. 800만 가지 방법 가운데 한 가지 방법으로. 하지만 내게 선택권이 있다면, 적어도 집 근처에서 죽을 수 있기를 바란다.

보도의 가장자리로 걸어갔다. 무허가 택시가 다가와 속도를 늦추었다. 어차피 할렘을 돌아다니는 택시는 무허가 택시뿐이다. 붉은 곱슬머리 위로 챙 모자를 쓴 중년의 라틴 계 여자 택시 기사는 나를 안전해 보이는 손님으로 생각한 모양이었다. 뒷자리에 타고 문을 닫고 나서 58번가와 59번가쯤으로 가자고 말했다.

그곳으로 가는 동안 마음이 진정되지 않았다. 아까처럼 심하지는 않았지만 내 손은 여전히 떨리고 있었다. 내면의 떨림은 더욱 심했다. 차를 타고 가는 시간이 영원히 끝나지 않을 것 같았다. 언제나 내리게 될까 궁금해하던 차에 택시 기사가 나에게 어느 모퉁이에 내리고 싶냐고 물었다. 암스트롱 바 앞에 차를 세워 달라고 말했다. 신호가 바뀌자, 그녀는 교차로를 지나 내가 말한 장소에 차를 댔다. 내가 내리지 않고 꼼짝도 않고 앉아 있었더니 그녀는 고개를 돌려 뭐가 잘못됐는지 살펴봤다.

그제야 암스트롱 바에서는 술을 마실 수 없다는 사실이 기억났던 것이다. 물론 지니가 내게 술을 팔 수 없다고 말했던 일 같은 건 지금쯤은 까맣게 잊어버렸을 수도 있지만 어쩌면 잊지 않고 있을지도 모른다. 거기 들어가서 거부당한 일을 생각만 해도 화가 나서 얼굴이 화끈거렸다. 안 돼, 엿이나 먹으라지! 빌어먹을 놈의 술집 문을 내 발로 걸어 들어가는 일은 절대 없을 것이다.

그렇다면 어딜 가지? 폴리 바는 벌써 문을 닫았을 것이다. 거기는 문 닫을 시간까지 영업을 하는 법이 없으니까 말이다. 그러면 패럴 바는 어떨까?

거기는 킴이 죽은 다음 맨 처음 술을 마셨던 곳이다. 거기서 술잔을 들기 전까지 금주 8일째였다. 그날 마신 술이 기억났다. 얼리 타임스였다.

우습게도 나는 내가 마셨던 술 이름은 언제나 똑똑히 기억했다. 술이란 게 다 똑같은 거지만 항상 그런 시시콜콜한 것들이 기억에 남는다. 한참 전에 누군가 금주 모임에서 바로 그런 이야기를 하는 걸 들은 것 같다.

지금은 금주 며칠쯤 되었을까? 나흘인가? 내 방으로 올라가 버티고 있다가 아침에 일어나 금주 닷새째를 시작할 수도 있을 것이다.

결코 잠들 수 없다. 방에 가만히 있을 수도 없다. 노력했지만 아무 데도 머물러 있을 수 없다. 처음 느끼는 감정도 아니고 심란해서 그런 것만도 아니다. 지금 마시지 않는다 해도 한 시간 후에는 마시고 있을 것이다.

"손님, 괜찮으세요?"

눈을 거슴츠레하게 떠 그 여자를 보고 나서 호주머니에서 지갑을 꺼내 20달러짜리 하나를 찾아냈다.

"전화를 한 통 해야겠어요. 저기 보이는 전화 부스에서요. 우선 요금을 받으시고 날 기다려 줘요, 괜찮죠?"

어쩌면 그녀가 20달러를 갖고 달아날 수도 있었다. 하지만 전혀 신경 쓰이지 않았다. 길모퉁이로 걸어가서 동전 한 개를 넣고는 거기 서서 발신음이 울리는 소리를 들었다.

전화를 걸기에는 너무 늦은 시간이었다. 몇 시나 됐을까? 2시가 지나 있었다. 안부 전화를 하기에는 너무 늦은 시간이었다.

제기랄, 내 방으로 갈 수도 있었을 텐데. 내가 해야 할 일은 꼼짝 않고 한 시간 동안 기다리는 것뿐이었다. 그러면 위험한 고비를 넘기게 될 것이다. 3시면 모든 술집이 문을 닫는다.

그렇다면? 맥주를 파는 델리 식당이 있다. 합법적인지 아닌지는 모르겠다. 11번가와 12번가 사이에서 서쪽으로 가면 51번가에 심야 영업을 하는 집도 있었다. 이 시간까지 문을 닫지 않았다면 말이다. 거기 가 본 지도 한참 됐다.

킴 다키넨의 거실 옷장에 와일드 터키 한 병이 있다. 내 주머니에는 그녀의 아파트 열쇠가 들어 있다.

이 사실이 나를 두렵게 한다. 술이 바로 거기에 있다. 어느 때고 손만 뻗으면 잡을 수 있는 것이다. 게다가 거기 가는 날에는 한두 잔으로 끝내지는 않을 것이다. 그 한 병으로 끝내지도 않을 것이다. 다른 수많은 술병들이 나란히 있는 걸 봤으니까.

나는 전화를 했다.

그녀는 자고 있었다. 전화를 받는 그녀의 목소리에서 그 사실을 알 수 있었다.
"나 매트야. 너무 늦게 전화해서 미안해."
"괜찮아. 몇 시나 됐는데? 맙소사, 2시가 넘었네."
"미안해."
"난 괜찮아. 매튜, 너 괜찮은 거지?"
"아니."
"술 마셨구나."
"아니."
"나 지금 망가지고 있어. 네게 전화한 건 말이지, 술 마시고 싶지 않은데 이 방법밖에는 생각이 안 나서야."
"잘했어."
"거기 가도 될까?"
잠깐 동안 말이 없었다. 신경 쓸 거 없다고 생각했다. 잊어버려. 문 닫기 전에 패럴 바에서 간단하게 한잔 하고 호텔로 돌아가자. 그녀에게 먼저 전화를 하지 말았어야 했어.
"매튜, 좋은 생각이 아닌 것 같아. 술을 끊어야 한다면 한번에 한 시간씩, 한번에 1분씩 시작해. 전화하고 싶을 땐 얼마든지 전화해. 나를 깨워도 좋아. 하지만……"
"30분 전에 죽을 뻔했어. 한 녀석을 때려 눕혀서 다리 몽둥이를 부러뜨려 놨지. 아직도 떨리는데 이렇게 떨리는 건 생전 처음이야. 한잔 마셔야 괜찮아질 것 같아. 술을 입에 대게 될까 봐 두려워. 마시고야 말 것 같아서 겁이 난다고. 누군가와 함께 있으면, 누군가와 이야기라도 나누면 괜찮아질 거라는 생각이 들었는데 아무래도 안 되겠어. 미안해. 전화하지 말걸 그랬어. 부담 주고 싶지는 않아. 미안해."

"끊지 마!"

"여기 있어."

"세인트 마크스플레이스에 주말마다 밤새 모임을 하는 회관이 있어. 회원 수첩에 있는데 내가 찾아봐 줄게."

"알았어."

"너 안 갈 거지? 그렇지?"

"모임에 가서 할 말이 없는걸. 걱정 마, 얀. 괜찮아질 거야."

"어디야?"

"58번가와 59번가 사이야."

"여기 오는 데 얼마나 걸릴 것 같니?"

잠깐 암스트롱 바 쪽을 살펴봤다. 무허가 택시는 아직 그곳에 주차하고 있었다.

"택시를 대기시켜 뒀어."

"여기 오는 길 기억하지?"

"기억나."

택시는 나를 리스페나드가에 있는 얀이 사는 6층짜리 건물 앞에 내려 주었다. 미터기 요금은 20달러 가까이 나왔다. 왕복 요금으로 20달러를 더 주었다. 지나치게 많은 돈이었지만 고마운 마음이 들었고 택시 요금쯤은 후하게 치를 여유가 있었다.

길게 두 번, 짧게 세 번. 얀의 집 초인종을 누르고는, 그녀가 내게 열쇠를 던져 줄 수 있도록 앞쪽으로 걸어 나갔다. 엘리베이터를 타고 5층까지 가서 꼭대기 층으로 걸어 올라갔다.
 "빠르네. 정말 택시를 대기시켜 뒀었나 봐."
 옷 갈아입을 시간은 있었나 보다. 얀은 낡은 청바지에 빨강과 검정이 섞인 체크 무늬의 플란넬 셔츠를 입고 있었다. 그녀는 중키에 살집 좋은 매력적인 여인이었다. 날렵한 맛은 없어도 편안해 보였다. 하트 모양의 얼굴, 희끗희끗하게 회색빛이 도는 짙은 갈색 머리카락, 크고 미간이 넓은 회색 눈, 화장기 없는 얼굴.
 "커피를 준비해 뒀어. 아무것도 안 넣지?"
 "버번만."
 "우린 술 끊었잖아. 저기 앉아. 커피 가져올게."
 그녀가 커피를 갖고 돌아왔을 때, 나는 그녀의 메두사 머리 옆에 서서 손끝으로 머리카락을 더듬었다.
 "그녀의 머리카락을 보자 여기 있는 네 생각이 났어. 그녀는 금발을 땋았는데, 틀어 올려 뒤통수에 붙이면 어쩐지 너의 메두사 머리가 연상되는 모습이었어."
 "누구 말이야?"
 "살해당한 여자 말이야. 어디서부터 이야기를 시작해야 할지 모르겠군."
 "아무 데서나."
 한참 동안 이야기를 했다. 그날 밤의 사건에서부터 시작해서 앞뒤로 오가면서 대충 건너뛰었다. 이따금 그녀가 일어나 커피를 더 가져왔다. 그녀가 돌아오면 나는 이야기가 끊긴 데서 다시 시작했다. 어떨 땐 아무 상관 없는 데서 시작하기도 했다. 그런 건 중요하지 않았다.

"빌어먹을 녀석을 어떻게 해야 할지 모르겠더라. 녀석을 때려눕히고 녀석의 몸을 뒤진 후에 말이야. 녀석이 체포되도록 할 수는 없었어. 금방 석방될 거라는 생각에 참을 수 없었거든. 녀석을 쏘려고 했지만 그럴 수 없었어. 왜 그랬는지 모르겠어. 머리통을 몇 번만 더 벽에다 찧었으면 녀석은 죽었을 거야. 그리고 네게 말하겠지. 그랬으면 기뻤을 거라고 말이야. 하지만 녀석이 정신을 잃고 거기 누워 있는데도 녀석을 쏠 수 없었어."

"물론 쏠 수 없었을 거야."

"하지만 녀석을 거기 내버려 둘 수 없었어. 녀석이 거리를 활보하는 꼴을 보고 싶지 않았다고. 또다시 총을 구해서 그 짓을 할 테니까. 그래서 녀석의 다리 몽둥이를 부러뜨려 놨지. 결국엔 뼈가 아물고 하던 짓을 계속할 수 있게 되겠지만, 당분간은 거리에서 녀석의 얼굴을 보는 일은 없을 거야."

나는 어깨를 으쓱했다.

"이해가 안 될 거야. 하지만 그 밖에 아무 생각도 나지 않았으니까."

"중요한 건 네가 술을 입에 대지 않았다는 거야."

"그게 중요한 일이라고?"

"난 그렇게 생각해."

"거의 술을 마실 뻔했어. 우리 동네에 있었더라면, 아니면 네게 연락이 되지 않았더라면 그랬겠지. 내가 얼마나 마시고 싶었는지 아무도 모를 거야. 지금도 마시고 싶은걸."

"그래도 안 마실 거잖아."

"그래."

"매튜, 너 스폰서 있니?"

"아니."

"스폰서가 있어야겠어. 크게 도움이 될 거야."

"어떤 식으로?"

"글쎄, 스폰서란 언제든지 전화를 걸어 무슨 일이든 말할 수 있는 사람이야."

"넌 있어?"

그녀가 고개를 끄덕였다.

"너와 통화한 다음 그녀에게 전화를 했어."

"왜?"

"불안했거든. 그녀에게 말하고 나면 안심이 되니까. 그녀가 무슨 말을 해 줄지 알고 싶었기 때문이지."

"그녀가 뭐라고 했는데?"

"너더러 오라고 해서는 안 된다는 거야."

그녀가 웃었다.

"다행이지 뭐야. 넌 벌써 오는 중이었거든."

"그 밖에 무슨 얘길 했어?"

그녀의 커다란 회색 눈이 나를 피했다.

"너하고 자서는 안 된대."

"왜 그런 말을 했지?"

"금주 첫 해 동안에 관계를 가지는 건 좋지 않기 때문이지. 더구나 이제 겨우 금주를 시작하는 사람과 친해지는 건 더욱 나쁜 일이기 때문일 거야."

"젠장, 도저히 진정이 안 돼서 여기 온 거야. 발정을 해서 온 게 아니라고."

"알아."

"뭐든지 스폰서가 시키는 대로 하니?"

"그러려고 해."

"도대체 하느님의 목소리를 가진 그 여자가 누구야?"

"그냥 어떤 여자지 뭐. 내 또래 여자야. 실은 한 살 하고도 반년 정도 어려. 하지만 술을 끊은 지가 거의 6년이야."

"오래됐군."

"내 생각에도 오래된 것 같아."

그녀는 자기 잔을 들었다가 잔이 빈 것을 보고 도로 내려놓았다.

"스폰서가 되어 달라고 부탁할 만한 사람은 있니?"

"그래야 하는 거야? 누구한테 부탁을 해야 하는 거구나?"

"그렇지."

"네게 부탁을 하면 어떨까?"

그녀는 고개를 저었다.

"첫째, 남자 스폰서를 찾아야 돼. 둘째, 난 아직 금주 기간이 길지 않아. 셋째, 우린 친구여서 안 돼."

"친구는 스폰서가 될 수 없는 거야?"

"그런 종류의 친구는 안 돼. 금주 모임 친구는 괜찮아. 넷째, 자주 만날 수 있는 소모임에 속한 사람이어야 해."

마지못해 짐을 떠올렸다.

"이따금 이야기를 나누는 남자가 있긴 해."

"네가 이야기할 수 있는 사람을 선택하는 것이 중요해."

"그 사람한테 내 이야기를 할 수 있을지 모르겠는데. 할 수 있을 거야."

"그가 술을 끊은 걸 존경하니?"

"무슨 말인지 모르겠네."

"아니, 알잖아……."

"신문에 난 기사들을 보면 짜증이 난다고 오늘 저녁 그에게 말했어. 거리마다 범죄가 들끓고 있어. 계속해서 사람들은 서로 몹쓸 짓을 하지. 얀, 그게 날 미치게 만들어."

"정말 그래."

"신문을 그만 읽으라고 그가 말하더군. 왜 웃어?"

"딱 맞는 말이네."

"사람들은 말도 안 되는 헛소리를 지껄여 대지. '난 실직했어요. 어머니는 암으로 죽어가고 있고, 난 코를 베어 내야 하죠. 그래도 승자가 되려고 오늘 술을 마시지 않았어요.'"

"정말 그럴듯하게 들리잖아?"

"때로는. 뭐가 그렇게 우스워?"

"'난 코를 베어 내야 해요.' 코를 베어 내다니?"

"웃지 마. 심각한 문제야."

잠시 후에 그녀는 자기와 같은 소모임 회원 중에 뺑소니 사고로 아들을 잃은 사람에 대해 이야기했다. 그 남자는 모임에 나와서 그 사건에 대해 이야기하고 회원들로부터 격려를 받았다. 모두에게 고무적인 일이었다. 그는 술을 마시지 않고 견뎌 냈다. 그 상황에서 그가 나머지 가족들을 위로하는 한편 자신의 슬픔을 온전히 경험할 수 있었던 것은 순전히 자신을 절제한 덕분이었다.

슬픔을 제대로 경험할 수 있는 것이 뭐가 그리 좋다는 것인지 모르겠다. 수년 전 총격을 벌이다가 빗나간 총알이 에스트렐리타 리베라라는 이름의 여섯 살 난 여자 아이에게 치명상을 입힌 적이 있다. 그 후 술 없이 지냈다면 어땠을까 하고 생각해 봤다. 나는 그 사건의 후유증을 술로 달랬다. 그때는 분명히 그게 좋은 방법인 것 같았다.

피하는 것만이 능사는 아니었을지도 모른다. 지름길도 우회로도 없을 수 있으니까 말이다. 매순간 처절하게 경험하고 지나가는 편이 낫지 않았을까.

"뉴욕에서 차에 치일까 봐 걱정할 필요는 없지. 하지만 다른 도시에서와 마찬가지로 여기서도 그런 일은 일어나. 뺑소니 운전자는 잡혔나?"

"아니."

"음주 운전이었나 보군. 대개 그렇잖아."

"그 사람 필름이 끊긴 상태였을지도 몰라. 다음날 와서는 자기가 무슨 짓을 했는지 모를 수도 있다고."

"맙소사."

자기 애인을 찔렀다던 그날 밤의 남자 연사가 생각났다.

"에메랄드 시에는 800만 가지 이야기가 있지. 그리고 죽는 데도 800만 가지 방법이 있어."

"벌거벗은 도시 말이군."

"그거 내가 한 이야기지?"

"네가 그 에메랄드 시 이야길 했지."

"내가 했다고? 어디서 나온 이야기지?"

"오즈의 마법사잖아. 기억나? 캔자스에 사는 도로시와 토토 말이야. 주디 갈런드가 「오버 더 레인보」를 불렀지."

"물론 기억나지."

"'노란 벽돌 길을 따라가라.' 멋진 마법사가 사는 에메랄드 성이 나올 것이다."

"기억나. 머리가 없는 허수아비, 심장이 없는 양철 나무꾼, 용기가 없는 사자, 전부 기억나. 하지만 나는 어디서 에메랄드를 찾게 될까?"

"넌 알코올 중독자야. 넌 뇌 세포를 조금씩 잃어 가고 있다고. 그게 전부야."

나는 고개를 끄덕였다.

"그렇겠지."

하늘이 밝아 올 무렵에야 우리는 잠이 들었다. 여분의 담요 두어 장을 덮고 소파에서 잠을 잤다. 처음에는 잠이 올 것 같지 않았지만 거대한 파도처럼, 피로가 나를 집어삼킬 듯이 몰려 왔다. 어느덧 항복하고 피로가 나를 끌고 가는 대로 내버려 두었다.

어디로 데려가는지 알 수 없었다. 죽은 듯이 깊이 잤다. 무슨 꿈을 꿨는지 모르지만 전혀 기억나지 않았다. 커피 끓는 냄새와 베이컨 굽는 냄새에 잠이 깼다. 샤워를 하고 그녀가 나를 위해 준비해 둔 일회용 면도기로 면도를 했다. 옷을 입고 부엌으로 가서 원목 식탁에 그녀와 마주 앉았다. 오렌지 주스와 커피를 마시고 스크램블드 에그와 베이컨, 그리고 통밀 머핀과 복숭아 통조림을 먹었다. 그토록 강렬한 식욕을 느꼈던 것이 언제였는지 기억도 나지 않았다.

몇 블록 동쪽으로 가면 일요일 오후마다 만나는 소모임이 있다고 그녀가 내게 알려 주었다. 그 모임은 그녀가 정기적으로 참석하는 모임 가운데 하나였다. 내가 그녀의 모임에 들어가고 싶었던가?

"해야 할 일이 좀 있어서 말이야."

내가 말했다.

"일요일에?"

"일요일이라고 다를 게 뭐 있어?"

"일요일 오후에 무슨 일이든 제대로 해낼 수 있을 것 같니?"

일을 시작한 이후 제대로 해낸 일이라곤 없었다. 오늘은 뭔가 할 수 있을 거라고 생각했던가?

수첩을 꺼내 서니에게 전화를 걸었다. 받지 않았다. 내가 묵고 있는 호텔에 전화를 걸었다. 서니에게서 온 전화는 없었다. 대니 보이 벨에게서도, 어젯밤에 만났던 누구한테서도 전화는 오지 않았다. 그래, 이 시간이면 대니 보이는 곤히 자고 있을 것이다. 다른 사람들도 마찬가지일 테지.

챈스에게 전화해 달라는 메시지가 와 있었다. 챈스의 전화번호를 돌리다가 문득 멈추었다. 얀이 모임에 갈 거라면 그녀의 집에 덩그러니 남아 그의 전화를 기다리고 싶지는 않았다. 그녀의 스폰서도 찬성하지 않을 것 같았다.

포사이스가에 있는 유대인 교회 2층에서 모임이 있었다. 그곳은 금연 구역이었다. 자욱한 담배 연기가 없는 금주 모임에 참석하는 건 색다른 경험이었다.

그곳에는 약 50명의 사람들이 있었는데, 그녀는 그들 대부분을 알고 있는 것 같았다. 그녀는 나를 몇몇 사람들에게 소개했고 나는 그 자리에서 그들의 이름을 잊어버렸다. 나는 낯을 가렸으며, 내게 쏠리는 관심이 불편했다. 내 몰골도 말이 아니었다. 옷을 입고 잔 건 아니었지만 지난밤에 골목길에서 싸운 흔적이 남아 있어서 마치 옷을 입고 잔 것 같았다.

게다가 나는 온몸에 싸움의 흔적을 느끼고 있었다. 그녀의 집을 나올 때쯤부터 통증이 느껴졌다. 그 녀석을 들이받은 내 머리통이 욱신욱신 쑤셨으며 팔뚝에는 타박상을 입었고 한쪽 어깨는 검푸르게 멍이 들고 아팠다. 움직일 때마다 다른 근육들도 아팠다. 사건이 일어난 직후에는 아무 느낌이 없었지만 그런 종류의 통증은 다음날에야 나타난다.

커피 몇 잔과 쿠키 몇 개를 들면서 모임 시간 내내 앉아 있었다. 연사는 아주 짤막하게 이야기를 마치고 나머지 시간은 토론을 하도록 했다. 발언을 하려면 손을 들어야 했다.

끝나기 15분 전에 얀이 손을 들었다. 그녀는 술을 끊은 것이 얼마나 감사한지, 자신의 절제에 스폰서가 얼마나 큰 역할을 하고 있는지, 그리고 고민거리가 있어서 어찌 해야 할지 모를 때 스폰서가 얼마나 도움이 되는지에 대해 말했다. 그뿐, 그 이상 상세한 이야기는 하지 않았다. 그녀가 내게 메시지를 보내고 있다는 느낌을 받았으며 거기에 대해 별다른 감흥은 느낄 수 없었다.

나는 손을 들지 않았다.

나중에 그녀는 몇몇 사람들과 커피를 마시러 갈 거라면서 함께 가겠느냐고 물었다. 더 이상 커피를 마시고 싶은 생각도, 함께 가고 싶은 생각도 들지 않았다. 나는 핑계를 댔다.

밖으로 나와서 헤어지기 전에 그녀가 내게 기분이 어떠냐고 물었다. 괜찮다고 말했다.

"아직도 술 마시고 싶니?"

"아니."

"어젯밤에 전화해 줘서 고마워."

"나도 고마워."

"매튜, 언제든 전화해. 꼭 해야 한다면 한밤중에라도 괜찮아."

"그럴 필요가 없기를 바라자."

"그래도 필요하면 전화해. 알았지?"

"그래."

"매튜? 한 가지만 약속해."

"뭔데?"

"술 마시려거든 꼭 내게 먼저 전화해 줘."

"오늘은 마시지 않을 거야."

"알아. 그래도 마실 생각이 있으면, 만약에 마실 거라면 내게 먼저 전화해. 약속하지?"

"알았어."

업타운으로 가는 지하철에서 그 대화가 생각났다. 바보같이 약속을 하다니! 그래, 적어도 그 약속이 그녀를 기쁘게 해 주었다. 그 약속 때문에 그녀가 기뻤다면 나쁠 게 뭔가.

챈스에게서 한 번 더 전화가 와 있었다. 로비에서 전화를 걸어 호텔로 돌아왔다고 그의 응답 서비스에 메시지를 남겼다. 그에게서 전화가 오기를 기다리는 동안 시간을 죽일 요량으로 신문을 사서 내 방으로 올라갔다.

헤드라인 뉴스는 훌륭했다. 퀸스에 사는 한 가족 아빠, 엄마, 다섯 살도 안 된 두 아이가 새로 뽑은 반짝거리는 메르세데츠를 타고 드라이브를 나갔다. 그런데 누군가 옆으로 접근해서 그 차에 총알을 퍼부어 가족 네 명을 살해했다. 자메이카 에스테이트에 있는 그들의 아파트를 수색한 경찰은 거액의 현금과 불순물이 섞이지 않은 다량의 코카인을 발견했다.

말도 안 돼!

내가 골목길에 버려 두고 온 녀석에 대한 기사는 없었다. 그래, 그런 기사는 날 리가 없지. 녀석과 내가 만났을 때 일요일 신문은 벌써 가두에 나와 있었으니까. 내일 신문이나 모레 신문에 날 가능성은 희박해 보였다. 녀석이 내 손에 죽었다면 구석 자리에 1단 기사로라도 날 수 있겠지만, 검둥이 녀석이 다리 부러진 것쯤이야 무슨 기삿거리가 되겠는가?

자신의 해석에 스스로 만족해하고 있을 때 누군가 내 방을 두드렸다.

이상한 일이었다. 일요일은 하녀들이 쉬는 날이었고, 나를 찾아온 사람들은 아래층에서 내 방에 전화를 했다. 코트를 벗어 의자에 걸쳐 두고 32구경 권총을 호주머니에서 끄집어냈다. 다리가 부러진 녀석한테서 뺏은 총과 두 자루의 칼을 아직도 버리지 않고 있었던 것이다. 총구를 문 쪽으로 겨누고 누구냐고 물었다.

"챈스야."

총을 도로 호주머니에 집어넣고 문을 열었다.

"보통 사람들은 인터폰을 하지."

"아래층 녀석이 책을 읽고 있어서. 방해하고 싶지 않았거든."

"배려를 많이 하는군."

"내세울 거라곤 그것밖에 없지."

그의 눈이 빤히 나를 들여다봤다. 이제 그의 눈은 내 존재 따위는 아랑곳하지 않고 내 방을 훑어봤다.

"좋은데."

빈정대는 말이었지만 목소리의 톤은 그렇지도 않다. 문을 닫고 의자를 가리켰다. 그는 계속해서 서 있었다.

"내게 어울리는 것 같아."

"그런 것 같군. 순 스파르타 식이야. 흐트러진 구석이 없잖아."

그는 감색 조끼와 회색 플란넬 바지를 입고 있었다. 위에는 아무것도 걸치지 않았다. 그렇지, 오늘은 다소 따뜻한 날씨인 데다가 차를 타고 왔으니까.

그는 내 방 창 쪽으로 걸어가 창밖을 내다봤다.

"어젯밤에 전화를 걸었어."

"알고 있어."

"메시지를 받고도 전화해 주지 않았잖아."

"조금 전에야 메시지를 받았는걸. 연락이 되지 않는 곳에 있어서 말이야."

"어젯밤 여기서 안 잤군?"

"그래."

그가 고개를 끄덕였다. 그는 내 쪽으로 얼굴을 돌렸다. 읽기 어려운 표정이었다. 그가 이런 표정을 짓는 걸 본 적이 없었다.

"내 여자들을 전부 만나 봤나?"

"서니만 빼고 전부."

"그래. 서니는 아직 안 만나 봤군, 음?"

"맞아. 어젯밤에 몇 번이나 전화를 했지. 오늘 정오쯤에도 전화를 했는데 받지 않더군."

"그랬군."

"그래. 어젯밤에는 메시지를 하나 받았지만 내가 전화했을 때 그녀는 거기 없었어."

"그녀가 어젯밤에 전화했단 말이지?"

"응."

"몇 시지?"

기억이 잘 나지 않았다.

"8시쯤에 호텔을 나와서 10시 조금 넘어서 들어왔거든. 그녀의 메시지가 와 있었어. 몇 시에 왔는지는 모르겠어. 메시지 쪽지에 시간을 적도록 되어 있지만 항상 써 주는 건 아니야. 어쩌면 그 쪽지를 버렸을지도 몰라."

"그런 걸 갖고 있을 필요는 없지."

"그래, 그녀가 몇 시에 전화했든 무슨 상관이야?"

챈스는 한참 동안 나를 쳐다보았다. 짙은 갈색 눈동자 속에서 금빛 반점이 보였다.

그가 말했다.

"제기랄, 어떡해야 할지 모르겠어. 그런 적이 없는데 말이야.

보통 때 같으면 적어도 내가 뭘 해야 하는지는 안다고 생각했거든."

아무 말도 하지 않았다.

"날 위해 일을 하니까 당신은 내 사람이지. 하지만 그게 무슨 뜻인지 확실히 모르겠어."

"챈스, 무슨 말을 하고 있는지 모르겠군."

"우라질, 문제는 말이지. 내가 얼마나 당신을 믿을 수 있느냐는 거야. 내가 믿을 수 있는지 없는지 계속해서 문제가 되는 거야. 나는 정말로 당신을 믿어. 내 말은, 당신을 내 집으로 데려왔잖아. 내 집에 데려온 사람은 아무도 없거든. 내가 왜 그랬는지 알아?"

"모르겠어."

"무슨 말인가 하면, 내가 자랑하려고 그랬을까? 여기 검둥이가 갖고 있는 걸 좀 보라고 그랬을까? 아니면 내 영혼이라도 보여 주고 싶어서 당신을 집 안으로 초대한 걸까? 어쨌든 간에, 젠장. 내가 당신을 믿게 되었다는 거야. 하지만 그게 잘한 일일까?"

"그걸 나한테 물어보면 안 되지."

"맞아, 당신한테 물을 문제는 아니지."

그는 엄지와 검지로 턱을 잡았다.

"어젯밤 그녀에게 전화를 걸었어. 서니 말이야. 두 번 걸었는데 받지 않더군, 당신하고 똑같군. 글쎄, 좋아. 괜찮아. 자동응답기도 켜지지 않더군. 하지만 그것도 괜찮아. 자동응답기를 켜 놓는 걸 잊어버렸나 보지. 그 다음에는 1시 30분에, 아니 2시에 다시 전화를 걸었지. 이번에도 아무 응답이 없었어. 그래서 내가 어떻게 했는지 알아? 차를 몰고 거길 가 봤지. 열쇠는 물론 갖고 있었어. 내 아파트니까. 내가 열쇠를 갖고 있어서는 안 되는 것이었을까?"
 이제 그가 무슨 이야기를 하려는지 알 것 같았다. 하지만 그가 계속 말하도록 내버려 두었다.
 "그래, 서니는 거기 있었어. 아직 거기 있었어. 이봐, 그녀가 어떻게 됐는지 알아? 그녀는 죽어 있었어."

스물둘

서니는 죽어 있었다. 벌거벗은 채 반듯이 누워 있었다. 한쪽 팔을 머리 위로 던진 채 얼굴은 그쪽을 향하고 있었으며, 다른 쪽 팔은 팔꿈치를 굽혀 손을 가슴 바로 아래 갈비뼈 위에 올려놓고 있었다. 그녀는 흐트러진 침대에서 1미터쯤 떨어진 바닥에 누워 있었다. 다갈색 머리카락은 머리 위로 흩어져 있었으며, 립스틱을 칠한 입가에 타원형으로 게워 놓은 구토물이 상아빛 카펫에 떠 있는 것이 마치 연못에 떠 있는 녹조처럼 보였다. 근육이 발달된 허벅지 사이 카펫은 소변으로 얼룩이 져 있었다.

얼굴과 이마 그리고 어깨에도 멍이 들어 있었다. 무의식적으로 그녀의 손목을 더듬어 맥을 짚어 보았지만 너무 차가워서 숨이 남아 있을 거라고는 생각도 할 수 없었다.

그녀는 동공이 위로 올라간 채 눈을 뜨고 있었다. 손으로 눈꺼풀을 덮어 주고 싶었지만 그대로 두었다.

"그녀를 옮겼나?"

"절대 아냐. 털끝 하나 건드리지 않았어."

"거짓말 마. 킴이 죽은 후에도 킴의 아파트를 뒤졌잖아. 분명히 여기도 살펴봤겠지."

"서랍 두어 개를 열어 봤을 뿐이야. 아무것도 가져가지 않았어."

"뭘 찾고 있었지?"

"음, 모르겠어. 그냥 내가 알아 둬야 할 것이었겠지. 약간의 돈, 2,300달러가 있더군. 그대로 뒀어. 수첩이 있더군. 그것도 그대로 뒀어."

"예금은 얼마나 됐지?"

"1000달러도 안 돼. 많지 않은 금액이지. 내가 찾아낸 건 그녀가 엄청난 양의 약을 갖고 있었다는 거야. 그녀가 이렇게 죽은 것도 그것 때문이야."

그는 시체를 지나 방을 가로질러 거울에 비친 화장대를 가리켰다. 수많은 화장품과 향수병이 죽 늘어서 있는 가운데 처방전이 붙은 두 개의 빈 유리병이 있었다. 근처의 병원에서 각기 다른 의사가 쓴 처방전이었지만 둘 다 환자의 이름은 S. 핸드릭스였다. 하나는 발륨을 처방한 것이었고, 다른 하나는 세코날을 처방한 것이었다.

"나는 언제나 그녀의 약장을 검사했어. 거의 무의식적이었지, 알겠나? 그녀는 지병인 건초열 때문에 이런 항히스타민제를 복용한 게 전부였어. 그런데 어젯밤에 약장을 열어 보니 동네 약국을 옮겨 놓은 것 같았어. 온갖 약이 다 있더군."

"어떤 종류의 약인데?"

"상표들을 일일이 읽어 보지는 않았어. 쓸데없이 지문을 남기고 싶지는 않았으니까. 내가 본 건 대부분 진정제였어. 안정제가 많았지. 발륨, 리브륨, 엘라빌 같은 거 말이야. 여기 세코날 같은 수면제도 있었고. 하지만 대부분은 진정제였어."

그는 머리를 흔들었다.

"한 번도 들어 보지 못한 것도 있었어. 무슨 약인지 전부 알려면 의사한테 물어봐야 할 거야."

"그녀가 약을 먹는 걸 몰랐단 말이지?"

"전혀 몰랐어. 이리 와, 이걸 봐."

지문을 남기지 않으려고 조심하면서 챈스는 옷 서랍을 열었다.

"봐."

서랍 한쪽 구석 개켜진 스웨터들 옆에 약병이 스무 개 남짓 세워져 있었다.

"젠장, 약에 잔뜩 중독된 거야. 잠시라도 약 기운이 떨어질까 봐 겁이 났던 거지. 게다가 난 그 일에 대해서는 까맣게 모르고 있었잖아. 매트, 짜증 나는군. 그 종이에는 뭐라고 써 있어?"

유서는 화장대 위 노엘 향수병 바로 옆에 있었다. 손등으로 향수병을 옆으로 밀고 그 종이를 창가로 가져갔다. 베이지 색 메모지에 갈색 잉크로 쓴 유서였다. 약간 밝은 곳에서 읽고 싶었다.

유서에는 이렇게 씌어 있었다.

킴, 네가 부러워. 널 대신해서 그 일을 해 줄 사람을 찾았으니까 말이야. 난 혼자서 그 일을 해내야 하는데.

창문에서 뛰어내릴 배짱이라도 있다면, 나도 마음을 고쳐먹고 다른 구차한 방법들을 비웃었을 거야. 하지만 난 그럴 배짱이 없어. 면도날도 소용이 없더군.

이번에는 약을 충분히 먹었겠지.
이제 소용없어. 좋은 시절은 다 지나가 버렸어. 챈스, 미안해요. 당신과 함께한 시간들은 즐거웠지만 이제 다 끝났어요. 8회에서 관중들은 집으로 돌아갔다고요. 환호성도 들리지 않잖아요. 계속해서 득점을 할 수 있는 사람은 아무도 없거든요.

돌아가는 회전목마에서 내릴 수가 없구나. 그녀가 선물 받은 보석반지. 반지는 손가락을 녹색으로 물들였네.

내게 에메랄드를 사 줄 사람은 아무도 없네. 내게 아기를 갖게 할 사람은 없어. 이 세상에 내 삶을 구원해 줄 사람이 아무도 없구나.

웃는 것도 이제는 신물이 나. 고객들 비위를 맞추는 일도 지겨워졌어. 좋은 시절은 다 지나가 버렸어.

창밖으로 허드슨 강 건너편으로 뉴저지의 스카이라인을 내다보았다. 서니는 링컨 뷰 가든이라 불리는 복합 고층 아파트 32층에서 살다가 죽었다. 하지만 로비에 있는 화분에 심은 야자수 외에는 이 아파트에서 정원 딸린 테라스 같은 건 본 적이 없었다.

"저 아래쪽에 링컨 센터가 있지. 메리 루가 여기 살아야 한다고 생각했어. 연주회를 좋아하니까 말이야. 여기서는 걸어서도 갈 수 있지. 사실, 그녀는 죽 웨스트 사이드에 살았거든. 그래서 이스트 사이드로 옮기라고 했지. 알겠지만 누구라도 그랬을 거야. 당장에 생활이 확 바뀌니까 말이야."

챈스의 말에 나는 말없이 고개만 끄덕였다. 포주 노릇의 철학에 대해서는 아는 바가 없었다.

"그녀가 전에도 이런 일을 한 적이 있나?"

"자살 말이야?"

"자살을 시도한 적이 있어. '이번에는 약을 충분히 먹었겠지.' 라고 썼더군. 충분히 먹지 않았던 적이 있나 보지?"

"날 만난 다음에는 그런 적이 없어. 2, 3년 됐지."

"면도날도 소용없더라는 건 무슨 말이지?"

"글쎄."

그녀가 있는 쪽으로 가서 머리 위로 뻗은 팔을 살펴봤다. 손목에 가로로 선명하게 눈에 띄는 흉터가 있었다. 다른 쪽 손목에도 똑같은 흉터가 있었다. 일어서서 다시 유서를 읽었다.

"이봐, 무슨 일이지?"

수첩을 꺼내 그녀가 쓴 것을 한 자도 빠뜨리지 않고 옮겨 적었다. 크리넥스 한 장을 뽑아 내가 남겼을지도 모를 지문을 꼼꼼히 닦은 다음, 유서를 있던 자리에 도로 갖다 놓고 다시 향수병 옆에 기대 놓았다.

"어젯밤에 뭘 했는지 다시 말해 줘."

"아까 말한 대로야. 서니에게 전화를 걸었는데 이상한 느낌을 받았어. 왜 그랬는지는 모르겠어. 그래서 여길 와 봤지."

"몇 시였지?"

"2시 지나서. 정확한 시간은 모르겠어."

"바로 위층으로 올라갔나?"

"맞아."

"수위가 자넬 봤나?"

"서로 고개를 끄덕였던 것 같아. 수위가 날 알거든. 여기 산다고 생각하나 봐."

"네가 왔다는 걸 수위가 기억할까?"

"이봐, 수위가 뭘 기억하고 뭘 잊어버리는지 내가 어떻게 알아?"

"그 수위는 주말에만 근무하나? 아니면 금요일에도 있나?"

"모르겠어. 뭐가 다르지?"

"매일 밤 있다면 자넬 봤던 건 기억하겠지만 언제였는지는 모를 거야. 만약에 토요일에만 근무한다면……"

"알겠어."

좁은 부엌의 싱크대 위에 조금 남은 조지 보드카 한 병이 있었다. 그 옆에는 1리터짜리 종이 팩 오렌지 주스 하나가 비어 있었다. 두 가지를 섞은 것으로 보이는 찌꺼기가 잔에 말라붙어 있었고, 토사물에서 나던 것과 비슷한 냄새가 났다. 개수대에 잔이 하나 있었다. 누구든 그 정도의 추론은 금방 할 수 있을 것이다. 탐정이 아니라도 말이다. 독한 스크루드라이버로 씻겨 내려간 약의 진정 효과는 알코올에 의해 상승 작용을 일으켰을 것이다.

'이번에는 약을 충분히 먹었겠지.'

나는 남은 보드카를 쭉 비워 버리고 싶은 충동과 싸워야 했다.

"챈스, 여기 얼마나 오래 있었지?"

"모르겠어. 시간에는 신경 쓰지 않았으니까."

"수위한테 이야기하고 나갔나?"

챈스는 고개를 가로저었다.

"지하실로 내려가서 차고를 통해 밖으로 나왔지."

"그렇다면 수위가 자넬 보지 못했겠군."

"날 본 사람은 아무도 없어."

"그리고 자네가 여기 있을 때……."

"말한 대로야. 화장대와 옷장을 열어 봤어. 별로 물건을 건드리거나 옮겨 놓지도 않았어."

"유서는 읽어 봤지?"

"그래. 하지만 집어 들고 읽은 건 아니야."

"어디 전화라도 걸었나?"

"내 응답 서비스를 확인했지. 그리고 당신한테 전화를 걸었어. 당신은 거기 없던데."

그렇다. 나는 거기 없었다. 그때 나는 북쪽으로 5킬로미터 떨어진 골목길에서 어떤 녀석의 다리 몽둥이를 부러뜨려 놓고 있었으니까.

"장거리 전화를 걸지는 않았겠지."

"아까 두 통 한 게 전부라니까. 물론 장거리 전화는 아니었어. 여기서 당신 호텔까지는 엎어지면 코 닿을 만큼 가깝잖아."

어젯밤 나도 여기 왔을 수도 있었을 것이다. 금주 모임을 마치고 그녀에게 전화를 걸었더니 받지 않았다. 그녀는 그때까지 살아 있었을까? 함께 복용한 약과 보드카 기운이 혈관에 돌기를 기다리면서 침대에 누워 있는 그녀의 모습이 떠올랐다. 전화벨이 울려도 받지 않고 내버려 두었을 것이다. 초인종이 울려도 똑같이 무시했을까?

그랬을 것 같다. 아니면 그때쯤 이미 의식이 없었을지도 몰라다. 하지만 뭔가 잘못되고 있다는 걸 알아챌 수도 있었을 텐데. 관리인을 부르거나 문을 박차고 들어가 때맞춰 그녀를 구해 낼 수도 있었을 텐데……

아, 그렇고말고. 내가 조금만 일찍 태어났어도 독사 놈의 아가리에서 클레오파트라를 구해 낼 수 있었겠지.

"이 아파트 열쇠를 갖고 있지?"

"내 여자들 집 열쇠는 전부 갖고 있어."

"그러니까 그냥 들어왔겠구먼."

그가 머리를 가로저었다.

"그녀는 도어체인을 걸어 두었어. 그걸 보고 뭔가 잘못 됐다는 걸 알았지. 열쇠로 여니까 조금 열리다가 체인 때문에 걸리더라고. 그때 문제가 생겼다는 걸 알았어. 체인을 부수고 들어왔지. 순간 이제 보고 싶지 않은 꼴을 보게 되겠구나 하는 생각이 들더군."

"바로 나가 버릴 수도 있었을 텐데. 체인을 걸어 둔 채로 집에 갔을 수도 있었잖아."

"그 생각도 했지."

그가 나를 빤히 쳐다봤다. 전에 없이 방심한 표정이었다.

"이런 거 알아? 도어체인이 걸려 있는 걸 보는 순간 그녀가 자살을 했다는 생각이 드는 거야. 처음 떠오른 생각이 그거였어. 다른 생각은 들지 않았으니까. 체인을 부순 건 그 때문이었어. 아직 그녀가 살아 있을지도 모른다, 그녀를 구할 수 있을지도 모른다 생각했지. 하지만 너무 늦었어."

문 쪽으로 가서 도어체인을 살펴봤다. 체인은 끊어진 데가 없었다. 문설주에 붙은 연결 부분으로부터 느슨해진 체인 부속품이 부서진 채 문에 매달려 있었다. 우리가 아파트에 들어올 때는 그걸 보지 못했다.

"네가 들어올 때 이걸 부쉈단 말이지?"

"말한 그대로야."

"들어올 때 체인이 풀려 있었을지도 모르잖아. 그 다음에 체인을 걸고 안에서 부쉈을 수도 있지."

"뭣 때문에 그 따위 짓을 하지?"

"네가 여기 왔을 때 이 아파트가 안에서 잠겨 있었던 것처럼 보이게 하려고."

"좋아. 그건 그렇다 쳐. 하지만 난 그럴 필요가 없었어. 이봐, 난 자네가 왜 그러는지 모르겠어."

"당신이 여기 왔을 때 그녀가 안으로 문을 잠가 놓았다는 걸 확인하려는 것뿐이야."

"그녀가 그랬다고 말하지 않았던가?"

"그리고 아파트를 살펴봤나? 여기 다른 사람은 없었지?"

"토스터 안에 숨은 게 아니라면."

명백한 자살이었다. 단 한 가지 미심쩍은 점이 있다면, 그가 너무 일찍 왔다는 것이었다. 그는 그녀의 죽음을 알고도 열두 시간 이상 신고도 하지 않고 있었던 것이다.

잠시 생각했다. 우리는 60번가의 북쪽에 있었다. 그러니까 우리는 더킨의 관할 구역이 아닌 20번 구역 안에 있었다. 의학적 증거가 제시되지 않는 한 경찰은 이 사건을 자살로 종결할 터였다. 이런 경우 그의 이른 방문 같은 건 당장은 문제가 되지 않을 터였다.

"우리가 할 수 있는 일이 몇 가지 있어. 자네가 밤새도록 그녀에게 연락이 닿지 않아서 걱정이 되었다. 오늘 오후에 자네가 내게 그 이야기를 했고 그래서 우리가 함께 여길 왔다. 자네는 열쇠를 갖고 있었다. 자네가 문을 열었으며 우리는 그녀를 발견하고 경찰에 신고했다."

"좋아."

"하지만 도어체인이 걸려. 자네가 미리 여기 오지 않았다면 어떻게 그게 부서졌겠어? 다른 누군가가 그걸 부쉈다면 그가 누구지? 여기서 뭘 하려던 걸까?"

"우리가 들어오면서 그걸 부쉈다고 하면 어때?"

나는 머리를 가로저었다.

"통하지 않을 거야. 어젯밤에 네가 여기 왔었다는 명백한 증거를 들이대면 어쩔 거야. 그러면 난 위증죄로 체포될 거야. 친분을 생각해서 널 위해 거짓말을 해 줄 수도 있어. 하지만 먹히지도 않는 거짓말로 콩밥을 먹고 싶지는 않아. 안 되지. 우리가 들어올 때 이미 체인은 부서져 있었다고 말해야겠어."

"그렇다면 체인은 몇 주 전부터 부서져 있었던 걸로 하지, 뭐."

"금방 부서진 것처럼 보이지 않는다면야. 나사들이 나무에서 빠진 자리가 보이지. 그런 종류의 거짓말로 체포되고 싶지는 않을 거야. 네 이야기는 결국 앞뒤가 맞지 않다는 게 증명될 거야. 내 생각엔 네가 할 수 있는 일은 한 가지뿐이야."

"그게 뭐지?"

"진실을 말해. 네가 여기 와서 문을 걸어차고 들어와 보니 그녀는 죽어 있었고 그래서 신고했다. 차를 몰고 다니면서 생각을 정리하려고 했다. 그러다가 아무것도 하기 전에 내게 연락을 하려고 했다. 연락이 잘 닿지 않았다. 다시 내게 전화를 했고 함께 여기 와서 신고를 했다."

"그게 제일 나은 방법일까?"

"내 생각엔 그래."

"전부 그놈의 도어체인 때문이란 말이지?"

"그 부분이 가장 명백한 허점이거든. 하지만 체인 문제가 아니더라도 진실을 말하는 편이 좋아. 챈스, 넌 그녀를 죽이지 않았잖아. 그녀는 자살한 거야."

"그래서?"

"네가 그녀를 죽인 게 아니라면 말이야. 네가 할 수 있는 최선의 행동은 진실을 말하는 거야. 만약 죄가 있다면 아무 말도 하지 않는 게 최선의 행동이지. 한마디도 하지 않는 거야. 변호사를 부르고 묵비권을 행사해. 하지만 아무튼 넌 결백하니까 그냥 진실을 말해. 쉽고도 간단하지. 전에 말한 걸 기억하려고 애쓸 필요도 없잖아. 할 말이 한 가지밖에 없기 때문이지. 사기꾼들은 입만 떼면 거짓말이잖아. 경찰은 그걸 알고 있거든. 또 그걸 아주 싫어하지. 그러니까 한번 거짓말 한 게 드러나면 경찰은 허점이 드러날 때까지 몰아붙일 거야. 귀찮은 일에 휘말리고 싶지 않아서 거짓말을 하려는 모양인데, 그게 통할 수도 있을 거야. 이건 명백한 자살이고 넌 무사히 넘어갈 수도 있을 거야. 하지만 잘못되면 자네가 피하려고 했던 일보다 열 배는 귀찮은 일에 휘말리게 된다고."

그는 그 문제에 대해 잠시 생각하다가 한숨을 쉬었다.

"왜 당장 신고하지 않았느냐고 묻겠지."

"왜 그랬지?"

"어떻게 해야 좋을지 몰라서. 신고를 해야 할지, 못 본 체해야 할지 알 수 없었어."

"그렇게 말해."

"맞아. 그래야겠어."

"여기서 나간 다음에는 뭘 했지?"

"어젯밤에? 말한 대로야. 차를 몰고 좀 돌아다녔지. 공원 주위를 몇 바퀴 돌았어. 조지 워싱턴 교를 지나서 팰리세이스 파크웨이까지 쭉 갔어. 좀 이른 시간이긴 하지만, 그냥 휴일에 드라이브 하는 것처럼 말이야."

기억을 더듬으면서 그는 머리를 가로저었다.

"돌아와서 메리 루의 아파트로 갔지. 문을 열고 들어갔어. 도어 체인을 부술 필요는 없었지. 자고 있더군. 그녀 옆에 누워 있다가 그녀를 깨워서 조금 더 있었어. 그 다음에 집으로 갔지."

"네 집으로?"

"내 집으로. 내 집에 대해서는 말할 생각이 없는데."

"말할 필요 없어. 메리 루의 집에서 조금 잤단 말이지."

"난 누구든 옆에 있을 때는 절대로 안 자거든. 잠을 잘 수가 없어. 하지만 경찰이 그런 것까지 알 필요는 없잖아."

"그렇지."

"한동안 내 집에 있었어. 그 다음에 시내로 나왔지. 당신을 찾으려고."

"집에서 뭘 했지?"

"조금 잤어. 두어 시간쯤. 난 많이 자는 편이 아니라 그걸로 충분하거든."

"음."

"그 다음에는 거기 갔지, 뭐."

그는 벽 쪽으로 걸어가서 눈을 부릅뜨고 있는 가면 하나를 벗겨 들었다. 그는 내게 그 가면에 대해서 이야기하기 시작했다. 그 가면을 만든 부족과 그 부족이 사는 곳의 지리적 위치, 그 가면의 용도에 대해 늘어놓았다. 별로 듣고 싶지 않은 얘기였다.

"이제 이 가면에는 지문이 생겼어. 자, 됐어. 이제 당신은 경찰을 기다리는 동안 내가 벽에 걸린 가면을 벗겨 들고 가면의 역사에 대해 이야기했다고 말할 수 있겠지. 나도 진실을 말할 수 있게 됐어. 역겹고 구태의연한 선의의 거짓말을 좀 했다고 체포되고 싶지는 않으니까."

마지막 말을 하면서 그가 미소를 지었다.

"조금은 악의 섞인 거짓말. 신고를 하지 그래?"

스물셋

우려했던 것처럼 성가신 일은 일어나지 않았다. 20번 구역에서 나온 경찰 중에 안면이 있는 사람은 없었지만, 아는 사람이 있다고 해서 더 순조롭게 진행될 수도 없었을 것이다. 현장에서 몇 가지 질문에 대답하고 나서 서 82번가에 있는 경찰서로 가서 진술을 했다. 현장의 의학적 증거는 전부 우리가 진술한 것과 일치하는 것 같았다. 죽은 여자를 발견하자마자 챈스가 신고를 했어야 했다고 경찰이 곧바로 지적했지만, 그가 시간을 지체한 걸 심하게 비난하지는 않았다. 아무리 포주와 창녀 사이라고 해도 무심코 들어왔다가 뜻밖에 송장을 본다는 것은 충격이다. 그리고 결국 여기는 뉴욕이고, 무관심한 사람들의 도시다. 중요한 것은 그가 늦게 신고했다는 게 아니라 어쨌든 신고를 했다는 점이다. 경찰서에 도착할 무렵에는 안심이 되었다. 처음에는 경찰이 우리를 몸수색 하려 들지나 않을까 하는 생각이 들어서 불안했다. 여전히 골목길에서 애 녀석에게 뺏은 칼 두 자루와 총 한 자루가 들어 있는 내 외투는 소형 무기 창고 같았다. 칼 두 자루는 전부 불법 무기였다. 총도 불법이었다. 불법이라는 점에서는 칼보다 더하면 더했지 덜하지는 않았다. 어디서 난 물건인지 누가 알겠는가. 하지만 몸수색을 당할 만한 일은 아무것도 하지 않았다. 다행히도 몸수색은 당하지 않았다.

"창녀가 자살하는 거야 흔한 일이지."
조 더킨이 말했다.
"원래 그런 애들이잖아. 게다가 전에도 자살 시도를 한 적이 있다면서. 손목에 있는 흉터 봤지? 몇 년 된 흉터라더군. 1년 전쯤에는 약도 먹었다는데 그건 몰랐을 거야. 여자 친구가 세인트클레어 병원에 데려가서 위세척을 했다더군. 유서에 뭐라고 써 있던데. 이번에는 충분한 약을 먹었길 바란다나 뭐라나. 소원 성취하셨군 그래."
우리는 존 제이 대학을 나온 미드타운 노스 서 소속 경찰들이 들락거리는 10번가의 스테이크 하우스 슬레이트에 있었다. 옷을 갈아입고 무기와 약간의 돈을 숨길 요량으로 호텔로 돌아갔다. 그가 내게 전화를 걸어 저녁을 사라고 말했을 때까지도 나는 그 무기들을 갖고 다녔다.
그가 말했다.
"당장 밥을 얻어먹어야 할 것 같은데. 자네 고객의 여자들이 다 죽기 전에 말이야. 또 자네 경비가 깎이기 전에."
그는 모듬 그릴 요리에 칼스버그 맥주 두어 잔을 곁들여 마셨다. 나는 다진 쇠고기를 주문해서 블랙커피와 함께 식사했다. 서니의 자살에 대해 잠깐 이야기를 나누었지만, 깊이 있는 이야기는 하지 않았다.

그가 말했다.

"미인이 아니었다면 두 번 볼 생각도 나지 않았을 거야. 의학적 증거는 전부 자살이라는 쪽으로 일치해. 타박상 말이야, 그것도 간단해. 그녀는 완전히 지쳐 있었거든. 넘어지고 물건에 부딪히면서도 자기가 무슨 짓을 하고 있는지 몰랐을 거야. 침대가 아닌 바닥에 누워 있었던 것도 같은 이유겠지. 그 타박상 말이야, 특별한 건 없었어. 술병이나 잔, 약병 같은 물건마다 그녀의 지문이 있었어. 유서에 씌어진 필체는 그녀의 다른 필적들과 일치해. 포주 놈 이야기대로라면 놈이 그녀를 발견했을 때 그녀는 문이 잠긴 방 안에 있었다는 거야. 안에서 문을 잠그고 도어체인을 걸어 두었다고. 자넨 이게 사실이라고 생각해?"

"챈스 말이 다 맞는 것 같아."

"그러니까 서니는 자살을 했단 말이지. 불과 2주 전에 다키넨이 죽은 것하고도 일치하는군. 걔들은 친구니까 그녀는 자기 친구한테 일어난 사건 때문에 우울했겠지. 자네가 보기에도 자살인 것 같지?"

나는 고개를 가로저었다.

"꾸며 내기 가장 어려운 종류의 자살이야. 어떻게 약을 삼키게 할 수 있겠어? 총을 들이대고 억지로 약을 먹인 것도 아니잖아? 내용물을 한눈에 알아볼 수 있잖아? 수사관들이 위 내용물 속에서 세코날 캡슐의 찌꺼기를 발견했어. 그러니까 잊어버려. 자살이야."

뉴욕의 자살률이 어느 정도인지 기억나지 않았다. 그럴듯한 추측조차 할 수 없었다. 더킨도 별로 도움이 되지 않았다. 다른 통계 수치들과 마찬가지로 자살률도 상승 추세라면 도대체 얼마나 될까? 몹시 궁금했다.

커피를 마시면서 더킨이 말했다.

"갤럭시 다운타우너의 직원 두 명에게 올해 이후의 숙박 카드를 조사해 보라고 했거든. 활자체로 서명한 카드를 골라내라고 말이야. 그런데 그 존스란 놈하고 맞는 게 하나도 없대."

"다른 호텔은?"

"일치하는 게 없어. 존스라는 이름을 가진 사람이 좀 많아? 흔해 빠진 이름이잖아. 하지만 그들은 전부 서명을 하고 신용 카드를 사용했어. 혐의가 없어 보이더군. 시간 낭비야."

"미안해."

"왜? 내가 하는 일의 90퍼센트는 시간 낭비인걸. 자네가 옳았어. 조사해 볼 필요는 있었으니까. 만약 이게 신문 첫 페이지를 장식하는 대형 사건이었다면 뉴욕 5개 구의 모든 호텔을 조사했을 거야. 위에서도 지시가 내려졌겠지만 나부터도 그런 생각을 했을 거야. 자넨 어떻게 생각해?"

"내가 뭘?"

"다키넨 사건이라면 뭐든 하겠냐고?"

생각을 해 봐야 했다. 이윽고 내가 말했다.

"아니."

"부아가 난다니까. 다시 그 사건 파일을 훑어봤지. 내 심기를 건드린 게 뭔지 아나? 호텔 프런트 직원이야."

"내가 말을 걸었던 사람 말이야?"

"그 사람은 지배인이야. 부지배인인가 뭐 그런 거지. 그 사람 말고 살인자를 체크인 했던 녀석 말이야. 지금 한 남자가 들어와서 서명을 하지 않고 활자체로 이름을 쓴다. 그리고 돈을 지불한다. 보통 사람이라면 이상한 점이 두 가지는 있잖아? 내 말은, 요새 호텔비를 현금으로 내는 사람이 어디 있어? 싸구려 여인숙도 아니고 방 하나에 60달러, 80달러 하는 점잖은 호텔이라면 말이야. 요즘은 모든 게 플라스틱 시대야. 어디서든 신용 카드 거래를 하잖아. 그런데 이 친구가 현금을 지불했는데, 망할 놈의 프런트 직원은 놈을 기억도 못 한다는 거야."

"녀석을 조사해 봤어?"

조는 고개를 끄덕였다.

"어젯밤 그 직원한테 가서 심문을 했지. 글쎄, 이놈이 남미 어느 나라 출신이라네. 내가 무슨 말을 하는지도 모르고 정신이 몽롱하더라고. 살인자가 체크인 할 때도 마찬가지였을 거야. 도통 사리 분간을 못하고 사는가 봐. 뭣 때문에 녀석이 몽롱한 건지는 모르지만 마리화나건 코카인이건 뭐든 간에 부정하게 손에 넣은 물건은 아닐 거라고 생각해. 노상 약에 취해 지내는 놈들이 뉴욕 인구의 몇 퍼센트나 되는지 알아?"

"무슨 말인지 알겠어."

"점심 시간에 그들을 볼 수 있지. 미드타운(상업 지역과 주택 지역의 중간 지구——옮긴이)과 증권가에서 일하는 사람들. 자네가 어떤 이웃과 어울리든 상관없지만 말이야. 그들은 길거리에서 마약을 사서 점심 시간에 공원에서 피워 대는 거야. 그러고도 일을 제대로 할 사람이 있겠어?"

"글쎄."

"전부 이런 약물 중독자라니까. 자살한 여자도 그래. 온갖 약을 노상 복용하고 있었지만 법을 어긴 것도 아니었잖아. 최소한 마약은 아니었으니까."

그는 한숨을 쉬고 머리를 흔들고는 갈색 머리카락을 매만졌다.

"글쎄, 브랜디라도 한 잔 마셨으면 좋겠는데. 자네 고객이 그럴 여유가 있는 것 같으면 말이야."

늦지 않게 세인트폴 성당으로 가서 마지막 10분 동안 금주 모임에 참석했다. 커피를 마시고 쿠키를 하나 먹고 이야기에 귀를 기울일 사이도 없이 마칠 시간이 되었다. 내 이름조차 말할 필요가 없었다. 기도 시간에 도망치듯 빠져나왔다.

호텔로 돌아갔다. 내게 온 메시지는 없었다. 전화가 두어 통 오긴 했지만 이름을 남긴 사람은 없었다고 프런트 직원이 내게 말했다. 위층으로 올라가서 서니의 자살에 대한 나의 감정을 정리하려 했지만 여전히 어리둥절한 느낌뿐이었다. 그녀의 문제를 해결해주지는 못했더라도 뭔가를 알아냈을 수는 있었을지 모른다는 생각이 강하게 들었다. 무심코 하는 말이나 행동이라도 그녀의 자살을 말릴 수 있었겠지만 그 생각에서 더 이상 나아갈 수 없었다. 서니와 통화할 수 있었더라면 좋았을 텐데. 그녀가 자기 이야기를 털어놓았을 수도 있고 그러지 않았을 수도 있을 것이다. 결국 자살은 전에도 그녀가 두 번이나 시도했던 것이 아니던가. 알려지지 않은 자살 시도도 한두 번 더 있을 것 같았다.

두고 보면 알 것이다. 언젠가 알게 될 테니까.

아침에 가벼운 식사를 하고 은행으로 가서 약간의 돈을 예금하고 우편환을 샀다. 우체국으로 가서 애니타에게 송금을 했다. 아들의 치열 교정에 대해 잊어버리고 있었던 것이다. 돈을 부치고 나면 완전히 잊어버릴 수 있을 것이다.

세인트폴 성당으로 걸어가서 소냐 헨드릭스를 위해 초에 불을 붙였다. 신도석에 앉아서 몇 분 동안 서니를 생각했다. 기억할 것이 많지 않았다. 우리는 만난 지 얼마 되지도 않은 사이다. 그녀가 어떻게 생겼는지도 분명히 떠올릴 수 없었다. 시신의 모습이 생전의 서니에 대한 흐릿한 기억을 밀어냈기 때문이다.

문득 교회에 빚진 게 있다는 생각이 들었다. 챈스가 준 수고비의 10퍼센트가 250달러였으나 내게 강도짓을 하려 들던 녀석에게서 뺏은 300달러와 잔돈에 대한 십일조라고 하는 편이 나을 것 같았다. 정확하게 계산한 건 아니지만 그 돈이 350달러 정도는 될 것 같았다. 그러니까 285달러를 헌금하면 공평하게 분배하는 셈이 될 것 같았다.

하지만 돈은 대부분 은행에 넣어 버렸다. 지갑에 몇백 달러는 들어 있었지만 285달러를 교회에다 바치고 나면 빈털터리가 될 것이다. 은행에 한 번 더 가는 일이 번거롭다는 쪽으로 마음이 기울었다. 그때 문득 내가 미치광이 같은 짓을 하고 있다는 생각이 들었다.

도대체 내가 무슨 짓을 하고 있는 거야? 왜 누군가에게 빚을 졌다는 생각을 하지? 도대체 누구한테 빚을 졌다는 거야? 교회에 빚진 건 없었다. 다니는 교회가 있는 것도 아니었으니까. 나는 그때그때 눈에 띄는 아무 예배당에나 십일조를 해 왔다.

그렇다면 내가 누구한테 빚진 걸까? 하느님에게?

말도 안 되는 소리다. 이 빚이란 도대체 뭘까? 무엇 때문에 빚을 진 걸까? 내가 빌린 돈이라도 갚고 있다는 말인가? 아니면 부정한 돈벌이를 하는 걸 눈감아 달라고 하느님께 뇌물이라도 바칠 생각인 건가?

이런 행위를 정당화하는 데 곤란을 느껴 본 적은 한 번도 없다. 그냥 습관일 뿐이었고 약간의 일탈이었다. 세금을 내지 않으니까 대신에 십일조를 한 것뿐이다.

왜 내는지에 대해서는 한 번도 의문을 가져 본 적이 없었다.

해답을 알고 싶은지도 분명치 않았다. 세인트니콜러스가 근처 골목길에서 얼핏 뇌리를 스쳤던 생각이 떠올랐다. 내가 십일조를 내지 않아서 이 녀석한테 죽게 되는구나. 진심으로 믿는 건 아니지만 나는 세상이 그런 식으로 돌아간다고 생각하지 않을 수 없었다. 하지만 아무튼 내가 그런 생각을 하다니 놀랍지 않은가!

잠시 후에 지갑을 꺼내 285달러를 세었다. 돈을 손에 들고 거기 앉아 있었다. 그 다음에는 1달러만 빼고 전부 도로 지갑에 집어넣었다.

적어도 초 값은 낼 수 있었다.

그날 오후 줄곧 걸어서 킴의 아파트까지 갔다. 날씨는 나쁘지 않았고 다른 할 일이 있는 것도 아니었다. 수위실을 지나 그녀의 아파트로 들어갔다.

우선 와일드 터키를 병째로 싱크대에 쏟아 부었다.

그 일이 얼마나 의미 있는 일인지는 알 수 없었다. 거기에는 아직 다른 술이 잔뜩 있었다. 내가 「캐리 네이션」(지미 스튜어트가 주연한 미국 영화—옮긴이)을 흉내 내고 있다는 생각은 들지 않았다. 하지만 와일드 터키는 상징적인 의미를 갖고 있었다. 킴의 아파트로 가려고 할 때마다 와일드 터키 병이 눈앞에 어른거렸다. 맛과 향기의 생생한 기억보다는 그 술병의 영상이 떠오를 때가 많았다. 마지막 한 방울까지 싱크대로 흘러 내려가자 비로소 마음이 놓였다.

거실 옷장으로 가서 모피 코트가 걸려 있는 것을 확인했다. 안감에 박힌 상표에는 그 옷이 염색한 래핀이라고 적혀 있었다. 전화번호부를 찾아 아무 데나 모피 가게에 전화를 걸었다. 래핀은 프랑스 어로 '토끼'라는 단어였다.

"사전에도 나와요. 표준 국어사전 말이에요. 지금은 영어 단어가 됐으니까요. 모피 업계에서 쓰기 시작한 말인데 평범한 늙은 토끼라는 뜻이죠."

챈스가 말한 그대로였다.

집으로 오는 길에 왠지 맥주나 한잔 마셨으면 하는 생각이 간절했다. 어디서 그런 자극을 받은 것인지 알 수 없었지만 나도 모르게 그런 생각이 들었다. 한쪽 어깨는 술집 쪽으로 다가가면서 한쪽 발은 놋쇠로 된 문턱에 올라서서 종 모양의 잔을 손에 들고 완전히 굴복해서, 내 코는 곰팡내 나는 낡은 선술집 냄새를 만끽하는 그림이 눈앞에 떠올랐다.

술 마시고 싶은 충동이 강력한 것은 아니어서 그 충동에 따라 행동한다는 것은 생각도 하지 않았다. 하지만 얀과 약속했던 것이 생각났다. 술을 마시려는 것이 아니므로 그녀에게 전화를 걸고 싶지는 않았지만 어느 쪽이든 결정을 해야 했다. 공공 도서관 근처의 공중전화 부스에서 동전 한 닢을 넣고 그녀에게 전화를 걸었다.

도로의 소음 때문에 대화가 간간이 끊겼다. 결국 짤막하고 가벼운 이야기밖에 할 수 없었다. 서니의 자살에 대해서는 말도 꺼내지 못했다. 와일드 터키 병에 대해서도 이야기하지 않았다.

저녁을 먹으면서 《포스트》를 읽었다. 서니의 자살은 그날 아침 뉴스에서 두 단짜리 기사로 취급되었다. 그 정도면 적당한 대우였다. 하지만 《포스트》는 판매 부수를 올려 줄 수 있는 것이라면 뭐든지 선정적으로 보도한다. 이번에는 불과 2주 전에 호텔에서 살해된 킴과 서니의 포주가 동일 인물이라는 점에 흥분했다. 서니의 사진을 한 장도 찾아낼 수 없었기 때문에 이번에도 킴의 사진이 실렸다.

하지만 이 이야기는 헤드라인 기삿거리는 아니었다. 흔한 자살 사건에 불과했으며, 킴의 죽음을 듣고 서니가 자살을 했다는 막연한 추측밖에는 쓸 게 없었다.

내가 다리를 부러뜨려 놓은 녀석에 대한 이야기는 찾을 수 없었다. 하지만 여느 때처럼 신문 구석구석에 범죄와 죽음에 관한 기사가 널려 있었다. 신문을 보지 말라고 했던 짐 페이버의 말이 생각났다. 하나도 보지 말라는 말은 아니겠지.

저녁 식사 후에 책상에서 우편물을 정리했다. 늘 오는 쓰레기 우편물과 함께 챈스에게 전화해 달라는 메시지가 있었다. 챈스의 응답 서비스 번호로 전화를 걸었다. 그가 다시 전화를 걸어와서 어떻게 되어 가느냐고 물었다.

"한동안 두고 봐야 할 것 같아."

경찰이 자기를 귀찮게 굴 것 같지는 않다고 챈스가 말했다. 그는 서니의 장례식 준비를 하고 있었다. 위스콘신으로 보내진 킴의 경우와 달리 서니에게는 시신을 보내 달라고 할 부모나 친척이 없었다. 언제 영안실에서 서니의 시신을 꺼내야 할지도 알 수 없었다. 그래서 챈스는 서 72번가에 있는 월터 B. 쿠크 장의사에게 장례식 준비를 의뢰했다. 장례식은 목요일 오후 2시에 치를 예정이라고 했다.

"킴이 죽었을 때처럼 처리할 걸 그랬나 봐. 하지만 그럴 수가 없었어. 그런 여자들은 다들 딱한 처지거든."

"알 만해."

"걔네들 생각하는 것도 전부 똑같다니까. 송장 치우는 일도 세 건이 잇따라 일어나지. 누가 다음 타자가 될지 모두들 걱정하고 있어."

그날 밤 금주 모임에 갔다. 증언 시간에 "하느님은 모든 걸 알고 계신다."는 말에 정말로 그럴까 하고 생각하다가 불현듯 일주일 전에 필름이 끊겼던 생각이 났다.

차례가 되자 내가 말했다.

"내 이름은 매트예요. 오늘 저녁에는 듣기만 할게요. 고맙습니다."

모임이 끝나고 계단을 올라와 거리로 나왔을 때, 한 남자가 뒤따라 나와서 나와 보조를 맞추어 걷기 시작했다. 체크 무늬 작업복 상의를 입고 사냥용 모자를 쓴 서른 살가량의 남자였다. 전에 만난 기억이 나지 않았다. 그가 물었다.

"당신 이름이 매트죠. 맞죠?"

그렇다고 대답했다.

"오늘 밤 이야기 괜찮았어요?"

"재미있더군."

"재미난 이야기를 듣고 싶다고요? 업타운에서 얼굴이 망가지고 두 다리가 부러진 남자 이야기를 들었거든요. 굉장한 이야기죠. 안 그래요?"

소름이 끼쳤다. 총은 내 화장대 안에 양말 한 켤레에 둘둘 말린 채 들어 있었다. 칼도 같은 서랍 안에 있었다.

"당신 불알이 두어 개 되나 보죠? 고환도 몇 개 갖고 있고요. 내 말이 무슨 뜻인지 알겠어요?"

그는 허리춤을 추스르는 야구 선수처럼 한 손으로 샅을 감쌌다.

"누구나 그렇겠지만, 험한 꼴을 당하고 싶은 건 아니겠죠?"

"무슨 소릴 하는 거야?"

그는 두 손을 쫙 벌렸다.

"내가 아는 게 뭐냐고요? 이봐요, 난 우편 배달부예요. 메시지를 전하러 왔죠. 내가 할 일은 그뿐이에요. 첫째는 어떤 녀석이 호텔에서 킴 다키넨을 송장으로 만들었다는 거고요. 둘째는 그녀의 친구들이 누구냐는 거죠. 그게 중요한 일 아닌가요?"

"누가 그 메시지를 보낸 거지? 어떻게 금주 모임에 와서 나를 찾을 생각을 했냐고?"
 그가 나를 물끄러미 쳐다봤다.
 "당신을 따라 들어왔죠. 당신을 따라 나왔고요."
 그가 낄낄거렸다.
 "이봐요, 당신 다리 부러진 녀석에게 너무 심했어요. 너무 심했다고요."

스물넷

 화요일에는 하루 종일 모피 재킷을 물고 늘어졌다.
 꿈을 꾸는 것도 아니고 완전히 깬 것도 아닌 흐리멍덩한 상태에서 하루가 시작되었다. 꿈에서 깨어났다가 다시 잠시 졸았다. 어느덧 암스트롱 바에서 킴을 만나던 장면을 찍은 내 기억 속 비디오테이프를 돌려 보고 있었다. 싸구려 여행 가방을 한 손에 든 채 어깨에 꼭 끼는 청재킷을 입은 그녀가 시카고발 버스를 타고 도착하는 장면을 보는 엉터리 기억에서부터 백일몽이 시작되었다. 그녀는 내 테이블에 앉아 한 손을 목에 대고 있었다. 모피 재킷의 목 부분에 붙은 훅을 만지작거릴 때 그녀의 손가락에서 반지가 반짝였다. 그녀는 그게 사육 밍크지만 이 도시에 들어올 때 입었던 청재킷과 바꾼 거라고 내게 말했다.
 연속 화면이 저 혼자 돌아가고 있는 동안 내 마음은 딴 곳에 가 있었다. 나는 어느덧 할렘의 골목길로 돌아가 있었다. 이번에는 나의 적을 편드는 놈이 있었다. 로열 왈드론과 그 전날 밤의 심부름꾼이 녀석의 양 옆에서 호위하고 있었다. 의식이 말짱한 부분은 놈들을 거기서 쫓아내 버리려고 애썼다. 수적으로 불리한 꿈에서 깨어나려고 발버둥을 쳤다. 그러다가 비명을 지르면서 잠에서 깨어났다. 침대 옆쪽으로 두 다리를 내동댕이치면서 벌떡 일어나 앉았다. 꿈의 영상들이 황급히 의식의 가장자리로 흩어져 자기들의 보금자리로 돌아갔다.

그것은 다른 재킷이었다.

샤워를 하고 면도를 한 다음 방에서 나갔다. 우선 택시를 타고 킴의 옷장을 다시 살펴보려고 그녀의 아파트로 갔다. 챈스가 그녀에게 사 준 염색한 토끼털 코트는 내가 전에 암스트롱 바에서 봤던 그 옷이 아니었다. 그것보다 기장이 길고 품이 컸다. 목 부분을 훅으로 잠그지도 않았다. 그녀가 입고 있던 옷, 사육 밍크라고 그녀가 말했던 그 옷이 아니었다. 낡은 청재킷을 주고 얻었다던 모피가 아니었다.

내가 기억하는 그 재킷은 아파트 어디서도 발견되지 않았다.

택시를 타고 미드타운 노스 서로 갔다. 더킨은 비번이었다. 다시 택시를 타고 그의 집으로 찾아갔다. 마침내 비공식적인 경로로 사건 파일을 확인했다. 옳지, 갤럭시 다운타우너 호텔 방에서 발견된 증거물 목록에 모피 재킷이 들어 있었다. 하지만 파일에 있는 사진들을 살펴봐도 모피 재킷은 보이지 않았다.

지하철을 타고 원 폴리스 플라자로 돌아가서 킴이 죽었을 때 입고 있던 모피 재킷을 조사했다. 암스트롱 바에서 봤던 그 재킷이라는 확신이 서지는 않았지만 내 기억에는 맞는 것 같았다. 손으로 모피의 풍성한 털을 어루만지면서 그날 아침 내 마음속에 녹화해 둔 비디오테이프를 재생하려 했다. 모든 것이 일치했다. 이 모피는 바로 그 기장 그 색깔이었다. 또 목 부분에는 그녀가 포도주빛깔로 잘 손질된 손가락으로 만지작거리던 훅이 달려 있었다.

안감에 박힌 상표에는 100퍼센트 사육 밍크, 아빈 타넨바움이라는 모피 회사 제품이라고 적혀 있었다.

타넨바움 사(社)는 모피 거리 한복판인 서 29번가의 고층 빌딩 3층에 있는 회사였다. 킴의 모피 재킷을 갖고 나올 수 있었더라면 더 쉬웠겠지만, 공식적이건 비공식적이건 뉴욕 경찰이 그 정도까지 허용하지는 않았다. 킴의 모피 재킷에 대해 이야기를 꺼냈지만 별 반응을 보이지 않아서 킴의 인상착의를 설명했다. 장부에는 6주 전에 킴 다키넨이 밍크 재킷을 구매한 것으로 기록되어 있었다. 매출 전표를 보고 그 옷을 판매한 점원을 찾을 수 있었다. 그는 그 옷을 판매했던 일을 기억하고 있었다.

점원은 둥근 얼굴에 머리가 벗겨지고 있었으며 두꺼운 렌즈 뒤로 엷은 빛깔의 파란 눈을 갖고 있었다.

"키 큰 여자 말이죠. 아주 예쁜 여자였어요. 나도 그 여자 이름이 신문에 난 걸 봤어요. 왠지 모르지만 그 이름이 기억나더라고요. 끔찍한 일이에요, 그렇게 예쁜 여자가."

킴은 어떤 신사 분과 함께였고, 코트 값을 지불한 것도 그 남자였다고 그가 생각해 냈다. 현금으로 지불했던 걸로 그는 기억했다. 그건 이상할 것도 없는 일이었다. 모피 가게에서는 그다지 드문 일이 아니라고 그는 설명했다. 그 가게는 소매로 소량 판매만을 고집했으며 고객의 대부분이 의류 업계에 종사하는 사람들이

나 그 주변 사람들이었다. 물론 누구든 거리를 지나다가 들어와서 그 가게에 있는 어떤 옷이든 살 수는 있었다.

하지만 대부분 결제는 현금으로 이루어졌다. 수표 결제를 하는 동안 고객들이 기다리고 싶어 하지 않았기 때문이었다. 게다가 모피는 대개 애인에게 선물하는 사치품이었다. 말하자면 고객들은 거래 기록이 남는 것을 원하지 않았다. 따라서 그 옷도 현금으로 지불되었으며 매출 전표에는 구매자의 이름이 아닌 다키넨 양의 이름이 적혀 있었다.

세금 포함해서 2500달러에 육박하는 가격이었다. 갖고 다니기에 부담스러운 돈이기는 했지만 들어 본 적도 없는 거액은 아니었다. 나도 불과 얼마 전에 비슷한 액수의 돈을 갖고 다닌 적이 있었으니까.

"그 남자에 대해 설명할 수 있겠어요?"

내 말에 그는 한숨부터 쉬었다.

"여자를 설명하는 편이 훨씬 쉽겠는데요. 꿰뚫는 듯한 파란 눈과 많은 금발을 틀어 올린 그녀의 모습을 지금도 떠올릴 수 있어요. 그녀는 몇 벌의 재킷을 걸쳐 보았는데 모피를 입은 모습이 아주 우아했지요. 그 남자는……. 나이는 서른여덟이나 마흔 정도 되었을까? 키가 작지는 않고 조금 큰 편이었지만, 그 여자만큼 크지는 않았어요. 미안해요. 어렴풋이 느낌은 오는데 딱 떠오르는 그림이 없네요. 그분이 모피를 입고 있었더라면 더 자세히 말씀드릴 수 있겠는데요. 그런데 그게……."

"뭘 입고 있었지요?"

"양복이죠. 그랬던 것 같아요. 기억이 나는 건 아니고요. 양복을 입을 것 같은 타입이었다는 말이죠. 뭘 입고 있었는지는 생각이 안 나네요."

"다시 만나면 알아볼 수 있을까요?"

"거리에서 만나면 그냥 지나치겠죠. 두 번 생각하지도 않을 것 같네요."

"그 사람을 지목할 수 있을 것 같아요?"

"그래요, 그런 경우엔 알아보겠죠. 용의자 인상착의 같은 걸 말씀하시는 거죠? 맞아요. 그럴 거라고 생각해요."

생각보다 더 많은 걸 기억할 수 있을 거라고 그에게 말해 주었다. 그 남자의 직업을 물었다.

"그 사람 이름도 모르는걸요. 뭘 해서 먹고 사는 사람인지 어떻게 알겠어요?"

"인상이 어땠냐고요? 기술자? 증권 중개인? 연예인?"

"아, 아마 회계사일 거예요."

"회계사라고요?"

"그 비슷한 것 말이에요. 세무 변호사나 회계사요. 퀴즈 놀이한다고 치고 그냥 맞혀 볼게요. 아시겠죠……."

"알겠어요. 국적은요?"

"미국인이죠. 무슨 말씀이시죠?"

"영국인, 아일랜드 인, 이탈리아 인……."

"아, 알겠어요. 퀴즈를 계속하죠. 유대인이라고 말하고 싶네요. 이탈리아 인이라고 할 수도 있겠고요. 지중해 사람이라고 할 수도 있겠죠. 왜냐하면 그녀는 눈부시게 흰 피부의 금발 미인이었으니까요. 대조가 되었어요. 그 사람이 유색 인종이었는지는 모르겠지만 분명히 그녀하고는 달랐어요. 그리스나 스페인 사람이었을 수도 있을 거예요."

"대학을 나왔나요?"

"내게 졸업장 같은 건 보여 주지 않던걸요."

"아니, 그녀한테든 당신한테든 말을 했을 거 아녜요. 말투가 대학물 먹은 티가 나더냐고요? 아니면 못 배운 사람 같던가요?"

"못 배운 사람 같지는 않았어요. 그분은 신사였어요. 배운 사람이었죠."

"기혼자였나요?"

"그녀랑 결혼한 사이는 아니었겠죠."

"누구하고라도 말이죠."

"늘 그렇지 않나요? 당신은 미혼이시죠? 여자 친구에게 밍크를 사 줄 필요도 없으실 테고요. 그 사람 자기 마누라한테도 밍크를 사 줬을 거예요. 그래야 바가지를 안 긁을 테니까요."

"결혼반지를 끼고 있던가요?"

"반지는 기억이 나지 않아요."

점원은 자신의 금팔찌를 만졌다.

"본 것 같기도 하고 아닌 것 같기도 하고. 반지는 생각이 안 나네요."

점원은 많은 것을 기억해 내지 못했다. 그에게서 알아낸 인상착의도 의심스러웠다. 맞는 이야기일 수도 있겠지만 내가 바라는 그럴듯한 대답을 해 주고 싶은 무의식적인 욕구에서 대충 지어낸 것일 수도 있었다. 계속해서 물어볼 수도 있을 것이다.

"좋아요, 신발은 기억이 안 나겠죠? 그래도 그런 사람이라면 어떤 종류의 신발을 신을 것 같아요? 처커 부츠(복사뼈까지 오는 부츠—옮긴이)? 로퍼? 코도반? 아디다스? 뭐죠?"

하지만 나는 한계에 도달했다. 노력에 비해 소득은 없었던 것이다. 점원에게 고맙다고 말하고 거기서 나왔다.

그 건물 1층에 커피숍이 있었다. 등 없는 의자가 놓인 기다란 카운터와 테이크 아웃 손님을 위한 창문만 있는 곳이었다. 앉아서 커피를 마시며 내가 얻은 것이 무엇인지 따져 보았다.

킴에게는 남자 친구가 있었다. 의심의 여지가 없었다. 누군가가 그녀에게 모피 재킷을 사 줬으며 100달러짜리 지폐로 계산을 했고 자기 이름을 거래 내역에 남기지 않았다.

그 남자 친구가 정글도를 갖고 있었던 것일까? 모피 가게 점원에게 물어보지 않은 질문이 있었다.

"좋아요, 상상을 해 보세요. 이 남자가 그 금발과 호텔 방에 투숙했다고 생각해 봐요. 그가 여자를 난자하고 싶어 한다고 치자고요. 뭘 사용했을까요? 도끼? 사브르? 정글도? 그냥 생각나는 대로 말해 봐요."

그렇다. 그는 회계사였지. 응? 아마도 펜을 휘둘렀을 거야. 파일럿 만년필. 무사의 손에 들린 검과 같은 필살 무기지. 핑 핑! 받아랏! 개 같은 년.

커피는 별로 맛이 없었다. 그래도 두 번째 잔을 주문했다. 깍지를 끼고 나서 손을 내려다보았다. 문제가 있었다. 내 손가락들은 잘 맞물려 있었지만 다른 것들은 하나도 맞아 들어가지 않았다. 어떤 놈의 회계사가 정글도 따위를 갖고 다닌단 일인가? 물론 누구든 그런 식으로 드러날 수는 있지만 이건 이상하게 계획된 폭로였다. 호텔 방은 가명으로 빌렸고 살인자는 신분을 알릴 만한 흔적을 하나도 남기지 않고 살인을 저질렀다.

모피를 사 준 남자와 같은 사람이었을까?

커피를 홀짝거리면서 생각했다. 그건 아니었을 것 같았다. 내가 떠올린 남자 친구의 모습이 그 전날 밤 금주 모임에서 메시지를 준 녀석과 겹쳤다. 그 녀석이 생각난 건 우람한 근육 때문이었겠지만, 작업복 상의를 입은 그 녀석은 그야말로 근육질의 단순무지 그 자체였다. 온순한 회계사가 그런 식으로 근육을 자랑하려 들까?

그럴 리가 없었다.

그녀의 남자 친구와 찰스 오웬 존스는 동일 인물이었을까? 무엇 때문에 중간 이름까지 넣어서 그렇게 공들여 가명을 만들었을까?

그의 이름이 찰스 오웬스였을 수도 있을 것이다. 그 이름을 쓰다가 말고 오웬스의 마지막 글자를 빼서 중간 이름으로 둔갑을 시킨 것이다. 이건 말이 되나?

그것도 아닐 것이라고 생각했다.

망할 놈의 호텔 직원 녀석. 갑자기 녀석을 제대로 족치지 않았다는 생각이 들었다. 더킨은 녀석이 정신이 몽롱하다고 말했다. 아마 남미 놈이라고 했던 것 같다. 영어도 잘 안 된다고 했던가. 하지만 고급 호텔에서 많은 사람들을 대하는 직원으로 채용되려면 꽤 유창한 영어를 구사했을 것이다. 아니, 문제는 아무도 그 녀석을 족치지 않았다는 점이었다. 모피 가게 점원을 심문했던 식으로 그 녀석을 심문했다면, 녀석은 분명 뭔가를 털어놓았을 것이다. 목격자들은 항상 자기가 기억한다고 생각하는 것보다 더 많은 것을 기억하고 있는 법이다.

찰스 오웬 존스의 체크인을 맡았던 호텔 직원의 이름은 옥타비오 칼데론이었다. 지난 토요일 당직이었는데 오후 4시에서 자정까지 프런트에서 일했다. 일요일 오후에는 아파서 출근을 못하겠다고 전화를 했다. 어제도 결근을 하겠다고 전화를 했으며 내가 호텔에 도착하기 한 시간쯤 전에 세 번째 전화를 해서 부지배인을 화나게 했다. 칼데론은 아직도 아프다고 했다. 다음날도 결근을 할 것 같았다. 어쩌면 오래 걸릴지도 몰랐다.

그에게 무슨 일이 있었는지 물었다. 부지배인은 한숨을 쉬고 고개를 가로저었다.

"모르겠어요. 이런 사람들한테 정직한 대답을 듣는다는 건 하늘의 별 따기예요. 회피하고 싶은 질문을 받으면 영어 실력이 눈에 띄게 쪼그라들죠. 편리한 '모르쇠'의 세계로 도망치는 거죠."

"영어를 할 줄 모르는 직원을 고용한다는 말인가요?"

"아니죠, 아니에요. 칼데론은 유창해요. 칼데론을 대신해서 누군가 다른 사람이 전화를 했어요."

부지배인은 다시 고개를 저었다.

"칼데론은 아주 내성적인 젊은이거든요. 친구에게 전화해 달라고 부탁했을 것 같네요. 그러면 전화상으로 뭐라고 야단칠 수도 없죠. 물론 침대에서 일어나 전화를 걸러 갈 정도로 기운이 넘치지는 않았겠죠. 전화기가 복도에 있는 원룸 비슷한 곳에 산다는 소문을 들었거든요. 옥타비오보다 훨씬 강한 라틴 악센트를 가진 사람이 전화를 걸었어요."

"어제는 칼데론이 전화했던가요?"

"누군가 그를 대신해서 전화를 걸었어요."

"오늘 전화를 걸었던 사람과 같은 사람인가 보죠?"

"절대 모르죠. 전화상으로 라틴 사람들 목소리는 구별이 안 되니까요. 비슷한 목소리였던 것 같긴 해요. 하지만 확실한 건 아니고요. 무슨 차이가 있죠?"

아무것도 생각할 수 없었다. 일요일에는 어땠을까? 그때는 칼데론이 직접 전화를 걸었던 것일까?

"일요일에는 내가 여기 없었어요."

"칼데론 전화번호는 갖고 계시죠?"

"전화기가 복도에 있거든요. 그가 전화기까지 올 수 있을지 모르겠네요."

"아무튼 전화번호를 알고 싶군요."

그는 내게 칼데론의 전화번호와 함께 퀸스의 바넷가에 있는 그의 주소도 알려 줬다. 바넷가는 한번도 들어 본 적이 없는 동네였다. 칼데론이 사는 곳이 퀸스의 어느 지역인지 부지배인에게 물었다.

"퀸스에 대해서는 아무것도 몰라요. 설마 거기까지 가려는 건 아니시겠죠. 그렇죠?"

마치 여권이나 물과 음식이 있어야 갈 수 있다는 듯한 말투였다.

"하루나 이틀만 지나면 옥타비오는 틀림없이 출근할 거예요."

"어떻게 확신하죠?"

"좋은 직장이니까요. 곧 돌아오지 않으면 직장을 잃게 될 테니까요. 그도 분명히 알고 있을 거예요."

"그의 출근부 성적은 어때요?"

"좋아요. 그의 결근은 충분히 합법적일 거예요. 사흘이면 뚝 떨어지는 감기 정도일 거예요. 요즘 유행이잖아요."

바로 갤럭시 다운타우너의 로비에 있는 공중전화에서 옥타비오 칼데론에게 전화를 걸었다. 아홉 번이나 열 번쯤 벨이 울린 다음에야 한 여자가 스페인 어로 전화를 받았다. 옥타비오 칼데론을 바꿔 달라고 부탁했다.

"노 에스타 아키.(그는 여기 없어요.)"

그녀가 말했다.

스페인 어로 질문을 해 보려고 했다.

"에스 엔페르모?(그가 아파요?)"

이해를 시켰는지 알 수 없었다.

그녀는 스페인 어로 대답했다. 뉴욕에서 듣던 푸에르토리코 관용구들과는 완전히 다른 스페인 어였다. 그녀는 내 편의를 위해 영어로 말했는데 악센트가 강하고 부적절한 어휘를 사용했다.

"노 에스타 아키."

그녀는 계속해서 말했다. 그녀가 한 말 가운데 내가 알아들을 수 있는 말은 그 한마디뿐이었다.

"노 에스타 아키."

호텔로 돌아갔다. 내 방에는 뉴욕 시 다섯 개 구의 휴대용 지도가 있었다. 퀸스 항목에서 바넷가를 찾아 해당 페이지를 펼쳐 칼데론이 사는 곳을 찾아보았다. 그곳은 우드사이드가에 있었다. 약도를 머릿속에 집어넣었다. 아일랜드 인이 사는 동네 옆에 왜 라틴 계 사람이 사는 원룸 건물이 있는 걸까 생각했다.

바넷가는 동쪽으로 43번가에서부터 우드사이드가에 이르기까지 불과 열 개, 아니면 열두 개 블록 너비였다. 지하철을 타기로 했다. 인디펜던트 노선이나 플러싱 노선 가운데 어느 것이나 탈 수 있었다.

어쨌든 거기 갈 생각만 있다면 말이다.

내 방에서 다시 전화를 걸었다. 이번에도 벨이 한참이나 울렸다. 이번에는 남자가 받았다. 내가 말했다.

"옥타비오 칼데론, 폴화보르.(부탁합니다.)"

"모멘토.(잠깐만요.)"

그러고는 탁탁 치는 소리가 들렸다. 전화선에 대롱대롱 매달린 수화기가 벽을 치는 모양이었다. 그 다음에는 멀리서 들리는 라틴 방송국 채널의 라디오 소리뿐이었다. 수화기를 놓으려는데 그가 돌아왔다.

"노 에스타 아키."

그러고는 내가 뭐라 말을 하기도 전에 전화를 끊어 버렸다.

다시 지도를 보면서 우드사이드로 가지 않을 수는 없을지 생각했다. 벌써 러시아워였다. 지금 가면 시간이 얼마나 걸릴지 알 수 없었다. 뭣 때문에 기를 쓰고 거기까지 가야 할까? 콩나물시루처럼 복잡한 지하철을 타고 한참이나 걸려서 가 봐야, 누군가 면전에 대고 "노 에스타 아키."라고 말할지도 모르지 않는가. 꼭 가야 할 이유라도 있었던가? 칼데론 녀석이 약에 취해 결근을 했든 진짜로 아프든 간에 그에게서 뭔가를 얻어낼 기회는 별로 없을 것 같았다. 간신히 그 녀석을 찾아낸다 하더라도, "노 에스타 아키." 대신에 "노 로 세.(모르겠어요.)"라는 말을 들을 뿐일 테니까. 모르겠어요. 그는 여기 없어요. 모르겠어요. 그는 여기 없어요…….
 젠장.
 조 더킨은 토요일 밤에 칼데론에 대한 후속 조사를 했다. 그 무렵 나는 동원할 수 있는 모든 소식통과 경찰 끄나풀들에게 지시를 내리고 있었다. 같은 날 밤 강도 녀석에게서 총을 빼앗았고, 서니 핸드릭스는 보드카와 오렌지 주스를 섞은 칵테일로 한 움큼의 약은 털어 넣었다.
 바로 다음날 칼데론은 전화로 병결을 알렸다. 그리고 다음날 작업복 상의를 걸친 남자가 나를 미행했다. 그는 나를 따라 금주 모임에 참석했다가 나와서 내게 킴 다키넨 사건에서 손을 떼라고 경고했다.
 전화벨이 울렸다. 챈스였다. 그에게서 전화가 왔었다는 메시지가 있었지만 그는 내가 전화를 걸 때까지 기다릴 수 없었던 모양이다.
 "그냥 확인해 보려고 전화했어. 뭐 좀 알아냈나?"
 "그래야겠지. 어젯밤에 경고를 받았어."
 "경고라니?"
 "어떤 녀석이 나더러 긁어 부스럼 만들지 말라더군."
 "킴에 대한 이야기가 분명해?"
 "그럼."
 "아는 사람이었나?"
 "아니."
 "어떻게 할 거야?"
 나는 웃었다.

"긁어 부스럼을 만들 생각이야. 우드사이드에서 말이야."

"우드사이드라니?"

"퀸스에 있어."

"우드사이드가 어디 있는지는 알지만. 우드사이드에서 무슨 일이 있었어?"

더 이상은 말을 아끼기로 했다.

"아무 일도 없을 거야. 그리고 가지 않아도 된다면 좋겠지만 그럴 수가 없어. 킴에게 남자 친구가 있었어."

"우드사이드에?"

"아니, 우드사이드는 다른 이야기야. 하지만 킴에게 남자 친구가 있었던 건 분명해. 그가 킴에게 밍크 재킷을 사 줬지."

챈스가 한숨을 쉬었다.

"거기에 대해서는 이미 말했을 텐데. 염색한 토끼털이라고."

"염색한 토끼털에 대해서도 알고 있어. 그녀의 옷장에 걸려 있더군."

"그런데?"

"킴은 짧은 재킷도 갖고 있었어. 사육 밍크 말이야. 처음 그녀를 만났을 때 그걸 입고 있더군. 갤럭시 다운타우너에 갈 때도 그걸 입고 있다가 살해됐어. 지금 그 옷은 원 폴리스 플라자의 보관함에 있지."

"왜 거기 있는 거지?"

"증거물이거든."

"무엇에 대한 증거지?"

"알 수 없지. 그 옷에 생각이 미쳐서 조사를 좀 했지. 그녀에게 그 옷을 팔았던 남자에게 이야기를 들었어. 그녀에 대한 구매 기록이 있더군. 매출 전표에 그녀의 이름이 있었어. 하지만 옷값은 그녀와 함께 왔던 남자가 현금으로 지불했어."

"얼만데?"

"2500달러."

그는 잠시 생각했다.

"아마 돈을 빼돌렸나 보군. 일주일에 2, 300달러쯤은 쉽게 빼돌리지. 수시로 빼돌리는 애들이니까. 내가 모를 리 없지."

"챈스, 그 남자가 돈을 냈다는데."

"킴이 그 남자에게 지불하라고 줬을 거야. 여자가 남자에게 슬그머니 돈을 주면서 음식값을 내도록 하는 것 같은 거지. 그게 보기 좋잖아."

"그녀에게 남자 친구가 있었다고 생각하고 싶지 않은 거지?"

"젠장. 그런 건 신경도 안 써. 있는 그대로 생각하고 싶은 거야. 그냥 믿지 못하겠어. 그것뿐이야."

아무 대꾸도 하지 않았다.

"남자 친구가 아니라 고객이었겠지. 고객 중에는 특별한 친구인 척하고 싶어 하는 놈도 있으니까. 그런 친구는 돈을 낼 필요가 없어. 그러니까 화대 대신에 선물을 하는 거야. 아마 그냥 고객인데 그녀가 모피를 사 달라고 조르고 있었을 거야."

"그랬을 수도 있겠군."

"그가 남자 친구였다고 생각해?"

"맞아. 내 생각은 그래."

"또 그 녀석이 그녀를 죽였단 말이지?"

"누가 그녀를 죽였는지는 모르겠어."

"그리고 누구든 그녀를 죽인 사람이라면 당신이 이 사건에서 손떼기를 바라겠지?"

"글쎄. 이 살인 사건이 그녀의 남자 친구와 아무 상관이 없을 수도 있겠지. 경찰에서 말하듯이 정신병자의 소행이었을 수도 있을 거야. 그러니까 남자 친구는 단지 사건에 연루되어 조사받고 싶지 않을 수도 있겠지."

"놈은 이 사건과 관련이 없고, 얽히고 싶어 하지 않는다. 그런 말인가?"

"대충 그래."

"모르겠어. 그냥 내버려 두는 편이 좋을 텐데."

"조사를 그만두라고?"

"그래야 할 것 같은데. 경고를 받았잖아. 젠장. 이딴 일로 죽고 싶은 건 아니겠지?"

"아니. 그런 일은 없을 거야."

"그러면 어쩔 건데?"

"지금 당장 퀸스로 가는 지하철을 타야겠어."

"우드사이드로 가려고?"

"맞아."

"차로 모시지. 거기까지 태워 줄게."

"지하철도 괜찮아."

"차가 더 빠르잖아. 기사가 되어 드리지. 뒷자리에 앉으라고."

"다음에."

"젠장, 나중에 전화해. 응?"

"그러지."

결국 루즈벨트가와 52번가 역에서 플러싱 노선을 탔다. 지하철은 맨해튼을 지난 후 땅 위로 나왔다. 어디쯤 가고 있는지 분간하기가 어려워서 내릴 역을 지나칠 뻔했다. 뭘 그린 건지 알아볼 수도 없는 어지러운 낙서 때문에 고상한 플랫폼에 있는 역 표지는 눈에 띄지도 않았다.

철계단을 한 층 내려서자 바로 거리였다. 지도를 찾아 내가 있는 위치를 확인하고 바넷가로 향했다. 조금 걷다 보니 우드사이드 가에서 라틴 계 사람들이 사는 원룸 건물을 찾을 수 있었다. 이 동네에는 더 이상 아일랜드 인들이 살지 않았다. 에메랄드 테이번이나 샴록 같은 상호가 군데군데 눈에 띄었지만 대부분의 간판은 스페인 어였으며, 대부분의 가게는 식료품 잡화점이 되어 있었다. 타라 여행사의 창문에 걸려 있는 포스터는 보고타나 카라카스 행 항공 여행 예약을 제공하고 있었다.

옥타비오 칼데론의 원룸은 전면 발코니가 있는 어두컴컴한 2층짜리 목조 건축물이었다. 대여섯 개의 정원용 플라스틱 의자가 포치 위에 늘어서 있었으며, 신문과 잡지들을 담은 오렌지 상자가 세워져 있었다. 의자에는 아무도 앉아 있지 않았다. 이상할 것도 없는 일이었다. 포치에 나와 앉기에는 다소 쌀쌀한 날씨였다.

초인종을 눌렀다. 아무 대답이 없었다. 안에서 두런두런 이야기 소리가 들리고 라디오 소리도 낮게 들렸다. 다시 벨을 눌렀더니 작고 통통한 중년 여자가 현관으로 와서 문을 열었다.

"시?(예?)"

"옥타비오 칼데론."

"노 에스타 아키."

처음 전화했을 때 전화를 받았던 여자 같았다. 대화가 어려웠지만 그다지 개의치 않고 계속했다. 문간에 서서 스크린 도어를 사이에 두고 내 말을 이해시키려고 영어와 스페인 어를 섞어서 이야기했다. 잠시 후에 그녀는 안으로 들어갔다가 콧수염을 멋들어지게 기른, 키가 크고 뺨이 움푹 꺼진 남자를 데리고 나왔다. 그는 영어로 말했다. 나는 그에게 칼데론의 방을 보고 싶다고 말했다.

칼데론은 거기 없다고 그가 말했다.

"노 메 임포르타.(난 상관없어요.)"

아무튼 그의 방을 보고 싶었다. 하지만 볼 게 없다고 그가 대답했다. 칼데론은 거기 없었다. 그러니 방을 본들 무슨 소용이 있었겠는가?

그들은 협조를 거부하려는 게 아니었다. 특별히 협조를 꺼리는 것도 아니었다. 단지 이유를 몰랐던 것이다. 나를 쫓아 버릴 유일한 방법, 적어도 가장 쉬운 방법은 칼데론의 방을 보여 주는 것뿐이라는 사실이 분명해지자 그들은 나에게 방을 보여 줬다. 여자를 따라 복도를 내려가서 부엌을 지나 계단참으로 갔다. 계단을 올라가 다시 복도를 걸어갔다. 그녀는 노크도 하지 않고 방문 하나를 열고는 비켜서서 들어가 보라고 손짓을 했다.

바닥에는 리놀륨이 깔려 있고 닳아빠진 아마포 매트리스가 얹힌 낡은 철제 침대와 흰 단풍나무 서랍장, 자그마한 책상과 접의자가 있었다. 방의 건너편에는 꽃무늬 프린트 덮개가 썩위진 안락의자가 창문 앞에 놓여 있었다. 서랍장 위에는 종이 갓이 썩위진

탁상용 램프가 놓여 있었으며, 천장 한복판에는 두 개의 전구가 박힌 조명이 설치되어 있었다.

그게 다였다.

"엔티엔데 우스테드 아오라? 노 에스타 아키?(못 알아들으시겠어요? 그는 여기 없다니까요.)"

아무 생각 없이 기계적으로 그 방을 둘러보았다. 이보다 더 비어 있기도 어려울 것 같았다. 자그마한 옷장에는 두 개의 철사 옷걸이 말고는 아무것도 없었다. 흰 서랍장의 서랍들과 책상 서랍도 완전히 비어 있었다. 방은 깨끗이 닦여 있었다.

뺨이 움푹 들어간 남자가 통역을 하여 간신히 여자에게 질문을 했다. 어떤 언어로 말하든 그녀는 아는 게 없었다. 칼데론이 언제 떠났는지도 모르고 있었다. 일요일 아니면 월요일일 거라고 했다. 월요일에 청소를 하러 그의 방에 들어갔을 때, 그가 자기 소지품들을 하나도 남기지 않고 모조리 가져간 것을 발견했다. 그걸 보고 그녀는 그가 이 방을 나간 것으로 생각했다. 다른 임차인들과 마찬가지로 그는 매주 방세를 지불했다. 방세 기한이 2, 3일 남아 있었지만 갈 곳이 있었던 것이 분명했다. 그녀에게 말하지 않고 나간 것은 그다지 놀라울 것도 없는 일이었다. 임차인들이 말도 없이 나가는 건 종종 있는 일이었다. 심지어는 방세가 밀린 채 나가 버리는 사람도 있었다. 그녀는 딸과 함께 그 방을 깨끗이 청소했다. 이제 방은 다른 사람에게 빌려 줄 준비가 되어 있었다. 오랫동안 비어 있지는 않을 것이다. 그녀의 방이 오랫동안 비어 있었던 적은 한 번도 없었다.

"칼데론은 괜찮은 임차인이었나요?"

"시.(예.) 아주 착실한 사람이었죠."

하지만 그녀가 임차인들 때문에 골치를 썩여 본 일은 없었다. 그녀는 콜롬비아 인과 파나마 인 그리고 에콰도르 인들에게만 방을 빌려 줬으며, 그 사람들 때문에 곤란을 겪은 적은 없었다. 그 사람들은 이따금 이민국 때문에 갑자기 이사를 가야 했다. 칼데론이 그렇게 갑자기 떠난 것도 아마 그 때문이었으리라. 하지만 그건 그녀가 신경 쓸 일이 아니었다. 그녀는 그의 방을 청소해서 다른 사람에게 빌려 주면 그만이었다.

내가 알기에 칼데론은 이민 문제로 곤란을 겪고 있지는 않았다. 그는 불법 이민자도 아니었다. 불법 이민자라면 갤럭시 다운타우너에서 일할 수 없었을 것이다. 대형 호텔에서 영주권도 없는 외국인을 채용하지는 않을 것이기 때문이다.

그가 급히 떠나야 할 다른 이유가 있었을 것이다.

약 한 시간 동안 다른 임차인들을 면담했다. 칼데론의 사진은 별반 도움이 되지 않았다. 그는 말이 없고 조용한 남자였다. 그가 근무하고 있을 동안 다른 임차인들은 집에 있었다. 그는 여자 친구가 없었다. 그의 여자 친구를 아는 사람은 아무도 없었다. 바넷가에 살았던 여덟 달 동안 섹스 파트너를 데리고 온 적도 없었으며, 전화도 자주 하지 않았다. 바넷가로 이사 오기 전에는 뉴욕의 다른 지역에서 살았지만 이전 주소를 아는 사람은 없었다. 그가 퀸스에서 살았는지 아닌지조차 아는 사람이 없었다.

"그는 마약을 사용했나요?"

그런 질문을 받으면 누구든 상당히 충격을 받는 것 같았다. 자그마하고 뚱뚱한 집주인이 듣기로 그는 몹시 깔끔했다. 그녀의 임차인들은 모두 정규직 근로자였으며 모범적인 생활을 했다. 칼데론이 마리화나를 피웠더라도 자기 방에서는 피우지 않았던 게 분명하다고 임차인 가운데 한 사람이 자신 있게 말했다. 방에서 마리화나를 피웠더라면 집주인이 냄새를 맡고 그를 내보냈을 것이기 때문이다.

짙은 갈색 눈의 젊은이가 말했다.

"고향이 그리웠나 보죠. 아마 카르타고로 날아가고 있을 거예요."

"거기가 칼데론 고향인가요?"

"콜롬비아 인이거든요. 카르타고 출신이라고 말했던 것 같아요."

이것이 내가 한 시간 동안 알아낸 전부였다. 옥타비오 칼데론은 카르타고 출신이다. 그것도 자신 있게 말할 수 있는 사람은 아무도 없었다.

스물다섯

 우드사이드가에 있는 던킨도너츠에서 더킨에게 전화를 걸었다. 공중전화 부스는 눈에 띄지 않았으며 벽에 붙은 공중전화만 보였다. 1미터 정도 떨어진 곳에서 두어 명의 아이들이 전자 오락을 하고 있었다. 책가방 크기의 라디오로 디스코 음악을 듣고 있는 사람도 있었다. 전화기의 송화구를 손으로 막고 내가 알아낸 것을 더킨에게 이야기했다.
 "그 녀석에 대한 수배령을 내릴 수 있을 거야. 옥타비오 칼데론, 이십대 초반의 라틴 계 남자. 몇 살이나 됐지? 스물다섯이나 일곱쯤 됐나?"
 "만나 보지도 못 했는걸."
 "맞아, 그렇지. 호텔에 문의하면 인상 착의를 확보할 수 있을 거야. 스커더, 그 녀석이 달아난 게 확실해? 2,3일 전에 그 녀석하고 이야기를 나누었는데."

"토요일 밤이잖아."

"그런 것 같군. 그래, 핸드릭스 자살 사건이 터지기 전이니까. 맞아."

"아직도 자살인가?"

"자살이 아니어야 할 이유라도 있나?"

"아는 건 없어. 토요일 밤에 자네가 칼데론과 이야기를 한 후로 녀석을 본 사람이 없었다는 것 외엔."

"날 보고 달아나는 사람이 많기는 하지."

"녀석을 두렵게 만든 뭔가가 있었겠지. 그게 자네라고 생각해?"

그가 뭐라고 대답을 했지만 떠드는 소리 때문에 들리지 않았다. 다시 한번 말해 달라고 부탁했다.

"별로 신경 쓰는 것 같지 않았다고 했어. 녀석이 약에 취해 있는 줄 알았지."

"이웃 사람들은 그를 아주 착실한 청년이라고 하더군."

"그래, 착하고 조용한 녀석이지. 그런 녀석이 골치 아픈 거야. 가족들을 골탕 먹인다니까. 어디서 전화하는 거야? 소음이 장난 아닌데?"

"우드사이드가에 있는 도넛 가게야."

"좀 조용하고 점잖은 데를 찾아보지 그랬어? 칼데론에 대해서는 뭐 짚이는 게 있나? 녀석이 죽었다고 생각해?"

"하나도 남기지 않고 짐을 싸서 방을 나갔더군. 그리고 누군가가 전화를 걸어서 병결을 알렸어. 만약 자네가 누군가를 죽이고 싶다고 생각해 봐. 그게 어디 호락호락한 일이겠어?"

"녀석이 시간을 벌려고 아프다고 전화한 것 같아. 수사를 하기 전에 한참 멀리까지 달아날 수 있잖아."

"내 생각이 바로 그거야."

"녀석은 아마 고향으로 돌아갔을 거야. 걔네들은 노상 고향 타령이잖아? 요즘은 고향이 신천지라고. 우리 할아버지는 여기 오신 후 다시는 아일랜드를 보지 못하셨어. 트레디 스톤 주류 판촉용 달력에서나 구경하셨지. 이 빌어먹을 놈의 족속들은 한 달에 한 번씩 아일랜드행 비행기를 탄다니까. 돌아올 때는 우라질 놈의 친척들 하고 꼬맹이를 둘씩 달고 오지. 물론 우리 할아버지는 일을 하셨으니까. 아마 그게 다른 점일 거야. 그 사람들이 세계 여행을 하라고 복지 원조를 받는 것도 아니잖아."

"칼데론은 일을 했어."

"그렇지, 녀석을 위해 좋은 일이지. 지겨운 놈, 지난 사흘 동안 케네디 공항에서 이륙한 항공편을 조사해 봐야겠어."

"누가 카르타고라던데."

"그게 뭐지? 도시야? 아니면 섬 이름인가?"

"도시인 것 같아. 파나마나 콜롬비아나 에콰도르쯤에 있는 도시겠지. 그렇지 않았다면 집주인 여자가 그에게 방을 빌려 주지 않았을 테니까 말이야. 콜롬비아인 것 같더군."

"대양의 보석이지. 고향으로 돌아갔다면 병가를 내야 했을 거야. 다른 사람을 시켜서 전화를 하도록 했겠지. 그래야 돌아왔을 때 직장을 보존할 수 있을 테니까. 카르타고에서 날마다 오후에 전화를 걸 수는 없잖아."

"왜 방을 비웠을까?"

"자기 짐을 남겨 두고 싶지 않았을 거야. 소독하러 들어와서 그가 애지중지하던 바퀴벌레를 몰살해 버릴 수도 있고. 어쩌면 방세가 밀려서 날라 버린 걸지도 모르지."

"집주인 여자는 그렇지 않다고 말하던데. 그 주치 방세를 완불했다더군."

더킨은 잠시 입을 다물었다가 이윽고 마지못한 듯이 말했다.

"누군가가 협박을 해서 달아난 모양이야."

"아무래도 그런 것 같아, 그렇지?"

"어쩌면 그런 게 아닐지도 몰라. 녀석이 뉴욕을 떠난 것 같지도 않고. 지하철 역 한 구간쯤 떨어진 곳으로 가서 가명을 써서 다른 방에 묵고 있을 것 같아. 뉴욕 시의 다섯 개 구에만 불법 체류자가 50만 명은 될 거야. 경찰이 멀리까지 찾지도 않을 텐데 굳이 꽁꽁 숨을 필요도 없잖아."

"자네 소설이 맞기를 빌어."

"그럴 가능성은 얼마든지 있어. 우선 영안실을 조사해 봐야겠어. 그 다음에 항공편을 알아봐야지. 녀석이 죽었거나 출국한 거라면 우리가 제대로 맞춘 거야."

그가 웃었다. 뭐가 그렇게 우스운지 물었다.

"녀석이 죽었거나 출국한 거라면 말이야. 우리에게 아무 도움이 안 되겠지? 안 그래?"

맨해튼으로 돌아가는 지하철은 최악이었다. 지하철 내부는 바탕을 알아볼 수 없을 정도로 함부로 낙서가 되어 있었다. 구석 자리에 앉아 절망감을 떨쳐 버리려고 애를 썼다. 내 삶이 살얼음판 같았다. 금방이라도 바스러질 것처럼 아슬아슬하게 느껴졌다. 물 위의 기름처럼 다른 사람들과 겉도는 삶이었다. 부딪쳐 볼 만한 건 아무것도 없었다. 지금뿐만이 아니라 언제나 그랬다. 모든 것이 부질없고 무의미하고 절망적이었다.

'내게 에메랄드를 사 줄 사람은 아무도 없네. 내게 아기를 갖게 할 사람은 없어. 이 세상에 내 삶을 구원해 줄 사람이 아무도 없구나. 좋은 시절은 다 지나가 버렸어.'

죽음에 이르는 800만 가지 방법이 있다. 그 중에는 자기 손으로 목숨을 끊는 방법도 있다. 지하철 자살이 썩 좋은 방법이 아님에도 사람들은 여전히 지하철에 몸을 던진다. 뉴욕에는 끝없이 긴 다리들과 고층 빌딩의 창들이 있다. 또 면도날과 빨랫줄과 약을 파는 가게들이 하루 24시간 문을 연다.

내 방 서랍에는 32구경 권총이 있다. 호텔 방 창문에서 뛰어내리기만 해도 간단히 죽을 수 있다. 하지만 한 번도 그런 종류의 일을 시도해 본 적은 없다. 그런 일을 저지를 사람으로 보인 적도 없다. 겁이 너무 많거나 불굴의 의지를 가졌거나 둘 중 하나겠지. 그것도 아니라면 나의 지독한 절망이 생각만큼 절실하진 않았던 모양이다. 여하튼 계속해서 살아가게 만드는 뭔가가 있었다.

술을 입에 대는 날에는 모든 걸 잃게 될 것이다. 금주 모임에서 어떤 남자가 필름이 끊긴 채 브루클린 교에 올라갔다가 정신이 번쩍 든 이야기를 하는 것을 들은 적이 있었다. 정신이 들었을 때 그는 난간 위에 올라가서 한쪽 발을 허공에 쳐들고 있었다. 그는 뻗었던 다리를 황급히 거두어들이고 난간을 기어 내려와서 서둘러 다리에서 벗어났다.

그가 1초만 늦게 정신이 들어서 두 발을 모두 허공에 쳐들었더라면 어떻게 됐을까?

술을 마시면 기분이 나아질 것 같았다.

그 생각을 떨칠 수가 없었다. 더 나쁜 것은 그게 사실이라는 것을 내가 알고 있다는 점이었다. 무서웠다. 술을 마시면 무서운 생각도 사라질 것이다. 결국에는 후회하게 되겠지만, 나중에는 기분이 더 나빠지겠지만 하지만 그게 어쨌단 말인가? 결국에는 우리 모두 죽게 되어 있다. 금주 모임에서 들었던 이야기가 생각났다. 그 이야기를 한 사람은 세인트폴 성당에 나오는 정회원 가운데 하나인 메리라는 여자였다. 그녀는 작은 목소리의 날씬한 여자였는데, 언제나 말쑥하게 차려입고 단장을 곱게 하고 말투가 상냥했다. 그녀의 증언도 한번 들은 적이 있는데, 엉망으로 망가지기 전에는 분명히 쇼핑을 즐기는 여자였을 것 같았다.

어느 날 밤 둘러앉아 이야기하던 중 그녀가 이렇게 말했다.

"반드시 기분이 좋을 필요는 없다는 걸 알게 됐을 때 그것은 내게 혁명이었어요. 반드시 기분이 좋아야 한다고 법으로 정해 놓은 것도 아니잖아요. 전에는 초조하거나 걱정스럽거나 불행할 때마다 뭔가를 해야만 한다고 생각했어요. 하지만 이제 그럴 필요가 없다는 걸 알게 됐어요. 기분이 나쁘다고 죽는 건 아니잖아요. 알코올은 나를 죽이죠. 하지만 내 감정이 나를 죽이지는 않아요."

지하철이 터널 속으로 달려 들어갔다. 지하로 내려가는 순간, 잠시 동안 깜깜해졌다가 다시 환해졌다. 한 단어 한 단어를 아주 정확하게 발음하던 메리의 목소리가 귓가에 들리는 것 같았다. 가

느다란 두 손을 무릎 위에 포개 얹고 이야기하던 그녀의 모습이 떠올랐다.

별 쓸데없는 생각을 다 하네.

콜럼버스 서클 역에서 내려 거리로 나왔을 때 여전히 한잔 하고 싶은 생각이 들었다. 두어 개의 술집을 지나 모임 장소로 갔다.

연사는 베이 리지 출신의 뚱뚱한 아일랜드 인이었다. 경찰처럼 보였는데, 아닌 게 아니라 한때 경찰이었다고 했다. 20년을 경찰로 봉직하다가 은퇴해서 지금은 경비원으로 일하면서 연금에 보태고 있었다. 술이 그의 결혼 생활이나 일에 방해가 된 적은 없었지만, 수년이 지난 후에는 신체적으로 그를 방해하기 시작했다. 그의 재능은 감퇴되었으며 주사는 심해졌다. 간이 비대해졌다고 의사가 그에게 경고했다.

"의사는 술이 내 목숨을 위협하고 있다고 했어요. 글쎄요. 나는 인생의 낙오자나 타락한 주정뱅이는 아니었어요. 술을 마시지 않고는 침울한 기분을 떨칠 수 없는 사람도 아니었고요. 그냥 기분 좋게 퇴근 후에 맥주 한잔 하거나 텔레비전 앞에서 캔 맥주를 즐기는 낙천적인 사람이었죠. 그런데 술이 나를 죽이다니? 젠장. 그게 사실이야? 병원을 걸어 나오면서 그 길로 술을 끊기로 결심을 했죠. 그리고 8년이 지났어요. 내가 한 일은 이것뿐이에요."

증언 시간 동안 술주정뱅이 한 사람이 계속해서 훼방을 놓았다. 점잖은 차림의 남자였는데, 말썽을 일으키려는 의도는 없는 것 같았다. 다만 조용히 듣고 있을 수가 없는 모양이었다. 대여섯 번 소동을 피운 후에 회원 몇 명이 그를 밖으로 데리고 나갔고 모임은 계속되었다.

내가 필름이 끊긴 상태에서 어떻게 금주 모임에 올 생각을 했던가 하는 생각이 들었다.

젠장, 나도 저런 꼴을 보였단 말인가?

이야기에 집중이 되지 않았다. 옥타비오 칼데론 생각도 나고 서니 핸드릭스 생각도 났다. 지금까지 뭘 했나 싶었다. 출발점에서부터 아주 조금밖에 앞으로 나가지 못했다. 자살하기 전에 서니를 만나 볼 수도 있었을 것이다. 어차피 자살을 막을 수는 없었겠지만, 그래도 죽기 전에 뭔가를 알아낼 수는 있었을 것이다.

또 칼데론이 사라져 버리기 전에 그 녀석을 심문할 수도 있었을 것이다. 처음 호텔에 갔을 때 그 녀석에게 몇 가지 질문을 했었다. 그런데 그가 못 알아듣는 척하는 바람에 더 이상 녀석한테는 신경을 쓰지 않았다. 녀석에게서 뭔가 얻어내지는 못하더라도, 적어도 그가 뭔가를 숨기고 있다는 것만은 눈치 챌 수 있었을 것이다. 그런데 나는 녀석이 방을 빼서 달아날 때까지도 그런 생각을 하지 못했다.

타이밍이 엉망이다. 나는 언제나 하루가 늦거나 1달러가 모자랐다. 이런 일이 이번만이 아니라는 생각이 들었다. 이게 바로 내 삶의 주제였다.

불쌍한 나여, 불쌍한 나여! 가엾은 술주정뱅이여!

토론 시간에 그레이스라는 여자가 오늘이 금주 2주년 기념일이라고 말해서 박수갈채를 받았다. 나도 박수를 쳤다. 박수 소리가 잦아들 무렵, 날짜를 세어 보고 오늘이 금주 7일째라는 사실을 깨달았다. 오늘 맑은 정신으로 잠자리에 든다면 7일 동안 금주한 셈이 된다.

지난번 술 마시기 전에는 며칠까지 금주를 했지? 8일인가?

어쩌면 그 기록을 깰 수 있을 것 같았다. 어쩌면 깰 수 없을지도 모른다. 내일 술을 마실지도 모른다.

하지만 오늘은 아니다. 오늘 밤은 괜찮다. 모임에 가기 전보다 기분이 나아진 것도 아니고, 자긍심도 높이지 못했고, 전체적으로 그다지 나아진 건 없다. 하지만 온갖 핑계를 대면서 술을 마시던 때와 지금은 확실히 다르다.

왜 그런지는 모르겠지만, 나는 내가 안전하다는 사실을 알고 있었다.

스물여섯

프런트에 대니 보이 벨에게 전화해 달라는 메시지가 있었다. 메모에 적힌 번호로 전화를 걸었더니 전화를 받은 남자가 말했다.

"푸건 바입니다."

대니 보이를 바꿔 달라고 말하고 그가 전화를 받을 때까지 기다렸다. 이윽고 대니 보이가 말했다.

"매트, 진저 에일을 살 테니까 이리 와 줘야겠어. 네가 꼭 와야 할 것 같아서 그래."

"지금 말이야?"

"그럼 언제가 좋은데?"

전화를 끊자마자 밖으로 나왔다. 위층으로 올라가 서랍에서 32구경 권총을 꺼냈다. 대니 보이가 정말로 내게 한잔 사려는 걸까 하는 생각이 들었지만, 사지 않는다고 해서 내 목숨을 걸고 싶진 않았다. 푸건 바에서 누가 마시게 될지는 아무도 모르는 일이었다.

 전날 밤에 경고를 받았지만, 계속 무시하고 있었다. 대니 보이의 메시지를 전해 준 프런트 직원이 이름을 남기지 않은 사람들로부터 두어 통의 전화가 더 왔다고 이야기했다. 작업복 상의를 입은 녀석의 친구 놈들일 것 같았다. 알아듣게 따끔하게 한마디 하려고 전화를 걸었으리라.
 총을 호주머니에 넣고 밖으로 나와서 택시를 불렀다.

 대니 보이가 자기가 사겠다고 고집을 부려 자기 것은 보드카, 내 것은 진저 에일을 주문했다. 그는 전보다 말쑥해 보였다. 지난번 만난 이후로 이발을 했다. 곱슬곱슬하고 하얀 그의 '모자'는 두피에 딱 달라붙어 있었다. 매니큐어가 칠해진 손톱은 티 하나 없는 광택으로 덮여 있었다.
 "네게 할 말이 두 가지 있어. 하나는 통보고 하나는 의견이야."
 "그래?"
 "우선 통보부터. 이건 경고야."
 "그럴 줄 알았어."
 "다키넨이라는 계집애에 대해서는 잊어 줘야겠어."
 "안 그러면?"
 "안 그러면? 안 그러면 어쩔 거냐는 말이지? 안 그러면 너도 다키넨꼴 나는 거지. 좀 특별한 경고를 받고 보니 그 말을 들어야 하나 말아야 하나 싶겠지?"
 "대니, 누가 보낸 경고야?"
 "모르겠어."

"도대체 누가 말했냐고?"

대니는 보드카를 조금 마셨다.

"누군가가 누군가에게 이야기해서, 누군가가 누군가에게 이야기했고, 또 누군가가 내게 이야기했지."

"말 돌리지 마."

"그래? 내게 이야기한 사람이 누군지 알려 줄 수도 있지만 참겠어. 왜냐하면 난 그런 짓은 안 하니까. 게다가 누군지 알려 줘 봤자 네게 아무런 이익이 되지 않아. 아마도 넌 그를 찾을 수가 없을 거야. 또 그를 찾더라도 그가 네게 털어놓지 않을 게 뻔해. 그리고 누군가가 너를 죽이려고 들 거야. 진저 에일 한 잔 더 마실래?"

"아직 그대로 있잖아."

"그렇군. 매트, 누가 그 경고를 보냈는지 난 몰라. 하지만 그들이 보낸 사람으로 짐작하건대 놈은 아주 거물이야. 재미있는 건, 뉴욕에서 다키넨을 만난 사람 치고 그녀가 우리 친구 챈스가 아닌 다른 사람하고 있는 걸 본 사람이 없다는 거야. 그토록 막강한 힘을 휘두를 수 있는 애인이 있었다면 그녀 주위에 놈이 있는 걸 본 사람이 있었을 거 아냐. 안 그래? 왜 아니겠어?"

나는 고개를 끄덕였다. 하지만 그렇다면 그녀가 챈스의 손아귀에서 벗어나려고 나를 필요로 했던 이유는 무엇이었을까?

"어쨌든 이게 바로 통보야. 내 의견도 듣고 싶겠지?"

"그럼."

"내 의견은 말이지, 네가 그 통보에 주의해야 할 것 같다는 거야. 지난 2년 동안 내가 지레 늙어 버렸는지, 이 도시가 점점 더 추잡해지고 있는지 모르지만, 요즘 사람들은 아주 성급하게 방아쇠를 당기는 것 같거든. 전에는 그래도 이유가 있어서 죽였는데 말이야. 무슨 말인지 알겠어?"

"그래."

"지금은 죽이지 말아야 할 이유가 없으면 죽인다고. 죽이지 않는 것보다 죽이는 게 빠르지. 무의식적으로 행동한다니까. 너한테 하는 말이지만. 난 그게 무서워."

"모두들 무서워하지."

"며칠 전에 업타운에서 소란을 피운 적이 있지? 아니면 누군가가 꾸며 낸 이야긴가?"

"무슨 말을 들은 거야?"

"골목길에서 어떤 녀석이 네게 까불다가 뼈도 못 추렸다던데."

"소문 한번 빠르군."

"정말 그래. 물론 이 도시에는 '엔젤 더스트' 일당의 애송이 녀석보다 더 위험한 것들도 있지."

"녀석이 '엔젤 더스트' 일당이라고?"

"걔네들 전부 한 패거리 아냐? 글쎄, 난 기본을 중시하지."

대니는 보드카를 또 한 모금 마셨다.

"다키넨에 대해서는 말이야, 내가 메시지를 전하지 않을 수도 있었다고."

"무슨 메시지 말이지?"

"넌 그 메시지를 무시하고 있어."

"대니 보이, 사실이 아닐 거야."

"매트……"

"잭 베니 기억하지?"

"잭 베니를 아냐고? 물론 기억하지."

"옷깃 세운 사람 아냐? 그 친구가 말하더군. '돈이냐 인생이냐.' 그러곤 한참 뜸을 들이더군. 오랜 침묵이 흐르곤 베니가 말했지. '생각을 좀 해 봐야겠어.'"

"그게 답이야? 너도 좀 생각해 봤어?"

"그게 답이야."

72번가를 지나서 어떤 문구점 골목 근처의 어두운 곳에 서서, 푸건 바에서부터 나를 미행하는 녀석이 있는지 살펴봤다. 꼬박 5분 동안 거기 서서 대니 보이가 했던 말을 곱씹어 보았다. 거기 서 있는 동안 푸건 바를 나서는 사람이 두어 명 있었지만 내가 걱정해야 할 일은 없어 보였다.

보도의 가장자리로 나가서 택시를 부르다가 콜럼버스가까지 반 블록 정도는 걷는 것도 괜찮겠다는 생각이 들어서 택시를 그냥 보냈다. 콜럼버스가 근처까지 갔을 때 이런 생각이 들었다.

'멋진 밤이군. 바쁠 것도 없으니 콜럼버스가를 지나 열다섯 블록쯤 더 걷는 것도 좋을 거야. 그러면 잠도 잘 오겠지.'

길을 건너 다운타운으로 향했다. 한 블록도 지나기 전에 호주머니에 넣고 있는 오른손이 자그마한 총을 움켜쥐고 있다는 것을 알아차렸다.

'웃기는 일이다. 나를 미행하는 사람도 없는데. 제기랄, 뭐가 두려운 거지?'

그냥 공기가 심상찮았던가 보다.

줄곧 걸어갔다. 길거리를 안전하게 활보하는 요령을 모조리 떠올리면서 걸었다. 지난 토요일 밤에는 그걸 지키지 않았던가 보다. 빌딩과 건물의 출입구로부터 적정 거리를 유지하면서 계속 보도의 가장자리 쪽으로 걸었다. 미행하는 사람이 없는지 이따금 돌아보기도 하고 좌우를 살피기도 했다. 총을 단단히 쥐고 손가락은 방아쇠 약간 옆으로 걸쳐 놓았다.

브로드웨이를 건너 링컨 센터와 오닐 극장을 지나서 걸어갔다. 포드햄 건너편의 60번가와 61번가 사이의 어두컴컴한 블록을 걷고 있을 때, 뒤에서 차가 끼익 하는 소리가 들렸다. 차는 대로를 가로질러 내 쪽으로 달려왔다. 택시 한 대가 급정거를 했다. 어쩌면 브레이크를 밟는 소리였을 것이다. 내게 길을 비키라는 소리였을지도 모르겠다.

황급히 보도 위에 엎드려 32구경 권총을 움켜잡고 건물 쪽으로 몸을 날렸다. 이제 차는 바퀴를 바로 하고 나와 나란히 서 있었다. 차가 보도를 침입하려는 줄 알았는데 그건 아니었다. 차창이 열려 있었으며, 뒤쪽 창 밖으로 누군가 몸을 내밀고 내 모습을 지켜보고 있었다. 그의 손에 뭔가가 들려 있었다…….

그에게 총을 겨누었다. 양 손으로 총을 잡고 납작 엎드린 채 팔꿈치를 앞으로 바싹 붙였다. 손가락은 방아쇠 위에 얹어 놓았다.

그 남자는 창 밖으로 몸을 내밀고 뭔가를 집어던졌다. 그는 그 물건을 아래에서 위로 던져 올렸다.

'젠장, 폭탄이구나.'

그를 겨냥했다. 손가락 아래로 방아쇠가 느껴졌다. 그것은 마치 자그마한 생물체처럼 떨고 있는 것 같았다. 그러고는 얼어붙어 버렸다. 얼어 버렸다. 빌어먹을 놈의 방아쇠를 당길 수가 없었다.

시간도 얼어붙어 버렸다. 영화의 정지 화면을 보는 것처럼. 7, 8미터쯤 떨어진 건물의 벽돌 벽에 병이 하나 부딪쳐서 박살이 났다. 유리병이 산산조각이 났을 뿐 다른 폭발은 없었다. 그냥 빈 병이었다.

그냥 지나가던 차였을 뿐이었다. 지금 보니 차는 9번가에서 남쪽으로 질주하고 있었다. 안에는 술 취한 어린 녀석들이 여섯 명이나 타고 있었다. 사람이라도 죽일 것 같은 놈들이었다. 충분히 그러고도 남을 정도로 술이 떡이 되어 있었지만, 실제로 이 녀석들이 사람을 죽인다면 그건 우발 사고가 될 터였다.

전문적인 킬러도 아니었고 나를 처치하러 온 청부 살인자도 아니었다. 그냥 통제할 수 없을 정도로 술을 퍼마신 애 녀석들이었다. 어쩌면 사람을 치거나 차를 완전히 박살낼 수도 있을 것이다. 아니면 범퍼 한 군데 긁히지 않고 온전히 집으로 돌아갈 수도 있을 것이다.

손에 든 총을 쳐다보면서 천천히 일어섰다. 총을 쏘지 않았다. 그들을 쏠 수도 있었다. 그들을 죽일 수도 있었다. 총을 쏘지 않은 것을 하느님께 감사할 따름이었다. 내가 그 녀석들을 쏠 수도 있었다. 어쩌면 그 아이들을 죽였을지도 모른다.

내가 총을 쏘려고 했다는 건 아무도 모를 것이다. 당연히 그 녀석들이 나를 죽이려 한다고 생각했기 때문에 총을 쏘려고 했던 것이다.

하지만 총을 쏠 수가 없었다. 내가 본 것이 위스키 병이 아니라 생각했던 대로 총이나 폭탄이었다면, 나는 이미 방아쇠를 당길 수도 없게 되었을 것이다. 녀석들의 손에 죽었을 테니까. 나는 불발

된 총을 든 채 사망했을 것이다.

젠장.

하릴없이 총을 도로 집어넣었다. 떨리지 않는 게 신기해서 손을 내밀어 보았다. 속으로도 특별히 떨리는 느낌이 없었다. 떨리지 않는 이유가 몹시 궁금했다.

깨진 병을 살펴보러 갔다. 그냥 빈 병인지 아니면 불발된 화염병인지 확인하고 싶었다. 진흙도 없었고 휘발유 냄새도 나지 않았다. 그렇게 생각해서인지 위스키 냄새가 약간 나는 것 같았다. J&B 위스키가 담겨 있던 병임을 알려 주는 상표가 붙어 있었다. 녹색 유리 조각들이 가로등 빛을 받아 보석처럼 반짝였다.

몸을 구부려 조그마한 유리 조각을 주웠다. 손바닥 위에 올려놓고 보물이라도 발견한 듯이 들여다보았다. 다나의 시가 생각났다. 서니의 유서도 생각났다. 내가 말을 잘못했다는 생각이 들었다.

걷기 시작했다. 달리지 않으려면 걸을 수밖에 없었다.

스물일곱

"제기랄. 면도를 해야겠어."

더킨이 말했다.

그는 마시다 남은 커피 잔에 담배꽁초를 떨어뜨리고, 한 손으로 뺨을 만지며 구레나룻을 쓰다듬었다.

"면도를 하고 샤워도 해야겠어. 그리고 한잔 마셔야겠어. 순서대로 할 필요는 없겠지만 말이야. 콜롬비아 애송이 녀석에 대해서는 수배령을 내렸어. 옥타비오 이그나시오 칼데론 이 라 바라 말이야. 키보다 이름이 더 긴 녀석이군. 영안실을 확인해 봤는데 그런 녀석은 없더군. 아무튼 아직은 없던데."

그는 책상 맨 위 서랍을 열고 금속 면도 거울과 무선 전기 면도기를 꺼냈다. 그는 빈 커피 잔에 거울을 기대 놓고 그 앞에 얼굴을 갖다 대고 면도를 하기 시작했다. 면도기 소리를 내면서 그가 말했다.

"그녀의 사건 파일에 반지에 대한 기록은 전혀 없던데."

"봐도 될까?"

"좋으실 대로."

증거물 목록을 봐도 반지에 대해 알 수 있는 건 하나도 없었다. 사건 현장을 찍은 사진을 살펴보았다. 그녀의 손만 유심히 들여다보았다. 사진마다 찾아봤지만 그녀가 반지를 끼고 있었다는 사실을 알려 주는 장면은 하나도 보이지 않았다.

더킨에게 그대로 이야기했다. 그는 면도기를 끄고 사진을 들어 한 장 한 장 꼼꼼히 뜯어보았다. 그가 툴툴거렸다.

"어떤 사진들은 손이 잘 보이지 않는데. 맞아. 이쪽 손에는 반지를 끼지 않았던 게 분명해. 저쪽은? 왼손 말이야. 왼손에도 반지가 없지. 이제 이 사진에도. 좋아, 분명히 이쪽 손에는 반지가 없어. 잠깐. 젠장, 또 왼손이 문제네. 이 사진은 잘 모르겠어. 좋아, 여기 있군. 이거 분명히 오른손 맞지. 반지가 없잖아."

카드를 뒤섞듯이 그는 사진을 끌어 모았다.

"반지는 없어. 그게 무슨 증거가 되지?"

"내가 만났을 때는 반지를 끼고 있었어. 두 번 다."

"그런데?"

"그런데 반지가 사라졌다고. 그녀의 아파트에도 없어. 그녀의 보석함에 반지가 하나 있긴 해. 고교 졸업 반지더군. 내가 그녀의 손에서 봤던 그 반지는 아냐."

"네 기억이 틀릴 수도 있잖아."

나는 고개를 가로저었다.

"졸업 반지에는 보석이 박혀 있지도 않아. 여기 오기 전에 거길

가 봤거든. 내 기억이 맞나 확인해 보고 싶어서. 그건 그냥 글자가 잔뜩 새겨진 조잡한 졸업 반지였어. 그녀가 끼고 있던 그 반지가 아니었어. 이런 밍크 재킷을 입고 포도주 빛깔로 손톱을 단장한 여자가 그런 반지를 끼지는 않았을 거야."

이런 말을 한 것은 나뿐이 아니었다. 깨진 유리 조각을 보고 문득 어떤 생각이 떠올라 곧바로 킴의 아파트로 가서 그녀의 전화로 다나 캠피온에게 전화를 걸었다.

"매트 스커더야. 시간이 늦은 건 알지만 네 시의 한 구절에 대해 궁금한 게 있어서 말이야."

"어느 구절이요? 어떤 시 말이죠?"

"킴에 대해 쓴 시. 나한테 준 거 있잖아."

"아, 맞아요. 잠깐만요. 아직 잠이 덜 깨서 그래요."

"너무 늦게 전화해서 미안해, 하지만……."

"괜찮아요. 어느 구절 말이죠?"

"부수어라 포도주 병을 그녀의 발에, 녹색의 유리가 그녀의 손에 반짝이게 하라."

"'반짝이게'는 틀렸어요."

"바로 여기 그 시를 갖고 있거든, 시에는……."

"아, 내가 그렇게 썼다는 건 알고 있어요. 하지만 틀렸어요. 고쳐야겠어요. 그래야 할까 봐요. 그 구절이 어때서요?"

"'녹색의 유리'라는 건 어디서 가져온 거야?"

"깨진 포도주 병에서 가져온 거죠."

"왜 녹색의 유리가 그녀의 손에 있는 거야? 뭘 가리키는 말이지?"

"아, 무슨 말씀인지 알겠어요. 그녀의 반지예요."
"그녀는 녹색 보석이 박힌 반지를 끼고 있었어, 그렇지?"
"맞아요."
"그걸 낀 지 얼마나 됐지?"
"글쎄요."
다나는 잠시 생각했다.
"처음 본 건 그 시를 쓰기 직전이었어요."
"확실해?"
"적어도 내가 처음 본 건 그때예요. 그 반지를 보고 시상이 떠올랐으니까요. 그녀의 파란 눈과 녹색 반지의 대비가 감동적이었거든요. 하지만 시를 쓰는 동안 파란색은 그만 잊어버렸어요."

처음 내게 그 시를 보여 주었을 때 그녀는 그 구절들에 대해 비슷한 이야기를 한 적이 있었다. 그때는 그녀가 무슨 이야기를 하고 있는지 몰랐었다.

언제 그런 일이 있었는지조차 그녀는 확실히 기억하지 못하고 있었다.

"얼마나 오랫동안 그 시의 초고를 다듬었지? 킴이 살해되기 전부터? 두 달쯤 됐나?"
"모르겠어요. 언제 무슨 일이 있었는지 잘 기억이 나지 않아요. 별로 기억하고 싶지도 않고요."
"하지만 녹색 보석이 박힌 반지였잖아."
"아, 맞아요. 지금도 선명히 떠오르는걸요."
"그녀가 어디서 그 반지를 얻게 됐는지 알아? 누가 그녀에게 반지를 줬지?"

"거기 대해서는 아무것도 몰라요. 아마도……."
"응?"
"아마도 그녀가 포도주 병을 깨뜨렸나 보죠."

나는 더킨에게 말했다.
"킴의 친구가 시를 썼는데 그 반지에 대해 언급했더군. 또 서니 핸드릭스의 유서에도 있고."
수첩을 꺼내 가볍게 쳤다. 그리고 수첩을 읽었다.
"돌아가는 회전목마에서 내릴 수가 없구나. 그녀가 선물 받은 보석 반지, 반지는 손가락을 녹색으로 물들였네. 내게 에메랄드를 사 줄 사람은 아무도 없네."
더킨은 내게서 수첩을 빼앗아 갔다.
"여기서 그녀는 다키넨을 의미하는 것 같군. 이건 또 뭐야. '내게 아기를 갖게 할 사람은 없어. 이 세상에 내 삶을 구원해 줄 사람이 아무도 없구나.' 다키넨은 임신하지 않았잖아. 핸드릭스도 마찬가지고. 그런데 난데없이 웬 아기 타령이야? 그녀의 삶을 구원해 줄 수 있는 게 뭐가 있겠어?"
그는 수첩을 탁 덮고는 책상 너머로 내게 건네줬다.
"이런 걸 가지고 뭘 알 수 있다는 건지 대체 이해가 안 되네. 대단한 발견을 했다고 할 만한 내용은 없는 것 같군. 핸드릭스가 언제 이런 걸 썼는지 아무도 모르잖아? 아마 술을 마시고 나서 약 기운에 돌기 시작할 때 썼겠지. 그녀의 고향이 어딘지도 아는 사람이 없잖아?"
우리 뒤쪽으로 두 명의 사복형사가 어린 백인 녀석을 구치소에 집어넣고 있었다. 건너편 책상에서는 우중충한 흑인 여자가 심문에 답변하고 있었다. 수북한 사진 더미 가운데 맨 위에 있는 사진을 집어 들고 킴 다키넨의 난자된 시신을 바라보았다. 더킨은 전기 면도기를 켜더니 면도를 마저 했다.

"이해할 수 없는 건 말이지. 자네가 뭘 알아냈다고 생각하는 건지 모르겠어. 킴에게 남자 친구가 있었고, 남자 친구가 그 반지를 줬단 말이지? 좋아. 모피 재킷도 남자 친구가 사 줬다고 생각했겠지. 자네가 조사해 봤으니 그럴듯하게 생각되겠지만 모피 재킷을 갖고 남자 친구를 찾아낼 수는 없어. 그놈이 자기 이름을 남기지 않았으니까 말이야. 증거물 목록에 올라 있는 모피 재킷을 갖고 녀석을 찾아낼 수 없다면, 누구나 알고 있는 사라진 반지 따위를 갖고 어떻게 녀석을 찾겠다는 거지? 무슨 말인지 알겠어?"

"무슨 말인지는 알겠어."

"셜록 홈스 시리즈에 나오는 「짖지 않는 개」하고 같은 이야기 아냐. 그래, 네가 찾아낸 건 사라진 반지잖아. 그걸로 뭘 증명한다는 거지?"

"반지는 없어졌어."

"그렇지."

"어디로 간 걸까?"

"하수구에 빠뜨린 반지를 찾아 달라는 게 낫지. 그게 어디로 달아났는지 내가 어찌 알겠어?"

"사라져 버렸어."

"그래서? 반지에 발이 달렸든가 아니면 누가 집어간 거겠지."

"누굴까?"

"누군지 어떻게 알아?"

"그녀가 살해된 호텔에 반지를 끼고 갔다고 생각해 보자고."

"그건 모르잖아."

"그냥 그렇다 치잔 말이야, 알겠어?"

"좋아, 계속해 봐."

"누가 가져간 걸까? 시신의 손가락에서 반지를 빼 간 경찰이 있었을까?"

"아냐. 그런 짓을 할 사람은 없어. 자네도 알다시피 허술한 틈을 타서 돈을 가져가는 경찰은 있어. 하지만 피살자의 손가락에서 반지를 빼 가다니 말도 안 돼."

더킨이 고개를 가로저었다.

"게다가 시신 옆에 혼자 있었던 사람은 없거든. 사람들이 다 보고 있는 데서 그런 짓을 할 경찰이 어디 있어?"

"청소부가 그런 건 아닐까? 시체를 발견한 여자 말이야."

"젠장, 절대 그럴 리 없어. 그 불쌍한 여자를 심문한 사람이 바로 나라고. 그녀는 시체를 보자마자 비명을 지르기 시작했다고. 그 여자, 숨이 끊어지지 않았다면 아마 지금까지도 비명을 지르고 있을걸. 걸레 자루를 들고 다키넨의 시신에 다가가서 그녀를 만진다는 건 생각만 해도 기겁을 할 일이었을 거야."

"누가 반지를 가져갔지?"

"그녀가 거기 끼고 갔다고 가정한다면······."

"맞아."

"그렇다면 살인자가 가져갔겠지."

"왜 가져갔을까?"

"보석광인가 보지. 어쩌면 녹색을 좋아하는 녀석인지도 모르지."
"계속해 봐."
"어쩌면 그게 값나가는 물건이었거나. 살인을 하고 돌아다니는 녀석이 무슨 양심이 있을라고. 도둑질에 대한 개념도 없는 놈이었을지 모르잖아."
"가방은 뒤질 시간이 없었을지도 모르겠군."
"맙소사, 녀석은 샤워할 시간이 있었다고. 가방 뒤질 시간은 있었겠지. 사실 녀석이 가방을 뒤졌는지는 우리도 몰라. 돈을 가져가지 않았다는 사실을 알 뿐이지."
"그리고?"
"어쨌든 녀석이 반지를 가져간 거야. 그녀의 피 묻은 손을 잡고 반지를 잡아 뺄 시간은 있었어."
"쉽게 빠졌을지도 모르지. 꽉 끼지 않았는지도 모르잖아."
"녀석이 왜 반지를 가져간 걸까?"
"여동생한테 주고 싶었나 보지."
"더 그럴듯한 이유는 없어?"
"없어. 없다니까, 젠장. 무슨 더 그럴듯한 이유가 있겠어? 뭘 알아내려는 거야? 꼬리를 밟힐까 봐 가져갔다는 거야?"
"그럴 수 있잖아?"
"그렇다면 모피 재킷은 왜 가져가지 않았지? 우리는 남자 친구가 그녀에게 모피를 사 준 걸 알고 있잖아. 녀석이 자기 이름을 사용하지 않았을 수도 있지만, 무심코 입 밖에 낸 걸 점원이 기억할 거라고 믿을 수도 있잖아. 녀석은 타월을 가져갔어. 젠장, 머리카락 한 올 남기고 싶지 않았을 거야. 하지만 모피는 두고 나왔어.

그런데 지금 자넨 녀석이 반지를 가져갔다는 거야? 하고 많은 증거물을 두고 반지 얘기는 도대체 왜 들추는 거야? 지난 2주 반 동안 들어 보지도 못한 반지 이야기를 오늘 밤에 새삼스레 꺼내는 이유가 뭐냐고?"

나는 아무 말도 하지 않았다. 그는 담배를 집어 들고 내게도 한 개비 권했다. 나는 고개를 가로저었다. 그는 담배에 불을 붙이고 한 모금 빨아들였다. 한 줄기 연기가 길게 뿜어져 나왔다. 손을 머리 위로 가져가서 이미 머리에 딱 붙어 있는 짙은 색깔의 머리카락을 쓸어내렸다.

"뭘 새겼을 수도 있지. 반지 안쪽에 뭔가를 새겨 넣는 사람들 있잖아. '프레디가 킴에게' 같은 거 말이야. 그랬을 것 같지 않아?"

"모르겠는데."

"짚이는 거라도 있어?"

불현듯 대니 보이 벨이 했던 말이 생각났다. 그렇게 집안 좋고 몸집 좋은 남자 친구라면 무엇 때문에 애인을 자랑하지 않았겠어? 집안 좋고 몸집 좋고 머리 좋은 남자이면서 그녀의 남자 친구로 어울릴 만한 자가 누구였을까? 그녀의 밍크 값을 계산한 회계사 타입의 남자가 도대체 누구였을까? 어째서 아무 데서도 녀석에 대한 단서를 찾을 수가 없었느냐고?

그리고 살인자가 반지를 가져간 이유가 뭘까?

호주머니에 손을 집어넣었다. 손가락이 총에 닿을 때 차가운 금속이 느껴졌다. 총 밑으로 손을 넣어 이 모든 이야기의 실마리가 된 자그마한 녹색 유리 조각을 찾았다. 유리 조각을 꺼내 들고 쳐다보았다. 그게 뭐냐고 더킨이 내게 물었다.

"녹색 유리야."

"그 반지처럼 말이지?"

나는 고개를 끄덕였다. 그는 내게서 유리 조각을 가져가서 불빛에 비추어 보고는 다시 내 손바닥 위에 떨어뜨렸다.

"실제로 그녀가 반지를 끼고 호텔에 갔는지는 모르잖아. 그냥 그렇다 치고 이야기하기로 했잖아."

"알아."

"어쩌면 아파트에 빼 놓고 갔을 수도 있잖아. 거기 있는 걸 누군가가 가져갔을 수도 있고."

"누가?"

"그 남자 친구 말이야. 그가 그녀를 죽이지 않았다고 생각해 보자고. 내가 처음에 말했던 것처럼 그냥 정서 장애자라고 치자고……"

"진짜로 그런 표현을 사용하나 봐?"

"그게 바람직한 표현이라고들 하니까 주워듣고 쓰는 거지, 뭐. 원래 그런 거잖아. 미치광이가 그녀를 죽였다고 치자고. 남자 친구는 그 일에 엮이게 될까 봐 걱정이 됐겠지. 그래서 킴의 아파트로 간 거야. 열쇠를 갖고 가서 반지를 가져온 거야. 그녀에게 사준 다른 선물도 있었을지 모르지. 그는 그것들도 가져갔어. 모피도 가져가고 싶었겠지만, 모피는 호텔에 있었으니까. 살인자가 그녀의 손가락에서 반지를 빼냈다는 이야기 못지않게 그럴듯한 이야기잖아?"

미치광이의 소행은 아니라는 생각이 들었다. 정신병자 살인자라면 작업복을 입은 사내를 보내 내게 경고를 하지 않았을 것이다. 또 대니 보이 벨을 통해 내게 통보를 하지도 않았을 테고, 필적이나 지문, 타월 같은 데 신경 쓰지도 않았을 테니까.

녀석이 잭 더 리퍼 타입이 아니었다면, 계획적이고 신중한 정신병자였을 것이다. 하지만 그렇지는 않았다. 그럴 리가 없었다. 반지는 중요한 단서여야 했다. 유리 조각을 호주머니에 집어넣었다. 유리 조각은 중요한 물건이었다. 뭔가 의미 있는 물건이어야 했다.

더킨의 전화 벨이 울렸다. 수화기를 집어 들고 그가 말했다.

"조 더킨입니다. 응, 그래. 그렇지."

더킨은 들으면서 이따금 맞장구를 치기도 하고 내 쪽으로 날카로운 시선을 보내기도 하면서 메모를 했다.

커피메이커로 가서 커피 두 잔을 가져왔다. 더킨이 커피에 뭘 넣었었는지 기억이 나지 않았다. 문득 거기서 뽑은 커피가 지독하게 맛이 없었다는 생각이 나서 두 잔 모두 크림과 설탕을 넣었다.

책상으로 돌아갔을 때 더킨은 아직도 통화 중이었다. 그는 커피를 받아 들고 고개를 끄덕여 인사를 하고는 조금 마신 다음 새 담배에 불을 붙였다. 담배를 피우면서 커피를 마시려는 것 같았다. 커피를 조금 마시다가 킴의 파일을 뒤적거렸다. 뭔가 단서가 될 만한 것을 찾을 수 있을까 해서였다. 다나와 나누었던 대화가 생각났다. '반짝이게'라는 단어가 뭐가 틀렸다는 것일까? 반지는 킴의 손가락에서 반짝이지 않았던가? 반지가 불빛을 받아 반짝이던 모습이 기억났다. 그게 아니면 심증을 정당화하려고 내가 기억을 윤색한 것이었을까? 그런데 애초에 무슨 심증을 가지기나 했던가? 사라진 반지, 그리고 그 반지의 존재 여부조차 의심스러운 희미한 증거를 갖고 있을 뿐이었다. 한 편의 시와 유서, 그리고 에메랄드 시의 800만 가지 이야기에 대해 내가 한마디 했던 것이 전부였다. 반지 때문에 무의식적으로 그 이야기가 생각난 걸까? 아니면 머리와 심장과 용기를 갖기를 바란 나머지 그냥 노란 벽돌 길을 걷는 일행과 나를 동일시하고 있었던 건 아닐까?

"그래, 놀라운 일인데. 좋아. 거기 있어. 알았지? 곧 갈게."

더킨은 이렇게 말하고는 전화를 끊고 나를 쳐다보았다. 연민을 느끼게 하는 무언가와 자기만족이 뒤섞여 있는 묘한 표정이었다.

"포와탄 모텔이라는군. 퀸스 대로가 롱아일랜드 고속도로와 만나는 지점에 있는 모텔 알지? 교차로 바로 지나서 있다는군. 엘름허스트랑 레고 파크는 어디 있는지 모르겠어. 바로 그 근처에 있는 것들인가 봐."

"그런데?"

"물침대가 있는 방도 있고 텔레비전을 틀면 성인 포르노 영화가 나오는 그렇고 그런 러브호텔이지. 바람둥이들에게 두 시간 단위로 방을 빌려 주잖아. 최대 하룻밤에 대여섯 번씩 돌리니까 돈벌이가 쏠쏠할 거야. 게다가 탈세까지 할 수 있으니까 말이야. 그런 모텔들은 그냥 돈을 긁어모으잖아."

"무슨 말이야?"

"두어 시간 전에 어느 녀석이 차를 몰고 와서 방을 빌렸다는군. 글쎄, 숙박업이라는 게 말이지, 손님이 나가자마자 방을 정리해야 할 거 아냐. 그래서 차가 나가는 걸 보고 관리인이 그 방으로 갔나 봐. 그런데 방문에 '방해하지 마시오.' 라는 표지가 걸려 있더라나. 노크를 해도 대답이 없고 또 노크를 해도 대답이 없더라는 거야.

문을 열어 보니 뭐가 있었겠나?"

나는 잠자코 있었다.

"레니 가펜이라는 경찰이 신고를 받았는데 우선 갤럭시 다운타우너 사건과 너무 비슷해서 놀랐다는 거야. 그때 신고를 받은 것도 가펜이었거든. 의학적 증거나 칼을 쓴 방법, 상처의 성질 같은 자료가 전부 나오기 전에는 알 수 없는 일이긴 하지만 아주 똑같은 사건으로 보이더라는 거야. 살인자는 샤워까지 하고 갈 때 타월까지 가져갔다는군."

"그게……"

"그게 뭘?"

"다나는 아니다. 방금 그녀와 통화를 했지 않은가? 누구지? 프랜, 루비, 메리 루……."

"챈스가 데리고 있는 여자였어?"

"젠장, 챈스의 여자들이 누군지 내가 알 게 뭐야? 내가 포주 놈의 꽁무니나 꿰고 있어야 한다는 거야?"

"누구야?"

"포주 놈의 여자는 아니야."

그는 담배를 눌러 끄고는 새 담배를 한 개비 꺼내다가 도로 담뱃갑 안으로 밀어 넣었다.

"여자가 아냐."

"또……"

"또 누구?"

"칼데론도 아냐. 옥타비오 칼데론 말이야. 호텔 직원."

더킨은 한바탕 웃음을 터뜨렸다.

"젠장, 무슨 생각을 하는 거야? 자넨 정말로 아무것도 아닌 걸 갖고 그런다니까. 아냐, 여자가 아냐. 그 칼데론이라는 애송이 녀석도 아니고. 롱아일랜드가 외곽을 돌아다니던 성 전환자 창녀였어. 가펜 말에 따르면 수술 전이었다는군. 무슨 말이냐면, 실리콘을 넣어서 유방은 키웠지만 아직 남성 생식기를 갖고 있다는 거지. 무슨 말인지 알아들어? 그녀의 남성 생식기 말이야. 젠장, 세상이 어떻게 돌아가는 건지. 물론 오늘 밤에 수술을 받은 걸 수도 있겠지. 외과의사가 거기 있었던 걸 거야. 정글도를 들고 말이지."

나는 아무 대꾸도 할 수 없었다. 그저 모든 감각이 마비된 채 멍하니 앉아 있었다. 더킨이 일어서서 내 어깨에 손을 얹었다.

"아래층에 가서 차를 가져올게. 가서 수사가 어떻게 되어 가는지 봐야겠어. 함께 가지 않을래?"

스물여덟

 시신은 아직 거기 있었다. 킹사이즈 침대 위에 길게 뻗어 있었다. 시신의 피부는 출혈로 인해 오래된 도자기처럼 투명한 흰빛을 띠고 있었다. 알아볼 수 없을 정도로 무참히 난도질된 생식기만이 희생자가 남성이었음을 말해 주었다. 얼굴은 여자의 것이었다. 매끈하고 털 없는 피부와 호리호리하면서도 가슴이 풍만한 몸매도 여자의 것이었다. 가펜이 말했다.
 "누구라도 속겠어. 거 봐, 그녀는 1차 수술을 받았어. 그래, 유방 확대를 하고 울대뼈랑 광대뼈 수술도 받았군. 물론 호르몬 주사도 맞았겠지. 호르몬 주사가 여성미를 유지하도록 해 주잖아. 왼쪽 가슴에 있는 상처 좀 봐. 실리콘 주머니가 보이지? 응?"
 피가 낭자했다. 공기 중에는 방금 죽은 시신의 냄새가 떠돌았다. 늦게 발견된 시신에서 풍기는 썩은 냄새. 부패의 악취는 아니었지만 끔찍한 도살장 냄새가, 신선한 피에서 풍기는 역한 비린내가 진동을 했다. 후텁지근하고 질식할 것 같은 공기 때문에 메스꺼워서 토할 것 같았다.

또 가펜이 말했다.

"다행스러운 건 내가 그녀를 알아보았다는 거야. 그녀가 창녀라는 걸 단번에 알아봤지. 조, 자네가 맡고 있는 사건과 무슨 관련이 있을 거라는 생각이 든 것도 그것 때문이야. 자네가 본 것도 이렇게 유혈이 낭자한 사건이었나?"

"똑같아."

더킨이 말했다.

내가 말했다.

"그녀를 알아봤어?"

"아, 단번에 알아봤지. 불과 얼마 전에 롱아일랜드 시에서 창녀들을 체포했거든. 걔들은 아직도 거기서 일하고 있지. 4, 50년 동안 같은 장소에서 길거리 매춘을 했지만 지금은 중산층이 그쪽으로 들어오고 있지. 낡은 브라운스톤 건물들을 사들여 주거용 고층 아파트로 개축을 해서 말이야. 원룸 건물들이 근사한 공동 주택으로 바뀐 거지. 낮에 임대 계약을 하고 이사를 와서 주위를 둘러보니 기분이 나쁜 거야. 그래서 그 거리를 정화하라는 압력이 내려졌지."

가펜은 침대에 누워 있는 시신을 가리켰다.

"분명히 그녀를 체포한 적이 있을 거야. 음, 세 번쯤 될까?"

"그녀의 이름을 아나?"

"어떤 이름을 원하지? 걔네들은 전부 하나 이상의 이름이 있잖아. 그녀의 길거리 이름은 쿠키였어. 나를 만났을 때 그녀가 내게 말해 준 이름이지. 그런데 5번가와 버논가에 있는 경찰서로 신고를 했더니 누군가 그녀의 기록을 찾아냈어. 그녀는 자기 이름이 사라라고 했지만, 그녀가 바르 미츠바(13세가 되는 소년들을 위한 유대 교의 남자 성년식―옮긴이)를 했을 당시의 기록에는 이름이 마크 블라우슈타인이었다는군."

"그녀가 바르 미츠바를 했다는 거야?"

"그야 모르지. 난 가지 않았으니까. 하지만 내가 하고 싶은 말은 그녀가 플로랄 파크 출신의 근사한 유대인 소녀였다는 거야, 전에는 근사한 유대인 소년이었던 근사한 유대인 소녀 말이야."

"사라 블라우슈타인이라고?"

"사라 블라우슈타인 또는 사라 블루, 또는 쿠키. 손발 좀 봐. 여자치고는 큰 편이잖아. 성 전환자를 알아볼 수 있는 방법 중 하나지. 물론 확실한 방법은 아냐. 큰 손을 가진 여자도 작은 손을 가진 남자도 있으니까 말이야. 그녀는 감쪽같아, 그렇지?"

나는 고개를 끄덕였다.

"곧 나머지 수술을 받고 싶었을 거야. 아마도 벌써 수술 예약이 되어 있을걸. 1년 동안 여자로 산 다음에 수술을 받아야 법적으로 의료 보조를 받을 수 있대. 물론 걔들도 의료 보조를 받기는 하지, 전부 복지 수혜를 받을 자격이 있으니까. 걔들은 하룻밤에 열 번 내지 스무 번씩 윤락을 하지. 한 번에 10달러에서 20달러씩 받고 고객의 차에서 숏타임 오럴 섹스를 해 주는 거야. 일주일에 7일씩, 하룻밤에 2, 300달러는 벌어들인다니까. 게다가 세금도 전혀 없잖아. 걔들은 의료 보조랑 복지 수혜도 받고 있고 애가 딸려 있으면 모자 가정 보조를 받기도 하지. 포주들 가운데 태반이 사회 보장

혜택을 받고 있어."

가펜과 더킨은 거기에 대해 좀 더 이야기를 나누었다. 그러는 동안 주위에서 수사관들이 분주하게 움직이고 있었다. 물건들을 유심히 살피고 사진을 찍고 먼지를 털고 지문을 떴다. 우리는 방해되지 않게 모텔 주차장에 모여 서 있었다.

더킨이 말했다.

"우리가 뭘 봤는지 알아? 빌어먹을 놈의 잭 더 리퍼를 구경한 거라고."

"알고 있어."

가펜이 말했다.

"다른 손님들한테서는 무슨 소리 못 들었나? 틀림없이 꽤나 시끄러웠을 텐데."

"농담해? 바람둥이들이? '난 아무것도 못 봤어요. 아무 소리도 못 들었다고요. 지금 가려는 참이었어요.' 그녀가 비명을 질렀더라도 이런 데 사람들은 누구든 새로운 방식으로 재미 보고 있는 것쯤으로 생각할걸. 자기들 재미 보기에 바빠서 알아차리지 못했을 수도 있지."

"처음에 남자가 그럴듯한 미드타운 호텔에 체크인을 한 다음 전화를 걸어서 화끈한 콜걸을 부르는 거야. 그날따라 길거리에서 연예인처럼 잘 빠진 매춘부를 골라 러브호텔로 데리고 왔거든. 그런데 고추가 달린 녀석이 왔으니 남자가 얼마나 놀랐겠어?"

가펜이 넌지시 말했다.

"그랬겠지. 길거리 매춘부의 절반이 여장 게이잖아? 어떤 구역은 태반이지."

"웨스트 사이드에는 그보다 훨씬 많아."

가펜이 말했다.

"나도 들었어. 개중에는 여자보다 게이를 선호하는 고객들도 있거든. 오럴은 게이가 낫다는 거지. 이상할 것도 없어. 고객들은 그냥 서비스를 받기만 하는 거니까 말이야."

"글쎄, 고객 한 녀석을 붙잡아서 알아보는 게 어때?"

더킨이 말했다.

"그 녀석이 알든 모르든 간에 다그칠 필요는 없을 거야. 어차피 자기 하고 싶은 소리만 지껄일 테니까 말이야."

"녀석이 그녀랑 섹스를 했을까?"

"시트에 흔적이 없는 한 알 수 없지. 놈이 그날 저녁 첫 상대는 아니었을 거야."

"녀석이 샤워를 했을까?"

가펜이 손바닥을 펴 보이며 어깨를 으쓱했다.

"모르지. 모텔 지배인 말로는 타월이 없어졌다더군. 객실을 정리할 때 목욕 타월 두 장, 손 닦는 타월 두 장을 갖다 놓는다는 거야. 그런데 목욕 타월이 두 장 다 없었다더군."

"녀석이 갤럭시에서도 타월을 가져간 걸까?"

"그렇다면 여기서도 가져갔겠지. 하지만 이런 빌어먹을 일을 누가 알아? 내 말은 말이야, 호텔에서 항상 객실을 똑바로 정리하는지 어떻게 아느냐고? 샤워만 해도 그렇지. 범행을 저지른 다음에 씻는다는 것도 좀 그렇지 않아?"

"자네가 뭔가 찾아낼 수도 있을 거야."

"그럴지도 모르지."

"지문 같은 것 말이야. 그녀의 손톱 밑에서 살점 같은 건 못 봤나?"

"아니, 하지만 그건 과학 수사원들 일이잖아."

그의 턱이 또 한 번 실룩였다.

"한 가지는 분명히 말할 수 있어. 내가 검시관이 되지 않은 게 천만다행이야. 형사가 되는 것보다 훨씬 나쁜 일 같거든."

"맞아."

더킨이 말했다.

내가 말했다.

"만약 녀석이 그녀를 길거리에서 태웠다면 말이야. 그녀가 차에 타는 걸 본 사람이 있을 텐데."

"두어 명이 진술을 하러 나와 있어. 뭔가 알아낼 수 있겠지. 만약에 누가 뭘 봤다면, 또 만약에 그들이 기억한다면, 그리고 만약에 말하고 싶다면 말이야."

"만약에가 너무 많아."

더킨이 말했다.

"이 모텔 지배인은 틀림없이 녀석을 봤을 거야."

내가 말했다.

"그가 기억하는 건 뭘까?"

"전부 다는 아니겠지. 그에게 가서 좀 더 이야기해 보자고."

지배인은 야간 노동을 하는 사람답게 얼굴이 누렇게 뜨고 눈이 충혈되어 있었다. 입에서 술 냄새가 풍겼지만, 행동거지는 술 취한 사람 같지 않았다. 시신을 발견한 다음 놀란 가슴을 술로 진정

시키려 했던 것 같았다. 하지만 별로 효과를 본 것 같지는 않았다.

"여기는 품위 있는 호텔이에요."

그가 단호히 말했다. 말도 안 되는 소리였기 때문에 그 말에 반응하는 사람은 아무도 없었다. 단지 날마다 살인이 일어나지는 않는다는 말을 하고 싶었던 모양이라고만 여겼다.

그는 한 번도 쿠키를 본 적이 없었다. 그녀를 죽인 것으로 추정되는 남자는 혼자 들어와서 숙박 카드를 쓰고 현금으로 결제했다. 이상할 것이 없는 일이었다. 남자가 체크인을 하는 동안 여자가 차에서 기다리는 것은 흔히 볼 수 있는 일이었다. 차는 모텔 바로 앞에 세워져 있지 않았기 때문에 남자가 체크인을 하는 동안 그는 차를 보지 못했다. 사실 지배인은 녀석의 차를 전혀 보지 못했다.

가펜이 지배인을 다그쳤다.

"차가 사라진 건 봤다면서. 차가 보이지 않아서 방이 빈 걸 알게 된 거잖아."

"꼭 그런 건 아니에요. 내가 방문을 열었는데······."

"차가 사라졌기 때문에 방이 비었을 거라고 생각했다면서. 차를 본 적이 없다면서 차가 가 버린 건 어떻게 알았지?"

"주차 공간이 비어 있길래요. 객실마다 앞에 주차 공간이 있거든요. 주차 공간에는 각 호실과 같은 번호가 붙어 있고요. 바깥을 내다봤더니 그 객실의 주차 공간이 비어 있는 거예요. 그건 그 손님의 차가 가 버렸다는 의미죠."

"손님들은 항상 정해진 자리에 주차하나?"

"그러도록 되어 있죠."

"사람들이 하도록 되어 있는 일이야 좀 많아? 세금을 내고, 길에 침을 뱉지 않고, 모퉁이에서만 길을 건너고. 발정이 난 녀석이 주차 공간의 번호 따위에 신경을 쓰겠어? 당신이 그 차를 봤다면서."

"난……"

"한 번은 봤을 거야. 어쩌면 두 번일지도 모르지. 그 차는 주차 공간에 제대로 주차를 했고, 나중에 보니 차가 없어서 그들이 가 버렸다고 생각한 거야. 그렇게 된 거지?"

"그런 것 같네요."

"어떻게 생긴 차지?"

"정말 그 차를 보지 못했어요. 차가 거기 있는지 봤을 뿐이에요. 그게 다예요."

"무슨 색이었지?"

"짙은 색요."

"좋아. 문 두 개짜리던가요, 네 개짜리던가?"

"못 봤어요."

"새 차, 헌 차? 상표는?"

"신형 차였어요. 미국산이고요, 외제차는 아니었으니까요. 상표는 말이죠, 어릴 때는 전부 구별했는데 지금은 차는 그냥 다 똑같아 보여요."

더킨이 말했다.

"지배인 말이 맞아. 미국 차 외에는 구별을 못하겠어. 그렘린, 페이서 정도나 알까. 나머지는 다 똑같이 보이거든."

"그렇다면 그렘린이나 페이서는 아니었단 말이지?"

"그래요."

"세단이던가? 해치백(뒷부분이 위로 열리는 문을 지닌 차—옮긴이)이던가?"

"말씀드릴 게 없군요. 내가 본 건 그냥 차라는 것뿐이거든요. 상표나 모델, 운전면허증 번호는 카드에 있는 대로고요."

"숙박 카드를 말하는 건가?"

"맞아요. 숙박 카드에 전부 쓰도록 되어 있거든요."

숙박 카드는 프런트에 있었다. 수사관들이 사진을 찍을 때까지 보존하기 위해 깨끗한 아세테이트 지로 덮여 있었다.

이름: 마틴 앨버트 리콘

주소: 길포드가 211번지

도시: 아칸소 주 포트 스미스

자동차 상표: 쉬보레

연식: 1980년

모델: 세단

색상: 검정

운전면허증 번호: LJK-914

서명: M. A. 리콘

내가 더킨에게 말했다.

"동일범의 소행인 것 같아. 하지만 지문 감식은 누가 하지?"

"전문가들이 하잖아. 정글도를 사용했다는 것도 전문가의 예리한 눈으로 알아낼 수 있었지. 놈은 포트라는 말을 좋아한단 말이야, 알고 있나? 인디애나 포트 웨인, 아칸소 포트 스미스."

"뭔가 어렴풋이 감이 오는데."

가펜이 말했다.

"리콘은 말이지, 분명히 이태리 어야."

더킨이 말했다.

"M. A. 리콘은 라디오를 발명한 남자 이름 같은데."

"그건 마르코니(Marconi)야."

더킨이 말했다.

"그래, 비슷해. 이놈은 마카로니(Macaroni)야. 모자에 깃털 하나만 꽂으면 마카로니가 되잖아."

"엉덩이에 깃털 하나만 꽂지."

더킨이 말했다.

"아마도 쿠키의 엉덩이에서 뺀 건가 봐. 어쩌면 깃털이 아닐지도 몰라. 마틴 앨버트 리콘. 환상적인 가명이야. 그 녀석 성이 뭐였지?"

"찰스 오웬 존스지."

내가 끼어들었다.

"아, 녀석이 중간이름을 좋아하는군. 귀여운 녀석이라니까. 안 그래?"

"아주 귀엽군."

더킨이 말했다.

"귀여운 것들. 진짜 귀여운 것들이야. 항상 모든 게 어떤 의미가 있다니까. 존스(Jones) 같은 말은 중독을 의미하는 속어잖아. 헤로인 존스처럼 말이야. 정키(마약 중독자—옮긴이)라는 말은 100달러 존스라는 의미인데, 하루에 드는 약값이 그렇다는 말이지."

"날 위해 그렇게 친절하게 설명을 해 주다니 고맙군."

더킨이 말했다.

"그냥 도움이 되려는 것뿐이야."

"형사 경력 14년밖에 안 됐지만, 아직 마약 중독자들하고는 접촉이 없어서."

"그러니까 똑똑하게 굴라고."

가펜이 말했다.

"운전면허증은 어디로 간 거야?"

"주소와 이름이 있는 데로 갔겠지. 아칸소 자동차 면허국에 전화를 걸어 봤지만 시간 낭비였어. 이런 데서는 합법적인 손님들조차 번호를 위조하니 말이야. 체크인 할 때 객실 바로 앞에 주차를 하지도 않으니 여기 지배인도 확인을 못하는 거야. 어쨌든 확인하려고도 않겠지만 말이야. 당신 같으면 그러고 싶겠어?"

"반드시 확인해야 한다는 법은 없으니까요."

지배인이 말했다.

"이름도 가명을 쓰지. 이 재미있는 녀석이 갤럭시에서는 존스라고 쓰고, 여기서는 리콘이라고 썼잖아. 여기 존스라는 사람이 얼마나 많겠어? 보통 스미스니 브라운 같은 성도 많이 쓰잖아. 여기도 스미스가 수두룩하지?"

"법적으로 신분을 확인하도록 되어 있지는 않으니까요."

지배인이 말했다.

"음, 아니면 결혼반지라도 보자고 하나요?"

"결혼반지나 혼인 증명서나 아무거나요. 호모들이 있으니까요. 젠장, 그건 내가 알 바 아니지만요."

"리콘은 이태리 어로 무슨 뜻이 있을 거야."

가펜이 넌지시 말했다.

"생각 좀 해 보라고."

더킨은 이렇게 말하고 지배인에게 이태리 어 사전이 있는지 물었다. 지배인은 난처한 표정으로 그를 쳐다봤다.

"흔히 이런 데를 모텔이라고 하잖아. 성경도 없을걸."

더킨이 고개를 가로저으면서 말했다.

"대부분 객실에 성경은 비치되어 있어요."

"제기랄, 정말인가? 텔레비전 옆에 포르노 영화랑 함께 있단 말이지? 편리하게 물침대 옆에 있겠군."

"물침대가 있는 방은 두 개뿐인걸요. 물침대가 있는 객실은 더 비싸죠."

그 불쌍한 녀석이 말했다.

"우리 리콘 씨를 위해 잘된 일이군. 저렴하게 일을 볼 수 있었을 테니까 말이야. 쿠키가 물 속에서 끝장날 뻔했군."

가펜이 말했다.

"이 남자에 대해 말해 봐. 다시 설명해 보라고."

더킨이 말했다.

"말했잖아요……."

"이건 앞으로도 계속해서 말해야 할 거야. 키가 얼마나 됐지?"

"컸어요."

"내 키 정돈가? 더 작아, 커?"

"난……."

"뭘 입고 있었지? 모자를 썼던가? 넥타이는 매고 있던가?"

"기억이 잘 안 나요."

"놈이 문을 열고 들어와서 방을 달라고 한다. 이제 숙박 카드를 쓰고 있다. 현금으로 계산을 한다. 참고로 그런 방은 얼마나 받지?"

"28달러요."

"별로 비싸진 않네. 포르노 영화를 보려면 더 내야겠지?"

"동전을 넣도록 되어 있죠."

"편리하군. 28달러면 괜찮네. 게다가 하룻밤에 몇 번씩 돌리면 수입이 짭짤하겠는데. 결제는 어떻게 했지?"

"말했잖아요. 현금으로 했다고."

"내 말은, 어떤 지폐를 냈느냐고. 당신한테 준 돈 말이야. 15달러짜리 두 장이었나?"

"두 장……."

"20달러짜리 한 장과 10달러짜리를 줬나?"

"20달러짜리 두 장이었던 것 같아요."

"그러면 12달러를 거슬러 줬군. 잠깐, 세금이 있을 텐데. 그렇지?"

"세금까지 29달러 40센트였어요."

"그러면 녀석이 40달러를 냈고 당신이 거스름돈을 돌려줬군."

그 사항도 장부에 적혀 있었다. 지배인이 말했다.

"그가 내게 20달러짜리 두 장하고 잔돈으로 40센트를 냈군요. 그래서 내가 그에게 10달러짜리 하나와 1달러짜리 하나를 내줬네요."

"거 봐. 그 거래를 기억하잖아."

"맞아요. 그런가 봐요."

"이제 그가 어떻게 생겼는지 말해 봐. 백인인가?"

"맞아요, 그래요. 백인이에요."

"뚱뚱했나, 말랐나?"

"말랐지만 많이 마르진 않았어요. 마른 편이었죠."

"턱수염은?"

"없어요."

"콧수염은?"

"글쎄요. 모르겠어요."

"당신 대답 말이야. 정말 그 사람에 대한 것도 있고 당신 기억 속에 남은 것일 수도 있겠군."

"뭐라고요?"

"존, 그게 바로 우리가 알아내고 싶은 거야. 당신보고 뭐라고 부르지? 존인가?"

"대개는 잭이죠."

"좋아, 잭. 당신 지금 잘하고 있어. 머리카락은?"

"머리카락은 잘 보지 못했어요."

"아니, 분명히 봤어. 체크인 하느라 몸을 구부렸잖아. 당신은 놈의 정수리를 봤다니까. 기억나?"

"모르겠어요……."

"숱이 많던가요?"

"모르죠……."

더킨이 입을 열었다.

"경찰서에서 전문적인 수사관이 그를 심문하게 될 거야. 그러면 뭔가 생각나는 게 있겠지. 그리고 조만간 이 망할 놈의 정신병자 살인광이 발정이 나서 사고를 칠걸. 그때 우리가 현행범으로 잡는 거야. 물론 그렇다 해도 내가 사라 블라우슈타인을 잘못 본 것처럼 녀석은 우리 전문 수사관이 그린 몽타주하곤 영 딴판일 거야. 쿠키는 여자처럼 보였어. 그렇지?"

"죽은 것처럼 보였어."

"알아. 정육점에 진열된 고기 같았지."

우리는 더킨의 차를 타고 퀸스보로 교를 덜컹거리며 지나갔다. 벌써 하늘은 동이 터 오고 있었다. 이제 피곤한 정도를 넘어 거의 기진맥진해 있었다.

나 자신이 한없이 약하게 느껴졌다. 조그만 일에도 금세 눈물이 나거나 웃음이 터질 것만 같았다.

"그게 어떤 건지 궁금하겠군."

더킨이 말했다.

"뭐라고?"

"게이처럼 보이는 사람을 차에 태우는 것 말이야. 길거리나 술집에서나 아무 데서나 말이지. 아무 데나 그녀를 데리고 가서 그녀가 옷을 벗으면 놀라는 거야. 내 말은, 너 같으면 어떻게 할 거냐고?"

"모르겠는데."

"물론 수술을 받은 후였다면 그녀랑 자더라도 전혀 모를 거야. 그녀는 손도 별로 커 보이지 않거든. 손이라면야 큰 손을 가진 여자들도 있고 작은 손을 가진 남자들도 있으니까."

"음."

"손 이야기가 나왔으니 말인데 그녀는 커플링을 끼고 있었어. 알고 있었나?"

"봤어."

"양 손에 하나씩 끼고 있었지."

"그런데?"

"그런데 놈이 그걸 가져가지 않았단 말이야."

"뭣 때문에 놈이 반지를 가져갔을 거라는 거지?"

"놈이 다키넨의 반지를 가져갔다고 네가 말하니까."

내가 잠자코 있자 조가 은근한 투로 말을 이었다.

"매트, 아직도 다키넨이 무슨 특별한 이유가 있어서 죽었다고 생각하는 건 아니겠지?"

혈관 속의 동맥류가 부풀어 오르는 것처럼 분노가 치밀어 오르는 것이 느껴졌다. 분노의 감정을 삭이려 애쓰면서 잠자코 앉아 있었다.

"그리고 그놈의 타월 얘기는 꺼내지도 마. 놈은 살인광이야. 계획을 세우고 자기만의 규칙에 따라 움직이는 우라지게 귀여운 정신병자라고. 이런 경우가 놈이 처음은 아니잖아?"

"조, 나는 이 사건에서 손을 떼라는 경고를 받았어. 아주 지능적인 방법으로 경고를 받았다고."

"그래서? 그녀는 미치광이에게 살해됐어. 그녀의 생활에 아직 미심쩍은 뭔가가 있을 거야. 그녀의 친구들 중에 공공연하게 나서기를 원치 않는 사람도 있을 테지. 어쩌면 남자 친구가 있었을지도 모르지. 네 생각대로 유부남이었을 수도 있겠지. 만약 그녀가 성홍열 때문에 죽었다면 네가 시신을 들쑤시도록 그놈이 가만있었겠어?"

나는 스스로 미란다 원칙을 되새겼다.

'당신은 묵비권을 행사할 수 있으며 대답하지 않을 권리가 있습니다.'

나는 속으로 미란다 원칙을 외고 그 권리를 행사했다.

"다키넨과 블라우슈타인이 상관이 없다고 생각한다면 말이야. 오래전에 잃어버린 자매라고나 할까. 음, 오누이 말이야. 아니면 형제였을지도 모르잖아. 어쩌면 몇 년 전에 다키넨이 수술을 받았을지도 모르지. 여자치고는 체구가 크잖아. 그렇지?"

"어쩌면 쿠키는 연막이었을 수도 있겠네."

"뭐라고?"

미란다 원칙을 외웠음에도 나는 계속해서 이야기했다.

"어쩌면 놈이 연막을 치려고 그녀를 죽였을 수도 있다고. 일련의 우발 살인처럼 보이게 하려고. 다키넨을 죽인 동기를 은폐하려고 말이지."

"연막을 치려 했단 말이지? 빌어먹을, 연막은 무슨 연막이야?"

"모르겠어."

"연막 같은 건 있지도 않았어. 지금도 마찬가지고. 관련 없는 살인이 계속되는 것처럼 보이게 하려는 시도는 없다고. 그런 기사에는 독자들도 식상해할 거야. 기사마다 원조 잭 더 리퍼에 대해 친절하게 해설 기사까지 붙여서 말이지. 그런 기사라면 편집자들이 환장을 하잖아. 자네가 연막이라고 하니까 말인데. 지금도 연기가 풀풀 나서 놈의 엉덩이를 그을릴 만할 거야."

"그럴 거야."

"스커더. 자네 같은 사람을 뭐라고 하는지 아나? 자넨 고집불통이야."

"그럴지도."

"자네는 말이지, 개인으로 일하다 보니 한 번에 한 건만 처리한다는 게 문제야. 내 책상 위에는 일거리가 산더미같이 쌓여 있어. 그런 건 그럭저럭 즐겁게 처리할 수 있지만, 자네하고 일하는 건 썩 유쾌하지 못해. 자넨 한 사건을 갖고 물고 늘어지니까 말이야."

"그랬나?"

"글쎄. 그런 것 같아."

그는 운전대에서 한 손을 떼어 내 팔뚝을 툭 쳤다.

"자넬 욕하려는 게 아냐. 내 생각이 그렇다는 것뿐이라고. 누군가가 그처럼 난도질을 했다거나 하면 사람들은 사건을 무마하기에 급급하지. 그래 봐야 또 다른 곳에서 터지고 만다고. 자넨 좋은 일을 많이 했어."

"내가?"

"물론이지. 우리가 놓친 게 있어. 그걸 알면 미치광이에 대해 좀 더 알게 될 거야. 자네가 생각해 낸 것들 말이야. 누가 알아?"

나는 모른다. 내가 아는 건 지금 몹시 피곤하다는 것뿐이다.

시내를 가로질러 가는 동안 그는 입을 다물고 있었다. 내가 묵고 있는 호텔 앞에서 그는 브레이크를 걸어 차를 멈추고 말했다.

"가펜이 말한 곳이 저기야. 리콘은 이탈리아 어로 무슨 뜻이 있는 말일 수도 있어."

"찾아보기 어렵지 않을 거야."

"아, 물론이지. 모든 게 그처럼 쉽게 찾을 수 있어야 하는데 말이야. 아냐, 우리가 찾아볼게. 우리가 찾을 거라는 걸 알잖아? 존스라는 뜻일 거야."

위층으로 올라가서 옷을 벗고 잠자리에 들었다. 10분 후에 다시 일어났다. 어딘가 찝찝하고 머리가 가려웠다. 뜨거운 물로 샤워를 하면서 살갗이 벗겨지도록 문질렀다. 샤워를 하고 나서 혼잣말을 했다. 잠자리에 들기 전에 면도를 하는 건 웃기는 짓이야. 그러면서도 얼굴에 면도 거품을 칠하고 면도를 했다. 면도를 마친 다음 가운을 입고 침대 가장자리에 앉았다가 의자로 자리를 옮겼다.

너무 배고프거나 화나거나 외롭거나 피곤하도록 자신을 내버려 두지 말라고들 말한다. 넷 중 어느 것이든 균형을 깨뜨려서 술을 입에 대게 만들 수 있기 때문이다. 내 경우 네 가지 조건이 모두 해당되는 것 같았다. 그날 낮과 밤을 지나는 동안 나는 이 네 가지를 차례대로 경험했다. 하지만 이상하게도 술 마시고 싶은 욕구는 일지 않았다.

코트 주머니에서 총을 꺼냈다. 화장대 서랍에 집어넣다가 말고 의자에 다시 앉아 양 손으로 총을 잡았다.

마지막으로 총을 쏜 게 언제였던가?

애써 기억해 낼 필요조차 없었다. 그날 밤 워싱턴 하이츠에서였다. 거리에서 두 명의 노상강도를 쫓다가 그들을 쏘아 넘어뜨렸다. 그 과정에서 어린 소녀를 쏘았던 것이다. 그때는 경찰에 몸담고 있었지만, 그 사건 후에 내 업무용 권총에서 총알을 뺀 다음부터는 한 번도 쏠 기회가 없었다. 경찰직을 떠난 다음에도 물론 총을 쏜 적이 없었다.

그리고 오늘 밤에 나는 총을 쏠 수가 없었다. 내가 겨냥하고 있는 차가 암살자들의 차가 아니라 그냥 술 취한 녀석들을 태운 차라는 것을 내게 알려 준 무언가가 있었기 때문이었다. 내가 총을 겨누고 있는 대상이 무엇인지 확인할 때까지 기다리도록 만드는 알 수 없는 직관이 작용했기 때문이었다. 아니, 그건 아니었던 것 같다.

그냥 얼어붙었던 것이다. 내가 본 게 위스키 병을 든 녀석들이 아니라 기관총을 든 흉악범이었더라면 아예 방아쇠를 당겨 볼 수도 없었을 것이다. 내 손가락이 먼저 마비되었을 테니까 말이다.

총을 열고 탄창에서 총알을 쏟아 붓고는 다시 닫았다. 탄약이 없는 총으로 방 건너편에 있는 휴지통을 겨누고 두 번 방아쇠를 당겼다. 빈 탄실을 울리는 찰칵 하는 소리가 좁은 방 안에서 유난히 크고 날카롭게 울렸다.

화장대 위에 있는 거울을 겨냥했다. 찰칵!

아무 일도 일어나지 않았다. 총알이 없었다. 총알이 없다는 걸 나도 알고 있었다. 물건을 사정거리 안에 두고 장전을 한 다음 목표물을 겨냥해서 총을 쏠 수도 있었을 것이다. 그렇게 한들 아무 일도 일어나지 않았을 것이다.

내가 총을 쏠 수 없었다는 사실이 계속해서 마음에 걸렸다. 그러면서도 그런 일이 일어나지 않은 것이 고맙게 느껴졌다. 내 손이 방아쇠를 당길 수 있었다면 녀석들이 탄 차에 총알 세례를 퍼부었을 것이다. 그랬더라면 녀석들 중 몇은 죽였을 테고 내 마음의 평화는 여지없이 박살이 나 버렸을 것이다. 피곤했지만 그 특별한 문답을 몇 차례나 되풀이했다. 아무에게도 총을 쏘지 않아서 기쁘면서도, 내가 총을 쏘지 못했다는 사실이 무슨 중요한 의미를 내포하고 있을 거라는 생각이 들어 겁이 났다. 생각이 꼬리에 꼬리를 물고 어지러이 이어졌다.

가운을 벗고 침대에 들어갔지만 조금도 긴장이 풀리지 않았다. 다시 외출복으로 갈아입고 손톱 줄의 뒤쪽 끝을 드라이버로 사용해서 총을 분해했다. 분해한 부품들을 호주머니에 넣었다. 다른 쪽 주머니에는 강도에게서 빼앗은 두 자루의 칼과 실탄이 든 네 개의 탄약통을 집어넣었다.

아침이었고 하늘은 빛났다. 9번가를 지나 58번가까지 걸어갔다. 거기서 두 자루의 칼을 하수구 구멍에 떨어뜨렸다. 길을 건너 다른 하수구까지 걸어가서 양 손을 호주머니에 넣은 채 서성거렸다. 한 손은 네 개의 탄약통을 잡고 다른 손은 분해된 권총 부품들을 만졌다.

쏘지도 않을 총을 왜 갖고 다니는 거지? 불법 무기를 갖고 다니는 이유가 뭐야?

호텔로 돌아오는 길에 델리에 들렀다. 내 앞 사람은 여섯 개들이 올드잉글리시 800 맥주를 샀다. 나는 막대 사탕 몇 개를 집어 들고 계산을 했다. 걸으면서 하나를 먹고 다른 세 개는 내 방에 두었다. 호주머니에서 권총의 부품들을 꺼내 다시 조립했다. 여섯 개의 탄실 가운데 네 개에 탄약을 장전해서 화장대에 넣었다.

잠자리에 들면서 혼잣말로 중얼거렸다. 잠이 들건 안 들건 여기서 나가지 않을 거야. 꿈속으로 미끄러져 들어가면서도 그 생각이 나서 미소 지었다.

스물아홉

 전화벨 소리에 잠이 깼다. 물 속에서 헤엄을 치다가 수면 위로 올라오려고 허우적거리듯이 잠에서 깨어나려고 버둥거렸다. 일어나서 눈을 깜박거리면서 숨을 몰아쉬었다. 계속해서 전화벨이 울리고 있었다. 이 빌어먹을 벨 소리가 무엇을 의미하는지 감이 잡히지 않았다.
 챈스였다.
 "방금 신문을 봤어. 어떻게 생각해? 킴을 죽인 놈이랑 같은 녀석이야?"
 "잠깐만 기다려."
 "자고 있는 거야?"
 "이제 일어났어."
 "그렇다면 내가 하는 이야기를 모르겠네. 이번엔 퀸스에서 또 살인 사건이 일어났어. 성전환자 매춘부가 난도질 당했어."

"알고 있어."

"자고 있었다면서 어떻게 알지?"

"어젯밤에 거기 갔었거든."

"거기 퀸스 말이야? 퀸스 대로에 갔단 말이지?"

챈스는 놀란 목소리였다.

"경찰 두어 명하고 같이 갔거든. 동일범의 소행이었어."

"확실해?"

"거기 있는 동안 과학적 증거는 나오지 않았지만. 맞아, 확실해."

챈스는 잠시 생각에 잠긴 눈치였다.

"그렇다면 킴은 그냥 재수가 없었던 거군. 단지 잘못된 시간에 잘못된 장소에 있었던 거야."

"그랬을지도 모르지."

"그냥 그랬을지도 모른다고?"

침대 협탁에 놓인 손목시계를 집어 들었다. 거의 정오가 다 되어 가고 있었다.

"몇 가지 일치하지 않는 게 있어. 적어도 내게는 그렇게 보여. 어젯밤에 한 경찰이 그러는데 말이지, 나더러 너무 고집불통이라는 거야. 한 사건만 맡고 있으니까 일이 되어 가는 대로 내버려 두려고 하지 않는다는 거야."

"그런데?"

"맞는 말일 수도 있겠지만, 그래도 뭔가 관련이 있을 것 같아. 킴의 반지는 어떻게 됐지?"

"무슨 반지 말이야?"

"녹색 보석이 박힌 반지를 갖고 있었잖아."

"그 반지 말이군. 그 반지를 가진 사람이 킴이었어? 맞아, 그랬던 것 같군."

"그 반지가 어떻게 됐지?"

"그녀의 보석함에 없었어?"

"그건 졸업 반지였어. 고교 졸업 반지 말이야."

"그래, 맞아. 네가 말했던 반지가 기억나. 커다란 녹색 보석 반지 말이지. 탄생석 반지 같은 거였지?"

"어디서 얻은 거지?"

"크래커잭 상자에 있던 거 말하는 것 같은데. 자기가 샀다고 말했던 것 같아. 이봐, 그냥 가짜라고. 녹색 유리 조각일 뿐이라니까."

'포도주 병을 그녀의 발에 산산이 부수어라.'

"에메랄드가 아니었어?"

"말도 안 돼. 에메랄드가 얼마나 비싼지 알기나 해?"

"아니."

"다이아몬드보다 더 비싸. 뭣 때문에 그 반지가 중요한 거지?"

"중요하지 않을 수도 있어."

"이제 뭘 할 건데?"

"모르겠어. 킴이 닥치는 대로 살인을 저지르는 미치광이에게 당한 거라면 경찰이 못하는데 내가 할 수 있는 일이 뭔지 모르겠어. 게다가 내가 이 사건에서 손을 떼기를 바라는 사람이 있어. 호텔 프런트 직원은 겁먹고 달아나 버렸고, 잃어버린 반지도 있지."

"아무 의미도 없는 건지도 모르잖아."

"그럴지도 모르지."

"서니의 유서에도 누군가의 손가락을 녹색으로 물들인 반지에 대해 쓴 게 있었지? 어쩌면 킴의 손가락을 녹색으로 물들였다가 잃어버린 그 싸구려 반지를 말하는 건지도 몰라."

"서니가 그런 의미로 쓴 것 같지는 않아."

"그렇다면 어떤 의미로 쓴 걸까?"

나는 숨을 죽였다.

"나도 모르지. 난 쿠키 블루와 킴 다키넨을 연관시키고 싶어. 그게 내가 하고 싶은 일이야. 제대로만 하면 두 사람을 죽인 범인을 찾을 수도 있을 것 같아."

"그럴 수도 있겠지. 내일 서니의 장례식에 올 거지?"

"갈게."

"그럼, 그때 봐. 나중에 더 이야기하기로 하고."

"좋아."

"맞아, 킴과 쿠키. 그들이 공통적으로 가진 게 뭘까?"

"킴도 한동안 길거리에서 일하지 않았어? 롱아일랜드 시에서 길거리 매춘을 하지 않았냐고?"

"몇 년 전이잖아."

"더피라는 이름의 포주가 있었지, 그렇지? 쿠키도 포주가 있었을까?"

"있었을 수도 있지. 여장한 남자들 중에도 포주가 있는 애들이 있으니까. 하지만 내가 알기론 대부분 게이들은 포주가 없어. 수소문해서 알아볼 수 있을 거야."

"너라면 할 수 있을 거야."

"몇 달 동안 더피를 만난 적이 없어. 죽었다는 말을 들은 것 같아. 하지만 알아볼게. 킴 같은 여자가 아일랜드 출신의 자그마한 유대인 퀸이랑 무슨 공통점이 있는지 알아낸다는 게 쉽지는 않을 거야."

'유대인 퀸과 낙농 퀸이라니.'

다나가 생각났다.

"어쩌면 둘이 자매였을 수도 있어."

내가 넌지시 말했다.

"자매라니?"

"한 꺼풀 벗겨 보면 말이야."

아침을 먹고 싶었지만 거리에 나가자마자 신문부터 샀다. 그리고 곧 그것이 내 아침 식사와는 어울리지 않는다는 것을 알 수 있었다. '호텔 살인광 두 번째 희생자' 선정적인 헤드라인이었다. 그 다음에는 큼지막한 대문자 활자체로 '퀸스에서 난자당한 성전환자 창녀'라고 씌어 있었다. 신문을 접어 옆구리에 꼈다. 신문을 읽어야 할지 아침을 먹어야 할지, 무슨 일부터 해야 할지 알 수 없었다. 하지만 나를 대신해서 내 발이 먼저 아무것도 선택하지 않는 쪽으로 결정을 내렸다. 두 블록을 걷고 나서야 서 63번가에 있는 YMCA로 향하고 있다는 것을 깨달았다. 12시 30분 모임에 늦지 않게 도착할 수 있을 것 같았다.

막상 가 보니 대체 여긴 왜 왔나 하는 생각이 들었다. 하지만 커피 맛은 다른 어느 곳보다 좋았다.

1시간 후에 모임에서 빠져 나와 브로드웨이 근처에 있는 그리스 식당에서 아침을 먹었다. 먹으면서 신문을 읽었다. 이제는 신문이 성가시게 여겨지지 않았다.

내가 모르는 이야기는 많지 않았다. 희생자는 이스트 빌리지에 살았던 것으로 나와 있었다. 왠지 그녀는 강 건너편 퀸스에 살았을 것 같았다. 가펜은 나소 카운티 바로 길 하나 건너편의 플로랄 파크에서 살았다는 이야기를 했는데, 아마 거기서 자란 것 같았다. 《포스트》에 따르면, 그녀의 부모는 수년 전에 비행기 사고로 죽었다. 마크이면서 사라면서 동시에 쿠키인 그녀에게 살아 있는 혈육이라곤 아드리안 블라우슈타인이라는 오빠뿐이었다. 그는 서 47번가에 사무실을 가진 보석상인데 포레스트 힐스에 살고 있었다. 그는 외국에 나가 있어서 아직 형제가 죽었다는 소식조차 듣지 못하고 있었다.

형제의 죽음이라니? 아니면 누이의 죽음인가? 성전환자에게 친척이 무슨 상관이란 말인가? 낯선 사람의 승용차 안에서 몸을 파는 동생인지 누이인지를 존경 받는 사업가가 어떻게 생각할까? 쿠키 블루의 죽음이 아드리안 블라우슈타인에게 무슨 의미가 있을까?

그의 죽음이 내게는 무슨 의미가 있을까?

모든 사람의 죽음이 나를 우울하게 한다. 나는 전 인류와 연결되어 있기에. 어떤 남자의 죽음이건 어떤 여자의 죽음이건 그 사이에 있는 죽음이건, 그것이 나를 우울하게 하는가? 그들이 정말로 나와 연결되어 있는 것일까?

아직도 내 손가락 아래서 전율하고 있는 32구경 권총을 느낄 수 있었다.

커피를 한 잔 더 주문하고, 브롱스에서 휴가를 맞아 집에 돌아가던 중 동네 야구를 보다가 야구공을 주워 놓았다는 젊은 군인에 대한 기사로 돌아갔다. 분명히 어떤 구경꾼의 주머니에서 장전되지 않은 총이 떨어졌는데, 총알이 젊은 군인을 관통하여 그를 즉사시켰다. 그 기사를 두 번이나 되풀이해서 읽은 다음 고개를 가로저으면서 잠자코 앉아 있었다.

죽는 방법이 한 가지 더 있다. 젠장, 정말로 800만 가지 방법이 있다. 그렇지 않은가?

그날 저녁 8시 40분에 소호의 프린스가에 있는 교회 지하실로 들어갔다. 커피 한 잔을 들고 자리를 찾으면서 얀이 있는지 실내를 훑어봤다. 그녀는 오른편 앞쪽에 있었다. 훨씬 뒤편 커피메이커 가까이에 앉았다.

삼십대의 연사는 10년 동안 술을 마셨는데, 마지막 3년 동안은 바우어리가에서 술 살 돈을 벌려고 자동차 유리도 닦고 구걸도 하면서 지냈다고 했다.

"바우어리가에서도 자신을 돌볼 줄 아는 사람들이 있어요. 거기 있는 남자들 중에도 항상 면도날과 비누를 갖고 다니는 사람들이 있거든요. 나는 곧장 면도도 않고 씻지도 않고 옷도 갈아입지 않는 사람들에게 끌렸어요. 내 마음속에서 작은 목소리가 말했어요. '리타, 네가 있는 곳이 네게 어울리는구나.'"

휴식 시간에 커피메이커 쪽으로 오고 있는 얀에게 달려갔다. 그녀는 나를 만나서 반가운 것 같았다.

내가 설명했다.

"요 근처에 있었거든. 모임 시간이 되어 가기에 말이야. 여기 오면 널 만날 수 있을 거라는 생각이 들었어."

"아, 여기는 내가 늘 오는 모임이잖아. 마치고 커피 한잔 마시러 갈 건데. 괜찮지?"

"그럼."

우리 열두 명은 웨스트 브로드웨이에 있는 커피숍에 들어가서 두어 개의 테이블을 차지하고 앉았다. 나는 적극적으로 대화에 끼어들지 않았다. 사실 별로 관심도 없었다. 마침내 웨이터가 각자에게 계산서를 나누어 줬다. 각자 자기 몫을 지불한 다음 우리 둘은 그녀의 집으로 향했다.

내가 말했다.

"우연히 근처에 있었던 게 아니야."

"놀라운 이야깃거리라도 있구나."

"너랑 이야기하고 싶었어. 오늘 아침 신문을 봤는지 모르겠지만……."

"퀸스에서 일어난 살인 사건 말이지? 봤어."

"거기 있었거든. 너무 흥분해서 말이야. 그 일에 대해 이야기하고 싶었어."

우리는 그녀의 고층 아파트로 올라갔다. 그녀가 커피를 한 주전자 끓였다. 우리 둘은 커피 잔을 앞에 두고 앉아 있었다. 이야기를 나누다가 잔을 입에 대니 식어 있었다. 킴의 모피 재킷에 대한 이야기, 퀸스로 가서 뭘 보았는지에 대한 이야기 등 그때까지의 일들을 전부 털어놓았다. 오늘 오후에 뭘 하고 지냈는지도 이야기했다. 지하철을 타고 강 건너편으로 가서 롱아일랜드 시를 돌아다니다가 이스트 빌리지에 있는 쿠키 블루의 이웃들을 방문한 다음, 다시 섬을 가로질러 크리스터퍼가에 있는 게이 바들을 뒤지고 다니다가 웨스트가를 헤매고 다닌 일들을 전부 이야기했다.

조 더킨에게 연락해서 과학 수사 연구소의 감식 결과를 알아보기에는 너무 늦은 시간이었다.

"동일범의 소행이야. 놈은 똑같은 흉기를 사용했어. 키가 크고 오른손잡이에 꽤 힘이 센 녀석이야. 그리고 정글도인지 뭔지 모르지만 항상 예리한 칼날을 사용하지."

아칸소에 전화 확인을 해 봤지만 아무것도 확인되지 않았다. 포트스미스가라는 주소는 엉터리였다. 충분히 예측할 수 있는 일이었다. 오렌지색 폴크스바겐의 자동차 번호판은 파예트빌에 사는 간호 학교 교사의 소유로 되어 있었다.

"그녀는 일요일에만 운전을 했다던데."

얀이 말했다.

"그랬던 것 같아. 그는 인디애나 주 포트 웨인이라고 주소를 썼을 때와 똑같은 방식으로 아칸소를 주소로 썼어. 하지만 자동차 번호판은 진짜였지. 사실 진짜에 가까운 거지만 말이야. 누군가 도난 차량 기록을 확인해 보자고 했거든. 짙은 남색 임팔라가 바로 쿠키가 살해되기 두어 시간 전에 잭슨 하이츠에 있는 거리에서 도난당했더군. 두 자리 숫자를 바꾼 것 외에는 놈이 체크인 할 때 기록한 번호판과 번호가 같았대. 물론 아칸소 대신에 뉴욕 번호판이었지.

늘 그렇지만 그 차는 모텔 직원의 설명과 일치했어. 쿠키가 차를 탈 때 함께 어슬렁거리며 다니던 다른 창녀들의 증언과도 일치했어. 차 한 대가 한동안 돌아다니면서 창녀를 고르다가 마침내 결정하고 쿠키를 태우는 것 같았다는군.

차는 아직 발견되지 않았지만 놈이 아직까지 차를 몰고 다닌다는 뜻은 아냐. 버려진 도난 차량이 발견되기까지는 시간이 걸리거든. 강도들이 도난 차량을 주차 금지 구역에 버려 둘 때도 있으니까 말이야. 그러면 경찰 견인차가 차를 끌고 가지. 말도 안 되는 얘기 같지만, 도난 차량 기록보다는 견인된 차량을 먼저 조사하려는 사람들도 있다고. 아, 그런 건 중요한 게 아냐. 살인자는 쿠키를 해치운 다음, 20분 후에 차를 버린 것으로 밝혀졌으니까 말이야. 놈은 지문을 깨끗이 닦아 놨어."

"매트, 그 일에서 그만 손떼는 게 어때?"

"이 사건에서 완전히 손떼라고?"

얀이 고개를 끄덕였다.

"여기서부터는 경찰 소관이잖아. 안 그래? 증거물을 조사하고 세부적인 것까지 모조리 추적하는 일 말이야."

"그런 것 같군."

"그리고 경찰이 이 사건을 뒤로 미루고 잊어버릴 것 같지는 않아. 네가 죽은 킴 사건에 대해 미적거린다고 생각했던 것처럼 말이야. 그렇게 하고 싶어도 서류상 내버려 둘 수 없을 거야."

"사실 그렇긴 해."

"그렇다면 네가 이 사건에 집착해야 할 이유라도 있는 거야? 벌써 고객이 낸 돈만큼은 일해 줬잖아."

"그랬나?"

"그렇지 않아? 내 생각엔 이미 네가 받은 돈 이상으로 일을 했어."

"네 말이 맞는 것 같아."

"그렇다면 무엇 때문에 그 일을 계속하는 거지? 경찰도 못하는 일을 네가 어떻게 하려고?"

나는 잠시 그녀의 질문에 매달렸다.

"관련이 있는 것 같지 않아?"

"무슨 관련 말이지?"

"킴 사건과 쿠키 사건 말이야. 왜냐하면 젠장, 관련이 없다면 말이 안 되거든. 정신병자 살인범은 항상 어떤 패턴을 갖고 있잖아. 자기만 알고 있는 패턴일 수도 있지만 말이야. 그런데 킴과 쿠키는 전혀 닮지 않았고 비슷한 삶을 산 것도 아니야. 제기랄, 원래는 같은 성(性)도 아니었지. 킴은 포주가 있었고 자기 아파트에서 전화로 일을 받았어. 쿠키는 고객의 승용차에서 몸을 파는 성전환자 매춘부였고 불법으로 일을 했지. 챈스가 잘 알아보고 있지만 그녀에게 아무도 모르는 포주가 있었을 것 같지는 않아."

식은 커피를 조금 마셨다.

"그리고 챈스가 쿠키를 차에 태운 적이 있대. 그가 시간이 나서 차를 몰고 게이 거리들을 돌아다닌 적이 있었다는 거야. 분명히 그녀를 태웠대. 절대 다른 사람이 아니었다더군. 그녀와 쿠키가 무슨 관련이 있을까? 타입이 중요한 게 아니잖아. 그녀는 킴과는 신체적으로 완전히 다른 타입이었어."

"그녀의 사생활에 뭔가가 있겠지."

"그럴지도 모르지. 그녀의 사생활은 추적하기 어려워. 그녀는 이스트 빌리지에 살면서 롱아일랜드 시에서 일을 했거든. 웨스트 사이드에 있는 게이 바를 다 뒤졌는데도 그녀를 아는 사람을 만나지 못했어. 포주도 없었고 애인도 없었다고. 동 5번가에 사는 이웃들은 그녀가 창녀였다는 사실을 모르고 있었어. 그녀가 여자가 아닐지 모르겠다고 의심하는 사람들이 몇 있을 뿐이었지. 그녀의 유일한 가족인 오빠는 아직도 그녀가 죽은 걸 모르고 있지."

좀 더 이야기를 했다. 리콘은 이탈리아 어 단어가 아니었다. 이름이라 해도 아주 희귀한 이름일 것 같았다. 맨해튼과 퀸스의 전화번호부를 조사해 봤지만 리콘이라는 이름은 하나도 찾을 수 없었다.

커피를 다 마시자 그녀가 커피 두 잔을 더 가져왔다. 우리 둘은 몇 분 동안 잠자코 앉아 있었다.

"고마워."

"커피 말이야?"

"들어줘서. 이제 좀 나아졌어. 이야기를 털어놓을 필요가 있었거든."

"대화는 언제나 도움이 되지."

"그런가 봐."

"넌 모임에서는 말을 안 하잖아, 그렇지?"

"젠장, 이런 이야기를 할 수는 없었다고."

"꼭 그런 것도 아닐 거야. 하지만 네가 겪고 있는 일에 대해 이야기할 수도 있었잖아. 네가 느끼는 감정에 대해서도 말이야. 매트, 생각보다 도움이 될 수도 있어."

"그런 이야기를 할 수는 없을 것 같아. 젠장, 내가 알코올 중독자였다는 말도 못하는걸. '내 이름은 매트고요. 그냥 듣기만 할게요.' 아주 외울 지경이야."

"바뀔 수도 있을 거야."

"그럴 수도 있지."

"매트, 술 끊은 지 얼마나 됐니?"

잠시 생각했다.

"8일이네."

"와, 대단한데. 뭐가 그렇게 우습지?"

"뭔가 재밌는 걸 발견했거든. 한 사람이 다른 사람에게 술 끊은 지 얼마나 됐냐고 묻는 거야. 상대방이 뭐라고 말하건 간에 그 대답은 '와, 대단한데, 놀라워.'지. 8일이라고 말하든 8년이라고 말하든 대답은 똑같다니까. '와, 대단해, 굉장한걸.'"

"그건 그래."

"그런 것 같아."

"대단하다는 건 네가 술을 끊었다는 거야. 8년이 대단하듯이 8일도 대단하지."

"음."

"무슨 일이라도 있니?"

"아무것도. 서니의 장례식이 내일 오후에 있어."

"갈 거야?"

"갈 거라고 했어."

"그것 때문에 걱정하는구나?"

"걱정한다고?"

"초조하고 불안하고."

"그런 건 모르겠어. 그냥 장례식에 가는 게 내키지 않을 뿐이야."

그녀의 커다란 회색 눈을 들여다보다가 나는 눈을 돌렸다. 그러다 불쑥 말했다.

"여태 가장 오래 버틴 게 8일이야. 지난번에도 8일 동안 술을 끊었지. 그 다음에 마셨어."

"그렇다고 해서 내일 마셔야 한다는 법은 없잖아."

"아, 젠장, 그건 나도 알아. 내일 마시겠다는 건 아냐."

"누구랑 함께 가."

"무슨 말이야?"

"장례식에 말이야. 모임에 나오는 사람 아무한테나 부탁해서 함께 가라고."

"아무한테나 그런 부탁을 할 수는 없어."

"물론 할 수 있어."

"누구한테? 그런 부탁을 할 만큼 잘 아는 사람이 없어."

"장례식에 함께 가려면 얼마나 잘 알아야 하는 건데?"

"얼마나 잘이라니?"

"네가 함께 갈래? 신경 쓰지 마. 그런 일로 너한테 부담 줄 생각은 없으니까 말이야."

"갈래."

"정말이야?"

"그러면 어때서? 물론 내 행색이 꽤나 초라해 보일지도 몰라. 야한 창녀들 옆에 서면 말이지."

"아냐, 그렇지 않아."

"그렇지 않다고?"

"그래, 전혀 그렇지 않아."

얀의 턱을 들어 그녀의 입술을 음미했다. 그리고 그녀의 머리카락을 쓰다듬었다. 약간 희끗희끗한 회색이 도는 짙은 머리카락. 그녀의 눈과 어울리는 회색이었다. 그녀가 말했다.

"이런 일이 일어날까 봐 두려웠어. 그러곤 이런 일이 일어나지 않을까 봐 두려웠고."

"지금은 어때?"

"지금도 두려워."

"내가 갔으면 좋겠어?"

"네가 가기를 바란다고? 아니, 네가 가는 건 바라지 않아. 한 번 더 키스해 줬으면 좋겠어."

그녀에게 키스했다. 그녀는 내게 팔을 두르고 가까이 끌어당겼다. 옷을 통해 그녀의 따뜻함이 느껴졌다.

"아, 당신 왔구나."

그녀가 말했다.

격정의 시간이 흐른 후에 그녀의 침대에 누워 내 심장이 고동치는 소리를 듣고 있었다. 지독하게 외롭고 쓸쓸한 순간이었다. 바닥 없는 우물의 덮개를 벗겨 버린 듯한 느낌이었다. 팔을 뻗어 한 손을 그녀의 옆구리에 얹었다. 살이 닿자 아까의 그 황폐한 기분이 사라졌다. 그녀에게 말을 걸어 보았다.

"여보세요."

"깨어 있어."

"무슨 생각을 하는 거야?"

얀이 웃었다.

"별로 낭만적인 건 아냐. 내 스폰서가 뭐라고 그럴까 생각해 봤어."

"스폰서에게 말해야 하는 거야?"

"꼭 그래야 하는 건 아니지만 말해야지. '음, 그런데 술 끊은 지 8일 된 남자하고 자 버렸지 뭐야.'"

"그게 그렇게 죽을 죄였군그래, 응?"

"절대 해서는 안 되는 일을 저지른 셈이지."

"스폰서가 너한테 뭐라고 할 것 같아? 주기도문을 여섯 번 암송하라고 할까?"

얀이 다시 웃었다. 그녀는 따뜻하고 넉넉한, 멋진 웃음을 가졌다. 나는 언제나 그녀의 웃음이 좋았다.

"'적어도 당신은 마시지 않았잖아요. 중요한 건 그거예요.' 라고 말할걸. 그리고 '당신이 즐거웠다면 됐어요.' 라고 하겠지."

"그랬어?"

"즐거웠느냐고?"

"응."

"제기랄, 아니, 그저 오르가즘을 느끼는 척한 거야."

"두 번 다? 그랬던 거야?"

"아냐, 농담이야."

얀이 내게 다가와서 내 가슴에 손을 얹었다.

"자고 갈 거지?"

"네 스폰서가 뭐라 할까?"

"기왕 이렇게 된 일인데, 뭘. 아, 젠장, 깜빡했잖아."
"어디 가?"
"전화하러."
"정말로 스폰서에게 전화할 거야?"

얀은 고개를 저었다. 그녀는 가운을 걸치고 자그마한 전화번호 수첩을 뒤적이더니 어딘가 전화를 걸었다.

"안녕, 얀이야. 자고 있었던 건 아니지? 자다가 봉창 두드리는 격이지만 말이야, 리콘이라는 말이 무슨 뜻이야?"

그녀는 철자를 또박또박 읽었다.

"내 생각에는 무슨 비속어 같은데."

한동안 듣고 있더니 그녀가 말했다.

"아니, 그런 건 아냐, 지금 시칠리아 어로 글자 맞추기를 하고 있어. 그것뿐이야. 잠이 안 와서 말이야. 빅 북 하나 읽는 데도 시간이 엄청 걸리거든."

얀은 대화를 마치고 전화를 끊었다.

"글쎄, 내 생각에는 말이지, 그게 사전에는 나와 있지 않은 방언이나 외설스런 말이 아닐까 싶어."

"어떤 외설스런 말이라 생각되는데? 그리고 도대체 언제 그런 생각이 떠올랐지?"

"제발 좀 그만둬. 잘난 양반아."

"빨개졌잖아."

"알고 있어. 나도 느낄 수 있어. 친구가 살인 사건을 해결하는 걸 도와주려다가 이게 뭐야."

"다 자신을 위한 보시라고 생각해."

"그렇게들 말하지. 마르틴 앨버트 리콘과 찰스 오티스 존스. 이게 전부 놈이 사용한 이름이지?"

"오웬이야. 찰스 오웬 존스."

"그리고 넌 그게 무슨 의미가 있다고 생각한단 말이지?"

"어떤 의미가 있는 게 틀림없어. 놈이 정신병자라 해도 말이야. 그렇게 공을 들였다면 분명히 무슨 의미가 있는 이름일 거야."

"포트 웨인과 포트 스미스 같이?"

"그래, 그럴 거야. 하지만 놈이 사용한 이름들은 그보다 더 중요한 의미가 있는 것 같거든. 리콘은 흔치 않은 이름이야."

"어쩌면 리코라고 쓰다가 만든 이름 같아."

"나도 그렇게 생각해. 전화번호부에는 리코스가 많거든. 아니면 푸에르토리코 출신일 수도 있고."

"그럴 수도 있겠지. 다들 그러니까. 어쩌면 놈도 캐그니의 팬일 거야."

"캐그니?"

"죽는 장면에서 '자비의 어머니시여, 이것이 리코의 최후이니이까?' 기억나?"

"난 그게 에드워드 G. 로빈슨인 줄 알았는데."

"그랬을지도 몰라. 내가 「레이트 쇼」를 볼 때는 늘 취해 있었으니까 워너 브라더스 영화에 나오는 갱들은 전부 다 똑같아 보이거든. 그 배우도 그런 사내다운 남자들 중의 하나야. '자비의 어머니시여, 이것이…….'"

"그냥 불알들이라고 할 수 있지."

"뭐!"

"맙소사."

"무슨 일이야?"

"그는 코미디언이야. 코미디언이라고."

"무슨 말을 하는 거야?"

"살인자 말이야. C. O. 존스와 M. A. 리콘. 그게 이름이라고 생각했는데."

"아니란 말이야?"

"코호네스 마리콘.(Cojones Maricon.)"

"그건 스페인 어잖아."

"맞아."

"코호네스는 '불알'을 의미하지, 그렇지?"

"그리고 마리콘은 '호모'를 의미하는 말이야. 하지만 끝에 e가 붙어 있는 것 같진 않은데."

"특별히 끝에 붙는 e를 혐오하는지도 모르지."

"아니면 그저 철자법이 엉망이던가."

"그래, 젠장. 철자법이 완벽한 사람은 없으니까."

그녀가 말했다.

서른

아침 나절에야 집으로 돌아와서 샤워를 하고 면도를 하고 제일 좋은 옷으로 갈아입었다. 정오 모임에 맞추어 가서 샤브레 핫도그를 먹고 72번가와 브로드웨이 모퉁이에 있는 파파야 판매점에서 약속한 대로 얀을 만났다. 그녀는 검은빛이 도는 비둘기 색 니트 드레스를 입고 있었다. 그녀가 그렇게 잘 차려입은 것은 한 번도 본 적이 없었다.

쿡스 근처로 갔다. 직업적인 친절이 몸에 밴 검은 정장 차림의 젊은이가 우리를 3번실로 안내했다. 열린 문에 꽂힌 카드에는 핸드릭스라고 씌어 있었다. 내부의 통로 양쪽으로 의자가 네 개씩 여섯 줄 정도 놓여 있었다. 앞에는 연단 위에 연사용 탁자 왼쪽으로 꽃이 한가득 흩뿌려진 가운데 열린 관이 놓여 있었다. 그날 아침 나도 꽃을 보내기는 했지만 굳이 그럴 필요는 없었다. 서니는 이미 충분히 많은 꽃을 갖고 있었다.

챈스는 첫째 줄 오른편의 통로 쪽 좌석에 앉아 있었다. 그의 옆에는 다나 캠피온이 앉아 있었으며, 프랜 섹터와 메리 루 바커도 나란히 한 줄을 채우고 있었다. 챈스는 검정 양복에 흰 셔츠를 입고 좁다란 검정 실크 타이를 매고 있었다. 여자들은 모두 검은 옷을 입고 있었다. 전날 오후에 챈스가 그녀들을 데려가서 쇼핑을 한 것이 아닌가 하는 생각이 들었다.

챈스가 우리를 돌아보고 일어났다. 나는 얀을 데리고 그쪽으로 걸어가서 소개를 시켰다. 잠시 어색하게 서 있다가 챈스가 말했다.

"시신을 보고 싶겠지."

그러곤 관을 향해 고개를 끄덕였다.

누가 시신 따위를 보고 싶어 할까? 나는 관 쪽으로 걸어갔고 얀도 나와 함께 걸어갔다. 서니는 크림색 공단으로 안을 댄 관 속에 화사한 빛깔의 드레스를 입은 채 누워 있었다. 그녀의 손은 한 송이 붉은 장미를 쥔 채 가슴 위에 포개져 있었다. 그녀의 얼굴은 밀랍 인형처럼 보였지만 마지막으로 보았을 때보다 더 나빠 보이지는 않았다.

챈스는 내 옆에 서 있었다. 그가 말했다.

"잠시 이야기 좀 할까?"

"좋아."

얀은 재빨리 내 손을 꼭 쥐고는 자리를 빠져나갔다. 챈스와 나는 서니를 내려다보며 나란히 서 있었다.

"시신은 아직 영안실에 있는 줄 알았는데."

"어제 전화가 와서 퇴실시킬 준비가 됐다고 하더군. 이곳 사람들이 어젯밤 늦도록 염을 했지. 잘된 것 같지?"

"음."

"평소의 그녀하고는 좀 달라 보여. 그렇다고 우리가 그녀를 발견했을 때처럼 보이지도 않지?"

"그래."

"나중에 화장할 거야. 그 편이 쉬우니까. 여자들은 괜찮아 보이지 않아? 옷이랑 전부 다?"

"괜찮아 보이는데."

"품위 있어 보이잖아."

잠시 뜸을 들였다가 그가 다시 말했다.

"루비는 안 왔어."

"그렇더군."

"그녀는 장례를 믿지 않아. 문화가 다르면 관습도 다르지. 그녀는 항상 자신에게만 관심이 있어. 서니를 잘 알지도 못하고."

나는 잠자코 있었다.

"장례식이 끝나면 여자들을 집으로 데려다줄 거야. 그 다음에 할 이야기가 있어."

"좋아."

"파크 버넷이 어딘지 아나? 메디슨가 중심에 있는 경매 화랑 말이야. 내일 거기서 경매가 있는데 경매 물건을 두어 개 살펴보고 싶거든. 거기서 만나는 게 어때?"

"몇 신데?"

"나도 몰라. 여기 오래 있지는 않을 거야. 3시면 여기서 나갈 거니까. 4시 15분이나 4시 30분이 어때?"

"좋아."

"매트."

돌아보았다.

"와 줘서 고마워."

장례 미사가 진행될 때쯤에는 조문객이 열 명 정도 더 도착해 있었다. 네 명의 흑인 일행이 왼편 중간쯤에 앉아 있었는데, 그 중 한 명은 내가 서니를 한번 만났을 때 본 적이 있는 권투 선수 키드 배스컴인 것 같았다. 뒤편에는 나이 든 여자가 두 사람 앉아 있었고, 앞쪽에는 또 한 사람 나이 지긋한 남자가 홀로 앉아 있었다. 시간을 보내기 위해 낯선 사람의 장례식에 들르는 외로운 사람들도 있다는데, 이 세 사람은 그런 사람들인 것 같았다.

식이 시작되자마자 조 더킨과 또 한 명의 사복형사가 슬그머니 들어와서 뒷줄에 앉았다. 신부는 어린아이처럼 보였다. 얼마나 알고 하는 이야긴지 모르겠지만, 그는 한창 나이에 요절한 특별한 비극에 대해 이야기했으며 불가사의한 하느님의 섭리에 대해 이야기했다. 그리고 살아남은 이들이야말로 이런 말도 안 되는 비극의 진짜 희생자라 할 수 있다고 이야기했다. 그는 에머슨, 테이아르 드 샤르댕, 마르틴 부버, 「전도서」에서 발췌한 구절들을 읽었다. 다음에는 서니 친구 가운데 누구든 앞으로 나와서 몇 마디 해주기를 권했다.

다나 캠피온은 자신이 쓴 것으로 보이는 두 개의 짤막한 시를 읽었다. 나중에야 실비아 플래스와 앤 섹스턴이라는 두 자살한 시인의 시임을 알았다.

프랜 섹터가 뒤이어 말했다.

"서니, 네가 내 이야기를 들을 수 있을지 모르겠지만 이 말은 꼭 하고 싶어."

계속해서 그녀는 죽은 이의 우정과 쾌활함과 삶에 대한 열정을 얼마나 부러워했는지를 이야기했다. 처음에 가볍게 이야기해 나가던 그녀는 급기야 울음을 터뜨렸고 신부는 그녀를 단상에서 내려 보내야 했다. 메리 루 바커는 그저 두세 마디 짤막하게 말했다. 그녀는 서니를 좀 더 잘 알았으면 좋았을 것이라고, 이제 그녀가 평화롭기를 기원한다고 나지막하고 담담한 어조로 이야기했다.

다른 사람은 아무도 나서지 않았다. 나는 잠시 조 더킨이 단상에 올라가서 뉴욕 경찰이 총력을 기울여 이 문제를 해결하겠다고 공언하는 환상을 그려 봤지만, 그는 자기 자리에서 꿈쩍도 않고 앉아 있었다. 신부가 무슨 말인지 몇 가지 더 이야기한 후에 참석자 중 한 사람이 쥬디 콜린스가 부른 「놀라운 은총」을 틀었다.

밖으로 나와서 얀과 두어 블록을 말없이 걸어갔다.
내가 말했다.
"와 줘서 고마워."
"청해 줘서 고마워. 젠장, 어색하지? 학교 댄스파티 후에 나누는 대화 같잖아. '청해 줘서 고마워. 즐거운 시간이었어.'"
그녀는 핸드백에서 손수건을 꺼내 눈가를 닦고 코를 풀었다.
"네가 거길 혼자 가지 않아서 다행이야."
"나도 그래."
"나도 여기 와서 기뻐. 정말 슬프고 아름다웠어. 나오는 길에 너와 이야기 나눈 남자는 누구야?"

"더킨이야."

"아 그래? 여긴 뭐하러 왔지?"

"아마도 고인의 명복을 빌었겠지. 장례식에 누가 나타날지는 아무도 몰라."

"사람들이 그렇게 많이 오지는 않았어."

"얼마 안 되지."

"우리가 와서 다행이야."

"응."

커피를 사 주고 얀을 택시에 태워 보냈다. 그녀는 지하철을 타겠다고 우겼지만 택시에 태우고 차비로 10달러를 쥐어 보냈다.

파크 버넷의 로비 안내원이 아프리카 해양 예술품이 진열되어 있는 2층 진열실로 안내했다. 챈스는 열여덟이나 스무 개 정도 되는 조그마한 금동 조상 작품이 진열되어 있는 유리 진열장 앞에 있었다. 동물을 표현하고 있는 것도 있고 사람과 다양한 가정용품을 묘사한 것들도 있었다. 한 가지 기억나는 작품은 웅크리고 앉아 염소 젖을 짜는 남자였다. 가장 큰 것이 어린애 손아귀에 쉽게 들어갈 정도였으며 익살스러운 작품도 많았다.

"영국인들이 골드 코스트라 불렀던 땅에서 생산된 아샨티 금은 높이 평가받고 있지. 지금은 가나야. 상점에서 도금한 복제품들을 볼 수 있을 거야. 전부 가짜야. 이것들은 진짜지."

챈스가 설명했다.

"살 거라도 있어?"

내 물음에 챈스는 머리를 흔들었다.

"여기 있는 것들은 내게 말을 걸어 오지를 않아. 내게 말을 걸어 오는 것을 사려고 해. 뭘 하나 보여 줄게."

우리는 방을 가로질러 갔다. 동으로 만든 여자 두상이 네 발 대좌 위에 놓여 있었다. 코는 넓고 평평했으며 광대뼈가 두드러졌다. 목에 동 목걸이를 너무 여러 겹 걸고 있어서 두상이 전체적으로 원추형으로 보였다.

"사라진 베닌 왕국의 조각상이지. 여왕의 두상이야. 목에 건 목걸이의 수로 지위를 알 수 있지. 당신한테도 말을 걸어 오나? 나한테는 그렇거든."

동상에서 강인함이 느껴졌다. 냉정한 강인함과 무자비한 의지.

"그녀가 뭐라는지 알아? '검둥이, 왜 날 그렇게 쳐다보는 거야? 넌 나를 집으로 데려갈 돈이 없다는 걸 알잖아.'"

그가 웃었다.

"감정가는 4만에서 6만 달러야."

"입찰에 응하지 않을 거지?"

"어떻게 할지 모르겠어. 가지고 싶은 게 몇 가지 있기는 해. 하지만 사람들이 경마에 걸고 싶은 생각이 없어도 경마 구경을 가듯이 나도 가끔 경매장에 가. 그냥 햇볕에 앉아 말이 달리는 모습을 보는 거야. 나는 경매장의 느낌이 좋아. 망치 두드리는 소리 듣는 것도 좋아하고. 다 봤지? 그만 가자."

챈스의 차는 78번가의 주차장에 세워져 있었다. 챈스의 차를 타고 59번가 다리를 건너 롱아일랜드를 지나갔다. 여기저기 길거리 매춘부가 혼자 혹은 둘씩 길가에 서 있었다.

"어젯밤에는 많이 나오지 않았어. 낮이 더 안전하다고 생각하나 봐."

챈스가 말했다.

"어제 여기 왔다고?"

"그냥 드라이브했어. 놈은 이 근처에서 쿠키를 태워 퀸스 대로로 갔겠지, 아니면 고속도로를 탔든가. 그건 중요한 게 아닌 것 같지만 말이야."

"맞아."

우리는 퀸스 대로를 지나갔다.

"장례식에 와 줘서 고마워."

"오고 싶었거든."

"멋진 여성과 함께 말이지."

"고마워."

"얀이라고 했나?"

"그래."

"서로 연인 사인가, 아니면?"

"우린 친구야."

"아, 그렇군."

챈스는 신호등 때문에 브레이크를 밟았다.

"루비는 오지 않았어."

"알고 있어."

"내가 이야기한 건 말짱 헛소리야. 다른 사람에게 내가 한 말을 부인하고 싶지 않아서 그랬어. 루비는 떠나 버렸어. 짐을 싸서 가 버렸다고."

"언제 그렇게 된 거야?"

"어제였겠지. 어젯밤에야 응답 서비스 메시지를 받았어. 장례식 준비를 하느라 어제 하루 종일 바빴거든. 장례는 그런대로 괜찮았던 것 같아, 안 그래?"

"훌륭했어."

"나도 그렇게 생각해. 아무튼 루비한테서 전화 달라는 메시지가 와 있었는데 지역 번호가 415번이었어. 그건 샌프란시스코 번호야. 전화를 하니 이제 떠나기로 했다고 말하더군. 난 무슨 농담이 아닌가 생각했어. 아파트에 가서 확인해 보니 그녀의 물건이 하나도 없었어. 옷 말이야. 가구는 남겨 두고 갔어. 이봐, 난 이제 빈 아파트만 세 채야. 심각한 주택 부족 때문에 다들 살 집을 못 구해 난린데, 난 빈 아파트가 셋이라니. 대단하지, 응?"

"통화한 상대가 루비인 게 확실해?"

"물론이야."

"그리고 루비가 샌프란시스코에 있었어?"

"그래야 말이 되지. 아니면 버클리나 오클랜드쯤 되겠지. 내가 직접 그 번호를 돌렸거든. 그 번호라면 거기 어디쯤 있어야 되지 않겠어?"

"왜 떠났는지 말해 줬어?"

"이제 떠날 시간이라는 거야. 무슨 수수께끼 같은 동양적인 숫자 이야기만 하더군."

"자기도 죽을까 봐 겁을 먹은 것 같아?"

챈스가 건물을 가리키며 물었다.

"포와탄 모텔이군. 저게 그 건물이지?"

"그래, 저기야."

"당신이 여기 와서 시신을 발견했어?"

"시신은 이미 발견됐고 경찰이 오기 전에 내가 먼저 온 거지."

"대단한 장면이었겠군."

"멋진 광경은 아니었어."

"쿠키는 혼자 일했어. 포주가 없더군."

"경찰도 그렇게 말했어."

"글쎄, 아무도 모르는 포주가 있었을지도 모르지. 하지만 수소문을 해 봤는데 그녀는 혼자 일했대. 그녀가 더피 그린을 알았을 수도 있지만 그런 이야기하는 걸 들은 사람은 없다는 거야."

챈스는 모퉁이에서 우회전을 했다.

"우리 집으로 갈 건데, 괜찮지?"

"그렇게 해."

"커피 끓여 줄게. 지난번에 내가 만들어 준 커피 좋아했잖아, 안 그래?"

"맛있는 커피였어."

"그래, 좀 더 만들어 줄게."

그린포인트에 있는 그의 집 주위는 낮에도 밤처럼 조용했다. 단추를 누르자 차고 문이 올라갔다. 다시 단추를 눌러 문을 내리고 차에서 내려 집 안으로 들어갔다. 챈스가 말했다.

"운동을 좀 하고 싶어. 역기를 좀 들어 올릴까 해. 웨이트 트레이닝 좋아해?"

"몇 년 동안 안 했어."

"해 볼래?"

"그냥 있을래."

'내 이름은 매트고요. 그냥 듣기만 할게요.'

"잠깐만 기다려."

챈스는 방으로 들어가 빨간 운동복 반바지를 입고 타월지로 된 모자 달린 가운을 들고 나왔다. 그는 운동실로 꾸며진 방으로 가서 가벼운 웨이트 트레이닝을 하고, 유니버설 머신으로 운동을 했다. 운동을 하자 피부는 땀으로 번들거렸으며 발달된 근육이 피부 밑에서 꿈틀거렸다.

"이제 10분간 사우나를 할 거야. 운동으로 사우나 할 자격을 얻지는 못했지만 당신 경우에는 특별 면제를 해 줄 수도 있는데."

"고맙지만 사양하겠어."

"그럼 아래층에서 기다릴래? 그게 더 편할 테니까."

챈스가 사우나를 하고 샤워를 하는 동안 기다렸다. 그의 아프리카 조각상들을 살펴보고 잡지들을 뒤적였다. 그러는 동안에 챈스는 밝은 청바지에 감색 스웨터를 입고 끈으로 된 샌들을 신고 나타났다. 그는 내게 커피 마실 준비가 됐느냐고 물었다. 벌써 30분 전에 준비가 됐다고 대답했다.

"오래 걸리진 않을 거야."

그는 커피를 뽑아 들고 돌아와 가죽 안락의자에 앉았다.

"이거 알아? 난 신통찮은 포주야."

'난 네가 능숙한 포주라고 생각했는데. 억제력, 품위, 모든 면에서 말이야."

"여자가 여섯 명 있었는데 이제 셋이야. 메리 루도 곧 떠날 거야."

"그렇게 생각해?"

"난 알아. 그녀는 뜨내기거든. 내가 어떻게 메리 루를 끌어들였는지 들은 적 있어?"

"그녀가 말해 줬어."

"그녀가 쓴 첫 번째 속임수는 말이야. 스스로에게 '나는 기자고 저널리스트다. 이 일은 전부 연구과제다.' 라고 말했다는 거지. 그러고 나서는 실제로 뛰어들어 체험해 보기로 결정한 거야. 이제 두어 가지쯤은 찾아냈겠지."

"어떤 걸까?"

"살해당하거나 자살할 수 있다는 것. 죽으면 장례식에는 열두 명쯤 올 거라는 것. 그런 거지. 서니를 위해 사람이 많이 오진 않았지?"

"조문객이 적은 편이었지."

"그렇게 말할 수도 있을 거야. 이거 알아? 그 장례식장에 세 배나 많은 인원을 데려올 수도 있었다고."

"어련하려고."

"어련하려고가 아냐. 분명해."

챈스는 일어서서 뒷짐을 지고 천천히 바닥을 걸었다.

"그러려고도 했지. 가장 큰 방을 빌려 그 방을 꽉꽉 채울 수도 있었어. 업타운 사람들과 포주, 창녀들, 권투 관중들 같은 사람들로. 그녀가 사는 아파트 사람들에게 말해 줄 수도 있었는데. 오고 싶어 하는 이웃도 있었을 거야. 하지만 난 너무 많이 오는 것도 원치 않았어."

"알겠어."

"사실 여자들을 위해 한 거야. 그 네 명 말이야. 그런데 장례 준비를 하는 동안 셋으로 줄어들 줄은 몰랐어. 그러다 제길, 그냥 나하고 여자 넷만으로는 좀 너무 심하잖나 싶었어. 그래서 두어 사람에게 연락했지. 키드 배스컴이 와 줘서 다행이었어. 안 그래?"

"그래."

"커피 가져올게."

그는 커피 두 잔을 들고 돌아왔다. 맛을 보고 나는 고개를 끄덕였다.

"1킬로그램쯤 가져가."

"지난번에 말했잖아. 호텔 방에선 필요가 없다고."

"그럼 여자 친구 주면 되잖아. 당신을 위해 최고의 커피를 만들게 하라고."

"고마워."

"커피만 마시지? 술은 안 마시잖아?"

"요즘은 그래."

"하지만 전에는 마셨잖아."

어쩌면 다시 마실 것 같은 생각이 들었다. 하지만 오늘은 아니었다.

"나와 같군. 난 술도 마시지도 않고 마리화나도 안 피워. 그런 건 아무것도 안 해. 전엔 했지."

"왜 그만뒀지?"

"이미지와 맞지 않으니까."

"무슨 이미지 말이야? 포주 이미지?"

"감식가. 미술품 수집가 말이야."

"어떻게 아프리카 예술에 대해 그렇게 많이 배웠지?"

"독학이야. 관심 있는 책은 전부 읽고 화랑을 찾아다니고 수집가들과 이야기를 나누었지. 게다가 감각이 있었으니까."

챈스는 무언가를 떠올리며 미소 지었다.

"오래전에 대학에 다녔어."

"어디?"

"호프스트라 대학. 헴스테드에서 자랐거든. 베드포드 스타이브슨에서 태어났지만 두세 살 때 부모님이 집을 장만하셨어. 베드포드 스타이브슨은 기억도 안 나."

챈스는 안락의자로 돌아가서 등을 기대고 깍지 낀 두 손을 무릎 위에 얹어 균형을 잡았다.

"중산층 주택에, 깎을 잔디에, 긁어모을 낙엽에, 눈을 치울 차도도 있었어. 슬럼가 말을 간간이 섞어 쓰긴 했지만 그건 대체로 속임수였어. 우린 부자는 아니었지만 괜찮게 살았어. 날 호프스트라 대학에 보낼 만큼은 살았지."

"뭘 전공했는데?"

"예술사 전공이었어. 으레 그렇듯이 거기선 아프리카 예술에 대해 아무것도 못 배웠어. 그저 브라크와 피카소 같은 작자들이 아프리카 가면에서 많은 영감을 얻었다든가, 뭐 그런 것들뿐이었지. 인상파 화가들이 일본 판화의 영향을 받은 것처럼 말이야. 그렇지만 베트남에서 돌아올 때까진 아프리카 조각은 쳐다보지도 않았어."

"거긴 언제 갔는데?"

"대학 3학년이 끝나고. 아버지가 돌아가셨거든. 그대로 대학을 마칠 수도 있었겠지만, 모르겠어. 학교를 그만두고 입대 지원서를 쓸 정도로 정신이 없었어."

그는 머리를 뒤로 젖히고 눈을 감았다.

"거기서 온갖 마약에 절었지. 마리화나, LSD 등 없는 게 없었으니까. 난 헤로인이 좋았어. 거기선 다르게 사용해. 담배에 넣어서 피워."

"그건 처음 듣는 소린데."

"그래, 낭비하는 거지. 하지만 거기선 그게 그렇게 쌀 수가 없었으니까. 그 나라들은 아편도 재배해서 값이 쌌어. 헤로인을 담배에 넣어 피우면 머리가 띵하도록 취하게 되지. 어머니가 돌아가셨다는 소식을 들었을 때도 그렇게 취해 있었어. 어머니는 늘 혈압이 높았고, 그래서 뇌졸중으로 돌아가신 거야. 멍하거나 그런 건 아니었지만 헤로인에 너무 취해 있었나 봐. 그 소식을 듣고도 그냥 아무것도 느끼지 못했어. 마약 기운이 떨어지고도 그리고 마약을 끊고 나서도 아무것도 느낄 수 없었어. 오늘 오후에야 처음으로 슬픔 비슷한 걸 느꼈어. 미사를 맡은 신부가 죽은 창녀를 위해 에머슨을 읽어 주는 것을 들으며 앉아 있을 때 말이야."

챈스는 똑바로 서서 나를 쳐다봤다.

"거기 앉아서 어머니를 위해 울고 싶었어. 하지만 울지 않았어. 어머니를 위해 한 번이라도 울 수 있을지 모르겠어."

커피를 더 가지러 가는 것으로 챈스는 분위기를 바꿨다. 그가 돌아와서 말했다.

"하필이면 당신한테 이런 이야길 하는지 모르겠어. 정신과 상담을 받는 것처럼 말이야. 내 돈을 받았으니 이제 내 이야기를 들어줘야 해."

"모두 서비스의 일부지. 그런데 어떻게 포주가 되기로 한 거야?"

"나처럼 착한 소년이 어떻게 이런 사업에 뛰어들었느냐는 거지?"

챈스는 낄낄 웃더니 잠시 생각에 잠겼다.

"친구가 하나 있었어. 일리노이 주 오크 파크에서 온 백인 소년이었어. 거긴 시카고 외곽 지역이지."

"들은 적이 있어."

"그 앨 위해 이 일을 한 거야. 슬럼가 출신인 내가 그 모든 걸 했어. 알겠어? 그 후 그 친구는 죽었어. 어리석게도 우리는 거의 통제가 안 되는 상태였어, 녀석은 술이 취했고, 지프에 치였어. 친구는 죽었고 난 더 이상 그런 이야기를 안 해. 어머니도 돌아가셨으니 집에 돌아간다면 이젠 대학으로 가진 않으리란 걸 알았지."

챈스는 창문으로 다가갔다.

"그리고 거기 여자가 있었어."

등을 돌린 채 그가 말했다.

"매력적인 애였지. 그녀 집에 가서 헤로인을 피우면서 뒹굴었어. 돈도 줬지. 그런데 내가 준 돈을 받아서 남자 친구에게 주는 걸 알게 됐어. 이 여자와 결혼을 꿈꾸며 미국 본토로 데려오려 했는데 말이야. 썩 내키진 않았지만 그럴 생각이었는데, 그녀가 창녀에 불과하다는 걸 알아 버린 거야. 내가 왜 그녀는 다를 거라고 착각했는지는 모르겠어. 남자들이 원래 그렇잖아. 그녀를 죽일 생각도 해 봤지만 말이야. 제길, 그러고 싶지는 않았어. 화조차 안

났으니까. 그 길로 그냥 피우는 것도 그만두고 마시는 것도 그만두고 취할 수 있는 건 전부 끊어 버렸어."

"그냥 그렇게 쉽게?"

"그냥 그렇게 되더군. 그리고 나 자신에게 물었어. '좋아, 하고 싶은 게 뭐야?' 그럭저럭 밑그림이 그려지더군. 나머지 복무 기간 동안은 훌륭한 군인이었어. 그리고 돌아와서 이 일에 뛰어든 거야."

"그냥 독학한 거야?"

"젠장, 내가 나 자신을 만들어 냈다고. 챈스라는 이름을 지어 주었지. 날 때부터 성과 이름이 있었지만 그 어느 것도 챈스가 아니었어. 자신에게 이름을 지어 주고 스타일을 창조했지. 그러자 나머지는 그냥 제자리에 맞아 들어갔어. 포주 일은 배우기 쉬워. 타고난 능력이 전부라고 할 수 있지. 능숙한 포주인 듯이 행동하면 여자들이 제 발로 찾아들지. 실제로 그게 전부야."

"자주색 모자를 써야 하는 거 아냐?"

"포주처럼 옷차림을 하거나 포주처럼 보이는 게 아마 가장 쉬운 방법이겠지. 하지만 고정관념을 깨면 오히려 무언가 특별해 보이지."

"그랬어?"

"난 항상 여자들에게 공정했어. 난폭하게 다루지도 않았고 협박하지도 않았어. 킴이 그만두고 싶다고 했을 때 내가 어떻게 했지? 선선히 그러라고 하면서 행복을 빌어 줬잖아."

"비단결 같은 마음을 가진 포주라."

"당신이야 농담으로 그러겠지만 난 진심으로 그들을 아껴. 그리고 인생에 대한 멋진 꿈을 갖고 있었지. 정말이야."
"지금도 그렇잖아."
챈스는 고개를 가로저었다.
"아니야. 꿈이 사라지고 있어. 모든 게 사라져 가고 있어. 붙잡고 있을 수가 없어."

서른하나

챈스는 뒷좌석에 나를 태우고 운전사 모자를 쓰고 그 소방서를 개조한 집을 떠났다. 몇 블록을 가서 그는 차를 세우고 모자를 장갑 넣는 콘솔에 넣었다. 나는 앞좌석으로 옮겨 탔다. 그때는 통근 차량이 꽤 줄어들어 비교적 조용하게 맨해튼으로 들어갔다. 그나 나나 피차 예상보다 이미 너무 많은 것들을 공유하게 되어 버리자 서로 좀 어색해져 있었다.

프런트에는 아무 메시지도 없었다. 위층으로 올라갔다. 옷을 갈아입고 방에서 나오다가 잠시 멈춰 화장대 서랍에서 32구경을 꺼냈다. 쏘지도 못할 총을 갖고 다닐 이유가 있을까? 이유를 찾을 수 없었지만 아무튼 주머니에 넣었다.

아래층으로 내려와 신문을 사서 별 생각 없이 근처에 있는 암스트롱 바로 갔다. 항상 앉는 구석 자리에 앉았다. 트리나가 와서 오랜만이라고 말했다. 치즈 버거와 샐러드 작은 것과 커피를 주문했다.

그녀가 부엌으로 간 다음, 불현듯 마티니 생각이 났다. 좁다란 유리잔에 독하고 이가 시리게 찬 스트레이트로. 마티니 잔이 눈앞에 어른거렸다. 노간주 나무 향내와 레몬 트위스트의 맛까지 손에 잡힐 듯 느껴졌다.

맙소사.

한잔 하고 싶은 욕구는 올 때처럼 갑자기 지나가 버렸다. 반사작용이라는 생각이 들었다. 암스트롱 바의 분위기에 반응하는 것이리라. 오랫동안 여기서 많이도 마셔 댔고 지난번 주정을 부린 이후 이제 내게는 술을 팔지 않겠다는 야박한 소리까지 들었다. 그 후에 한 번도 들른 적이 없었다. 술 생각이 나는 것은 오히려 자연스러운 것이었다. 그렇다고 마셔야 한다는 것은 아니었다.

식사를 하고 다시 커피를 마셨다. 신문을 읽고 계산을 하고 팁을 남겼다. 이제 세인트폴 성당에 갈 시간이었다.

오늘의 증언은 아메리칸 드림의 술주정뱅이 버전이라고 할 수 있었다. 매사추세츠 주 우스터에서 가난한 어린 시절을 보낸 연사는 어렵게 일하면서 대학을 마치고 텔레비전 네트워크에서 부사장 지위까지 올랐다. 그런데 술을 마시기 시작하면서 모든 것이 하루아침에 물거품이 되어 버렸다. 급기야 밑바닥까지 추락해서 로스앤젤레스 퍼싱 스퀘어에서 알코올 연료까지 마시다가 '익명의 알코올 중독자들의 모임'을 만나 그동안 잃었던 것들을 모두 되찾게 되었다.

집중해서 들었다면 감동적인 이야기였을 것이다. 하지만 심란해서 잠시도 집중이 되지 않았다. 서니의 장례식 생각이 났으며 챈스가 한 이야기도 떠올랐다. 온갖 잡다한 사건을 되새기면서 그 사건을 이해하려 애쓰고 있었다.

젠장, 모든 것이 제자리에 있었다. 다만 제대로 파악하지 못하고 있을 뿐이었다.

토론 중간에 내 차례가 오기 전 그곳을 떠났다. 오늘 밤에는 내 이름조차 말할 기분이 아니었다. 잠시 암스트롱 바에 들르고 싶은 욕망과 싸우며 호텔로 돌아왔다.

더킨에게 전화를 걸었다. 그는 나가고 없었다. 아무 메시지도 남기지 않고 전화를 끊어 버리고 안에게 전화를 걸었다.

받지 않았다. 그렇지, 아직 금주 모임에 있을 것이다. 끝나면 커피를 마시러 갔다가 아마 11시 이후에나 집으로 돌아올 것이다.

나도 모임이 끝날 때까지 있다가 다른 사람들과 커피를 마시러 갈 수도 있었다. 모임이 계속되고 있다면 지금이라도 합류할 수도 있을 것이다. 그들이 자주 가는 콥스 코너는 그리 멀지 않은 곳에 있었다.

잠시 그래 볼까 하는 생각이 들었지만 정말로 거기 가고 싶은 건 아니었다.

책을 집어 들었으나 머리에 들어오지 않았다. 책을 던져 두고 옷을 벗고 욕실로 가서 샤워를 했다. 샤워가 필요한 것은 아니었다. 젠장, 아침에 샤워를 하고 나서 하루 종일 내가 한 가장 격렬한 운동이라곤 챈스가 웨이트 트레이닝을 하는 것을 지켜본 것뿐이었다. 도대체 샤워가 왜 필요한 거지?

수도를 잠그고 옷을 다시 입었다.

젠장, 우리에 갇힌 사자같이 느껴졌다. 전화기를 집어 들었다.

챈스에게 전화를 걸 수도 있었을 것이다. 하지만 그 망할 자식에겐 바로 전화를 걸 수가 없었다. 응답 서비스에 전화해서 전화 오기를 기다려야 하는데 그러고 싶지는 않았다. 앤에게 전화를 걸었지만 아직 들어오지 않았다. 더킨에게 전화를 걸었다. 그도 없었다. 메시지를 남기지 않고 끊어 버렸다.

아마도 그는 10번가에 있는 술집에서 허리띠를 느슨하게 풀고 앉아 있을 것이다. 거기 가서 그를 찾아볼까 하는 생각이 들었다. 갑자기 내가 찾고 있는 것은 더킨이 아니라는 생각이 머리를 스쳤다. 내가 원하는 것은 이 지긋지긋한 호텔 방을 나가 놋쇠로 된 문턱을 밟을 핑곗거리였다.

놋쇠 문턱이 있기는 했던가? 눈을 감고 그곳을 떠올려 보려 했다. 순간 그 술집의 모든 것에 대한 기억이 확연히 살아났다. 쏟아진 술 냄새와 김빠진 맥주 냄새와 소변 냄새가 뒤섞여, 고향에 돌아온 기분을 느끼게 하는 축축한 선술집 냄새 같은 것들이었다.

이제 금주 9일째다. 오늘 정오와 저녁 모임에 두 번이나 참석했고 술은 입에도 대지 않았다. 도대체 뭐가 문제란 말인가?

더킨이 있는 술집에 가면 마시게 될 것이다. 패럴 바나 폴리 바나 암스트롱 바에 가더라도 마시게 될 것이다. 하지만 호텔 방 안에만 있어야 한다면 미칠 것만 같았다. 미쳐서 네 개의 벽으로부터 도망쳐 나간다면 어떻게 될까? 틀림없이 술집을 전전하며 마셔 댈 것이다.

꼼짝 않고 거기 버티고 있었다. 8일을 넘겼는데 9일을 넘기지 못할 까닭이 없었다. 방 안에 앉아서 이따금 시계를 들여다보았다. 1분 동안 눈도 떼지 않고 들여다보기도 했다. 마침내 11시가 되자 아래층으로 내려가서 택시를 소리쳐 불렀다.

　30번가와 렉싱턴가가 만나는 모퉁이에 있는 모라비아 교회에서는 매일 밤 자정 모임을 하고 있었다. 모임 시간 한 시간쯤 전에 문이 열렸다. 그곳으로 가서 자리에 앉아 기다리다가 커피가 준비되자 한 잔을 마셨다.
　증언이나 토론에는 집중할 수 없었다. 그저 거기 앉아서 스스로 안전하다고 느꼈다. 방 안에는 힘든 시간을 보내고 있을 술 끊은 지 얼마 되지 않은 사람들이 많이 있었다. 그 시각에 거기 말고 이 사람들이 어디에 있을 수 있겠는가.
　아직 술을 끊지 못한 사람들도 있었다. 그들 중 한 사람은 내쫓아야 했지만 나머지 사람들은 아무 말썽도 일으키지 않았다. 그저 한 방 가득 메운 사람들이 한 시간을 더 보내는 것일 뿐이었다.
　모임이 끝나자 의자를 접고 재떨이를 비우는 일을 도왔다. 함께 의자를 정리하던 사람이 자신을 캐빈이라고 소개하면서 술 끊은 지 얼마나 됐는지 물어 왔다. 오늘이 9일째라고 말해 주었다.
　"대단하군요. 계속 나오세요."
　늘 듣는 소리다.
　밖으로 나와 지나가던 택시를 손짓해 불렀다. 하지만 택시가 속도를 줄이자 마음을 바꿔 다시 손짓을 해서 보냈다. 택시는 쌩하니 지나가 버렸다.
　호텔 방으로 돌아가고 싶지는 않았다.
　그 대신 북쪽으로 일곱 블록 거리에 있는 킴의 아파트로 가서 수위를 구슬려 그녀의 방에 들어갔다. 그곳에는 벽장 가득 독주들이 있다는 걸 알고 있었지만 문제 될 건 없었다. 전에 와일드 터키를 병째 쏟아 부었던 것처럼 술을 싱크대에 쏟아 부을 필요는 없을 것 같았다.

그녀의 침실에서 장신구들을 살펴보았다. 녹색 반지를 찾는 건 아니었다. 상아 팔찌를 집어 들고 걸쇠를 열어 내 손목에 대보았다. 너무 작았다. 부엌으로 가서 종이 타월을 가져와 조심스럽게 팔찌를 싸서 내 주머니에 넣었다.

아마 얀이 좋아할 것 같았다. 그녀의 아파트에서, 그리고 장례식이 진행되는 동안 몇 번이고 그녀가 이 팔찌를 하고 있는 모습을 상상했었다.

그녀가 좋아하지 않는다면 끼지 않으면 될 것이다.

걸어가서 전화기를 들었다. 전화는 아직 끊어지지 않았다. 언젠가 이 아파트는 깨끗이 청소되고 킴의 물건들도 모두 치워질 터였었다. 하지만 지금은 그녀가 잠시 집을 비운 것처럼 모든 것이 그대로 있었다.

아무에게도 전화를 걸지 않고 수화기를 내려놓았다. 새벽 3시쯤 되었을까? 옷을 벗고 킴의 침대에서 잠을 잤다. 시트를 바꾸지 않아서 방 안에 킴의 냄새가 아직 희미하게 남아 있었다. 그래도 그것 때문에 잠을 못 잘 정도는 아니었다. 나는 곧 잠이 들었다.

흠씬 땀에 젖어 깨어났다. 꿈속에서 뭔가 문제를 해결했다는 생각이 들었지만 곧 그 답을 잊어버렸다. 샤워를 하고 옷을 걸치고 그곳을 나왔다.

호텔에는 메시지가 여러 개 와 있었다. 모두 메리 루 바커가 보낸 메시지였다. 그녀는 간밤에 내가 나간 직후에도 전화를 했고 아침에도 두어 차례 전화를 했다.

전화를 걸자 메리가 말했다.

"당신에게 연락하려 했어요. 당신 여자 친구에게 전화하고 싶었지만 성을 기억할 수 없었어요."

"얀의 번호는 등록되어 있지 않아."

"그리고 난 그곳에 있지 않았어."라고 말하고 싶었지만 이야기하지 않았다. 그녀가 계속했다.

"챈스에게 연락을 하려고요. 당신은 그와 이야기를 나누었을 것 같아서요."

"어제 저녁 7시 이후로는 못했어. 왜 그러지?"

"챈스와 연락이 닿지 않아요. 내가 아는 유일한 방법은 그의 응답 서비스에 전화하는 것뿐이거든요."

"내가 알기로도 그게 유일한 방법이야."

"아, 당신은 다른 번호를 알고 있을지도 모른다고 생각했어요."

"그 번호뿐이야."

"거기엔 이미 전화했어요. 그는 언제나 답신을 하거든요. 벌써 몇 번이나 메시지를 남겼는지 몰라요. 그런데 아직 연락이 없네요."

"전에도 그런 적이 있어?"

"이렇게 오래는 아니에요. 어제 오후 늦게부터 연락을 시도했으니까. 몇 시죠? 11시죠? 열일곱 시간이 넘었잖아요. 챈스가 응답 서비스 확인을 그렇게 오래 안 할 리가 없어요."

그의 집에서 나눈 대화를 떠올려 보았다. 그때 우리가 함께 있는 동안 그는 계속해서 자신의 응답 서비스를 확인했던가? 그런 것 같지는 않았다. 하지만 다른 때는 매 30분 정도마다 전화하는 것 같았는데.

"그리고 나만 그런 게 아니에요. 프랜에게도 전화가 없었어요. 내가 프랜에게 확인해 보고, 프랜도 그에게 전화해 봤지만 챈스는 답이 없었어요."

"다나는?"

"여기 함께 있어요. 우리들 중 누구도 혼자 있고 싶어 하지 않아서요. 그리고 루비는, 그녀가 어디에 있는지 모르겠어요. 전화도 받지 않아요."

"샌프란시스코에 있어."

"어디 있다고요?"

간략하게 이야기해 주었다. 그녀가 다나에게 그 이야기를 전해 주는 소리가 들렸다. 그녀가 말했다.

"다나가 예이츠를 인용하네요. '모든 것이 떨어져 나가고 중심을 잡을 수 없네.'"

나도 무슨 소린지 알 수 없었지만 그럴듯하게 들렸다. 모든 곳에서 모든 것이 전부 떨어져 나가고 있었다.

"챈스에게 연락을 취해 볼게."

"연락이 닿으면 전화해 줘요."

"그러지."

"당분간 다나는 여기 머물기로 했어요. 우린 어떤 고객과도 예약을 안 하고 초인종에도 대답을 안 할 거예요. 수위에게는 이미 아무도 들이지 말라고 이야기해 놨어요."

"잘했어."

"프랜에게도 이리 오라고 했지만 그녀는 그러고 싶지 않대요. 마약에 취한 목소리였어요. 다시 전화해서 이리 오라고 해야겠어요."

"좋은 생각이야."

"다나는 세 마리 아기 돼지가 모두 벽돌로 된 집에 숨게 될 거라는군요. 늑대가 굴뚝으로 내려오길 기다리면서 말예요. 다나는 차라리 예이츠를 인용하는 편이 어울려요."

챈스의 응답 서비스로는 연락이 되지 않았다. 그들은 번번이 내 메시지를 받았지만 챈스가 전화를 해 왔는지는 알려 주지 않았다.

여자가 말했다.

"곧 그에게서 연락이 올 거예요. 챈스가 당신의 메시지를 받는지 제가 확인하겠습니다."

브루클린 안내에 전화를 걸어 그린포인트에 있는 그 집의 전화번호를 알아냈다. 전화를 걸어 오랫동안 벨이 울리도록 기다렸다. 전화벨을 울리는 추를 전부 떼어 버렸다고 이야기했던 게 생각났지만 그래도 확인해 볼 필요는 있다는 생각이 들었다.

파크 버넷에 전화를 했다. 아프리카와 해양 예술 유물 경매는 2시로 잡혀 있었다.

샤워와 면도를 하고 롤빵과 커피를 들고 신문을 읽었다. 《포스트》는 모텔 살인을 1면에 실었지만 약간 과장을 하고 있었다. 브롱스의 베드포드 파크 지역에서 한 남자가 자기 아내를 부엌칼로 세 번이나 찔러 살해하고 경찰에 자수를 했다. 이런 사건은 기껏해야 뒷면에 2단짜리 기사로 취급하는 게 보통이지만,《포스트》는 이 기사를 1면에 실어 '모텔 살인마가 그에게 영감을 주었는가?'라는 선정적인 헤드라인을 달아 놓았다.

12시 30분 집회에 참석한 후 2시가 조금 지나서 파크 버넷에 갔다. 경매는 판매 물품들이 진열되어 있던 곳이 아닌 다른 방에서 이루어졌다. 자리를 잡기 위해서는 판매 카탈로그가 있어야 했는데 카탈로그는 5달러나 했다. 나는 그저 누구를 찾고 있다고 설명하고 실내를 둘러보았다. 챈스는 거기 없었다.

안내원은 카탈로그도 사지 않고 거기서 어슬렁거리는 나를 못마땅해했다. 그와 다투는 것보다는 카탈로그를 사는 게 나을 것 같았다. 결국 그에게 5달러를 주고 거기 있는 동안 입찰자로 등록하고 번호를 받았다. 등록을 하고 싶지도 않았고 입찰 번호도 원치 않았고 빌어먹을 카탈로그도 사고 싶지 않았는데 말이다.

한 품목씩 잇따라 경매에 붙여지는 동안 거의 두 시간을 거기 앉아 있었다. 2시 30분쯤 되자 챈스가 나타나지 않을 것이라는 생각이 굳어졌지만, 더 좋은 일도 생각나지 않아서 그대로 자리를 지켰다. 경매에는 거의 신경 쓰지 않고 계속해서 챈스를 찾아 두리번거렸다. 3시 40분에 베닌 동상이 경매에 붙여졌는데, 예상 금액보다 약간 높은 6만 5000달러에 낙찰되었다. 주관심 품목이 팔리고 나자 소수의 입찰자만 남았다. 그가 오지 않을 것을 알면서도 며칠째 끙끙대고 있는 문제를 이해하려고 애쓰면서 좀 더 앉아 있었다.

이미 모든 퍼즐 조각들을 다 가지고 있는 듯했다. 그것을 어떻게 짜맞추느냐 하는 것이 문제였다.

킴. 킴의 반지와 밍크 재킷. 코호네스 마리콘. 타월. 경고. 칼데론. 쿠키 블루.

일어나서 나왔다. 로비를 지날 때 테이블 가득 놓인 과거 판매 카탈로그가 내 눈을 잡아 끌었다. 지난 봄에 열렸던 보석 경매 카탈로그를 집어 들고 대충 훑어보았다. 거기서 아무것도 알아낼 수 없었다. 제자리에 놓고 로비 안내원에게 보석과 귀금속 전문가가 있는지 물어보았다.

"힐퀴스트 씨를 찾으시는군요."

그는 어디에 있는 어느 방으로 가야 하는지 친절히 가르쳐 주었다.

힐퀴스트 씨는 내가 자기에게 상담하러 오기를 하루 종일 기다린 사람처럼 한점 흐트러짐 없는 태도로 책상 앞에 앉아 있었다. 내 이름을 대고 에메랄드의 가격에 대한 대략적인 견해를 원한다고 말했다. 그는 그 보석을 볼 수 있느냐고 물었다. 지금은 갖고 있지 않다고 대답했다.

"실물을 가져와야 할 겁니다. 보석 값은 변수가 아주 많거든요. 크기, 컷, 색깔, 광도······."

주머니에 손을 집어넣어 32구경 권총의 촉감을 느끼며 녹색 유리 조각을 더듬어 찾았다.

"이 정도 크기지요."

그는 확대경을 한쪽 눈에 끼고 내게서 유리 조각을 가져갔다. 잠시 동안 자세히 들여다보더니 그는 다른 쪽 눈을 내게 고정시켰다.

"이건 에메랄드가 아닌데요."

그가 조심스레 말했다. 어린애나 정신병자를 대하는 듯한 말투였다.

"알아요. 그건 유리 조각이거든요."

"맞아요."

"이게 내가 말한 보석과 대충 비슷한 크기죠. 나는 탐정이거든요. 지난번에 한번 본 후로 사라져 버린 반지 값이 어느 정도인지 알고 싶어서요."

"아, 나는 잠시 동안……."

보석 전문가가 한숨을 쉬었다.

"무슨 생각을 했는지 알아요."

그는 확대경을 빼서 자기 앞에 있는 책상 위에 놓았다.

"여기 앉아 있을 때는 절대적으로 대중의 뜻에 맡겨집니다. 여기에 오는 사람도 보여 주는 물건도 그들이 묻는 질문도 믿어서는 안 되죠."

"상상이 갑니다."

"아뇨. 상상이 안 될걸요."

힐퀴스트 씨는 녹색 유리 조각을 집어 들고 고개를 가로저었다.

"아직 그 가치에 대해서는 말할 수 없어요. 크기는 고려해야 할 여러 항목 중에 하나일 뿐입니다. 색깔도 있고 투명도도 있고 광도도 있죠. 당신은 진짜로 그것이 에메랄드인지조차 모르잖아요? 경도 검사는 해 봤나요?"

"아니요."

"그렇다면 그건 색을 입힌 유리일 수도 있어요. 당신이 준…… 이 보물처럼 말이죠."

"무슨 뜻인지 압니다."

그는 그 유리 조각을 보고 눈살을 찌푸렸다.

"어떤 식으로든 가격 책정을 하고 싶지 않다는 걸 이해해 주셨으면 합니다. 그게 진짜 에메랄드라 하더라도 가격이 상당히 차이가 날 수 있으니까요. 매우 비싼 것일 수도 있고 거의 무가치한 것일 수도 있다고요. 심각한 흠이 있을 수도 있죠. 아니면 등급이 낮은 것일 수도 있고요. 실제로 캐럿당 40내지 50달러라는 말도 안 되는 가격에 우편 판매를 하는 회사도 있기는 해요. 그들이 파는 것은 좋은 물건이 아니죠. 진짜 에메랄드긴 해도 보석으로서는 가치가 없다고 할 수 있어요."

"알겠습니다."

"보석으로 가치가 있는 에메랄드라 해도 가격은 천차만별이에요."

그는 손바닥에 얹어 놓은 유리 조각의 무게를 가늠해 보며 말했다.

"이 정도 크기는 2000달러 정도면 살 수 있을 겁니다. 노스캐롤라이나 서부의 산업용 강옥이 아닌 좋은 걸로요. 그렇지만 최상의 빛깔과 완벽한 광택에 흠이 없는 최상급은 페루 산이 아니라도 콜롬비아 산 최상급 에메랄드는 4만이나 5만, 아니면 6만 달러는 할 겁니다. 그것도 대략 그렇다는 거지, 정확하지는 않습니다."

힐퀴스트 씨는 더 할 말이 있는 듯했지만 나는 더 이상 주의를 기울이지 않았다. 실제로 그는 아무것도 가르쳐 주지 않았고 아무런 실마리도 더 보태 주지 않았지만, 상자를 잘 흔들어 섞어 주었다고 할 수 있었다. 이제야 사건의 전모가 한눈에 들어왔다.

나는 그 녹색 유리 조각을 가지고 일어났다.

서른둘

그날 밤 10시 30분쯤 서 72번가에 있는 푸건에 들렀다가 나왔다. 한 시간 전쯤부터 가랑비가 내리고 있었다. 거리의 많은 사람들이 우산을 들고 다녔다. 나는 우산 없이 모자를 쓰고 인도에 서서 모자챙을 매만지고 있었다.

길 건너 시동을 걸어 놓은 머큐리 세단이 보였다.

왼편으로 돌아 탑 노트로 들어갔다. 뒤편 테이블에 앉은 대니 보이가 눈에 띄었지만 바에 가서 그를 찾았다. 내 목소리가 컸던지 사람들이 쳐다보았다. 바텐더가 뒤쪽을 가리키자 뒤로 가 그와 합석했다.

그에게는 이미 동행이 있었다. 대니 보이는 날씬하고 멋진 여자와 앉아 있었다. 그녀의 머리카락도 대니 보이의 머리카락만큼이나 하얀색이었는데 그녀의 경우는 자연색으로는 보이지 않았다. 눈썹을 확 밀어 버린 때문인지 이마가 두드러져 보였다. 대니 보이는 그녀를 브리나라고 소개하였다.

"앤지나와 같은 운율이지."

그가 말하자 그녀는 작고 날카로운 송곳니를 보이며 웃었다.

나는 의자를 하나 끌어당겨 앉았다.

"대니 보이, 말 좀 옮겨 줘. 킴 다키넨의 남자 친구에 대해 알아냈어. 누가 그녀를 죽였는지, 왜 죽였는지도."

"매트, 너 괜찮은 거야?"

"그래. 내가 왜 킴의 남자 친구를 찾는 데 애를 먹었는지 너도 알잖아? 그는 활동적인 남자는 아니야. 그 때문이지. 클럽에도 안 가고 도박도 안 하고 돌아다니지도 않아. 연결이 안 돼."

"매트, 취했군?"

"네가 무슨 스페인 종교 재판소라도 되냐? 내가 마셨건 안 마셨건 무슨 상관이지?"

"그냥 취한 게 아닌가 해서 말이야. 목소리가 너무 커."

"그래, 킴에 대해 이야기하려는 거야. 그녀의 남자 친구에 대해서 말이야. 거 봐. 그는 보석상이었어. 부자는 아니고 가난뱅이도 아냐. 그저 밥 먹고 사는 정도야."

"브리나, 잠시 화장 좀 고치고 올래?"

"아, 그대로 있어도 돼. 화장도 괜찮아 보이는데, 뭐."

내가 말했다.

"매트……"

"내가 비밀을 말하려는 것도 아니잖아, 대니 보이."

"마음대로 해."

나는 계속해서 이야기했다.

"이 보석상이 말이지, 처음에는 고객으로 킴을 찾기 시작했어. 그런데 무슨 일이 있었나 봐. 어쨌거나 그녀를 사랑하게 된 거야."

"흔히 있는 일이지."

"그들은 진심이었어. 아무튼 그는 사랑에 빠진 거지. 한편으로 그는 어떤 사람들과 연루되어 있었는데, 그들은 세관도 안 거치고 판매 기록도 없는 보석을 가지고 있었지. 에메랄드야. 콜롬비아산 에메랄드. 그것도 진짜 품질이 좋은 걸로."

"매트, 도대체 왜 나한테 이런 이야기를 하는 거지?"

"재미있지 않아?"

"나한테만 그 이야기를 하는 게 아니고 온 방에 방송을 하고 있잖아. 알고 있어?"

나는 그를 쳐다봤다. 잠시 후에 그가 말했다.

"좋아, 브리나, 잘 들어. 이 정신 나간 친구가 에메랄드에 대해 말하고 싶대."

"킴의 남자 친구는 이 나라로 에메랄드를 가져오는 사람들을 도와 에메랄드 판매를 중개하기로 되어 있었어. 전에도 그런 일을 해 주고 돈을 좀 벌었겠지. 그런데 이제 돈이 많이 드는 여자와 사랑에 빠졌고 진짜로 돈이 필요하게 된 거야. 그래서 속임수를 썼지."

"어떻게?"

"나도 몰라. 보석 몇 개를 바꿔 치기했을 수도 있겠지. 어쩌면 빼돌렸을 수도 있고. 몽땅 갖고 달아나려 했을지도 모르지. 그걸 믿고 킴한테 무슨 언질을 준 게 분명해. 그녀가 챈스를 떠나고 싶다고 했으니까 말이야. 그녀는 더 이상 매춘을 하고 싶지 않았을 거야. 내 추측으로는 그는 바꿔 치기를 해서 진짜를 처분하려고 외국에 나갔을 것 같아. 그가 없는 동안 킴은 챈스로부터 벗어났고. 그가 돌아오면 모든 게 해피 엔드가 될 예정이었지. 하지만 그는 돌아오지 않았어."

"그가 돌아오지 않았다면 킴은 누가 죽였지?"

"그가 배신한 사람들이겠지. 그들이 갤럭시 다운타우너 호텔에 있는 그 방으로 그녀를 유인해 냈지. 거기서 그를 만날 줄 알았을 거야. 그녀는 이제 매춘을 하지 않았으니까 고객을 만나러 호텔에 가지는 않았을 거야. 실제로 그녀는 호텔 매춘부로 일한 적은 별로 없어. 누군가 전화를 해서 자기가 남자 친구의 친구라면서 그가 미행당할까 봐 그녀에게 갈 수 없다고 전했다면 어땠을까? 그녀는 기꺼이 그를 만나러 호텔로 가지 않았을까?"

"갔겠지."

"물론 갔지. 잘 차려 입고서. 그가 선물한 밍크 재킷을 걸치고 에메랄드 반지를 끼고 말이야. 그 남자가 부자는 아니었으니까 밍크야 그다지 비싼 건 아니었겠지만, 에메랄드는 한 푼도 들지 않았으니 굉장한 것으로 줄 수 있었지. 자기가 그 일을 하고 있었으니까 밀수 보석 하나로 반지를 만들어 준 거야."

"그래서 거기 갔다가 죽은 거로군."

"맞아."

대니 보이는 보드카를 한 모금 마셨다.

"왜? 반지를 되찾으려고 죽인 건가?"

"아니, 그녀를 죽이는 게 목적이었어."

"어째서?"

"그들은 콜롬비아 인들이니까. 그게 그들 방식이거든. 누군가를 쳐야 할 이유가 생기면 그들은 전 가족을 공격하지."

"젠장."

"아마 가족을 볼모로 삼는 거겠지. 특히 마이애미에서는 이런 사건이 꽤 자주 신문에 나. 코카인 거래에서 누군가 다른 사람을 밀고하면 온 가족이 죽음을 면치 못하는 거야. 콜롬비아는 작고 부유한 나라야. 최고급 커피와 최상급 마리화나, 최상급의 코카인이 있지."

"그리고 최상급 에메랄드도?"

"맞아. 킴의 보석상은 유부남은 아니었어. 그에 대한 정보를 얻기가 하도 힘들어서 결혼한 남자인 줄 알았지만 그는 결혼한 적이 없어. 킴과 사랑에 빠지기 전에는 누구를 사랑한 적도 없었을 거야. 그래서 쉽게 자신의 삶을 바꿀 준비가 됐겠지. 아무튼 그는 독신자였어. 아내도 아이도 생존해 계시는 부모도 없었어. 그러니 그의 가족을 몰살시키고 싶다면 어쩌겠어? 여자 친구를 죽이는 거지."

브리나의 얼굴은 이제 그녀의 머리칼 색깔만큼이나 하얗게 질렸다. 그녀는 여자 친구를 죽이는 이야기 같은 건 좋아하지 않았다.

계속해서 이야기했다.

"살인은 전문적이었어. 살인자는 증거를 남기지 않으려고 아주 신중하게 처리했거든. 자신의 흔적을 모조리 없앴어. 그런데 방음 총 몇 발로 깨끗이 끝내는 대신 난도질을 하게 만든 무언가가 있었어. 매춘부에 대한 혐오증이 있었을지도 모르지. 여자 전체에 대한 혐오증일 수도 있고. 아무튼 그는 킴을 무참히 난자했어. 그러고 나서 깨끗이 닦고 더러운 타월들과 기다란 정글도를 갖고 나갔지. 모피 재킷도 지갑에 있는 돈도 그대로 뒀지만 반지는 가져갔어."

"그게 그렇게 값이 나가는 물건이기 때문에?"

"그럴 가능성이 높아. 사실 반지에 대해서는 확실한 물증이 없어. 내가 알기로 그 반지는 유리로 된 모조품이고 그녀가 직접 산 거야. 어쩌면 에메랄드일 수도 있었을 거야. 설령 가짜였더라도 살인자는 에메랄드라고 생각했을 거야. 사람을 죽이고 몇백 달러를 남겨 둔 건 말이지, 죽은 자의 물건을 강도질하지 않는다는 걸 보여 주려고 그랬을 거야. 하지만 5만 달러까지 나갈 수 있는 에메랄드를 남겨 두는 건 다른 문제야. 더구나 그게 원래 자기 물건이었다면 말이야."

"무슨 말인지 알겠어."

"갤럭시 다운타우너 호텔의 객실 담당 직원은 옥타비오 칼데론이라는 젊은 녀석인데 콜롬비아 인이지. 우연의 일치였겠지. 요즘은 시내에 콜롬비아 인이 많으니까. 어쩌면 살인자는 거기 아는 사람이 일하고 있어서 갤럭시를 골랐을 수도 있었을 거야. 상관없는 일이지만. 칼데론은 살인자를 알아봤거나 최소한 입을 다물어야 할 만큼은 아는 사이였어. 경찰이 다시 심문하러 다시 갔을 때 칼데론은 사라지고 없었으니까 말이야. 킬러의 친구들이 사라지라고 시켰든가, 아니면 스스로 다른 곳에 가는 게 안전하다고 여겼겠지. 고향인 카르타헤나로 돌아갔거나 아니면 퀸스의 다른 숙박 업소로 옮겼겠지."

어쩌면 그가 죽었을 수도 있다는 생각이 들었다. 하지만 그럴 것 같지는 않았다. 콜롬비아 인들이 사람을 죽일 때는 눈에 띄는 곳에 시신을 남기기를 좋아하니까.

"죽은 매춘부가 한 명 더 있잖아."

"서니 핸드릭스 말이군. 그건 자살이었어. 킴의 죽음이 영향을 줬을 수도 있지. 그러니까 킴을 죽인 자는 서니의 죽음에 대해서도 도의적 책임이 있는 거야. 하지만 그녀는 자살했어."

"길거리 매춘부에 대해 이야기하는 거야. 그 여장하고 다니는 애 말이야."

"걘 쿠키 블루야."

"그래, 그 애. 그 애는 왜 죽였지? 널 따돌리려고 그런 건가? 하긴 그게 아니었으면 아직 제대로 추적할 실마리도 못 잡았을 거 아냐."

"그건 아냐."

"그럼 왜 그랬지? 첫 살인이 킬러를 미치광이로 만든 건가? 그의 내면에서 무언가가 또 살인을 저지르도록 자극한 걸까?"

"그런 것도 작용했을 수 있겠지. 첫 번째가 즐겁지 않았다면 그런 두 번째 난도질은 하지 않았을 테니까. 그가 희생자들과 섹스를 했는지 안 했는지는 모르겠어. 다만 살인으로 얻은 것이 성적 흥분이었던 건 분명해."

"그러니까 더 자극적인 걸 찾아서 쿠키를 고른 건가?"

브리나의 얼굴이 다시 창백해졌다. 어떤 사람의 여자 친구라는 이유로 살해된 여자 이야기만 해도 충분히 듣기 거북했다. 게다가 무작위로 살해된 여자 이야기라니.

"아냐. 쿠키는 분명한 이유가 있어서 살해된 거야. 킬러는 그녀를 찾아다녔어. 수많은 매춘부를 수소문한 끝에 그녀를 찾아낸 거야. 쿠키는 가족이었지."

"가족이라니? 누구의 가족이란 말이지?"

"남자 친구의 가족이지."

"그 보석상이 애인을 둘씩이나 가졌단 말이야? 하나는 매춘부고 하나는 여장 남창이라?"

"쿠키는 애인이 아니야, 동생이지."

"쿠키가……"

"쿠키 블루의 원래 이름은 마크 블라우슈타인이었어. 마크는 아드리안이라는 이름을 가진 형이 하나 있었는데 그는 보석상이 되었지. 아드리안 블라우슈타인은 킴이라는 이름의 여자 친구가 있었고 콜롬비아 인들과 동업을 했지."

"그래서 쿠키와 킴이 관련이 되는군."

"그들이 관련이 있었던 건 분명해. 서로 만난 적은 없었던 것 같아. 마크와 아드리안도 최근에는 서로 연락이 없었던 모양이야. 그래야 킬러가 쿠키를 찾는 데 왜 그렇게 오래 걸렸는지 설명이 되거든. 하지만 어떤 식으로든 관련이 있는 건 틀림없다는 생각이 들었어. 전에 어떤 사람에게 그들이 사실상 자매 같다는 이야기를 한 적이 있지. 그다지 틀린 말은 아니었어. 그들은 거의 시누 올케 사이가 될 뻔했잖아."

대니 보이는 잠시 생각을 하더니 브리나에게 잠시 나와 단둘이 할 말이 있다고 했다. 이번에는 나도 말리지 않았다. 그녀가 테이블을 떠나자 대니 보이는 웨이트리스를 손짓해서 불렀다. 보드카를 주문하고 내게 뭘 마시겠느냐고 물었다.

"이번엔 됐어."

그녀가 보드카를 가져오자 그는 조심스레 홀짝거리더니 잔을 내려놓았다.

"경찰에는 갔겠지."

"경찰은 안 돼."

"왜?"

"아직 사건에 손도 못 댔거든."

"그 대신 여기 온 거로군."

"맞아."

"내가 입을 다물 수는 있어, 매트. 하지만 브리나 계집애가 무슨 짓을 할지는 장담 못하겠어. 그 애는 네 머릿속에 든 생각까지도 앞질러서 폭로하고 말걸. 잘 만났지 뭐야. 아무튼 네가 너무 시끄럽게 떠들어서 여기 사람들의 절반은 그 이야기를 들었을 거야."

"나도 알아."

"그런 것 같았어. 뭘 바라는 거지?"

"내가 알고 있다는 걸 킬러가 알아주길 바라지."

"오래 걸리진 않을 거야."

"소문이 퍼지길 바라는 거지, 대니 보이. 이제 갈 거야. 우리 동네까지 걸어가야지. 어쩌면 암스트롱 바에서 두어 시간을 보낼지도 몰라. 그 다음에 모퉁이를 돌아서 호텔 방으로 가겠지."

"죽을 수도 있어, 매트."

"이 미친놈은 여자만 죽여."

"쿠키도 반만 여자였어. 어쩌면 남자도 노리고 있을 수 있어."

"그럴지도 모르지."

"그자가 너한테 접근하길 바라고 있군."

"그런 것 같군, 그렇지?"

"매트, 미쳤어. 네가 여기 들어온 그 순간부터 말리고 싶었어. 널 진정시키고 싶었다고."

"알고 있어."

"이제는 너무 늦은 것 같아. 내가 소문을 내든 말든 말이야."

"그 전에 이미 늦었지. 여기 오기 전에 주택가 쪽에 들렀거든. 로열 왈드론이라는 사람 알지?"

"그럼, 로열이라면 알지."

"그와 이야기를 좀 나눴거든. 로열은 콜롬비아에서 온 사람들과 사업 관계가 좀 있는 걸로 알려져 있어서 말이야."

"그럴 거야. 그는 마약 거래를 하고 있어."

"그러니까 저쪽에서는 이미 알고 있을 거야. 하지만 너도 꼭 퍼뜨려 줘야 해. 확실한 보험이 필요하거든."

"보험이라. 생명 보험의 반대가 뭐라고 생각해?"

"몰라."

"죽음 보험이지. 매트, 지금 이 순간에도 그자들이 바깥에서 널 기다리고 있을걸."

"그럴 수도 있겠지."

"당장 전화기를 들고 경찰에 연락해. 경찰에서 차도 보내 줄 거야. 널 안전한 곳으로 데려가서 진술서를 작성하게 하겠지. 그 자식들도 밥값 좀 하게 하라고."

"난 킬러를 원해. 그것도 1 대 1로."

"넌 라틴 계가 아니잖아. 그런 마초 콤플렉스는 어디서 나온 거지?"

"그냥 소문만 내 줘, 대니 보이."

"잠깐만 앉아 있어."

그는 앞으로 몸을 기울이며 목소리를 낮췄다.

"아무것도 안 갖고 여기서 걸어 나갈 생각은 아니겠지. 잠시만 앉아 있어. 하나 구해 줄게."

"총은 필요 없어."

"글쎄. 물론 그러시겠지. 누가 그런 게 필요하겠어? 넌 놈의 칼을 빼앗아 그자가 삼키도록 할 수도 있는데 말이야. 그러고 나서 놈의 두 다리를 부러뜨려 뒷골목에 버려 뒀겠지."

"대충 그렇다고 할 수 있지."

"총을 구해 줄 테니까 잠자코 좀 기다려."

그가 내 눈을 들여다보았다.

"벌써 갖고 있군. 지금 갖고 있어, 그렇지?"

"총은 필요 없어."

정말이지 총은 필요하지 않았다. 탑 노트에서 나오면서 호주머니에 손을 넣어 32구경의 총신을 만져 보았다. 누가 이 따위 물건을 필요로 한단 말인가? 이런 조그만 총은 위력을 발휘하지도 못할 텐데. 더구나 방아쇠를 당기지도 못하는데 무슨 소용이람.

밖으로 나왔다. 아직 비가 내리고 있었지만 더 세게 내리지는 않았다. 모자챙을 매만지며 유심히 주의를 둘러보았다.

머큐리 세단이 길 반대편에 세워져 있었다. 찌그러진 범퍼를 보고 알아볼 수 있었다. 잠시 거기 서 있는 동안 시동 거는 소리가 들렸다.

콜럼버스가를 향해 걸어갔다. 신호가 바뀌기를 기다리면서 서 있을 때, 머큐리가 유턴을 해서 접근해 오는 것이 보였다. 신호가 바뀌자 길을 건넜다.

주머니에 넣은 내 손에 총이 쥐어져 있었다. 검지는 방아쇠에 닿아 있었다. 불과 얼마 전에 내 손가락 아래서 방아쇠가 마치 작은 생물처럼 떨던 일이 떠올랐다. 그때도 똑같이 이 거리에 서 있었다.

다운타운 중심가를 향해 걸어 내려갔다. 어깨 너머로 두어 번 돌아보았다. 머큐리는 줄곧 한 블록 될까 말까 하는 거리를 유지했다.

마음 놓고 있었던 건 아니지만 전에 총을 뽑은 적이 있는 장소에 이르자 부쩍 긴장이 되었다. 나를 향해 질주해 오는 차를 의식하며 뒤를 돌아보지 않을 수 없었다. 끼익 하는 브레이크 소리에 무의식적으로 고개를 돌렸지만, 그 소리는 두 블록은 족히 떨어진 곳에서 난 것이었다.

신경과민이야.

내가 보도 위로 나가떨어져 뒹굴었던 장소를 지나갔다. 병을 던졌던 곳을 살펴보았다. 아직 깨진 유리 조각이 남아 있었지만 이게 그때 깨진 것인지는 알 수 없었다. 날마다 수많은 병이 깨지고 있었다.

암스트롱 바까지 계속 걸어갔다. 거기 들어가서 호두 파이와 커피를 주문했다. 오른손을 주머니에 넣고 서서 실내를 훑어보았다. 한 사람도 빼놓지 않고 확인했다. 파이를 먹어 치운 다음 다시 손을 호주머니에 집어넣고 왼손으로 커피를 마셨다.

잠시 후 커피를 더 시켰다.

전화벨이 울렸다. 트리나가 전화를 받고 스탠드를 향해 걸어갔다. 어두운 금발을 한 육중한 남자가 앉아 있었다. 그녀가 무슨 말을 하자 그는 전화가 있는 쪽으로 걸어갔다. 몇 분 동안 통화를 하더니 방 안을 둘러보고는 내가 있는 테이블로 왔다.

그가 말했다.

"스커더죠? 전 조지 라이트너예요. 우리 만난 적은 없는 것 같군요."

그는 의자를 당겨 앉았다.

"방금 조가 전화한 거예요. 밖에는 아직 아무 일도 없답니다. 머큐리를 타고 지켜보는 사람도 있고 길 건너편 2층 창문에도 두 명의 저격수를 배치했다는군요."

"잘됐군."

"여기 나 말고 앞 테이블에 두 명이 더 있죠. 들어올 때 보셨겠지만요."

"알아봤어. 자넬 보고 경찰 아니면 킬러라고 생각했으니까."

"제길, 족집게군요. 참 좋은 곳이죠. 여기 종종 드나들겠죠?"

"예전만큼은 아니지."

"여기 좋네요. 나중에 다시 와서 커피 말고 다른 걸 마셔 봐야겠어요. 이 집 오늘 커피 많이 팔았겠는데요. 당신하고 나, 저 앞 테이블의 두 녀석까지 마셔 대고 있잖아요."

"꽤 괜찮은 커피지."

"그래요, 나쁘지 않네요. 경찰서 안에서 마시는 것보다야 낫죠."

그는 지포 라이터로 담뱃불을 붙였다.

"조 말로는 다른 데서도 아무 움직임이 없대요. 시내에 있는 당신 여자 친구한테도 두 명을 붙여 놨대요. 이스트 사이드에 있는 세 창녀한테도 두 명이 가 있고요."

조지는 씩 웃었다.

"말씀 드려야 할 건 다 한 것 같군요. 그들을 전부 이길 순 없겠죠?"

"그렇겠지."

"여기 얼마나 있을 건가요? 지금쯤이면 녀석이 움직일 때도 된 것 같은데 말이죠. 지금 아니면 오늘 밤까지는 움직이지 않을 거라고 조가 그러더군요. 여기서 호텔까지는 우리가 당신을 철저히 지킬 거예요. 지붕이나 고층 창문에서 총을 쏜다면 어쩔 수 없겠지만 말예요. 이미 지붕은 살펴봤지만 장담할 순 없어요."

"녀석이 멀리서 쏘는 일은 없을 거야."

"그렇다면 우리 쪽이 유리하네요. 방탄조끼는 입으셨죠?"

"그래."

"도움이 될 거예요. 물론 망사로 된 조끼가 칼날을 100퍼센트 막아 주지는 못하지만 말예요. 녀석이 당신에게 그렇게 가까이 접근하도록 놔두지는 않을 거예요. 만약 놈이 밖에 있다면 여기서 호텔 정문까지 가는 사이에 행동에 들어갈 겁니다."

"내 생각도 그래."

"언제 결투를 시작할 참이죠?"

"잠깐, 커피는 마저 마셔야지."

"무슨 커피 타령씩이나! 아무튼 맛있게 드세요."

그는 일어나 스탠드에 있는 자신의 자리로 돌아갔다. 나는 커피를 마저 마시고 화장실로 갔다. 32구경을 점검해 봤다. 탄실을 들여다보니 한 발이 들어 있고 세 발이 더 남았다. 빈 탄실을 채울 탄약을 더킨에게 얻을 수도 있었다. 그러면 그는 화력이 더 센 큰 총을 줬을 것이다. 하지만 그는 내가 32구경을 가지고 있는 줄도 몰랐으며 나도 말하고 싶지 않았다. 나 자신이 누군가를 쏠 필요가 없도록 일을 꾸며 두었다. 킬러는 우리가 쳐 둔 올가미 속으로 걸어 들어오도록 되어 있었다.

하지만 어쩐지 그렇게 될 것 같지가 않았다.

계산을 하고 팁을 남겼다. 예상대로 될 것 같지는 않았다. 느낄 수 있었다. 망할 놈의 자식은 밖에서 기다리고 있지 않았다.

문 밖으로 걸어 나왔다. 빗발이 다소 가늘어져 있었다. 머큐리를 쳐다보았다. 그리고 경찰 저격수가 어디 있는지 궁금해하면서 건너편 건물을 눈여겨보았다. 그런 건 상관없었다. 오늘 밤 그들이 할 일은 없을 것이다. 우리의 적은 미끼를 물 생각이 없으니까.

녀석이 적당한 건물의 어두컴컴한 문간에 서 있을 경우를 생각하고, 인도의 바깥쪽으로 바짝 붙어서 57번가를 향해 걸어갔다. 천천히 걸으면서 무사히 호텔까지 갈 수 있기를, 놈이 멀리서 공격하지 않기를 바랐다. 방탄조끼가 항상 총알을 막아 줄 수도 없을 뿐 아니라 머리를 쏠 경우에는 아무 대책이 없었다.

하지만 그것은 문제가 아니었다. 그는 거기 없었다. 젠장, 그가 거기 없으리라는 걸 나는 이미 알고 있었다.

그래도 호텔에 들어가니 숨쉬기가 좀 쉬워졌다. 김새는 기분이 들기는 했지만 그제야 안심이 되었다.

로비에는 세 명의 사복형사가 있었다. 그들은 곧바로 신분을 밝혔다. 잠시 그들과 함께 서 있는데 더킨이 혼자 들어왔다. 그중 한 명과 귓속말을 하더니 내게 다가왔다.

"우리가 허탕을 쳤군."

"그런가 봐."

"제길, 허술한 데가 별로 없었을 텐데. 아마 놈이 냄새를 맡은 모양이야. 어떻게 된 일인지 모르겠어. 아니면 녀석은 이미 어제 빌어먹을 고향 보고타로 날아갔을지도 모르지. 물 건너 간 놈을 잡겠다고 우리가 여기서 덫을 놓고 있는 건지도 모르잖아."

"그럴지도."

"자넨 가서 좀 자 두는 게 어때. 너무 흥분해서 잠이 안 온다면 말이지. 두어 잔 마시고 여덟 시간쯤 푹 자 두라고."

"좋은 생각이야."

"로비에 있던 친구들이 이제까지 잠복근무를 했지만 방문객도 새로 온 투숙객도 없어. 여기 밤새 보초를 세워 둘 거야."

"꼭 그럴 필요가 있을까?"

"나쁠 건 없잖아."

"아무튼 자네 말이 맞을 거야."

"매트, 우린 최선을 다했어, 연기를 피워 망할 자식을 끌어낼 수만 있다면 무슨 짓을 안 하겠어? 어디를 어떻게 훑어야 에메랄드 밀수꾼을 잡을 수 있는지 아무도 모르니까 말이야. 운이 좋을 때도 있고 그렇지 않을 때도 있지."

"알고 있어."

"언젠가는 그 더러운 놈을 잡을 거야. 자네도 알잖아."

"그럼."

"자, 자, 말 들어. 가서 좀 자 두라고, 응?"

그는 우스꽝스럽게 몸을 틀었다.

"그러지."

엘리베이터를 탔다. 그자가 남미로 가지는 않았을 것 같다는 생각이 들었다. 아니, 놈이 남미에 있지 않다는 건 너무나도 분명했다. 녀석은 지금 여기, 뉴욕에 있고 살인을 위한 살인을 다시 저지를 것이다.

어쩌면 전에도 살인을 저지른 적이 있을 것이다. 살인이 자기를 흥분시킨다는 사실을 안 것은 킴이 처음이었을지도 모른다. 놈은 똑같은 방식으로 다시 해 보고 싶을 만큼 살인이 좋았던 모양이다. 다음에는 어떤 구실도 필요 없었을 것이다. 그저 희생자와 호텔과 그의 충실한 정글도가 있으면 되었으니까.

두어 잔 마셔 보라고 더킨이 권했지.

술 생각은 나지 않았다.

열흘. 나는 생각했다. 맨정신으로 침대에 들기만 하면 열흘이 된다.

주머니에서 총을 꺼내 화장대 위에 놓았다. 다른 주머니에는 아직 상아 팔찌가 들어 있었다. 꺼내서 총 옆에 놓았다. 킴의 부엌에서 종이 타월로 싼 그대로였다. 바지와 재킷을 벗어 옷걸이에 걸고 셔츠도 벗었다. 방탄조끼는 벗기도 만만찮고 입기도 성가셨다. 내가 아는 경찰치고 방탄조끼를 좋아하는 사람은 없었다. 하지만 총을 맞고 싶어 하는 사람은 아무도 없었다.

방탄조끼를 벗어 총과 팔찌 옆에 나란히 화장대에 걸쳐 두었다.

방탄조끼는 그다지 부피가 나가지도 않고 따뜻했다. 땀이 나서 내 겨드랑이 주위가 둥글게 젖어 있었다. 속옷과 양말을 벗으면서 뭔가 찰칵 하는 소리를 들은 듯했다. 섬뜩한 생각이 들었다. 욕실을 향해 돌아서는 순간 욕실 문이 확 열렸다.

구릿빛 피부와 이글거리는 눈을 가진 덩치 큰 녀석이 뛰쳐나왔다. 녀석도 나처럼 벌거벗고 있었지만 손에는 정글도를 들고 있었다. 칼날이 번쩍거리는 약 30센티미터 길이의 칼이었다.

망사 조끼를 그에게 집어던졌다. 그는 칼을 휘둘러 그것을 한쪽으로 쳐냈다. 화장대에서 잽싸게 총을 집어 들고 그를 피해 몸을 낮췄다. 칼날을 내리치다가 놓치자 그의 팔이 다시 올라갔다. 그때 그의 가슴을 향해 네 발을 쏘았다.

서른셋

    LL 지하철은 8번가에서 시작해서 14번가를 따라 맨해튼을 가로질러 카나시까지 간다. 브루클린에서 강 건너 첫 정차역은 베드포드가와 북 7번가의 교차로에 있었다. 거기서 내려 챈스의 집이 나올 때까지 걷기로 했다. 한참 걸렸다. 몇 번이나 길을 잘못 들긴 하였지만 걷기에는 좋은 날이었다. 햇빛이 비치고 하늘은 맑았으며 약간 따스한 공기에 기분 전환이 되었다.
    차고 오른편에 창도 하나 없는 육중한 문이 있었다. 초인종을 눌렀으나 아무 대답이 없었다. 안에서 벨이 울리는 소리가 들리지 않았다. 초인종도 끊어 놓았다고 했던가? 다시 눌러 보았지만 아무 소리도 나지 않았다.
    현관에 놋쇠 손잡이가 있기에 두드려 보았다. 아무런 기척이 없었다. 손을 입에 대고 소리쳤다.
    "챈스, 스커더야. 문 열어 봐."

다시 손잡이로 문을 두드리다가 주먹으로 문을 쳤다.

문이 몹시 견고해 보였다. 어깨로 밀어 보았지만 힘으로 밀어붙여서 될 것 같지 않았다. 창문을 깨고 들어갈 수도 있었겠지만 그린포인트에서 그런 짓을 했다간 이웃들이 경찰을 부르거나 총을 들고 뛰어올 것 같았다.

다시 문을 두드려 댔다. 기계음이 들리며 차고의 자동문이 올라가기 시작했다.

"이쪽으로 들어와. 문을 다 부숴 놓기 전에."

내가 차고로 들어가자 챈스는 단추를 눌러 다시 문을 내렸다.

"현관문은 안 열려. 전에 당신한테 보여 준 것 같은데. 모두 막혀 있거든."

"불이 나면 대단하겠는데."

"그땐 창문으로 나갈 거야. 하지만 소방서에 불났다는 소리 들어 본 적 있어?"

챈스는 지난번 입었던 그대로 파란 청바지에 감색 스웨터를 걸치고 있었다.

"커피 잊어버리고 갔더군. 내가 주는 걸 잊어버렸었나? 그저께 기억나? 좀 가져가기로 했잖아."

"맞아. 깜빡했어."

"여자 친구에게 주라고 했잖아. 멋진 여자던데. 커피 끓였는데 좀 마실래?"

"그러지."

챈스와 함께 부엌으로 들어갔다.

"널 만나기가 무척 어렵군."

"글쎄. 그냥 응답 서비스 확인을 안 했으니까."
"알고 있어. 요즘 뉴스 들어 봤어? 신문을 읽었든가?"
"최근에는 못 봤지. 블랙으로 마시지?"
"맞아. 챈스, 다 끝났어. 그놈을 잡았어."
그가 나를 쳐다보았다.
"그 녀석 말이군. 살인자."
"맞아, 너한테 그 얘길 해 주고 싶었어."
"그래, 무슨 얘긴지 들어보고 싶은데."

나는 상세하게 모든 이야기를 들려주었다. 그 이야기도 이제 이 골이 났다. 벌써 오후가 저물어 갈 즈음이었다. 새벽 2시쯤 페드로 안토니오 마르케스에게 네 발을 쏜 후 지금까지 만나는 사람마다 붙잡고 같은 이야기를 되풀이하고 있었다.
챈스가 말했다.
"그래서 놈을 죽였단 말이군. 어떤 느낌이 들지?"
"아직은 말하기 어려워."
더킨이 어떻게 생각하는지는 알고 있었다. 그는 더할 나위 없이 기뻐했다. 더킨은 이렇게 말했다.
"죽어 버리면 3년 후에 다시 길거리에 나타나서 또 그 짓을 할 수는 없겠지. 이놈은 진짜 짐승이야. 피 맛을 알고 즐겼거든."
"동일범이 맞아? 의심의 여지가 없어?"
챈스가 궁금해했다.
"의심의 여지가 없지. 포와탄 모텔 지배인도 확인을 했어. 지문 조회도 했고. 두 사건의 용의자 지문이 일치했거든. 포와탄 모텔에서 나온 지문과 갤럭시 호텔에서 나온 지문을 조사한 결과, 그 놈이 두 살인 사건에 전부 관련된 것도 확인했어. 두 살인 사건에 사용된 흉기도 꼭 같은 정글도야. 칼날과 손잡이 틈에 남은 미세한 혈흔을 발견해서 조사했는데 혈액형이 일치했어. 그게 킴이었는지 쿠키였는지는 잘 기억이 안 나지만."

"호텔에는 어떻게 잠입한 거지?"

"로비로 곧장 걸어 들어가서 엘리베이터를 탔지."

"형사가 잠복 중이었을 텐데."

"그랬지. 놈은 똑바로 잠복 형사들을 지나 카운터로 가서 열쇠를 받아 자기 방으로 간 거야."

"어째서 그럴 수 있지?"

"세상에서 제일 쉬웠지. 그 전날 이미 체크인을 했거든. 대기하고 있었던 거지. 내가 자기를 찾고 있다는 소문을 듣자 곧바로 호텔로 돌아와서 자기 방에 갔다가 내 방에 들어온 거야. 이 호텔 자물쇠는 그리 문제 될 것 없으니까 말이야. 옷을 벗고 칼을 갈고 내가 돌아오기를 기다리고 있었지."

"거의 성공할 뻔했군."

"성공할 수도 있었을 거야. 문 뒤에서 기다리다 내가 눈치 채기 전에 죽여 버렸다면 말이지. 아니면 욕실에서 조금만 더 기다렸다가 내가 침대에 들 시간만 줬다면. 하지만 놈은 살인에서 얻는 스릴에 너무 광분했어. 바로 그래서 망친 거지. 놈은 나를 해치울 때 둘 다 벌거벗고 있기를 원했거든. 너무 흥분해서 내가 잠자리에 들 때까지 기다릴 수 없었던 거야. 물론 내게 총이 없었다면 어쨌든 살해됐을 테지만 말이야."

"혼자 그런 짓을 했을 리가 없어."

"살인만 말하자면 놈은 혼자였어. 아마 에메랄드 사업을 하는 동업자가 더 있었겠지. 경찰이 그들을 찾아낼 수 있을 거야. 하지만 찾아낸다 하더라도 실제로 그들을 입건할 방법은 없어."

챈스가 고개를 끄덕였다.

"그 오빠라는 자는 어떻게 됐지? 킴의 남자 친구 말이야. 이 모든 일의 원인을 제공한 사람이잖아."

"나타나지 않았어. 어쩌면 죽었을지도 몰라. 아니면 아직 도망 중이든가. 그 콜롬비아 녀석들이 찾아낼 때까지는 살겠지."

"그렇게까지 할까?"

"그럴 거야. 그들은 집요하다고 소문이 나 있거든."

"그 객실 담당 직원은? 이름이 뭐였더라. 칼데론인가?"

"맞아. 퀸스 어딘가에 처박혀 있었다면 신문에 난 걸 읽고 다시 옛 직장에 나타나겠지."

챈스는 무언가 말을 꺼내려다가 말고 내 컵까지 들고 커피를 채우러 부엌으로 갔다. 곧 돌아와서 커피를 내게 건네주었다.

"늦게까지 못 잤겠네."

"밤을 새웠지."

"한잠도 못 잔 거야?"

"아직은."

"난 말이야, 이따금 의자에서 졸아. 그런데 잠자리에 들면 잠이 안 오거든. 침대에 누워 있지도 못하겠어. 나가서 운동하고 사우나를 하고 샤워를 하고 커피를 마시고 다시 앉아 있지. 계속 그러고 있어."

"응답 서비스 확인하는 것도 그만두었더군."

"응답 서비스 확인하는 것도 그만두고 두문불출했지. 뭘 먹기는 했나 봐. 냉장고를 뒤져 아무거나 그냥 먹었지. 킴도 죽고 서니도 죽었어. 쿠킨가도 죽고 그의 형인가도 죽었지. 그 남자 친구 말이야. 이름이 뭔지 모르지만 그자도 죽었어."

"마르케스도 죽었어."

"마르케스도 죽고 칼데론은 사라졌어. 루비는 샌프란시스코에 있고. 그런데 문제는 말이야, 챈스가 어디 있는지 나도 모르겠다는 거야. 내가 있는 줄 알았던 곳이 망해서 문을 닫아 버렸어."

"여자들은 잘 있어."

"그렇다면서."

"메리 루는 더 이상 매춘을 할 생각이 없을 거야. 그녀를 위해 잘된 일이지. 이 일로 배운 게 많은가 봐. 이제 그녀는 새로운 인생을 살고 싶어 해."

"그래, 그렇군. 거길 한번 갔어. 장례 끝난 후에 이야기했지?"

나는 고개를 끄덕였다.

"그리고 다나는 연구 지원금를 받을 수 있을 거라고 생각하나 봐. 책을 읽어 주거나 워크숍을 통해서도 벌 수 있을 거야. 이제는 몸을 파는 일이 시 쓰는 작업에 방해가 될 것 같다는 이야기를 하더군."

"다나는 말이야, 꽤 재능이 있어. 시를 쓰는 것만으로도 살 수 있다면 좋을 텐데. 연구비를 받을 거란 말이지?"

"그녀는 해 볼 만하다고 생각하나 봐."

그가 씩 웃었다.

"나머지도 이야기해 줄래? 프랜이 방금 할리우드에서 계약을 해서 제2의 골디 혼이 될 거라든가, 뭐 그런 거 말이야."

"장차 그럴 수도 있겠지. 현재로서는 그냥 그리니치 빌리지에 살면서 마약에 취해 월가의 괜찮은 남자들을 즐겁게 해 주고 싶어 하더군."

"그럼 프랜은 아직 데리고 있는 거군."

"맞아."

챈스는 계속 왔다 갔다 하다가 다시 안락의자에 앉았다.

"대여섯 명쯤 더 데려오는 건 식은 죽 먹기야. 얼마나 쉬운지 모를 거야. 세상에서 가장 쉬운 일이지."

"전에도 한번 그런 말을 한 적이 있잖아."

"그게 사실이거든. 자기 인생을 걸고 무슨 짓이든 하겠다고 기다리는 여자가 얼마나 많다고. 지금 나가면 일주일 안에 한 줄은 꿰어 올 수 있어."

그는 슬픈 듯이 머리를 흔들었다.

"한 가지만 빼면 말이야."

"그게 뭐지?"

"더 이상 그 짓을 할 수 없을 것 같아."

그는 다시 일어섰다.

"제길, 난 좋은 포주였어! 그 일을 좋아했고. 난 자신을 위해 인생을 일구었고 이게 나한테 딱 맞았어. 그런데 어떻게 됐는지 알아?"

"뭐가?"

"이제 걷잡을 수 없게 돼 버렸어."

"늘 그렇잖아."

"어떤 스페인 계 녀석이 칼을 들고 미쳐 날뛰다가 내 사업을 망쳤어. 이거 알아? 언제고 일어날 수 있는 일이 일어난 것뿐이야, 안 그래?"

"언젠가는."

내 총알이 에스트렐리타 리베라를 죽이지 않았다 하더라도 내가 경찰을 그만두었을 것처럼.

"인생은 바뀌는 거야. 싸워 봤자 소용없어."

"이제 뭘 하지?"

"뭐든 네가 원하는 걸 해."

"가령?"

"학교로 돌아갈 수도 있잖아."

그는 웃었다.

"그래서 예술사를 공부하라고? 젠장, 그러고 싶지는 않아. 다시 강의실에 들어가라고? 말도 안 되는 소리야. 거기서 벗어나려고 군대까지 갔던 놈이야. 간밤에 무슨 생각을 했는지 알아?"

"무슨 생각을 했는데?"

"불을 질러 버리려 했어. 거실 한가운데 가면들을 모두 쌓아 놓고 가솔린을 조금 붓고는 성냥을 긋는 거야. 바이킹처럼 유유히 사라지는 거야. 내 모든 보물을 갖고 가는 거지. 오랫동안 생각한 건 아냐. 이 쓰레기 같은 것들을 전부 팔아 버릴 수도 있을 거야. 집도 예술품도 차도. 그 돈이면 한동안 살겠지."

"그렇겠지."

"하지만 그 다음엔 뭘 하지?"

"딜러가 되면 어떨까?"

"이봐, 제 정신이야? 나보고 마약 딜러를 하라는 거야? 난 포주도 더 이상 못한다고. 그리고 포주 노릇은 깨끗한 거래라고."

"마약 말고."

"그럼 뭐지?"

"아프리카 물건들 말이야. 넌 아프리카 물건을 많이 갖고 있잖아. 질도 좋다면서."

"난 쓰레기 같은 건 갖고 있지 않아."

"네가 말한 대로야. 그걸 밑천으로 시작할 수 있잖아. 또 그 사업에 뛰어들 만큼은 알고 있잖아?"

챈스는 얼굴을 찡그리고 생각에 잠겼다.

"전에도 생각해 본 적이 있어."

"그런데?"

"모르는 게 너무 많아. 그렇지만 아는 것도 많지. 게다가 이 일에 대해서는 감각도 있고. 이건 학교에서나 책으로 배울 수 있는 건 아니거든. 그렇지만 제길, 딜러가 된다는 건 그것만으로는 부족해. 전반적인 매너라든가, 그 일에 어울리는 인격 같은 게 필요하지."

"챈스도 네가 만든 게 아니었어?"

"그래서? 아, 알겠어. 스스로 포주를 만들어 냈듯이 똑같은 방식으로 흑인 예술품 중개상을 만들어 낼 수도 있을 거야."

"할 수 있겠어?"

"물론 할 수 있을 거야."

그는 다시 한번 생각에 잠겼다.

"잘될 수도 있겠는데. 연구해 봐야겠어."

"시간은 충분해."

"그래. 시간은 많아."

챈스는 나를 빤히 들여다봤다. 그의 갈색 눈동자에 있는 금색 반점이 반짝였다.

"내가 왜 당신을 고용했는지 모르겠어. 정말 모르겠어. 멋지게 보이고 싶었던 건지, 죽은 창녀에 대한 훌륭한 포주의 복수심 때문이었는지. 일이 어떻게 돌아갈지 미리 알았더라면……."

"몇 사람을 살렸을 수도 있겠지. 조금이라도 위안이 된다면 말이야."

"킴도 서니도 쿠키도 구하지 못했어."

"킴은 이미 죽었어. 그리고 서니는 자살했고. 그건 그 애의 선택이야. 쿠키도 마르케스가 찾아내는 즉시 죽을 운명이었어. 하지만 내가 끝내지 않았다면 그놈은 계속 살인을 저지르고 있을 거야. 언젠가는 경찰이 놈을 잡을 수도 있겠지만 그때는 죽은 여자가 더 늘어났겠지. 놈은 결코 멈추지 않았을 테니까. 그에게 살인은 너무 흥분되는 일이었거든. 칼을 들고 욕실에서 튀어나왔을 때 놈은 발기해 있었어."

"정말이야?"

"물론이지."

"그놈이 발기해서 당신한테 덤볐다는 거야?"

"그래, 난 칼이 더 겁났지만 말이야."

"음, 그래. 기분이 어땠을지 알 만하군."

챈스는 내게 보너스를 주고 싶어 했다. 이미 충분한 보수를 받았으니 그럴 필요가 없다고 했지만 그는 주겠다고 우겼다. 누가 억지로 돈을 주겠다고 할 때는 나는 보통 잠자코 받아들인다. 킴의 아파트에서 상아 팔찌를 들고 왔다고 말했다. 그는 웃으면서 잊어버리고 있었다고, 내가 가져가도 좋다고 말했다. 그리고 내 여자 친구가 기뻐하면 좋겠다고 덧붙였다. 그 팔찌도 현금과 자기가 만든 스페셜 커피와 함께 내 보너스라고 했다.

"커피가 마음에 든다면 어디서 더 살 수 있는지 가르쳐 줄게."

그가 나를 다운타운까지 태워 줬다. 지하철을 타겠다고 했지만 자기도 맨해튼에 볼일이 있다고, 메리 루와 다나와 프랜과 이야기를 나누고 일을 매끄럽게 처리해야 한다고 우겼다.

"캐딜락도 즐길 수 있는 있는 동안 즐겨야지. 사업 자금을 마련하기 위해 곧 팔아야 할지도 모르니까 말이야. 집도 팔아야 할지 모르겠군."

그가 고개를 가로저었다.

"진짜 나한테 딱 맞는 집인데."

"정부 대출로 사업을 시작하면 되잖아."

"놀리는 거야?"

"넌 소수 민족에 속해. 바로 너 같은 사람들에게 돈을 빌려 주려고 기다리는 회사들이 있거든."

"괜찮은 생각이야."

호텔 앞에 와서 그는 말했다.

"그 콜롬비아 녀석 말이야, 아직도 이름이 기억 안 나네."

"페드로 마르케스."

"그래, 호텔에 체크인할 때 그 녀석이 사용한 이름이 그거였어?"

"아니, 녀석의 신분증에 그렇게 써 있었어."

"그랬을 거야. C. O. 존스나 M. A. 리콘처럼 말이야. 당신을 위해서는 어떤 지저분한 이름을 사용했는지 궁금하군."

"스타루도 씨였어. 토머스 에드워드 스타루도."

"T. E. 스타루도? 테스타루도? 스페인 말로 욕설이야?"

"욕설은 아냐. 그냥 단어지."

"무슨 뜻이지?"

"고집불통."

웃으면서 말했다.

"고집불통이나 옹고집쟁이, 뭐 그런 거야."

그가 웃었다.

"그래, 제길, 그런 이름을 썼다고 비난할 수는 없겠군, 안 그래?"

서른넷

　방에 돌아와 커피 봉지를 화장대 위에 내려놓고 욕실로 가서 아무도 없는지 확인했다. 침대 밑을 살펴보는 늙은 하녀처럼 나 자신이 어리석게 여겨졌다. 극복하자면 한참이 걸릴 것 같았다. 이제 더 이상 총을 갖고 다니지 않았다. 당연히 32구경은 증거물로 압수당했고 더킨이 나를 보호하기 위해 내줬다는 것이 공식적인 이야기가 됐다. 실제로 그 총을 어떻게 입수했는지 그도 묻지 않았다. 신경 쓰지 않는 것 같았다.
　의자에 앉아 마르케스가 쓰러졌던 장소를 살펴보았다. 경찰이 죽은 사람의 몸 둘레를 따라 그어 놓은 백묵 흔적과 함께 핏자국이 카펫 위에 그대로 남아 있었다.
　그 방에서 잠을 잘 수 있을지 의문스러웠다. 언제든지 방을 바꾸어 달라고 할 수 있었지만 여기 몇 년 살다 보니 이 방에 익숙해진 터였다. 챈스는 이 방이 나한테 어울린다고 했는데 그런 것 같았다.

그놈을 죽인 일에 대해 어떻게 생각하느냐고?

곰곰이 생각해 보고는 괜찮다고 생각하기로 했다. 사실 그 망할 자식에 대해 아는 게 없었다. 전부 이해한다는 것은 전부 용서한다는 뜻이라고들 한다. 녀석의 사연을 전부 듣는다면 그 피에 대한 굶주림이 어디서 왔는지 이해할지도 모른다. 하지만 내가 녀석을 반드시 용서해야 하는 건 아니었다. 그건 하느님의 일이지 내 일은 아니었다.

이제 나는 방아쇠를 당길 수 있었다. 그리고 잘못 튕겨진 총알도 빗나간 총알도 없었다. 네 발 모두 가슴에 명중했다. 탐정 일도 제대로 했고 유인 작전도 성공했고 마지막에는 사격까지 훌륭했다.

아래층으로 내려가 모퉁이를 돌아갔다. 암스트롱 바까지 걸어가서 창문 안쪽을 잠깐 들여다보았지만, 58번가를 향해 계속 걸어가서 모퉁이를 돌아 거의 반 블록을 더 내려갔다. 조이 패럴 바로 들어가서 스탠드 앞에 섰다.

손님은 많지 않았다. 주크박스에서는 음악이 흘러나오고 있었고 여러 사람들이 바리톤으로 낮게 따라 부르는 소리가 들렸다.

"더블 얼리 타임스로 줘. 물도 주고."

내가 말했다.

정말 아무 생각 없이 그냥 서 있었다. 턱수염이 텁수룩한 바텐더가 술과 물을 따라서 두 잔을 내 앞에 놓았다. 10달러짜리 지폐를 카운터에 놓았다. 그는 지폐를 헐어 거스름돈을 가져왔다.

술잔을 들여다보았다. 짙은 호박색 액체 속에서 빛이 부서지고 있었다. 손을 뻗치자 부드러운 내면의 소리가 속삭였다.

'돌아와서 반가워.'

얼른 손을 거둬들였다. 스탠드 위에 술을 두고 거스름돈에서 10센트를 집어들었다. 전화기로 갔다. 10센트를 집어넣고 얀의 번호를 돌렸다.

받지 않았다.

좋아, 약속은 지킨 거야. 물론 번호를 잘못 돌렸을 수도 있고 전화 회선이 고장 났을 수도 있을 것이다. 그런 일도 일어난다니까 말이다.

동전을 다시 집어넣고 다시 전화를 걸었다. 벨이 계속 울리도록 기다렸다.

받지 않았다.

충분해. 동전을 집어 들고 스탠드로 돌아왔다. 잔돈은 그대로 있었고 내 앞에는 버번과 물이 그대로 놓여 있었다.

나는 생각했다. 도대체 왜?

사건은 끝났고 해결되었고 결판이 났다. 킬러는 더 이상 한 사람도 죽일 수 없게 되었다. 전부 제대로 해냈다. 진행 과정에서 내가 한 역할에 만족했다. 신경과민도 아니고 불안한 것도 우울한 것도 아니었다. 나는 괜찮았다.

그런데 스탠드에 앉은 내 앞에는 버번 더블이 놓여 있었다. 술을 마시고 싶은 건 아니었다. 술 생각도 없는데 지금 내 앞에 술을 놓고 앉아서 입 안에 털어 넣으려 하고 있었다.

왜? 도대체 뭐가 문제란 말인가?

이 술을 마신다면 결국 죽거나 병원으로 실려 갈 것이다. 하루가 될지, 일주일이 될지, 한 달이 될지 모르지만 결국은 그렇게 될 것이다. 나는 그것을 알고 있었다. 죽거나 병원에 실려 가고 싶지는 않았다. 하지만 여기, 술집에서 내 앞에 술을 마주하고 있다.

왜냐하면…….

왜냐하면 뭐지?

왜냐하면…….

술을 스탠드에 두고 나왔다. 거스름돈도 남겨 뒀다. 나는 거기서 나왔다.

8시 30분에 지하 계단을 내려가 세인트폴 성당에 있는 집회실로 걸어 들어갔다. 커피 한 잔과 쿠키 몇 개를 집어 들고 자리에 앉았다.

'하마터면 마실 뻔했구나.'

열하루 동안 술을 입에 대지 않았는데 아무 이유도 없이 술집에 들어가서 아무 이유도 없이 술을 주문했다. 거의 술잔을 집어 들 뻔했다. 그렇게 힘들게 참아 온 열하루를 하마터면 날릴 뻔했다. 도대체 왜 이러는 거지?

회장은 전문을 읽고 연사를 소개했다. 거기 앉아서 그의 이야기를 들으려 했지만 들을 수가 없었다. 계속해서 그 버번 잔이 머리에 떠올랐다. 한잔 하고 싶은 생각도 없었다. 생각도 하지 않았다. 그러면서도 자석에 끌리는 쇳조각처럼 그렇게 끌렸다.

나는 생각했다.

'내 이름은 매트고요. 아무래도 미쳐 가고 있는 것 같아요.'

연사는 말을 끝냈다. 나도 박수를 쳤다. 휴식 시간에 화장실로 갔다. 용무가 있어서라기보다는 누군가와 이야기 나누는 것을 피하고 싶어서였다. 회의실로 돌아와서 원하지도 필요하지도 않은 커피를 한 잔 더 가져왔다. 커피를 그대로 두고 호텔로 돌아가 버릴까 하는 생각도 들었다. 젠장, 꼬박 1박 2일을 한숨도 자지 못했다. 애초부터 집중할 수도 없는 모임에 가는 것보다는 잠이나 자는 편이 나을 것 같았다.

커피를 그대로 들고 자리로 돌아가 앉았다. 토론 동안에도 앉아 있었다. 사람들이 하는 말들이 파도처럼 넘실거렸다. 나는 그냥 거기 앉아서 아무것도 들을 수 없었다.

이제 내 차례가 되었다.

"내 이름은 매트예요."

잠시 멈추었다가 다시 시작했다.

"내 이름은 매트고요, 알코올 중독자입니다."

그리고 빌어먹을 일이 벌어졌다. 내가 울음을 터뜨렸던 것이다.

옮긴이의 말

뉴욕 출신의 추리 작가 로렌스 블록은 2004년 영국 추리 작가 협회로부터 카르티에 다이아몬드 대거 상을 받았다. 카르티에 사가 후원하는 다이아몬드 대거 상은 매년 범죄 소설 분야에서 탁월한 작품 활동을 한 작가에게 주어지는 상으로, 1986년에 제정된 후 지금까지 에릭 앰블러, 존 르 카레, P. D. 제임스, 루스 렌들, 콜린 덱스터 같은 쟁쟁한 추리 작가들이 이 상을 받는 영예를 누렸다. 미국인이 영국 추리 작가 협회로부터 다이아몬드 대거 상을 받기는 로렌스 블록이 세 번째라고 한다.

로렌스 블록은 카르티에 다이아몬드 대거를 받기 전에도 이미 미국 추리 작가 협회의 그랜드 마스터 상을 수상하고 에드거 알렌 포 상과 샤머스 상을 각각 네 번, 그리고 일본의 '몰타의 매' 상을 두 번이나 수상하면서 세계적으로 주목받는 작가였다.

처음 번역을 시작하면서 나는 이 책을 흔한 범죄 소설이려니 여기고는 가볍게 획획 번역해 나갔다. 하지만 가벼운 듯한 문장에서 중간 중간 묵직함이 느껴져 나도 모르게 움츠리게 되었다. 눈을 비비고 다시 보니 이 책 속에서는 노련한 할아버지가 웃고 있었다.

그때부터 나는 이 노련한 할아버지가 이끄는 대로 뉴욕의 지저분한 뒷골목, 낙서로 뒤덮인 지하철, 인적 없는 교회당을 돌아다녔다. 그러자 어느 순간부터 고독하고 따분하게만 보였던 주인공의 얼굴이 낯설지 않게 느껴졌다.

전직 뉴욕 시 경찰이었던 매튜 스커더는 직무 수행 중에 어쩔 수 없이 어린 소녀를 쏘게 된다. 그 사건 이후로 그는 계속해서 술을 마시고, 중증 알코올 중독에 빠져 직업과 아내를 잃게 된다. 무면허 사설탐정으로 일하면서 싸구려 호텔에서 살아가는 그는 날마다 금주를 다짐하고 종종 교회의 지하에서 열리는 금주 모임에 모습을 드러내기도 하지만 작심삼일, 정신을 차리고 보면 또다시 병원에 실려와 있다. 순간순간 알코올의 끈질긴 유혹에 시달리고, 스치듯 가까이 선 죽음을 의식하면서 혼자 쓸쓸히 이어 가는 삶.

곧이어 신화적인 범죄 도시 뉴욕답게 잇따라 살인 사건이 일어난다. 하지만 영화 장면들처럼 교차되며 이어지는 줄거리를 읽어 가는 동안 내가 느낀 것은 허무뿐이었다. 무면허 알코올 중독자 탐정, 그리고 그가 만나는 각기 다른 사연을 가진 창녀들. 매튜의 며칠간의 행적은 그 자체로 하드보일드였다. 인간의 존재를 이보다 더 웅변적으로 말할 수 있을까?

그런데도 그는 떠들지 않고 가만히, 내면 깊숙한 곳에서 치미는 그 무엇을 알코올로 터뜨릴 뿐이었다. 시시각각 죽음을 느끼면서 살아가는 고달픈 운명을 회피하거나 원망하는 기색은 찾을 수가 없었다.

　이 책을 번역하면서 나는 언제나 가슴 한구석에 자리하고 있지만 짐짓 눈 돌리고 싶었던, 죽음이라는 문제에 대해 잠시 생각해 보았다. 어느 시간, 어느 장소에서 죽더라도 아직 원하는 것을 얻지 못하고 죽는다면 너무 아쉽다는 생각을 하게 될 것 같다. 어찌 보면 삶의 영토라는 것은 끝없이 펼쳐진 죽음의 바다 가운데 잠시 떠오른, 아주 사소한 사건이 아닌가 하는 생각도 든다. 모양 좋게 흔들리는 나무처럼 선망 받는 삶을 부여받은 억세게 운 좋은 사람도, 정박할 곳 없이 표류하는 조각배 같이 신산한 삶을 할당받은 억울한 사람도 죽음 앞에서는 공평할 것이다.

　똑같은 모습으로 죽는 사람은 한 사람도 없다. 죽음에 이르는 방법은 다 다르다. 뉴욕 시의 인구가 800만이라면 죽는 방법도 800만 가지. 하지만 오로지 어떻게 죽느냐 하는 것만이 문제가 되는 이 도시에서도 매튜 스커더는 어떻게든 살아 버티려고 애쓰고 있었다.

　그리고 마침내 그가 사건을 해결하고 자신이 알코올 중독자임을 인정하는 마지막 장면에서 나는 너무나도 가슴이 벅찼다. 어둠의 끝에서 희망을 건져낸 한 인간의 삶이 다시 팔딱팔딱 살아 움직이는 모습이 눈앞에 보이는 것만 같았다.

　　　　　　　　　　　　　　　　　　　　　　　　김미옥

 밀리언셀러 클럽을 펴내면서

　지난 수백 년 동안 소설은 기묘하면서도 교양 넘치고, 자유로우면서도 현실에 뿌리박고 있으며, 흥미진진하면서도 감동적인 이야기로 독자들의 사랑을 독차지해 왔다.
　민담이나 전설 등에 비해 비교적 최근에 탄생한 이야기 형식인 소설이 순식간에 이야기 왕국의 제왕으로 올라선 것은 현대인들이 살아가면서 느끼는 희망과 절망, 불안과 평화 등 온갖 삶의 양상들을 허구 속에 온전히 녹여 내어 재창조함으로써 이야기를 읽는 기쁨과 더불어 삶을 재발견하는 즐거움을 주어 온 까닭이다.
　사실 이야기를 읽음으로써 삶을 다시 생각하고, 삶을 생각함으로써 이야기를 다시 만들어 온 것은 인간이라면 피할 수 없는 숙명이다.
　그런데도 최근 이야기의 제왕이라는 소설의 위기를 말하는 목소리가 점점 늘어나고 있다. 만약에 이 말이 사실이라면, 그리하여 사람들이 소설을 점차 외면하고 있다면, 핏속에 스며들어 있으며 뼛속에 틀어박힌 이야기 본능이 무언가 다른 것에 홀려 있음에 틀림없다.
　사람들은 이제 이야기를 소설이 아니라 거리에서, 인터넷에서, 영화에서, 드라마에서, 광고에서, 대중가요에서 즐기고 있는 것이다.
　'밀리언셀러 클럽'은 이러한 소설의 위기를 넘어서려는 마음에서 기획되었다. 국내뿐만 아니라 전 세계 각국에서 독자들의 사랑을 한껏 받은 작품들을 가려 뽑아 사람들 마음을 다시 소설로 되돌리고 이야기를 한껏 즐길 수 있도록 배려하였다.
　'밀리언셀러'라는 이름을 단 것은 소설이 다시 사람들의 마음을 끌어 널리 읽히기를 바라기 때문이고, '클럽'이라는 이름을 단 것은 소설을 사랑하는 독자들이 이 작품들을 가운데 놓고 오랫동안 이야기를 나누기를 바라기 때문이다.
　앞으로 '밀리언셀러 클럽'에는 예로부터 오늘날까지, 동양에서 서양까지 시대와 장소를 가리지 않고 널리 독자들의 사랑을 받아 온 작품들 중에서 이야기로서 재미에 충실할 뿐만 아니라 인간 본연의 모습을 확인시켜 줄 수 있는 소설들이 엄선되어 수록될 것이다.
　이 작품들이 부디 독자들을 소설의 바다로 끌어들여 읽기의 즐거움을 극대화함으로써 이야기 본능을 되살려 주어 새로운 독서 세대를 창출하기를 바라는 마음 간절하다.

옮긴이 | 김미옥

경북대학교 국어국문학과를 졸업하고 현재 영어 전문 번역가로 활동하고 있다. 역서로는 「미국을 세운 영웅들」, 「오프라 윈프리 다이어트」, 「사랑을 주면 웃음이 열린다」, 「행동이 척척 여섯 색깔 신발」「지금 이 순간을 즐겨라」, 「내추럴차일드 - 가슴으로 하는 부모 노릇」, 「그 많던 돈은 다 어디로 갔을까?」 등 다수가 있다.

800만가지 죽는 방법

1판 1쇄 펴냄 2005년 2월 15일
1판 5쇄 펴냄 2014년 7월 8일

지은이 | 로렌스 블록
옮긴이 | 김미옥
발행인 | 김세희
펴낸곳 | 황금가지

출판등록 | 2009. 10. 8 (제2009-000273호)
주소 | 135-887 서울 강남구 신사동 506 강남출판문화센터 5층
전화 | 영업부 515-2000 편집부 3446-8774 팩시밀리 515-2007
홈페이지 | www.goldenbough.co.kr

한국어판 ⓒ 황금가지, 2005. Printed in Seoul, Korea

ISBN 978-89-8273-844-4 03840

㈜민음인은 민음사 출판 그룹의 자회사입니다.
황금가지는 ㈜민음인의 픽션 전문 출간 브랜드입니다.